U0902215

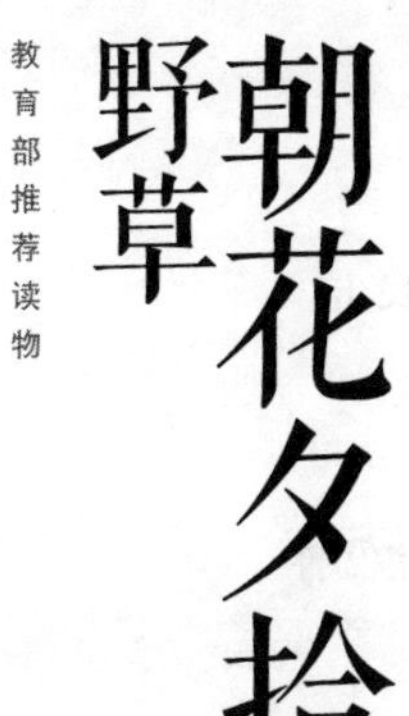

教育部推荐读物

朝花夕拾 野草

▸ ZHAO

▸ HUA

XI

▸ SHI

YE

▸ CAO

鲁迅 著

一代文豪颇负盛名的传世佳作

一部发人自省

催人奋进的教科书

一部认识中国人

剖析中国人的经典范本

一部开创中国现实主义

文学先河的伟大史诗

ZHAOHUAXISHI
YECAO ◂

成长必读经典书系

中小学新课标必读丛书

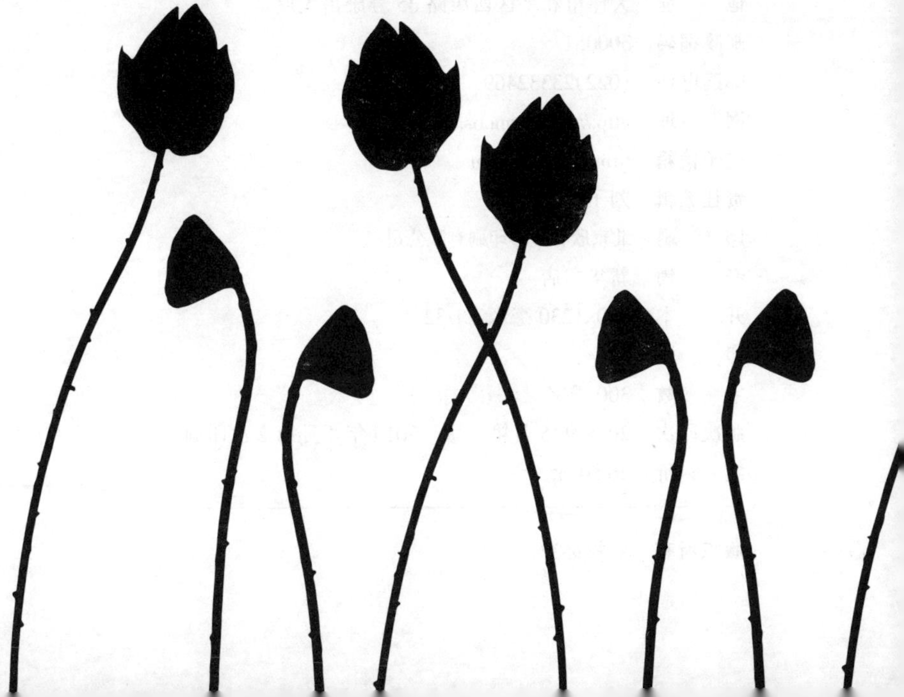

图书在版编目(CIP)数据

朝花夕拾；野草 / 鲁迅著. -- 天津：天津人民出版社, 2018.5 （2019.4重印）
ISBN 978-7-201-12697-5

Ⅰ. ①朝… Ⅱ. ①鲁… Ⅲ. ①鲁迅散文-散文集②鲁迅诗歌-诗集 Ⅳ. ①I210.4②I210.5

中国版本图书馆 CIP 数据核字(2017)第 291417 号

朝花夕拾；野草

ZHAOHUAXISHI；YECAO

出　　版　天津人民出版社
出 版 人　黄　沛
地　　址　天津市和平区西康路 35 号康岳大厦
邮政编码　300051
邮购电话　(022)23332469
网　　址　http://www.tjrmcbs.com
电子信箱　tjrmcbs@126.com
责任编辑　刘子伯
印　　刷　北京欣睿虹彩印刷有限公司
经　　销　新华书店
开　　本　880×1230 毫米　1/32
印　　张　10
字　　数　300 千字
版次印次　2018 年 5 月第 1 版　2019 年 4 月第 2 次印刷
定　　价　26.80 元

目 录

contents

朝花夕拾

小　引 / 003

狗·猫·鼠 / 005

阿长与《山海经》 / 012

《二十四孝图》 / 017

五猖会 / 024

无　常 / 028

从百草园到三味书屋 / 035

父亲的病 / 039

琐　记 / 044

藤野先生 / 051

范爱农 / 056

后　记 / 063

我之节烈观 / 076

《呐喊》自序 / 085

娜拉走后怎样 / 090

论雷峰塔的倒掉 / 096

秋　夜 / 099

影的告别 / 101

希　望 / 103

说胡须 / 106

雪 / 111

风　筝 / 113

再论雷峰塔的倒掉 / 115

战士和苍蝇 / 119

夏三虫 / 120

杂　感 / 122

导　师 / 124

腊　叶 / 126

题　辞 / 127

略论中国人的脸 / 129

文学和出汗 / 132

扁 / 134

航空救国三愿 / 135

夜　颂 / 137

我怎么做起小说来 / 139

二丑艺术 / 143
经　验 / 145
谚　语 / 147
帮闲法发隐 / 150
小品文的危机 / 152
看变戏法 / 155
世故三昧 / 157
作文秘诀 / 160
捣鬼心传 / 163
北人与南人 / 165
拿来主义 / 167
说“面子” / 170
骂杀与捧杀 / 173
中国人失掉自信力了吗 / 175

野　草

求乞者 / 179
我的失恋 / 181
复　仇 / 183
复　仇(其二) / 185
好的故事 / 187
过　客 / 189

死　火 / 194

狗的驳诘 / 196

失掉的好地狱 / 197

墓碣文 / 199

颓败线的颤动 / 200

立　论 / 202

死　后 / 203

这样的战士 / 207

聪明人和傻子和奴才 / 209

淡淡的血痕中 / 211

一　觉 / 212

我们现在怎样做父亲 / 215

我们怎样教育儿童的？ / 225

家庭为中国之基本 / 227

大观园的人才 / 229

论“他妈的！” / 231

流氓的变迁 / 235

由中国女人的脚，
推定中国人之非中庸，
又由此推定孔夫子
有胃病 / 238

豪语的折扣 / 242
辱骂和恐吓决不是战斗 / 244
“人话” / 247
女人未必多说谎 / 249
男人的进化 / 251
言论自由的界限 / 253
考场三丑 / 255
我观北大 / 257
青年与老子 / 259
查旧帐 / 261
从讽刺到幽默 / 263
从幽默到正经 / 265
大小骗 / 267
漫　骂 / 269
推背图 / 271
中国人的生命圈 / 273
各种捐班 / 275
中国的奇想 / 277
我谈“堕民” / 279
我要骗人 / 281
“小童挡驾” / 285

批评家的批评家 / 287
野兽训练法 / 289
安贫乐道法 / 291
玩　具 / 293
观　斗 / 295
上海的儿童 / 297
文学上的折扣 / 299
礼 / 301
读书忌 / 303
阿　金 / 305

朝花夕拾

朝花夕拾

记忆凝结成的文字，字句中都流淌着情感的汁液。童年韶光的快乐与压抑，对人性美好的向往与袒露，构筑起鲁迅最真实的心灵风景。生命因回忆而鲜活。那些拾起而再不愿丢下的旧事，慰藉了精神，温暖了心灵。

——编者

小　引①

我常想在纷扰中寻出一点闲静来，然而委实不容易。目前是这么离奇，心里是这么芜杂。一个人做到只剩了回忆的时候，生涯大概总要算是无聊了罢，但有时竟会连回忆也没有。中国的做文章有轨范，世事也仍然是螺旋。前几天我离开中山大学的时候，便想起四个月以前的离开厦门大学；听到飞机在头上鸣叫，竟记得了一年前在北京城上日日旋绕的飞机。我那时还做了一篇短文，叫做《一觉》。现在是，连这"一觉"也没有了。

广州的天气热得真早，夕阳从西窗射入，逼得人只能勉强穿一件单衣。书桌上的一盆"水横枝"②，是我先前没有见过的：就是一段树，只要浸在水中，枝叶便青葱得可爱。看看绿叶，编编旧稿，总算也在做一点事。做着这等事，真是虽生之日，犹死之年，很可以驱除炎热的。

前天，已将《野草》编定了；这回便轮到陆续载在《莽原》③上的《旧事重提》，我还替他改了一个名称：《朝花夕拾》。带露折花，色香自然要好得多，但是我不能够。便是现在心目中的离奇和芜杂，我也还不能使他即刻幻化，转成离奇和芜杂的文章。或者，他日仰看流云时，会在我的眼前一闪烁罢。

我有一时，曾经屡次忆起儿时在故乡所吃的蔬果：菱角，罗汉豆，茭白，香瓜。凡这些，都是极其鲜美可口的；都曾是使我思乡的蛊惑。后来，我在久别之后尝到了，也不过如此；惟独在记忆上，还有旧来的意味留存。他们也许要哄骗我一生，使我时时反顾。

这十篇就是从记忆中抄出来的，与实际容或有些不同，然而我现在只记得是这样。文体大概很杂乱，因为是或作或辍，经了九个月之多。环境也不一：前两篇写于北京寓所④的东壁下；中三篇是流离中⑤所作，地方是医院和木匠房；后五篇却在厦门大学的图书馆的楼上，已经是被学者们[⑥]挤出集团之后了。

一九二七年五月一日，鲁迅于广州白云楼记

---

① 本篇最初发表于一九二七年五月二十五日北京《莽原》半月刊第二卷第十期。

② "水横枝" 一种盆景。在广州等南方暖和地区，取栀子的一段浸植于水钵中，能长绿叶，可供观赏。

③《莽原》 文艺刊物，鲁迅编辑。一九二五年四月二十四日创刊于北京。初为周刊，附《京报》发行，同年十一月二十七日出至第三十二期休刊。一九二六年一月十日起改为半月刊，由未名社出版。一九二六年八月鲁迅离京后，改由韦素园接编。一九二七年十二月二十五日出至第四十八期停刊。

④ 北京寓所 指作者在北京阜成门内西三条胡同二十一号的寓所。现为鲁迅博物馆的一部分。

⑤ 流离中 一九二六年"三·一八惨案"后，北洋政府曾拟通缉当时北京文教界人士鲁迅等五十人（参看《而已集·大衍发微》），因此作者曾先后避居山本医院、德国医院、法国医院等处。避居德国医院时因病房已满，只得住入一间堆积杂物兼作木匠作场的房子。

⑥ 学者们 指当时在厦门大学任教的顾颉刚等人。

狗·猫·鼠[①]

从去年起，仿佛听得有人说我是仇猫的。那根据自然是在我的那一篇《兔和猫》；这是自画招供，当然无话可说，——但倒也毫不介意。一到今年，我可很有点担心了。我是常不免于弄弄笔墨的，写了下来，印了出去，对于有些人似乎总是搔着痒处的时候少，碰着痛处的时候多。万一不谨，甚而至于得罪了名人或名教授[②]，或者更甚而至于得罪了"负有指导青年责任的前辈"[③]之流，可就危险已极。为什么呢？因为这些大脚色是"不好惹"[④]的。怎地"不好惹"呢？就是怕要浑身发热[⑤]之后，做一封信登在报纸上，广告道："看哪！狗不是仇猫的么？鲁迅先生却自己承认是仇猫的，而他还说要打'落水狗'！"这"逻辑"的奥义，即在用我的话，来证明我倒是狗，于是而凡有言说，全都根本推翻，即使我说二二得四，三三见九，也没有一字不错。这些既然都错，则绅士口头的二二得七，三三见千等等，自然就不错了。

我于是就间或留心着查考它们成仇的"动机"。这也并非敢妄学现下的学者以动机来褒贬作品[⑥]的那些时髦，不过想给自己预先洗刷洗刷。据我想，这在动物心理学家，是用不着费什么力气的，可惜我没有这学问。后来，在覃哈特[⑦]博士（Dr. O. Dähnhardt）的《自然史底国民童话》里，总算发见了那原因了。据说，是这么一回事：动物们因为要商议要事，开了一个会议，鸟，鱼，兽都齐集了，单是缺了象。大会议定，派伙计去迎接它，拈到了当这差使的阄的就是狗。"我怎么找到那象呢？我没有见过它，也和它不认识。"它问。"那容易，"大众说，"它是驼背的。"狗去了，遇见一匹猫，立刻弓起脊梁来，它便招待，同行，将弓着脊梁的猫介绍给大家道："象在这里！"但是大家都嗤笑它了。从此以后，狗和猫便成了仇家。

日耳曼人[8]走出森林虽然还不很久，学术文艺却已经很可观，便是书籍的装潢，玩具的工致，也无不令人心爱。独有这一篇童话却实在不漂亮；结怨也结得没有意思。猫的弓起脊梁，并不是希图冒充，故意摆架子的，其咎却在狗的自己没眼力。然而原因也总可以算作一个原因。我的仇猫，是和这大大两样的。

其实人禽之辨，本不必这样严。在动物界，虽然并不如古人所幻想的那样舒适自由，可是噜苏做作的事总比人间少。它们适性任情，对就对，错就错，不说一句分辩话。虫蛆也许是不干净的，但它们并没有自鸣清高；鸷禽猛兽以较弱的动物为饵，不妨说是凶残的罢，但它们从来就没有竖过"公理""正义"[9]的旗子，使牺牲者直到被吃的时候为止，还是一味佩服赞叹它们。人呢，能直立了，自然是一大进步；能说话了，自然又是一大进步；能写字作文了，自然又是一大进步。然而也就堕落，因为那时也开始了说空话。说空话尚无不可，甚至于连自己也不知道说着违心之论，则对于只能嗥叫的动物，实在免不得"颜厚有忸怩"[10]。假使真有一位一视同仁的造物主，高高在上，那么，对于人类的这些小聪明，也许倒以为多事，正如我们在万生园[11]里，看见猴子翻筋斗，母象请安，虽然往往破颜一笑，但同时也觉得不舒服，甚至于感到悲哀，以为这些多余的聪明，倒不如没有的好罢。然而，既经为人，便也只好"党同伐异"[12]，学着人们的说话，随俗来谈一谈，——辩一辩了。

现在说起我仇猫的原因来，自己觉得是理由充足，而且光明正大的。一，它的性情就和别的猛兽不同，凡捕食雀鼠，总不肯一口咬死，定要尽情玩弄，放走，又捉住，捉住，又放走，直待自己玩厌了，这才吃下去，颇与人们的幸灾乐祸，慢慢地折磨弱者的坏脾气相同。二，它不是和狮虎同族的么？可是有这么一副媚态！但这也许是限于天分之故罢，假使它的身材比现在大十倍，那就真不知道它所取的是怎么一种态度。然而，这些口实，仿佛又是现在提起笔来的时候添出来的，虽然也像是当时涌上心来的理由。要说得可靠一点，或者倒不如说不过因为它们配合时候的嗥叫，手续竟有这么繁重，闹得别人心烦，尤其是夜间要看书，睡觉的时候。当这些时候，我便要用长竹竿去攻击它们。狗们在大道上配合时，常有闲汉拿了木棍痛打；我曾见大勃吕该尔（P. Bruegel d. A··）的一张铜版画Allegorie der Wollust[13]上，也画着这回事，可见这样的举动，是中外古今一致的。自从那执拗的奥国学者弗罗特[14]（S. Freud）提倡了精神分析说——Psychoanalysis，听说章士钊[15]先生是译作"心解"的，虽然简古，可是实在难解得很——以来，我们的名人名教授也颇有隐隐约约，检来应用的了，这些事便不免又要归宿到性欲上去。打狗的事我不管，至于我的打猫，却只因为它们嚷嚷，此外并无恶意，我自信我的嫉妒心还没有这么博大，当现下"动辄获咎"之秋，这是不可不预先声明的。例如人们当配合之前，也很有些手续，新的是写情书，少则一束，多则一捆；旧的是什么"问名""纳采"[16]，磕头作揖，去年海昌蒋氏在北京举行婚礼，拜来拜去，就十足拜了三天，还印有一本红面子的《婚礼节文》，《序论》里大发议论道："平心论之，既名为礼，当必繁重。专图简易，何用礼为？……然则世之有志于礼者，可以兴矣！不可退居于礼所不下之庶人矣！"然而我毫不生气，这是因为无须我到场；因此也可见我的仇猫，理由实在简简单单，只为了它们在我的耳朵边尽嚷的缘故。人们的各种礼式，局外人可以不见不闻，我就满不管，但如果当我正要看书或睡觉的时候，有人来勒令朗诵情书，奉陪作揖，那是为自卫起见，还要用长竹竿来抵御的。还有，平素不大交往的人，忽而寄给我一个红帖子，上面印着"为舍妹出阁"，"小儿完姻"，"敬请观礼"或"阖第光临"这些含有"阴险的暗示"[17]的句子，使我不化钱便总觉得有些过意不去的，我也不十分高兴。

但是，这都是近时的话。再一回忆，我的仇猫却远在能够说出这些理由之前，也许是还在十岁上下的时候了。至今还分明记得，那原因是极其简单的：只因为它吃老鼠，——吃了我饲养着的可爱的小小的隐鼠[18]。

听说西洋是不很喜欢黑猫的，不知道可确；但Edgar Allan Poe[19]的小说里的黑猫，却实在有点骇人。日本的猫善于成精，传说中的"猫婆"[20]，那食人的惨酷确是更可怕。中国古时候虽然曾有"猫鬼"[21]，近来却很少听到猫的兴妖作怪，似乎古法已经失传，老实起来了。只是我在童年，总觉得它有点妖气，没有什么好感。那是一个我的幼时的夏夜，我躺在一株大桂树下的小板桌上乘凉，祖母摇着芭蕉扇坐在桌旁，给我猜谜，讲故事。忽然，桂树上沙沙地有趾爪的爬搔声，一对闪闪的眼睛在暗中随声而下，使我吃惊，也将祖母讲着的话打断，另讲猫的故事了——

“你知道么？猫是老虎的先生。”她说。“小孩子怎么会知道呢，猫是老虎的师父。老虎本来是什么也不会的，就投到猫的门下来。猫就教给它扑的方法，捉的方法，吃的方法，像自己的捉老鼠一样。这些教完了；老虎想，本领都学到了，谁也比不过它了，只有老师的猫还比自己强，要是杀掉猫，自己便是最强的脚色了。它打定主意，就上前去扑猫。猫是早知道它的来意的，一跳，便上了树，老虎却只能眼睁睁地在树下蹲着。它还没有将一切本领传授完，还没有教给它上树。”

这是侥幸的，我想，幸而老虎很性急，否则从桂树上就会爬下一匹老虎来。然而究竟很怕人，我要进屋子里睡觉去了。夜色更加黯然；桂叶瑟瑟地作响，微风也吹动了，想来草席定已微凉，躺着也不至于烦得翻来复去了。

几百年的老屋中的豆油灯的微光下，是老鼠跳梁的世界，飘忽地走着，吱吱地叫着，那态度往往比“名人名教授”还轩昂。猫是饲养着的，然而吃饭不管事。祖母她们虽然常恨鼠子们啮破了箱柜，偷吃了东西，我却以为这也算不得什么大罪，也和我不相干，况且这类坏事大概是大个子的老鼠做的，决不能诬陷到我所爱的小鼠身上去。这类小鼠大抵在地上走动，只有拇指那么大，也不很畏惧人，我们那里叫它“隐鼠”，与专住在屋上的伟大者是两种。我的床前就帖着两张花纸，一是“八戒招赘”[22]，满纸长嘴大耳，我以为不甚雅观；别的一张“老鼠成亲”[23]却可爱，自新郎新妇以至傧相，宾客，执事，没有一个不是尖腮细腿，像煞读书人的，但穿的都是红衫绿裤。我想，能举办这样大仪式的，一定只有我所喜欢的那些隐鼠。现在是粗俗了，在路上遇见人类的迎娶仪仗，也不过当作性交的广告看，不甚留心；但那时的想看“老鼠成亲”的仪式，却极其神往，即使像海昌蒋氏似的连拜三夜，怕也未必会看得心烦。正月十四的夜，是我不肯轻易便睡，等候它们的仪仗从床下出来的夜。然而仍然只看见几个光着身子的隐鼠在地面游行，不像正在办着喜事。直到我熬不住了，快快睡去，一睁眼却已经天明，到了灯节了。也许鼠族的婚仪，不但不分请帖，来收罗贺礼，虽是真的“观礼”，也绝对不欢迎的罢，我想，这是它们向来的习惯，无法抗议的。

老鼠的大敌其实并不是猫。春后，你听到它“咋！咋咋咋咋！”地叫着，大家称为“老鼠数铜钱”的，便知道它的可怕的屠伯已经光降了。这声音是表现绝望的惊恐的，虽然遇见猫，还不至于这样叫。猫自然也可怕，但老鼠只要窜进一个小洞去，它也就奈何不得，逃命的机会还很多。独有那可怕的屠伯——蛇，身体是细长的，圆径和鼠子差不多，凡鼠子能到的地方，它也能到，追逐的时间也格外长，而且万难幸免，当“数钱”的时候，大概是已经没有第二步办法的了。

有一回，我就听得一间空屋里有着这种“数钱”的声音，推门进去，一条蛇伏在横梁上，看地上，躺着一匹隐鼠，口角流血，但两胁还是一起一落的。取来给躺在一个纸盒子里，大半天，竟醒过来了，渐渐地能够饮食，行走，到第二日，似乎就复了原，但是不逃走。放在地上，也时时跑到人面前来，而且缘腿而上，一直爬到膝髁。给放在饭桌上，便检吃些菜渣，舐舐碗沿；放在我的书桌上，则从容地游行，看见砚台便舐吃了研着的墨汁。这使我非常惊喜了。我听父亲说过的，中国有一种墨猴，只有拇指一般大，全身的毛是漆黑而且发亮的。它睡在笔筒里，一听到磨墨，便跳出来，等着，等到人写完字，套上笔，就舐尽了砚上的余墨，仍旧跳进笔筒里去了。我就极愿意有这样的一个墨猴，可是得不到；问那里有，那里买的呢，谁也不知道。“慰情聊胜无”[24]，这隐鼠总可以算是我的墨猴了罢，虽然它舐吃墨汁，并不一定肯等到我写完字。

现在已经记不分明，这样地大约有一两月；有一天，我忽然感到寂寞了，真所谓“若有所失”。我的隐鼠，是常在眼前游行的，或桌上，或地上。而这一日却大半天没有见，大家吃午饭了，也不见它走出来，平时，是一定出现的。我再等着，再等它一半天，然而仍然没有见。

长妈妈，一个一向带领着我的女工，也许是以为我等得太苦了罢，轻轻地来告诉我一句话。这即刻使我愤怒而且悲哀，决心和猫们为敌。她说：隐鼠是昨天晚上被猫吃去了！

当我失掉了所爱的，心中有着空虚时，我要充填以报仇的恶念！

我的报仇，就从家里饲养着的一匹花猫起手，逐渐推广，至于凡所遇见的诸猫。最先不过是追赶，袭击；后来却愈加巧妙了，能飞石击中它们的头，或诱入空屋里面，打得它垂头丧气。这作战继续得颇长久，此后似乎猫都不来近我了。但对于它们纵使怎样战胜，大约也算不得一个英雄；况且中国毕生和猫打仗的人也未必多，所以一切韬略，战绩，还是全都省略了罢。

但许多天之后，也许是已经经过了大半年，我竟偶然得到一个意外的消息：那隐鼠其实并非被猫所害，倒是它缘着长妈妈的腿要爬上去，被她一脚踏死了。

这确是先前所没有料想到的。现在我已经记不清当时是怎样一个感想，但和猫的感情却终于没有融和；到了北京，还因为它伤害了兔的儿女们，便旧隙夹新嫌，使出更辣的辣手。“仇猫”的话柄，也从此传扬开来。然而在现在，这些早已是过去的事了，我已经改变态度，对猫颇为客气，倘其万不得已，则赶走而已，决不打伤它们，更何况杀害。这是我近几年的进步。经验既多，一旦大悟，知道猫的偷鱼肉，拖小鸡，深夜大叫，人们自然十之九是憎恶的，而这憎恶是在猫身上。假如我出而为人们驱除这憎恶，打伤或杀害了它，它便立刻变为可怜，那憎恶倒移在我身上了。所以，目下的办法，是凡遇猫们捣乱，至于有人讨厌时，我便站出去，在门口大声叱曰：“嘘！滚！”小小平静，即回书房，这样，就长保着御侮保家的资格。其实这方法，中国的官兵就常在实做的，他们总不肯扫清土匪或扑灭敌人，因为这么一来，就要不被重视，甚至于因失其用处而被裁汰。我想，如果能将这方法推广应用，我大概也总可望成为所谓“指导青年”的“前辈”的罢，但现下也还未决心实践，正在研究而且推敲。

一九二六年二月二十一日

---

① 本篇最初发表于一九二六年三月十日《莽原》半月刊第一卷第五期。

② 名人或名教授　指当时现代评论派陈西滢等人。一九二六年一月二十日《晨报副刊》上发表了岂明《闲话的闲话之闲话》一文，里面说“北京有两位新文化新文学的名人名教授”在诬蔑女学生；同月三十日陈西滢即在同一副刊上发表了《〈闲话的闲话之闲话〉引出来的几封信》，其中《致岂明》一信说：“我虽然配不上称为新文化新文学的名人名教授，也未免要同其余的读者一样，有些疑心先生骂的有我在里面，虽然我又拿不着把柄。”

③ “负有指导青年责任的前辈”　指徐志摩、陈西滢等。当时作者和现代评论派的斗争正在继续，徐志摩在一九二六年二月三日《晨报副刊》发表《结束闲话，结束废话》一文，其中有双方都是“负有指导青年责任的前辈”之类的话。

④ “不好惹”　这是徐志摩恫吓鲁迅的话。一九二六年一月三十日《晨报副刊》发表了徐志摩为陈西滢辩护的《关于下面一束通信告读者们》，其中说：“说实话，他也不是好惹的。”

⑤ 浑身发热　这是讽刺陈西滢的话。陈在一九二六年一月三十日《晨报副刊》发表的《致志摩》中说：“昨晚因为写另一篇文章，睡迟了，今天似乎有些发热。今天写了这

封信,已经疲倦了。”

⑥ 以动机来褒贬作品　这也是针对陈西滢的。陈在《现代评论》第二卷第四十八期(一九二五年十一月七日)的《闲话》中说:“一件艺术品的产生,除了纯粹的创造冲动,是不是常常还夹杂着别种动机?是不是应当夹杂着别种不纯洁的动机?……年青的人,他们观看文艺美术是用十二分虔敬的眼光,一定不愿意承认创造者的动机是不纯粹的吧。可是,看一看古今中外的各种文艺美术品,我们不能不说它们的产生的动机大都是混杂的。”

⑦ 覃哈特(1870—1915)　今译德恩哈尔特,德国文史学家、民俗学者。

⑧ 日耳曼人　古代居住在欧洲东北部的一些部落的总称。起初从事游牧、打猎,公元前一世纪转向定居。公元初分成东、西、北数支,开始阶级分化,出现贵族。东、西二支在公元四到五世纪联合斯拉夫人和罗马奴隶等,推翻了西罗马帝国。此后,他们在罗马领土上建立了许多封建王国。各支日耳曼人同其他原居民结合,形成近代英、德、荷兰、瑞典、挪威、丹麦等民族的祖先。

⑨ “公理”“正义”　这是陈西滢等常用的字眼。如在一九二五年十一月北京女子师范大学复校后,陈西滢等就在宴会席上组织所谓“教育界公理维持会”,支持北洋政府迫害学生和教育界进步人士。参看《华盖集·“公理”的把戏》。

⑩ “颜厚有忸怩”　语见《尚书·五子之歌》,意思是脸皮虽厚,内心也感到惭愧。

⑪ 万生园　也作万牲园,北京动物园的前称。

⑫ “党同伐异”　语见《后汉书·党锢传序》。意思是纠合同伙,攻击异己。陈西滢曾用此语影射攻击鲁迅。他在《现代评论》第三卷第五十三期(一九二五年十二月十二日)的《闲话》中说:“中国人是没有是非的……凡是同党,什么都是好的,凡是异党,什么都是坏的。”

⑬ 大勃吕该尔(1525—1569)　通译勃鲁盖尔,欧洲文艺复兴时期法兰德斯的讽刺画家。Allegorie der Wollust,德语,意思是“情欲的喻言”。

⑭ 弗罗特(1856—1939)　通译弗洛伊德,奥地利精神病学家,精神分析学说的创立者。这种学说认为文学、艺术、哲学、宗教等一切精神现象,都是人们因受压抑而潜藏在下意识里的某种“生命力”(Libido),特别是性欲的潜力所产生的。

⑮ 章士钊(1881—1973)　字行严,湖南长沙人。曾译有《茀罗乙德叙传》和《心解学》。

⑯ “问名”“纳采”　旧时议婚中的仪式。“问名”是男方通过媒妁问女方的姓名和出生年月日;“纳采”是向女方送定婚的礼物。

⑰ “阴险的暗示”　这也是陈西滢的话。陈为了否认他说过诬蔑女学生的话,在《致岂明》的信中说:“这话先生说了不止一次了,可是好像每次都在骂我的文章里,而且语气里很带些阴险的暗示。”

⑱ 隐鼠　即鼷鼠,鼠类中最小的一种。

⑲ Edgar Allan Poe　爱伦·坡(1809—1849),美国诗人、小说家。他在短篇小说《黑猫》中,写一个囚犯自述的故事:他因杀死一只猫而被神秘的黑猫逼成了谋杀犯。

⑳ “猫婆”　日本民间传说:有个老太婆养的一只猫,年久成了精怪;它把老太婆吃掉,又幻变成她的形状去害人。

㉑ “猫鬼”　《北史·独孤信传》中记有猫鬼杀人的情节:“陁性好左道,其外祖母高氏先事猫鬼,已杀其舅郭沙罗,因转入其家。……每以子日夜祀之。言子者,鼠也。其猫鬼每杀人者,所死家财物潜移于畜猫鬼家。”

㉒ “八戒招赘”　指猪八戒在高老庄入赘高太公家的故事,见于《西游记》第十八回。

㉓ “老鼠成亲”　旧时江浙一带的民间传说:夏历正月十四日的半夜是老鼠成亲的日期。

㉔ “慰情聊胜无”　语出晋代陶渊明诗《和刘柴桑》:“弱女虽非男,慰情良胜无。”

阿长与《山海经》[①]

长妈妈[②]，已经说过，是一个一向带领着我的女工，说得阔气一点，就是我的保姆。我的母亲和许多别的人都这样称呼她，似乎略带些客气的意思。只有祖母叫她阿长。我平时叫她“阿妈”，连“长”字也不带；但到憎恶她的时候，——例如知道了谋死我那隐鼠的却是她的时候，就叫她阿长。

我们那里没有姓长的；她生得黄胖而矮，“长”也不是形容词。又不是她的名字，记得她自己说过，她的名字是叫作什么姑娘的。什么姑娘，我现在已经忘却了，总之不是长姑娘；也终于不知道她姓什么。记得她也曾告诉过我这个名称的来历：先前的先前，我家有一个女工，身材生得很高大，这就是真阿长。后来她回去了，我那什么姑娘才来补她的缺，然而大家因为叫惯了，没有再改口，于是她从此也就成为长妈妈了。

虽然背地里说人长短不是好事情，但倘使要我说句真心话，我可只得说：我实在不大佩服她。最讨厌的是常喜欢切切察察，向人们低声絮说些什么事，还竖起第二个手指，在空中上下摇动，或者点着对手或自己的鼻尖。我的家里一有些小风波，不知怎的我总疑心和这“切切察察”有些关系。又不许我走动，拔一株草，翻一块石头，就说我顽皮，要告诉我的母亲去了。一到夏天，睡觉时她又伸开两脚两手，在床中间摆成一个“大”字，挤得我没有余地翻身，久睡在一角的席子上，又已经烤得那么热。推她呢，不动；叫她呢，也不闻。

“长妈妈生得那么胖，一定很怕热罢？晚上的睡相，怕不见得很好罢？……”

母亲听到我多回诉苦之后，曾经这样地问过她。我也知道这意思是要她多给我一些空席。她不开口。但到夜里，我热得醒来的时候，却仍然看见满床摆着一个“大”字，一条臂膊还搁在我的颈子上。我想，这实在是无法可想了。

但是她懂得许多规矩；这些规矩，也大概是我所不耐烦的。一年中最高兴的时节，自然要数除夕了。辞岁之后，从长辈得到压岁钱，红纸包着，放在枕边，只要过一宵，便可以随意使用。睡在枕上，看着红包，想到明天买来的小鼓，刀枪，泥人，糖菩萨……。然而她进来，又将一个福橘③放在床头了。

“哥儿，你牢牢记住！”她极其郑重地说。“明天是正月初一，清早一睁开眼睛，第一句话就得对我说：‘阿妈，恭喜恭喜！’记得么？你要记着，这是一年的运气的事情。不许说别的话！说过之后，还得吃一点福橘。”她又拿起那橘子来在我的眼前摇了两摇，“那么，一年到头，顺顺流流……。”

梦里也记得元旦的，第二天醒得特别早，一醒，就要坐起来。她却立刻伸出臂膊，一把将我按住。我惊异地看她时，只见她惶急地看着我。

她又有所要求似的，摇着我的肩。我忽而记得了——

“阿妈，恭喜……。”

“恭喜恭喜！大家恭喜！真聪明！恭喜恭喜！”她于是十分喜欢似的，笑将起来，同时将一点冰冷的东西，塞在我的嘴里。我大吃一惊之后，也就忽而记得，这就是所谓福橘，元旦辟头的磨难，总算已经受完，可以下床玩耍去了。

她教给我的道理还很多，例如说人死了，不该说死掉，必须说“老掉了”；死了人，生了孩子的屋子里，不应该走进去；饭粒落在地上，必须拣起来，最好是吃下去；晒裤子用的竹竿底下，是万不可钻过去的……。此外，现在大抵忘却了，只有元旦的古怪仪式记得最清楚。总之：都是些烦琐之至，至今想起来还觉得非常麻烦的事情。

然而我有一时也对她发生过空前的敬意。她常常对我讲“长毛”。她之所谓“长毛”者，不但洪秀全军，似乎连后来一切土匪强盗都在内，但除却革命党，因为那时还没有。她说得长毛非常可怕，他们的话就听不懂。她说先前长毛进城的时候，我家全都逃到海边去了，只留一个门房和年老的煮饭老妈子看家。后来长毛果然进门来了，那老妈子便叫他们

"大王",——据说对长毛就应该这样叫,——诉说自己的饥饿。长毛笑道:"那么,这东西就给你吃了罢!"将一个圆圆的东西掷了过来,还带着一条小辫子,正是那门房的头。煮饭老妈子从此就骇破了胆,后来一提起,还是立刻面如土色,自己轻轻地拍着胸脯道:"阿呀,骇死我了,骇死我了……。"

我那时似乎倒并不怕,因为我觉得这些事和我毫不相干的,我不是一个门房。但她大概也即觉到了,说道:"像你似的小孩子,长毛也要掳的,掳去做小长毛。还有好看的姑娘,也要掳。"

"那么,你是不要紧的。"我以为她一定最安全了,既不做门房,又不是小孩子,也生得不好看,况且颈子上还有许多灸疮疤。

"那里的话?!"她严肃地说。"我们就没有用么?我们也要被掳去。城外有兵来攻的时候,长毛就叫我们脱下裤子,一排一排地站在城墙上,外面的大炮就放不出来;再要放,就炸了!"

这实在是出于我意想之外的,不能不惊异。我一向只以为她满肚子是麻烦的礼节罢了,却不料她还有这样伟大的神力。从此对于她就有了特别的敬意,似乎实在深不可测;夜间的伸开手脚,占领全床,那当然是情有可原的了,倒应该我退让。

这种敬意,虽然也逐渐淡薄起来,但完全消失,大概是在知道她谋害了我的隐鼠之后。那时就极严重地诘问,而且当面叫她阿长。我想我又不真做小长毛,不去攻城,也不放炮,更不怕炮炸,我惧惮她什么呢!

但当我哀悼隐鼠,给它复仇的时候,一面又在渴慕着绘图的《山海经》[4]了。这渴慕是从一个远房的叔祖[5]惹起来的。他是一个胖胖的,和蔼的老人,爱种一点花木,如珠兰,茉莉之类,还有极其少见的,据说从北边带回去的马缨花。他的太太却正相反,什么也莫名其妙,曾将晒衣服的竹竿搁在珠兰的枝条上,枝折了,还要愤愤地咒骂道:"死尸!"这老人是个寂寞者,因为无人可谈,就很爱和孩子们往来,有时简直称我们为"小友"。在我们聚族而居的宅子里,只有他书多,而且特别。制艺和试帖诗[6],自然也是有的;但我却只在他的书斋里,看见过陆玑的《毛诗草木鸟兽虫鱼疏》[7],还有许多名目很生的书籍。我那时最爱看的是《花镜》[8],上面有许多图。他说给我听,曾经有过一部绘图的《山海经》,画着人面的兽,九头的蛇,三脚的鸟，生着翅膀的人，没有头而以两乳当作眼睛的怪物，……可惜现在不知道放在那里了。

我很愿意看看这样的图画，但不好意思力逼他去寻找，他是很疏懒的。问别人呢，谁也不肯真实地回答我。压岁钱还有几百文，买罢，又没有好机会。有书买的大街离我家远得很，我一年中只能在正月间去玩一趟，那时候，两家书店都紧紧地关着门。

玩的时候倒是没有什么的，但一坐下，我就记得绘图的《山海经》。

大概是太过于念念不忘了，连阿长也来问《山海经》是怎么一回事。这是我向来没有和她说过的，我知道她并非学者，说了也无益；但既然来问，也就都对她说了。

过了十多天，或者一个月罢，我还很记得，是她告假回家以后的四五天，她穿着新的蓝布衫回来了，一见面，就将一包书递给我，高兴地说道：

"哥儿，有画儿的'三哼经'，我给你买来了！"

我似乎遇着了一个霹雳，全体都震悚起来；赶紧去接过来，打开纸包，是四本小小的书，略略一翻，人面的兽，九头的蛇，……果然都在内。

这又使我发生新的敬意了，别人不肯做，或不能做的事，她却能够做成功。她确有伟大的神力。谋害隐鼠的怨恨，从此完全消灭了。

这四本书，乃是我最初得到，最为心爱的宝书。

书的模样，到现在还在眼前。可是从还在眼前的模样来说，却是一部刻印都十分粗拙的本子。纸张很黄；图像也很坏，甚至于几乎全用直线凑合，连动物的眼睛也都是长方形的。但那是我最为心爱的宝书，看起来，确是人面的兽；九头的蛇；一脚的牛；袋子似的帝江[9]；没有头而"以乳为目，以脐为口"，还要"执干戚而舞"的刑天[10]。

此后我就更其搜集绘图的书，于是有了石印的《尔雅音图》和《毛诗品物图考》[11]，又有了《点石斋丛画》和《诗画舫》[12]。《山海经》也另买了一部石印的，每卷都有图赞，绿色的画，字是红的，比那木刻的精致得多了。这一部直到前年还在，是缩印的郝懿行[13]疏。木刻的却已经记不清是什么时候失掉了。

我的保姆，长妈妈即阿长，辞了这人世，大概也有了三十年了罢。我终于不知道她的姓名，她的经历；仅知道有一个过继的儿子，她大约是青年守寡的孤孀。

仁厚黑暗的地母呵，愿在你怀里永安她的魂灵！

三月十日

---

① 本篇最初发表于一九二六年三月二十五日《莽原》半月刊第一卷第六期。

② 长妈妈　绍兴东浦大门溇人。死于一八九九年(清光绪二十五年)四月。夫家姓余。文末提及她"过继的儿子"名五九，是一个裁缝。

③ 福橘　福建产的橘子；因带有"福"字，为取吉利，旧时江浙民间有在夏历元旦早晨吃"福橘"的习俗。

④《山海经》　十八卷，约公元前四世纪至二世纪间的作品。内容主要是我国民间传说中的地理知识，还保存了不少上古时代流传下来的神话故事。鲁迅称之为"古之巫书"。参看《中国小说史略·神话与传说》。

⑤ 远房的叔祖　指周兆蓝，字玉田，是个秀才。

⑥ 制艺和试帖诗　都是科举考试规定的公式化诗文。制艺，即摘取"四书""五经"中的文句命题、立论的八股文；试帖诗，大抵取古人诗句或成语命题，冠以"赋得"二字，并限韵脚，一般为五言八韵。这里指当时书坊刊印的八股文和试帖诗的范本。

⑦ 陆玑　字元恪，三国时吴国吴郡人。《毛诗草木鸟兽虫鱼疏》，二卷，是解释《毛诗》中动植物名称的书。《毛诗》即《诗经》，相传为西汉初毛亨、毛苌所传，故称《毛诗》。

⑧《花镜》　即《秘传花镜》，清代杭州人陈淏子著。是一部讲述园圃花木的书。康熙二十七年(1688)刊印。全书六卷，内分"花历新栽"、"课花十八法"、"花木类考"、"藤蔓类考"、"花草类考"、"养禽鸟、兽畜、鳞介、昆虫法"六门。

⑨ 帝江　《山海经》中能歌善舞的神鸟。该书《西山经》说："其状如黄囊，赤如丹火，六足四翼，浑敦无面目。"

⑩ 刑天　《山海经》中的神话人物。该书《海外西经》说："刑天至此与帝争神，帝断其首，葬之常羊之山；乃以乳为目，以脐为口，操干戚以舞。"干，盾牌；戚，大斧。都是古代兵器。

⑪《尔雅音图》　共三卷。《尔雅》是我国古代的辞书，作者不详，大概是汉初的著作。《尔雅音图》是宋人注明字音并加插图的一种《尔雅》版本。清嘉庆六年(1801)曾燠曾翻刻元人影写的宋钞绘图本，清光绪八年(1882)上海同文书局曾据以石印。《毛诗品物图考》，日本冈元凤作，共七卷。是把《毛诗》中的动植物等画出图像并加简明考证的书，一七八四年(日本天明四年，即清乾隆四十九年)出版。

⑫《点石斋丛画》　尊闻阁主人编，共十卷。是一部汇辑中国画家作品的画谱，其中也收有日本画家的作品。一八八五年(清光绪十一年)上海点石斋书局石印。《诗画舫》，画谱名，汇印明代隆庆、万历年间画家的作品，分山水、人物、花鸟、草虫、四友、扇谱六卷。一八七九年(清光绪五年)上海点石斋书局曾翻印。

⑬ 郝懿行(1757—1825)　字兰皋，山东栖霞人，清代经学家。著有《尔雅义疏》、《山海经笺疏》及《易说》、《春秋说略》等。

《二十四孝图》[1]

我总要上下四方寻求，得到一种最黑，最黑，最黑的咒文，先来诅咒一切反对白话，妨害白话者。即使人死了真有灵魂，因这最恶的心，应该堕入地狱，也将决不改悔，总要先来诅咒一切反对白话，妨害白话者。

自从所谓"文学革命"[2]以来，供给孩子的书籍，和欧，美，日本的一比较，虽然很可怜，但总算有图有说，只要能读下去，就可以懂得的了。可是一班别有心肠的人们，便竭力来阻遏它，要使孩子的世界中，没有一丝乐趣。北京现在常用"马虎子"这一句话来恐吓孩子们。或者说，那就是《开河记》[3]上所载的，给隋炀帝开河，蒸死小儿的麻叔谋；正确地写起来，须是"麻胡子"。那么，这麻叔谋乃是胡人[4]了。但无论他是甚么人，他的吃小孩究竟也还有限，不过尽他的一生。妨害白话者的流毒却甚于洪水猛兽，非常广大，也非常长久，能使全中国化成一个麻胡，凡有孩子都死在他肚子里。

只要对于白话来加以谋害者，都应该灭亡！

这些话，绅士们自然难免要掩住耳朵的，因为就是所谓"跳到半天空，骂得体无完肤，——还不肯罢休。"[5]而且文士们一定也要骂，以为大悖于"文格"，亦即大损于"人格"。岂不是"言者心声也"[6]么？"文"和"人"当然是相关的，虽然人间世本来千奇百怪，教授们中也有"不尊敬"作者的人格而不能"不说他的小说好"[7]的特别种族。但这些我都不管，因为我幸而还没有爬上"象牙之塔"[8]去，正无须怎样小心。倘若无意中竟已撞上了，那就即刻跌下来罢。然而在跌下来的中途，当还未到地之前，还要说一遍：

只要对于白话来加以谋害者，都应该灭亡！

每看见小学生欢天喜地地看着一本粗拙的《儿童世界》[9]之类，另想到别国的儿童用书的精美，自然要觉得中国儿童的可怜。但回忆起我和我的同窗小友的童年，却不能不以为他幸福，给我们的永逝的韶光一个悲哀的吊唁。我们那时有什么可看呢，只要略有图画的本子，就要被塾师，就是当时的“引导青年的前辈”禁止，呵斥，甚而至于打手心。我的小同学因为专读“人之初性本善”[10]读得要枯燥而死了，只好偷偷地翻开第一叶，看那题着“文星高照”四个字的恶鬼一般的魁星[11]像，来满足他幼稚的爱美的天性。昨天看这个，今天也看这个，然而他们的眼睛里还闪出苏醒和欢喜的光辉来。

在书塾以外，禁令可比较的宽了，但这是说自己的事，各人大概不一样。我能在大众面前，冠冕堂皇地阅看的，是《文昌帝君阴骘文图说》[12]和《玉历钞传》[13]，都画着冥冥之中赏善罚恶的故事，雷公电母站在云中，牛头马面布满地下，不但“跳到半天空”是触犯天条的，即使半语不合，一念偶差，也都得受相当的报应。这所报的也并非“睚眦之怨”[14]，因为那地方是鬼神为君，“公理”作宰，请酒下跪，全都无功，简直是无法可想。在中国的天地间，不但做人，便是做鬼，也艰难极了。然而究竟很有比阳间更好的处所：无所谓“绅士”，也没有“流言”。

阴间，倘要稳妥，是颂扬不得的。尤其是常常好弄笔墨的人，在现在的中国，流言的治下，而又大谈“言行一致”[15]的时候。前车可鉴，听说阿尔志跋绥夫[16]曾答一个少女的质问说，“惟有在人生的事实这本身中寻出欢喜者，可以活下去。倘若在那里什么也不见，他们其实倒不如死。”于是乎有一个叫作密哈罗夫的，寄信嘲骂他道，“……所以我完全诚实地劝你自杀来祸福你自己的生命，因为这第一是合于逻辑，第二是你的言语和行为不至于背驰。”

其实这论法就是谋杀，他就这样地在他的人生中寻出欢喜来。阿尔志跋绥夫只发了一大通牢骚，没有自杀。密哈罗夫先生后来不知道怎样，这一个欢喜失掉了，或者另外又寻到了“什么”了罢。诚然，“这些时候，勇敢，是安稳的；情热，是毫无危险的。”

然而，对于阴间，我终于已经颂扬过了，无法追改；虽有“言行不符”之嫌，但确没有受过阎王或小鬼的半文津贴，则差可以自解。总而言之，还是仍然写下去罢：

我所看的那些阴间的图画，都是家藏的老书，并非我所专有。我所收得的最先的画图本子，是一位长辈的赠品：《二十四孝图》[17]。这虽然不过薄薄的一本书，但是下图上说，鬼少人多，又为我一人所独有，使我高兴极了。那里面的故事，似乎是谁都知道的；便是不识字的人，例如阿长，也只要一看图画便能够滔滔地讲出这一段的事迹。但是，我于高兴之余，接着就是扫兴，因为我请人讲完了二十四个故事之后，才知道"孝"有如此之难，对于先前痴心妄想，想做孝子的计划，完全绝望了。

"人之初，性本善"么？这并非现在要加研究的问题。但我还依稀记得，我幼小时候实未尝蓄意忤逆，对于父母，倒是极愿意孝顺的。不过年幼无知，只用了私见来解释"孝顺"的做法，以为无非是"听话"，"从命"，以及长大之后，给年老的父母好好地吃饭罢了。自从得了这一本孝子的教科书以后，才知道并不然，而且还要难到几十几百倍。其中自然也有可以勉力仿效的，如"子路负米"[18]，"黄香扇枕"[19]之类。"陆绩怀橘"[20]也并不难，只要有阔人请我吃饭。"鲁迅先生作宾客而怀橘乎？"我便跪答云，"吾母性之所爱，欲归以遗母。"阔人大佩服，于是孝子就做稳了，也非常省事。"哭竹生笋"[21]就可疑，怕我的精诚未必会这样感动天地。但是哭不出笋来，还不过抛脸而已，一到"卧冰求鲤"[22]，可就有性命之虞了。我乡的天气是温和的，严冬中，水面也只结一层薄冰，即使孩子的重量怎样小，躺上去，也一定哗喇一声，冰破落水，鲤鱼还不及游过来。自然，必须不顾性命，这才孝感神明，会有出乎意料之外的奇迹，但那时我还小，实在不明白这些。

其中最使我不解，甚至于发生反感的，是"老莱娱亲"[23]和"郭巨埋儿"[24]两件事。

我至今还记得，一个躺在父母跟前的老头子，一个抱在母亲手上的小孩子，是怎样地使我发生不同的感想呵。他们一手都拿着"摇咕咚"。这玩意儿确是可爱的，北京称为小鼓，盖即鼗也，朱熹[25]曰，"鼗，小鼓，两旁有耳；持其柄而摇之，则旁耳还自击，"咕咚咕咚地响起来。然而这东西是不该拿在老莱子手里的，他应该扶一枝拐杖。现在这模样，简直是装佯，侮辱了孩子。我没有再看第二回，一到这一叶，便急速地翻过去了。

那时的《二十四孝图》，早已不知去向了，目下所有的只是一本日本小田海[26]所画的本子，叙老莱子事云，"行年七十，言不称老，常著五色斑斓之衣，为婴儿戏于亲侧。又常取水上堂，诈跌仆地，作婴儿啼，以娱亲意。”大约旧本也差不多，而招我反感的便是“诈跌”。无论忤逆，无论孝顺，小孩子多不愿意“诈”作，听故事也不喜欢是谣言，这是凡有稍稍留心儿童心理的都知道的。

然而在较古的书上一查，却还不至于如此虚伪。师觉授[27]《孝子传》云，“老莱子……常著斑斓之衣，为亲取饮，上堂脚跌，恐伤父母之心，僵仆为婴儿啼。”（《太平御览》[28]四百十三引）较之今说，似稍近于人情。不知怎地，后之君子却一定要改得他“诈”起来，心里才能舒服。邓伯道弃子救侄[29]，想来也不过“弃”而已矣，昏妄人也必须说他将儿子捆在树上，使他追不上来才肯歇手。正如将“肉麻当作有趣”一般，以不情为伦纪[30]，诬蔑了古人，教坏了后人。老莱子即是一例，道学先生[31]以为他白璧无瑕时，他却已在孩子的心中死掉了。

至于玩着“摇咕咚”的郭巨的儿子，却实在值得同情。他被抱在他母亲的臂膊上，高高兴兴地笑着；他的父亲却正在掘窟窿，要将他埋掉了。说明云，“汉郭巨家贫，有子三岁，母尝减食与之。巨谓妻曰，贫乏不能供母，子又分母之食。盍埋此子？”但是刘向[32]《孝子传》所说，却又有些不同：巨家是富的，他都给了两弟；孩子是才生的，并没有到三岁。结末又大略相像了，“及掘坑二尺，得黄金一釜，上云：天赐郭巨，官不得取，民不得夺！”

我最初实在替这孩子捏一把汗，待到掘出黄金一釜，这才觉得轻松。然而我已经不但自己不敢再想做孝子，并且怕我父亲去做孝子了。家景正在坏下去，常听到父母愁柴米；祖母又老了，倘使我的父亲竟学了郭巨，那么，该埋的不正是我么？如果一丝不走样，也掘出一釜黄金来，那自然是如天之福，但是，那时我虽然年纪小，似乎也明白天下未必有这样的巧事。

现在想起来，实在很觉得傻气。这是因为现在已经知道了这些老玩意，本来谁也不实行。整饬伦纪的文电是常有的，却很少见绅士赤条条地躺在冰上面，将军跳下汽车去负米。何况现在早长大了，看过几部古书，买过几本新书，什么《太平御览》咧，《古孝子传》[33]咧，《人口问题》咧，《节制生育》咧，《二十世纪是儿童的世界》咧，可以抵抗被埋的理由多得很。不过彼一时，此一时，彼时我委实有点害怕：掘好深坑，不见黄金，连“摇咕咚”一同埋下去，盖上土，踏得实实的，又有什么法子可想呢。我想，事情虽然未必实现，但我从此总怕听到我的父母愁穷，怕看见我的白发的祖母，总觉得她是和我不两立，至少，也是一个和我的生命有些妨碍的人。后来这印象日见其淡了，但总有一些留遗，一直到她去世——这大概是送给《二十四孝图》的儒者所万料不到的罢。

五月十日

---

① 本篇最初发表于一九二六年五月二十五日《莽原》半月刊第一卷第十期。

② “文学革命” “五四”时期反对旧文学、提倡新文学的运动。文学革命问题的讨论，一九一七年在《新青年》杂志上初步展开。五四运动爆发以后，它成为新文化革命的一部分，在无产阶级思想领导下，对封建势力所维护的旧文学和文言文进行了猛烈的斗争。

③ 《开河记》 传奇小说，宋代人作。记隋炀帝令麻叔谋开掘下渠的故事，其中有麻叔谋蒸食小孩的传说。

④ 参看《朝花夕拾·后记》第一段。

⑤ “跳到半天空”等语，是陈西滢在一九二六年一月三十日《晨报副刊》发表的《致志摩》中攻击鲁迅的话：“他常常的无故骂人，……可是要是有人侵犯了他一言半语，他就跳到半天空，骂得你体无完肤——还不肯罢休。”

⑥ “言者心声也” 语出汉代扬雄《法言·问神》：“故言，心声也。”意思是说，语言和文章是人的思想的表现。

⑦ 不能“不说他的小说好” 陈西滢在《现代评论》第三卷第七十一期（一九二六年四月十七日）的《闲话》中说：“我不能因为我不尊敬鲁迅先生的人格，就不说他的小说好，我也不能因为佩服他的小说，就称赞他其余的文章。”

⑧ “象牙之塔” 最初是法国文艺批评家圣佩韦（Sainte-Beuve，1804—1864）评论同时代消极浪漫主义诗人维尼（A. Vigny，1797—1863）的用语，后用以比喻脱离现实生活的艺术家的小天地。

⑨ 《儿童世界》 一种供高小程度儿童阅读的周刊（后改半月刊）。内容分诗歌、童话、故事、谜语、笑话和儿童创作等，上海商务印书馆编印，一九二二年一月创刊，一九三七年八月停刊。

⑩ “人之初性本善” 旧时学塾通用的初级读物《三字经》的首二句。

⑪ 魁星 魁星像略似“魁”字字形，一手执笔，一手持墨斗，上身前倾，一脚后翘，好像正在用笔点定谁将在科举中考中的样子。旧时学塾初级读物的扉页上常刊有魁星像。

⑫ 《文昌帝君阴骘文图说》 据迷信传说，晋时四川人张亚子，死后成为掌管人间功名禄籍的神道，称文昌帝君。《阴骘文图说》，相传为张亚子所作，是一部宣传因果报应，散布封建迷信的画集。阴骘，即阴德。

⑬ 《玉历钞传》 全称《玉历至宝钞传》，是一部宣传迷信的书，题称宋代“淡痴道人梦中得授，弟子勿迷道人钞录传世”，序文说它是“地藏王与十殿阎君，悯地狱之惨，奏请天帝，传《玉历》以警世”。共八章，第二章《〈玉历〉之图像》，即所谓十殿阎王地狱轮回等图像。

⑭ “睚眦之怨” 语见《史记·范雎传》：“一饭之德必偿，睚眦之怨必报。”睚眦之怨，意即小小的仇恨。陈西滢在《现代评论》第三卷第七十期（一九二六年四月十日）发表《杨德群女士事件》一文，以答复女师大学生雷榆等五人为杨德群辩诬的信，其中暗

指鲁迅说:“因为那‘杨女士不大愿意去’一句话,有些人在许多文章里就说我的罪状比执政府卫队还大!比军阀还凶!……不错,我曾经有一次在生气的时候揭穿过有些人的真面目,可是,难道四五十个死者的冤可以不雪,睚眦之仇却不可不报吗?”后文提到“‘公理’作宰,请酒下跪”,也是对陈西滢、杨荫榆等互相勾结迫害进步学生的嘲讽。

⑮ 大谈“言行一致” 陈西滢在《现代评论》第三卷第五十九期(一九二六年一月二十三日)《闲话》中曾说:“言行不相顾本没有多大稀罕,世界上多的是这样的人。讲革命的做官僚,讲言论自由的烧报馆。”这里说的“做官僚”,是指鲁迅在教育部任职;“烧报馆”,指一九二五年十一月二十九日,北京群众在反对段祺瑞的示威中烧毁晨报(反动政治集团研究系的报纸)馆的事件。

⑯ 阿尔志跋绥夫(М. П. Арцыбащев, 1878—1927) 俄国小说家。十月革命后于一九二三年逃亡国外,死于华沙。著有长篇小说《沙宁》、中篇小说《工人绥惠略夫》等。

⑰《二十四孝图》《二十四孝》,元代郭居敬编,内容是辑录古代所传二十四个孝子的故事。后来的印本都配上图画,通称《二十四孝图》,是旧时宣扬封建孝道的通俗读物。

⑱“子路负米” 子路,姓仲名由,春秋时鲁国卞(今山东泗水)人,孔丘的学生。《孔子家语·致思》中,子路自述“事二亲之时,常食藜藿之实,为亲负米百里之外”。

⑲“黄香扇枕” 黄香,东汉安陆(今属湖北)人。九岁丧母,《东观汉记》中说他对父亲“尽心供养,……暑即扇床枕,寒即以身温席”。

⑳“陆绩怀橘” 陆绩,三国时吴国吴县华亭(今上海市松江)人,科学家。《三国志·吴书·陆绩传》说他“年六岁,于九江见袁术。术出橘,绩怀三枚,去,拜辞堕地,术谓曰:‘陆郎作宾客而怀橘乎?’绩跪答曰:‘归欲遗母。’术大奇之。”

㉑“哭竹生笋” 三国时吴国孟宗的故事。唐代白居易编的《白氏六帖》中说:“孟宗后母好笋,令宗冬月求之,宗入竹林恸哭,笋为之出。”

㉒“卧冰求鲤” 晋代王祥的故事。《晋书·王祥传》说他的后母“常欲生鱼,时天寒冰冻,祥解衣将剖冰求之,冰忽自解,双鲤跃出,持之而归”。

㉓“老莱娱亲” 老莱,传说是春秋时楚国人。《艺文类聚·人部》记有他七十岁时穿五色彩衣诈跌“娱亲”的故事。

㉔“郭巨埋儿” 郭巨,晋代陇虑(今河南林县)人。《太平御览》卷四一一引刘向《孝子图》说:“郭巨,……甚富。父没,分财二千万为两,分与两弟,己独取母供养。……妻产男,虑举之则妨供养,乃令妻抱儿,欲掘地埋之。于土中得金一釜,上有铁券云:‘赐孝子郭巨。’……遂得兼养儿。”

㉕ 朱熹(1130—1200) 字元晦,徽州婺源(今属江西)人,宋代理学家。这里的一段话,原是汉代郑玄关于《周礼·春官·小师》的注释,后被朱熹用作他的《论语集注·微子》中“播鼗武入于汉”一句的注释。

㉖ 小田海 (1785—1862) 日本江户幕府末期的文人画家。他画的《二十四孝图》是一八四四年(日本天保十四年,即清道光二十四年)的作品,曾收入上海点石斋书局印行的《点石斋丛画》。

㉗ 师觉授 南朝宋涅阳(今河南镇平南)人。他所著的《孝子传》八卷,已散佚;有清代黄奭辑本,收入《汉学堂丛书》中。

㉘《太平御览》 类书名,宋太平兴国二年(977)李昉等奉敕撰。初名《太平总类》,书成后经太宗阅览,因名《太平御览》。全书一千卷,分五十五门,所引书籍共一六九〇种,其中不少现已散佚。

㉙ 邓伯道弃子救侄 邓伯道,名攸,晋代平阳襄陵(今属山西)人。据《晋书·邓攸传》载,石勒攻晋的战乱中,他全家出外逃难,途中曾弃子救侄。

㉚伦纪　即伦常、纲纪，指封建道德规定的人与人之间应该遵守的相互关系准则。

㉛道学先生　道学，又称理学，即宋代程颢、程颐、朱熹等人阐释儒家学说而形成的唯心主义思想体系，当时称为道学。道学先生，即指信奉和宣扬这种学说的人。

㉜刘向（约公元前77—公元前6年）　字子政，西汉沛（今江苏沛县）人，经学家、文学家。他作的《孝子传》已亡佚，有清代黄奭的辑本，收入《汉学堂丛书》；又有茅泮林的辑本，收入《梅瑞轩十种古逸书》。

㉝《古孝子传》　清代茅泮林编，是从“类书”中辑录刘向、萧广济、王歆、王韶之、周景式、师觉授、宋躬、虞盘佑、郑缉等已散佚的《孝子传》成书，收入《梅瑞轩十种古逸书》中。

五猖会[①]

孩子们所盼望的，过年过节之外，大概要数迎神赛会[②]的时候了。但我家的所在很偏僻，待到赛会的行列经过时，一定已在下午，仪仗之类，也减而又减，所剩的极其寥寥。往往伸着颈子等候多时，却只见十几个人抬着一个金脸或蓝脸红脸的神像匆匆地跑过去。于是，完了。

我常存着这样的一个希望：这一次所见的赛会，比前一次繁盛些。可是结果总是一个"差不多"；也总是只留下一个纪念品，就是当神像还未抬过之前，化一文钱买下的，用一点烂泥，一点颜色纸，一枝竹签和两三枝鸡毛所做的，吹起来会发出一种刺耳的声音的哨子，叫作"吹都都"的，吡吡地吹它两三天。

现在看看《陶庵梦忆》[③]，觉得那时的赛会，真是豪奢极了，虽然明人的文章，怕难免有些夸大。因为祷雨而迎龙王，现在也还有的，但办法却已经很简单，不过是十多人盘旋着一条龙，以及村童们扮些海鬼。那时却还要扮故事，而且实在奇拔得可观。他记扮《水浒传》[④]中人物云："……于是分头四出，寻黑矮汉，寻梢长大汉，寻头陀[⑤]，寻胖大和尚，寻茁壮妇人，寻姣长妇人，寻青面，寻歪头，寻赤须，寻美髯，寻黑大汉，寻赤脸长须。大索城中；无，则之郭，之村，之山僻，之邻府州县。用重价聘之，得三十六人，梁山泊好汉，个个呵活，臻臻至至[⑥]，人马称娖[⑦]而行。……"这样的白描的活古人，谁能不动一看的雅兴呢？可惜这种盛举，早已和明社[⑧]一同消灭了。

赛会虽然不像现在上海的旗袍[⑨]，北京的谈国事[⑩]，为当局所禁止，然而妇孺们是不许看的，读书人即所谓士子，也大抵不肯赶去看。只有游手好闲的闲人，这才跑到庙前或衙门前去看热闹；我关于赛会的知识，多半是从他们的叙述上得来的，并非考据家所贵重的“眼学”[11]。然而记得有一回，也亲见过较盛的赛会。开首是一个孩子骑马先来，称为“塘报”[12]；过了许久，“高照”[13]到了，长竹竿揭起一条很长的旗，一个汗流浃背的胖大汉用两手托着；他高兴的时候，就肯将竿头放在头顶或牙齿上，甚而至于鼻尖。其次是所谓“高跷”，“抬阁”，“马头”[14]了；还有扮犯人的，红衣枷锁，内中也有孩子。我那时觉得这些都是有光荣的事业，与闻其事的即全是大有运气的人，——大概羡慕他们的出风头罢。我想，我为什么不生一场重病，使我的母亲也好到庙里去许下一个“扮犯人”的心愿的呢？……然而我到现在终于没有和赛会发生关系过。

要到东关[15]看五猖会去了。这是我儿时所罕逢的一件盛事。因为那会是全县中最盛的会，东关又是离我家很远的地方，出城还有六十多里水路，在那里有两座特别的庙。一是梅姑庙，就是《聊斋志异》[16]所记，室女守节，死后成神，却篡取别人的丈夫的；现在神座上确塑着一对少年男女，眉开眼笑，殊与“礼教”有妨。其一便是五猖庙了，名目就奇特。据有考据癖的人说：这就是五通神[17]。然而也并无确据。神像是五个男人，也不见有什么猖獗之状；后面列坐着五位太太，却并不“分坐”，远不及北京戏园里界限之谨严。其实呢，这也是殊与“礼教”有妨的，——但他们既然是五猖，便也无法可想，而且自然也就“又作别论”了。

因为东关离城远，大清早大家就起来。昨夜预定好的三道明瓦窗的大船，已经泊在河埠头，船椅，饭菜，茶炊，点心盒子，都在陆续搬下去了。我笑着跳着，催他们要搬得快。忽然，工人的脸色很谨肃了，我知道有些蹊跷，四面一看，父亲就站在我背后。

“去拿你的书来。”他慢慢地说。

这所谓“书”，是指我开蒙时候所读的《鉴略》[18]，因为我再没有第二本了。我们那里上学的岁数是多拣单数的，所以这使我记住我其时是七岁。

我忐忑着，拿了书来了。他使我同坐在堂中央的桌子前，教我一句一句地读下去。我担着心，一句一句地读下去。

两句一行，大约读了二三十行罢，他说：

“给我读熟。背不出，就不准去看会。”

他说完，便站起来，走进房里去了。

我似乎从头上浇了一盆冷水。但是，有什么法子呢？自然是读着，读着，强记着，——而且要背出来。

粤自盘古，生于太荒，
首出御世，肇开混茫。

就是这样的书，我现在只记得前四句，别的都忘却了；那时所强记的二三十行，自然也一齐忘却在里面了。记得那时听人说，读《鉴略》比读《千字文》，《百家姓》[19]有用得多，因为可以知道从古到今的大概。知道从古到今的大概，那当然是很好的，然而我一字也不懂。"粤自盘古"就是"粤自盘古"，读下去，记住它，"粤自盘古"呵！"生于太荒"呵！……

应用的物件已经搬完，家中由忙乱转成静肃了。朝阳照着西墙，天气很清朗。母亲，工人，长妈妈即阿长，都无法营救，只默默地静候着我读熟，而且背出来。在百静中，我似乎头里要伸出许多铁钳，将什么"生于太荒"之流夹住；也听到自己急急诵读的声音发着抖，仿佛深秋的蟋蟀，在夜中鸣叫似的。

他们都等候着；太阳也升得更高了。

我忽然似乎已经很有把握，便即站了起来，拿书走进父亲的书房，一气背将下去，梦似的就背完了。

"不错。去罢。"父亲点着头，说。

大家同时活动起来，脸上都露出笑容，向河埠走去。工人将我高高地抱起，仿佛在祝贺我的成功一般，快步走在最前头。

我却并没有他们那么高兴。开船以后，水路中的风景，盒子里的点心，以及到了东关的五猖会的热闹，对于我似乎都没有什么大意思。

直到现在，别的完全忘却，不留一点痕迹了，只有背诵《鉴略》这一段，却还分明如昨日事。

我至今一想起，还诧异我的父亲何以要在那时候叫我来背书。

五月二十五日

---

① 本篇最初发表于一九二六年六月十日《莽原》半月刊第一卷第十一期。

② 迎神赛会　旧时的一种迷信习俗，用仪仗鼓乐和杂戏迎神出庙，周游街巷，以酬神祈福。

③《陶庵梦忆》　小品文集，明代张岱（号陶庵）著，共八卷。本文所引见该书卷七《及时雨》条，记的是明崇祯五年（1632年）七月绍兴的祈雨赛会情况。

④《水浒传》　长篇小说，明代施耐庵著。

⑤ 头陀　梵语音译。原为佛教苦行，后用以称游方乞食的和尚。

⑥ 臻臻至至　齐备的意思。

⑦ 秾　行列整齐的样子。

⑧ 明社　即明王朝。社，这里指社稷，旧时用作国家的代称。

⑨ 上海的旗袍　当时盘踞江浙等地的北洋直系军阀孙传芳认为妇女穿了旗袍，与男子就没有多大区别（那时男子通行穿长袍），是伤风败俗的，曾下令禁止。

⑩ 北京的谈国事　当时北京的军阀为了束缚人民的思想，压制人民的反抗，禁止谈论国事，因此饭铺茶馆等处都贴有"莫谈国事"的纸条。

⑪"眼学"　语见北齐颜之推《颜氏家训·勉学》："谈说制文，援引古昔，必须眼学，勿信耳受。"

⑫"塘报"　即驿报，古代驿站用快马急行传递的公文。浙东一带赛会时，由一个化装的孩子骑马先行，预示赛会队伍即将到来，也叫"塘报"。

⑬"高照"　高挂在长竹竿上的通告。"照"就是通告。绍兴赛会中的"高照"长二三丈，用绸缎刺绣而成。

⑭"高跷"　我国民间游艺的一种，扮饰戏剧中某一角色的人，两脚下各缚五六尺长的木棍，边走边表演。一般多扮演喜剧中的角色。"抬阁"，赛会中常见的一种游艺，一个木制四方形的小阁，里面有两三个扮饰戏曲故事中人物的儿童，由成年人抬着游行。"马头"，也是赛会中的游艺，扮饰戏曲故事中人物的儿童骑在马上游行。

⑮ 东关　绍兴旧属的一个大集镇，在绍兴城东约六十里，今属绍兴地区上虞县。

⑯《聊斋志异》　短篇小说集，清代蒲松龄著，通行本为十六卷。梅姑事见于卷十四《金姑夫》篇："会稽有梅姑祠，神故马姓，族居东莞，未嫁而夫早死，遂矢志不醮，三旬而卒。族人祠之，谓之梅姑。丙申，上虞金生赴试经此，入庙徘徊，颇涉冥想。至夜，梦青衣来，传梅姑命招之，从去。入祠，梅姑立候檐下，笑曰：'蒙君宠顾，实切依恋，不嫌陋拙，愿以身为姬侍。'金唯唯。梅姑送之曰：'君且去；设座成，当相迓耳。'醒而恶之。是夜，居人梦梅姑曰：'上虞金生，今为吾婿，宜塑其像。'诘旦，村人语梦悉同。族长恐玷其贞，以故不从；未几一家俱病，大惧，为肖像于左。既成，金生告妻子曰：'梅姑迎我矣！'衣冠而死。妻痛恨，诣祠指女像秽骂，又升座批颊数四乃去。今马氏呼为金姑夫。"梅姑庙在宋代《嘉泰会稽志》中已有记载。

⑰ 五通神　旧时南方乡村中供奉的妖邪之神。唐末已有香火，庙号"五通"。据传为兄弟五人，俗称五圣。

⑱《鉴略》　旧时学塾所用的一种初级历史读物，清代王仕云著，四言韵语，上起盘古，下迄明代弘光。

⑲《千字文》　旧时学塾所用的初级读物，相传为南朝梁周兴嗣作，用一千个不同的字编成四言韵语。《百家姓》，旧时学塾所用的识字读本，北宋人作，将姓氏连缀为四言韵语。

无 常[①]

迎神赛会这一天出巡的神，如果是掌握生杀之权的，——不，这生杀之权四个字不大妥，凡是神，在中国仿佛都有些随意杀人的权柄似的，倒不如说是职掌人民的生死大事的罢，就如城隍和东岳大帝[②]之类，那么，他的卤簿[③]中间就另有一群特别的脚色：鬼卒，鬼王，还有活无常。

这些鬼物们，大概都是由粗人和乡下人扮演的。鬼卒和鬼王是红红绿绿的衣裳，赤着脚；蓝脸，上面又画些鱼鳞，也许是龙鳞或别的什么鳞罢，我不大清楚。鬼卒拿着钢叉，叉环振得琅琅地响，鬼王拿的是一块小小的虎头牌。据传说，鬼王是只用一只脚走路的；但他究竟是乡下人，虽然脸上已经画上些鱼鳞或者别的什么鳞，却仍然只得用了两只脚走路。所以看客对于他们不很敬畏，也不大留心，除了念佛老妪和她的孙子们为面面圆到起见，也照例给他们一个"不胜屏营待命之至"[④]的仪节。

至于我们——我相信：我和许多人——所最愿意看的，却在活无常。他不但活泼而诙谐，单是那浑身雪白这一点，在红红绿绿中就有"鹤立鸡群"之概。只要望见一顶白纸的高帽子和他手里的破芭蕉扇的影子，大家就都有些紧张，而且高兴起来了。

人民之于鬼物，惟独与他最为稔熟，也最为亲密，平时也常常可以遇见他。譬如城隍庙或东岳庙中，大殿后面就有一间暗室，叫作"阴司间"，在才可辨色的昏暗中，塑着各种鬼：吊死鬼，跌死鬼，虎伤鬼，科场鬼，……而一进门口所看见的长而白的东西就是他。我虽然也曾瞻仰过一回这"阴司间"，但那时胆子小，没有看明白。听说他一手还拿着铁索，因为他是勾摄生魂的使者。相传樊江[⑤]东岳庙的"阴司间"的构造，本来是极其特别的：门口是一块活板，人一进门，踏着活板的这一端，塑在那一端的他便扑过来，铁索正套在你脖子上。后来吓死了一个人，钉实了，所以在我幼小的时候，这就已不能动。

倘使要看个分明，那么，《玉历钞传》上就画着他的像，不过《玉历钞传》也有繁简不同的本子的，倘是繁本，就一定有。身上穿的是斩衰凶服[6]，腰间束的是草绳，脚穿草鞋，项挂纸锭[7]；手上是破芭蕉扇，铁索，算盘；肩膀是耸起的，头发却披下来；眉眼的外梢都向下，像一个“八”字。头上一顶长方帽，下大顶小，按比例一算，该有二尺来高罢；在正面，就是遗老遗少们所戴瓜皮小帽的缀一粒珠子或一块宝石的地方，直写着四个字道：“一见有喜”。有一种本子上，却写的是“你也来了”。这四个字，是有时也见于包公殿[8]的扁额上的，至于他的帽上是何人所写，他自己还是阎罗王[9]，我可没有研究出。

《玉历钞传》上还有一种和活无常相对的鬼物，装束也相仿，叫作“死有分”。这在迎神时候也有的，但名称却讹作死无常了，黑脸，黑衣，谁也不爱看。在“阴司间”里也有的，胸口靠着墙壁，阴森森地站着；那才真真是“碰壁”[10]。凡有进去烧香的人们，必须摩一摩他的脊梁，据说可以摆脱了晦气；我小时也曾摩过这脊梁来，然而晦气似乎终于没有脱，——也许那时不摩，现在的晦气还要重罢，这一节也还是没有研究出。

我也没有研究过小乘佛教[11]的经典，但据耳食之谈，则在印度的佛经里，焰摩天[12]是有的，牛首阿旁也有的，都在地狱里做主任。至于勾摄生魂的使者的这无常先生，却似乎于古无征，耳所习闻的只有什么“人生无常”之类的话。大概这意思传到中国之后，人们便将他具象化了。这实在是我们中国人的创作。

然而人们一见他，为什么就都有些紧张，而且高兴起来呢？

凡有一处地方，如果出了文士学者或名流，他将笔头一扭，就很容易变成“模范县”[13]。我的故乡，在汉末虽曾经虞仲翔[14]先生揄扬过，但是那究竟太早了，后来到底免不了产生所谓“绍兴师爷”[15]，不过也并非男女老小全是“绍兴师爷”，别的“下等人”也不少。这些“下等人”，要他们发什么“我们现在走的是一条狭窄险阻的小路，左面是一个广漠无际的泥潭，右面也是一片广漠无际的浮砂，前面是遥遥茫茫荫在薄雾的里面的目的地”[16]那样热昏似的妙语，是办不到的，可是在无意中，看得往这

"荫在薄雾的里面的目的地"的道路很明白:求婚,结婚,养孩子,死亡。但这自然是专就我的故乡而言,若是"模范县"里的人民,那当然又作别论。他们——敝同乡"下等人"——的许多,活着,苦着,被流言,被反噬,因了积久的经验,知道阳间维持"公理"的只有一个会[17],而且这会的本身就是"遥遥茫茫",于是乎势不得不发生对于阴间的神往。人是大抵自以为衔些冤抑的;活的"正人君子"们只能骗鸟,若问愚民,他就可以不假思索地回答你:公正的裁判是在阴间!

想到生的乐趣,生固然可以留恋;但想到生的苦趣,无常也不一定是恶客。无论贵贱,无论贫富,其时都是"一双空手见阎王"[18],有冤的得伸,有罪的就得罚。然而虽说是"下等人",也何尝没有反省?自己做了一世人,又怎么样呢?未曾"跳到半天空"么?没有"放冷箭"[19]么?无常的手里就拿着大算盘,你摆尽臭架子也无益。对付别人要滴水不羼的公理,对自己总还不如虽在阴司里也还能够寻到一点私情。然而那又究竟是阴间,阎罗天子,牛首阿旁,还有中国人自己想出来的马面[20],都是并不兼差,真正主持公理的脚色,虽然他们并没有在报上发表过什么大文章。当还未做鬼之前,有时先不欺心的人们,遥想着将来,就又不能不想在整块的公理中,来寻一点情面的末屑,这时候,我们的活无常先生便见得可亲爱了,利中取大,害中取小,我们的古哲墨翟[21]先生谓之"小取"云。

在庙里泥塑的,在书上墨印的模样上,是看不出他那可爱来的。最好是去看戏。但看普通的戏也不行,必须看"大戏"或者"目连戏"[22]。目连戏的热闹,张岱[23]在《陶庵梦忆》上也曾夸张过,说是要连演两三天。在我幼小时候可已经不然了,也如大戏一样,始于黄昏,到次日的天明便完结。这都是敬神禳灾的演剧,全本里一定有一个恶人,次日的将近天明便是这恶人的收场的时候,"恶贯满盈",阎王出票来勾摄了,于是乎这活的活无常便在戏台上出现。

我还记得自己坐在这一种戏台下的船上的情形,看客的心情和普通是两样的。平常愈夜深愈懒散,这时却愈起劲。他所戴的纸糊的高帽子,本来是挂在台角上的,这时预先拿进去了;一种特别乐器,也准备使劲地吹。这乐器好像喇叭,细而长,可有七八尺,大约是鬼物所爱听的罢，和鬼无关的时候就不用；吹起来，Nhatu，nhatu，nhatutututuu地响，所以我们叫它“目连嗐头”[24]。

在许多人期待着恶人的没落的凝望中，他出来了，服饰比画上还简单，不拿铁索，也不带算盘，就是雪白的一条莽汉，粉面朱唇，眉黑如漆，蹙着，不知道是在笑还是在哭。但他一出台就须打一百零八个嚏，同时也放一百零八个屁，这才自述他的履历。可惜我记不清楚了，其中有一段大概是这样：

“…………

大王出了牌票，叫我去拿隔壁的癞子。

问了起来呢，原来是我堂房的阿侄。

生的是什么病？伤寒，还带痢疾。

看的是什么郎中？下方桥的陈念义[25]la儿子。

开的是怎样的药方？附子，肉桂，外加牛膝。

第一煎吃下去，冷汗发出；

第二煎吃下去，两脚笔直。

我道nga阿嫂哭得悲伤，暂放他还阳半刻。

大王道我是得钱买放，就将我捆打四十！”

这叙述里的“子”字都读作入声。陈念义是越中的名医，俞仲华曾将他写入《荡寇志》[26]里，拟为神仙；可是一到他的令郎，似乎便不大高明了。la者“的”也；“儿”读若“倪”，倒是古音罢；nga者，“我的”或“我们的”之意也。

他口里的阎罗天子仿佛也不大高明，竟会误解他的人格，——不，鬼格。但连“还阳半刻”都知道，究竟还不失其“聪明正直之谓神”[27]。不过这惩罚，却给了我们的活无常以不可磨灭的冤苦的印象，一提起，就使他更加蹙紧双眉，捏定破芭蕉扇，脸向着地，鸭子浮水似的跳舞起来。

目连嗐头也冤苦不堪似的吹着。

他因此决定了：

“难是弗放者个！

那怕你，铜墙铁壁！

那怕你，皇亲国戚！

……”

“难”者，“今”也；“者个”者“的了”之意，词之决也。“虽有忮心，不怨飘瓦”[28]，他现在毫不留情了，然而这是受了阎罗老子的督责之故，不得已也。一切鬼众中，就是他有点人情；我们不变鬼则已，如果要变鬼，自然就只有他可以比较的相亲近。

我至今还确凿记得，在故乡时候，和“下等人”一同，常常这样高兴地正视过这鬼而人，理而情，可怖而可爱的无常；而且欣赏他脸上的哭或笑，口头的硬语与谐谈……。

迎神时候的无常，可和演剧上的又有些不同了。他只有动作，没有言语，跟定了一个捧着一盘饭菜的小丑似的脚色走，他要去吃；他却不给他。另外还加添了两名脚色，就是“正人君子”[29]之所谓“老婆儿女”[30]。凡“下等人”，都有一种通病：常喜欢以己之所欲，施之于人。虽是对于鬼，也不肯给他孤寂，凡有鬼神，大概总要给他们一对一对地配起来。无常也不在例外。所以，一个是漂亮的女人，只是很有些村妇样，大家都称她无常嫂；这样看来，无常是和我们平辈的，无怪他不摆教授先生的架子。一个是小孩子，小高帽，小白衣；虽然小，两肩却已经耸起了，眉目的外梢也向下。这分明是无常少爷了，大家却叫他阿领[31]，对于他似乎都不很表敬意；猜起来，仿佛是无常嫂的前夫之子似的。但不知何以相貌又和无常有这么像？吁！鬼神之事，难言之矣，只得姑且置之弗论。至于无常何以没有亲儿女，到今年可很容易解释了；鬼神能前知，他怕儿女一多，爱说闲话的就要旁敲侧击地锻成他拿卢布，所以不但研究，还早已实行了“节育”了。

这捧着饭菜的一幕，就是“送无常”。因为他是勾魂使者，所以民间凡有一个人死掉之后，就得用酒饭恭送他。至于不给他吃，那是赛会时候的开玩笑，实际上并不然。但是，和无常开玩笑，是大家都有此意的，因为他爽直，爱发议论，有人情，——要寻真实的朋友，倒还是他妥当。

有人说，他是生人走阴，就是原是人，梦中却入冥去当差的，所以很有些人情。我还记得住在离我家不远的小屋子里的一个男人，便自称是“走无常”，门外常常燃着香烛。但我看他脸上的鬼气反而多。莫非入冥做了鬼，倒会增加人气的么？吁！鬼神之事，难言之矣，这也只得姑且置之弗论了。

六月二十三日

---

① 本篇最初发表于一九二六年七月十日《莽原》半月刊第一卷第十三期。

② 东岳大帝　道教所奉的泰山神。汉代的纬书《孝经援神契》中说：“泰山，天帝之孙也，主召人魂。”又《尔雅·释山》称“泰山为东岳”。旧时迷信传说泰山神掌管人的生死。元世祖至元二十八年（1291）尊为东岳天齐大生仁皇帝，简称东岳大帝。

③ 卤簿　封建时代帝王或大臣外出时的侍从仪仗队。

④ “不胜屏营待命之至”　旧时官府对上级呈文结束处的套语；这里用作肃立敬畏的意思。

⑤ 樊江　绍兴县城东二十里的一个乡镇。

⑥ 斩衰凶服　封建丧制中规定的重孝丧服，用粗麻布裁制，不缝下边。

⑦ 纸锭　一种迷信用品，用纸或锡箔折成的元宝。旧俗认为焚化后可供死者在“阴间”使用。

⑧ 包公殿　供奉宋代包拯（999—1062）的庙宇。旧时迷信传说，包拯死后做了阎罗十殿中第五殿的阎罗王，东岳庙或城隍庙中供有他的神像。

⑨ 阎罗王　即下文的阎罗天子，小乘佛教所称的地狱主宰。《法苑珠林》卷十二中说：“阎罗王者，昔为毗沙国王，经与维陀如生王共战，兵力不敌，因立誓愿为地狱主。”

⑩ “碰壁”　在女师大学生反对校长杨荫榆的事件中，有教员阻挠学生，说“你们做事不要碰壁”。作者这里用这个词含有讽刺的意思。

⑪ 小乘佛教　早期佛教的主要流派，注重修行持戒，自我解脱，自认为是佛教的正统派。

⑫ 焰摩天　佛教传说“欲界诸天”中的一天。佛经中又有“焰摩界”，即所谓轮回六道中的饿鬼道，它的主宰者是琰魔王，也就是阎罗王。这里所说的“焰摩天”，当是地狱的“焰摩界”。

⑬ “模范县”　这里是对陈西滢的讽刺。陈是无锡人，他在《现代评论》第二卷第三十七期（一九二五年八月二十二日）《闲话》中曾说“无锡是中国的模范县”。

⑭ 虞仲翔（164—233）　名翻，三国吴会稽余姚（今属浙江）人，经学家。他揄扬绍兴的话，见《三国志·吴书·虞翻传》注引虞预《会稽典录》：“夫会稽上应牵牛之宿，下当少阳之位，东渐巨海，西通五湖，南　无垠，北渚浙江。南山攸居，实为州镇，昔禹会群臣，因以命之。山有金木鸟兽之殷，水有鱼盐珠蚌之饶。海岳精液，善生俊异，是以忠臣继踵，孝子连闾，下及贤女，靡不育焉。”

⑮ “绍兴师爷”　清代官署中承办刑事判牍的幕僚叫“刑名师爷”。一般善于舞文弄法，往往能左右人的祸福；当时绍兴籍的幕僚较多，因有“绍兴师爷”之称。陈西滢在一九二六年一月三十日《晨报副刊》上发表的《致志摩》信中曾诬蔑鲁迅“有他们贵乡

绍兴的刑名师爷的脾气”。

⑯ 这几句话都出自陈西滢的《致志摩》。

⑰ 指一九二五年十二月陈西滢等为压迫北京女师大学生和教育界进步人士而组织的“教育界公理维持会”。

⑱“一双空手见阎王” 语见《何典》:“卖嘴郎中无好药,一双空手见阎王。”

⑲“放冷箭” 这也是陈西滢在《致志摩》中攻击鲁迅的话:“他没有一篇文章里不放几支冷箭。”

⑳ 马面 迷信传说地狱中人身马头的狱卒。

㉑ 墨翟 所著《墨子》十五卷,其中有《大取》、《小取》两篇。《大取》篇中说:“利之中取大,害之中取小也。害之中取小也,非取害也,取利也。”

㉒“大戏”或者“目连戏” 都是绍兴的地方戏。清代范寅《越谚》卷中说:“班子:唱戏成(班)者,有文班、武班之别。文专唱和,名高调班;武演战斗,名乱弹班。”又说:“万(按此处读‘木’)莲班:此专唱万莲一出戏者,百姓为之。”高调班和乱弹班就是大戏;万莲班就是目连戏。据《盂兰盆经》:目连是佛的大弟子,有大神通,尝入地狱救母。唐代已有《大目乾连冥间救母变文》,以后各种戏曲中多有目连戏。

㉓ 张岱(1597—约1689) 字宗子,号陶庵,浙江山阴(今绍兴)人,明末文学家。他在《陶庵梦忆·目连戏》中记载当时的演出情况说:“选徽州旌阳戏子,剽轻精悍,能相扑打者三四十人,搬演《目连》,凡三日三夜。”

㉔“目连 头 ” 嗐头,绍兴方言,即号筒。范寅《越谚》卷中说是“铜制,长四尺”。“目连嗐头”是一种特别加长的号筒。据《越谚》卷中说:“道场及召鬼戏皆用,万莲戏为多,故名。”

㉕ 陈念义 清代嘉庆道光年间绍兴的名医,即叶腾骧《证谛山人杂志》卷五中所记的陈念二:“陈念二者,山阴方桥人,偶忘其名字,世业医,称为妙手,远近就医者不绝。”

㉖ 俞仲华(1794—1849) 名万春,字仲华,浙江山阴(今绍兴)人。《荡寇志》,一名《结水浒传》,长篇小说,共七十回(又结子一回),写梁山泊头领全部被宋王朝剿灭。

㉗“聪明正直之谓神” 语见《左传》庄公三十二年。

㉘“虽有忮心,不怨飘瓦” 语出《庄子·达生》:“虽有忮心者,不怨飘瓦。”用在这里的意思是说,心里虽有愤恨,却也不好怨谁了。

㉙“正人君子” 这里的“正人君子”和下文的“教授先生”,指当时现代评论派中的胡适、陈西滢等人。他们在一九二五年北京女子师范大学风潮中,站在北洋政府一边,攻击鲁迅和女师大进步师生当时曾被拥护北洋军阀的《大同晚报》称赞为“正人君子”。

㉚“老婆儿女” 陈西滢在《现代评论》第三卷第七十四期(一九二六年五月八日)的《闲话》中说:“家累日重,需要日多,才智之士,也没法可想,何况一般普通人。因此,依附军阀和依附洋人便成了许多人唯一的路径,就是有些志士,也常常未能免俗。……他们自己可以捱饿,老婆子女却不能不吃饭啊!就是那些直接或间接用苏俄金钱的人,也何尝不是如此。”

㉛ 阿领 妇女再嫁时领(带)来的同前夫所生的孩子。

| 从百草园到三味书屋[①]

我家的后面有一个很大的园，相传叫作百草园。现在是早已并屋子一起卖给朱文公[②]的子孙了，连那最末次的相见也已经隔了七八年，其中似乎确凿只有一些野草；但那时却是我的乐园。

不必说碧绿的菜畦，光滑的石井栏，高大的皂荚树，紫红的桑椹；也不必说鸣蝉在树叶里长吟，肥胖的黄蜂伏在菜花上，轻捷的叫天子（云雀）忽然从草间直窜向云霄里去了。单是周围的短短的泥墙根一带，就有无限趣味。油蛉在这里低唱，蟋蟀们在这里弹琴。翻开断砖来，有时会遇见蜈蚣；还有斑蝥，倘若用手指按住它的脊梁，便会拍的一声，从后窍喷出一阵烟雾。何首乌藤和木莲藤缠络着，木莲有莲房一般的果实，何首乌有拥肿的根。有人说，何首乌根是有像人形的，吃了便可以成仙，我于是常常拔它起来，牵连不断地拔起来，也曾因此弄坏了泥墙，却从来没有见过有一块根像人样。如果不怕刺，还可以摘到覆盆子，像小珊瑚珠攒成的小球，又酸又甜，色味都比桑椹要好得远。

长的草里是不去的，因为相传这园里有一条很大的赤练蛇。

长妈妈曾经讲给我一个故事听：先前，有一个读书人住在古庙里用功，晚间，在院子里纳凉的时候，突然听到有人在叫他。答应着，四面看时，却见一个美女的脸露在墙头上，向他一笑，隐去了。他很高兴；但竟给那走来夜谈的老和尚识破了机关。说他脸上有些妖气，一定遇见“美女蛇”了；这是人首蛇身的怪物，能唤人名，倘一答应，夜间便要来吃这人的肉的。他自然吓得要死，而那老和尚却道无妨，给他一个小盒子，说只要放在枕边，便可高枕而卧。他虽然照样办，却总是睡不着，——当然睡不着的。到半夜，果然来了，沙沙沙！门外像是风雨声。他正抖作一团时，却听得豁的一声，一道金光从枕边飞出，外面便什么声音也没有了，那金光也就飞回来，敛在盒子里。后来呢？后来，老和尚说，这是飞蜈蚣，它能吸蛇的脑髓，美女蛇就被它治死了。

结末的教训是：所以倘有陌生的声音叫你的名字，你万不可答应他。

这故事很使我觉得做人之险，夏夜乘凉，往往有些担心，不敢去看墙上，而且极想得到一盒老和尚那样的飞蜈蚣。走到百草园的草丛旁边时，也常常这样想。但直到现在，总还是没有得到，但也没有遇见过赤练蛇和美女蛇。叫我名字的陌生声音自然是常有的，然而都不是美女蛇。冬天的百草园比较的无味；雪一下，可就两样了。拍雪人（将自己的全形印在雪上）和塑雪罗汉需要人们鉴赏，这是荒园，人迹罕至，所以不相宜，只好来捕鸟。薄薄的雪，是不行的；总须积雪盖了地面一两天，鸟雀们久已无处觅食的时候才好。扫开一块雪，露出地面，用一枝短棒支起一面大的竹筛来，下面撒些秕谷，棒上系一条长绳，人远远地牵着，看鸟雀下来啄食，走到竹筛底下的时候，将绳子一拉，便罩住了。但所得的是麻雀居多，也有白颊的“张飞鸟”[③]，性子很躁，养不过夜的。

这是闰土[④]的父亲所传授的方法，我却不大能用。明明见它们进去了，拉了绳，跑去一看，却什么都没有，费了半天力，捉住的不过三四只。闰土的父亲是小半天便能捕获几十只，装在叉袋[⑤]里叫着撞着的。我曾经问他得失的缘由，他只静静地笑道：你太性急，来不及等它走到中间去。

我不知道为什么家里的人要将我送进书塾里去了，而且还是全城中称为最严厉的书塾。也许是因为拔何首乌毁了泥墙罢，也许是因为将砖头抛到间壁的梁家去了罢，也许是因为站在石井栏上跳了下来罢，……都无从知道。总而言之：我将不能常到百草园了。Ade，我的蟋蟀们！Ade[⑥]，我的覆盆子们和木莲们！……

出门向东，不上半里，走过一道石桥，便是我的先生[⑦]的家了。从一扇黑油的竹门进去，第三间是书房。中间挂着一块扁道：三味书屋[⑧]；扁下面是一幅画，画着一只很肥大的梅花鹿伏在古树下。没有孔子牌位，我们便对着那扁和鹿行礼。第一次算是拜孔子，第二次算是拜先生。

第二次行礼时，先生便和蔼地在一旁答礼。他是一个高而瘦的老人，须发都花白了，还戴着大眼镜。我对他很恭敬，因为我早听到，他是本城中极方正，质朴，博学的人。

不知从那里听来的，东方朔[9]也很渊博，他认识一种虫，名曰“怪哉”[10]，冤气所化，用酒一浇，就消释了。我很想详细地知道这故事，但阿长是不知道的，因为她毕竟不渊博。现在得到机会了，可以问先生。

“先生，‘怪哉’这虫，是怎么一回事？……”我上了生书，将要退下来的时候，赶忙问。

“不知道！”他似乎很不高兴，脸上还有怒色了。

我才知道做学生是不应该问这些事的，只要读书，因为他是渊博的宿儒，决不至于不知道，所谓不知道者，乃是不愿意说。年纪比我大的人，往往如此，我遇见过好几回了。

我就只读书，正午习字，晚上对课[11]。先生最初这几天对我很严厉，后来却好起来了，不过给我读的书渐渐加多，对课也渐渐地加上字去，从三言到五言，终于到七言。

三味书屋后面也有一个园，虽然小，但在那里也可以爬上花坛去折蜡梅花，在地上或桂花树上寻蝉蜕。最好的工作是捉了苍蝇喂蚂蚁，静悄悄地没有声音。然而同窗们到园里的太多，太久，可就不行了，先生在书房里便大叫起来：

“人都到那里去了？！”

人们便一个一个陆续走回去；一同回去，也不行的。他有一条戒尺，但是不常用，也有罚跪的规则，但也不常用，普通总不过瞪几眼，大声道：

“读书！”

于是大家放开喉咙读一阵书，真是人声鼎沸。有念“仁远乎哉我欲仁斯仁至矣”的，有念“笑人齿缺曰狗窦大开”的，有念“上九潜龙勿用”的，有念“厥土下上上错厥贡苞茅橘柚”的……。[12]先生自己也念书。后来，我们的声音便低下去，静下去了，只有他还大声朗读着：

“铁如意，指挥倜傥，一座皆惊呢；金叵罗，颠倒淋漓噫，千杯未醉嗬……。”[13]

我疑心这是极好的文章，因为读到这里，他总是微笑起来，而且将头仰起，摇着，向后面拗过去，拗过去。

先生读书入神的时候，于我们是很相宜的。有几个便用纸糊的盔甲套在指甲上做戏。我是画画儿，用一种叫作“荆川纸”的，蒙在小说的绣像[14]上一个个描下来，像习字时候的影写一样。读的书多起来，画的画也多起来；书没有读成，画的成绩却不少了，最成片段的是《荡寇志》和《西游记》[15]的绣像，都有一大本。后来，因为要钱用，卖给一个有钱的同窗了。他的父亲是开锡箔店的；听说现在自己已经做了店主，而且快要升到绅士的地位了。这东西早已没有了罢。

九月十八日

---

① 本篇最初发表于一九二六年十月十日《莽原》半月刊第一卷第十九期。

② 朱文公　即朱熹。“文”是宋王朝给他的谥号。作者绍兴的老屋于一九一九年卖给一个姓朱的人，所以这里戏称为“卖给朱文公的子孙”。

③ “张飞鸟”　即鹡鸰。头部圆而黑，前额纯白，形似舞台上张飞的脸谱，所以浙东有的地方叫它“张飞鸟”。

④ 闰土　作者小说《故乡》中的人物。原型为章运水，绍兴道墟乡杜浦村（今属上虞县）人。他的父亲名福庆，是个农民，兼作竹匠，常在作者家做短工。

⑤ 叉袋　袋口成叉角的麻袋或布袋。

⑥ Ade　德语，“再见”的意思。

⑦ 我的先生　指寿怀鉴（1849—1929），字镜吾，是个秀才。

⑧ 三味书屋　在绍兴作者故居附近，它和百草园现在都是绍兴鲁迅纪念馆的一部分。

⑨ 东方朔（公元前154—公元前93）　字曼倩，平原厌次（今山东惠民）人，西汉文学家。他是汉武帝的侍臣，善讽谏，喜诙谐，旧时关于他的传说很多。《史记·滑稽列传》附传中说他“好古传书，爱经术，多所博观外家之语”。

⑩ “怪哉”　传说中的一种怪虫。据《古小说钩沉·小说》：“武帝幸甘泉宫，驰道中，有虫赤色，头目牙齿耳鼻尽具，观者莫识。帝乃使朔视之，还对曰：‘此“怪哉”也。昔秦时拘系无辜，众庶愁怨，咸仰首叹曰：“怪哉怪哉！”盖感动上天愤所生也，故名“怪哉”。此地必秦之狱处。’即按地图，果秦故狱。又问：‘何以去虫？’朔曰：‘凡忧者得酒而解，以酒灌之当消。’于是使人取虫置酒中，须臾果糜散矣。”

⑪ 对课　旧时学塾教学生练习对仗的一种功课，用虚实平仄的字相对，如“桃红”对“柳绿”之类。

⑫ 这些都是旧时学塾读物中的句子。“仁远乎哉我欲仁斯仁至矣”，见《论语·述而》。“笑人齿缺曰狗窦大开”，见《幼学琼林·身体》。“上九潜龙勿用”，见《周易·乾》，原作“初九，潜龙勿用”。“厥土下上上错厥贡苞茅橘柚”，这是学生读《尚书·禹贡》时念错的句子；原作“厥田惟下下，厥赋下上上错……厥包橘柚锡贡”。

⑬ “铁如意”等语，是清末刘翰作《李克用置酒三垂岗赋》中的句子。原文作：“玉如意指挥倜傥，一座皆惊；金叵罗倾倒淋漓，千杯未醉。”刘翰，江苏武进人，江阴南菁书院学生。这篇赋是颂扬五代后唐李克用父子的。见王先谦编的《清嘉集初稿》卷五。

⑭ 绣像　明清以来附在通俗小说卷首的书中人物白描画像。

⑮ 《西游记》　长篇小说，明代吴承恩著，共一百回。

父亲的病[①]

大约十多年前罢，S城[②]中曾经盛传过一个名医的故事：

他出诊原来是一元四角，特拔十元，深夜加倍，出城又加倍。有一夜，一家城外人家的闺女生急病，来请他了，因为他其时已经阔得不耐烦，便非一百元不去。他们只得都依他。待去时，却只是草草地一看，说道"不要紧的"，开一张方，拿了一百元就走。那病家似乎很有钱，第二天又来请了。他一到门，只见主人笑面承迎，道，"昨晚服了先生的药，好得多了，所以再请你来复诊一回。"仍旧引到房里，老妈子便将病人的手拉出帐外来。他一按，冷冰冰的，也没有脉，于是点点头道，"唔，这病我明白了。"从从容容走到桌前，取了药方纸，提笔写道：

"凭票付英洋[③]壹百元正。"下面是署名，画押。

"先生，这病看来很不轻了，用药怕还得重一点罢。"主人在背后说。

"可以，"他说。于是另开了一张方：

"凭票付英洋贰百元正。"下面仍是署名，画押。

这样，主人就收了药方，很客气地送他出来了。

我曾经和这名医周旋过两整年，因为他隔日一回，来诊我的父亲的病。那时虽然已经很有名，但还不至于阔得这样不耐烦；可是诊金却已经是一元四角。现在的都市上，诊金一次十元并不算奇，可是那时是一元四角已是巨款，很不容易张罗的了；又何况是隔日一次。他大概的确有些特别，据舆论说，用药就与众不同。我不知道药品，所觉得的，就是"药引"的难得，新方一换，就得忙一大场。先买药，再寻药引。"生姜"两片，竹叶十片去尖，他是不用的了。起码是芦根，须到河边去掘；一到经霜三年的甘蔗，便至少也得搜寻两三天。可是说也奇怪，大约后来总没有购求不到的。

据舆论说，神妙就在这地方。先前有一个病人，百药无效；待到遇见了什么叶天士[④]先生，只在旧方上加了一味药引：梧桐叶。只一服，便霍然而愈了。“医者，意也。”[⑤]其时是秋天，而梧桐先知秋气。其先百药不投，今以秋气动之，以气感气，所以……。我虽然并不了然，但也十分佩服，知道凡有灵药，一定是很不容易得到的，求仙的人，甚至于还要拼了性命，跑进深山里去采呢。

这样有两年，渐渐地熟识，几乎是朋友了。父亲的水肿是逐日利害，将要不能起床；我对于经霜三年的甘蔗之流也逐渐失了信仰，采办药引似乎再没有先前一般踊跃了。正在这时候，他有一天来诊，问过病状，便极其诚恳地说：

“我所有的学问，都用尽了。这里还有一位陈莲河[⑥]先生，本领比我高。我荐他来看一看，我可以写一封信。可是，病是不要紧的，不过经他的手，可以格外好得快……。”

这一天似乎大家都有些不欢，仍然由我恭敬地送他上轿。进来时，看见父亲的脸色很异样，和大家谈论，大意是说自己的病大概没有希望的了；他因为看了两年，毫无效验，脸又太熟了，未免有些难以为情，所以等到危急时候，便荐一个生手自代，和自己完全脱了干系。但另外有什么法子呢？本城的名医，除他之外，实在也只有一个陈莲河了。明天就请陈莲河。

陈莲河的诊金也是一元四角。但前回的名医的脸是圆而胖的，他却长而胖了：这一点颇不同。还有用药也不同，前回的名医是一个人还可以办的，这一回却是一个人有些办不妥帖了，因为他一张药方上，总兼有一种特别的丸散和一种奇特的药引。

芦根和经霜三年的甘蔗，他就从来没有用过。最平常的是“蟋蟀一对”，旁注小字道：“要原配，即本在一窠中者。”似乎昆虫也要贞节，续弦或再醮，连做药资格也丧失了。但这差使在我并不为难，走进百草园，十对也容易得，将它们用线一缚，活活地掷入沸汤中完事。然而还有“平地木[⑦]十株”呢，这可谁也不知道是什么东西了，问药店，问乡下人，问卖草药的，问老年人，问读书人，问木匠，都只是摇摇头，临末才记起了那远房的叔祖，爱种一点花木的老人，跑去一问，他果然知道，是生在山中树下的一种小树，能结红子如小珊瑚珠的，普通都称为“老弗大”。

“踏破铁鞋无觅处，得来全不费工夫。”药引寻到了，然而还有一种特别的丸药：败鼓皮丸。这“败鼓皮丸”就是用打破的旧鼓皮做成；水肿一名鼓胀，一用打破的鼓皮自然就可以克伏他。清朝的刚毅因为憎恨“洋鬼子”，预备打他们，练了些兵称作“虎神营”[8]，取虎能食羊，神能伏鬼的意思，也就是这道理。可惜这一种神药，全城中只有一家出售的，离我家就有五里，但这却不像平地木那样，必须暗中摸索了，陈莲河先生开方之后，就恳切详细地给我们说明。

“我有一种丹，”有一回陈莲河先生说，“点在舌上，我想一定可以见效。因为舌乃心之灵苗……。价钱也并不贵，只要两块钱一盒……。”我父亲沉思了一会，摇摇头。

“我这样用药还会不大见效，”有一回陈莲河先生又说，“我想，可以请人看一看，可有什么冤愆……。医能医病，不能医命，对不对？自然，这也许是前世的事……。”

我的父亲沉思了一会，摇摇头。

凡国手，都能够起死回生的，我们走过医生的门前，常可以看见这样的扁额。现在是让步一点了，连医生自己也说道：“西医长于外科，中医长于内科。”但是S城那时不但没有西医，并且谁也还没有想到天下有所谓西医，因此无论什么，都只能由轩辕岐伯[9]的嫡派门徒包办。轩辕时候是巫医不分的，所以直到现在，他的门徒就还见鬼，而且觉得“舌乃心之灵苗”。这就是中国人的“命”，连名医也无从医治的。

不肯用灵丹点在舌头上，又想不出“冤愆”来，自然，单吃了一百多天的“败鼓皮丸”有什么用呢？依然打不破水肿，父亲终于躺在床上喘气了。还请一回陈莲河先生，这回是特拔，大洋十元。他仍旧泰然的开了一张方，但已停止败鼓皮丸不用，药引也不很神妙了，所以只消半天，药就煎好，灌下去，却从口角上回了出来。

从此我便不再和陈莲河先生周旋，只在街上有时看见他坐在三名轿夫的快轿里飞一般抬过；听说他现在还康健，一面行医，一面还做中医什么学报[10]，正在和只长于外科的西医奋斗哩。

中西的思想确乎有一点不同。听说中国的孝子们，一到将要“罪孽深重祸延父母”[11]的时候，就买几斤人参，煎汤灌下去，希望父母多喘几天气，即使半天也好。我的一位教医学的先生却教给我医生的职务道：可医的应该给他医治，不可医的应该给他死得没有痛苦。——但这先生自然是西医。

父亲的喘气颇长久，连我也听得很吃力，然而谁也不能帮助他。我有时竟至于电光一闪似的想道：“还是快一点喘完了罢……。”立刻觉得这思想就不该，就是犯了罪；但同时又觉得这思想实在是正当的，我很爱我的父亲。便是现在，也还是这样想。

早晨，住在一门里的衍太太[12]进来了。她是一个精通礼节的妇人，说我们不应该空等着。于是给他换衣服；又将纸锭和一种什么《高王经》[13]烧成灰，用纸包了给他捏在拳头里……。

“叫呀，你父亲要断气了。快叫呀！”衍太太说。

“父亲！父亲！”我就叫起来。

“大声！他听不见。还不快叫?！”

“父亲!!! 父亲!!!”

他已经平静下去的脸，忽然紧张了，将眼微微一睁，仿佛有一些苦痛。

“叫呀！快叫呀！”她催促说。

“父亲!!!”

“什么呢?……不要嚷。……不……。”他低低地说，又较急地喘着气，好一会，这才复了原状，平静下去了。

“父亲!!!”我还叫他，一直到他咽了气。

我现在还听到那时的自己的这声音，每听到时，就觉得这却是我对父亲的最大的错处。

十月七日

---

①本篇最初发表于一九二六年十一月十日《莽原》半月刊第一卷第二十一期。

②S城　这里指绍兴城。

③英洋　即“鹰洋”。

④ 叶天士(1667—1746) 名桂,号香岩,江苏吴县人,清乾隆时名医。他的门生曾搜集其药方编成《临证指南医案》十卷。清代王友亮撰《双佩斋文集·叶天士小传》中,有以梧桐叶作药引的记载:“邻妇难产,他医业立方矣,其夫持问叶,为加梧叶一片,产立下。后有效之者,叶笑曰:‘吾前用梧叶,以值立秋故耳!今何益。’其因时制宜,不拘古法多此类,虽老于医者莫能测也。”

⑤ “医者,意也。” 语出《后汉书·郭玉传》:“医之为言,意也。腠理至微,随气用巧。”又宋代祝穆编《古今事文类聚》前集:“唐许胤宗善医。或劝其著书,答曰:‘医言意也。思虑精则得之,吾意所解,口不能宣也。’”

⑥ 陈莲河 当指何廉臣(1860—1929),当时绍兴的中医。

⑦ 平地木 即紫金牛,常绿小灌木,一种药用植物。

⑧ “虎神营” 清末端郡王载漪(文中说是刚毅,似误记)创设和率领的皇室卫队。李希圣在《庚子国变记》中说:“虎神营者,虎食羊而神治鬼,所以诅之也。”

⑨ 轩辕岐伯 指古代名医。轩辕,即黄帝,传说中的上古帝王;岐伯,传说中的上古名医。今所传著名医学古籍《黄帝内经》,是战国秦汉时医家托名黄帝与岐伯所作。其中《素问》部分,用黄帝和岐伯问答的形式讨论病理,故后来常称医术高明者为“术精岐黄”。

⑩ 中医什么学报 指《绍兴医药月报》。一九二四年春创刊,何廉臣任副编辑,在第一期上发表《本报宗旨之宣言》,宣扬“国粹”。

⑪ “罪孽深重祸延父母” 旧时一些人在父母死后印发的讣闻中,常有“不孝男××罪孽深重不自殒灭祸延显考(或显妣)……”等一类套话。

⑫ 衍太太 作者叔祖周子传的妻子。

⑬《高王经》 即《高王观世音》。据《魏书·卢景裕传》:“……有人负罪当死,梦沙门教讲经。觉时如所梦,默诵千遍,临刑刀折。主者以闻,赦之。此经遂行于世,号曰《高王观世音》。”旧俗在人死时,把《高王经》烧成灰,捏在死者手里,大概即源于这类故事,意思是死者到“阴间”如受刑时可减少痛苦。

琐 记[①]

衍太太现在是早经做了祖母，也许竟做了曾祖母了；那时却还年青，只有一个儿子比我大三四岁。她对自己的儿子虽然狠，对别家的孩子却好的，无论闹出什么乱子来，也决不去告诉各人的父母，因此我们就最愿意在她家里或她家的四近玩。

举一个例说罢，冬天，水缸里结了薄冰的时候，我们大清早起一看见，便吃冰。有一回给沈四太太[②]看到了，大声说道："莫吃呀，要肚子疼的呢！"这声音又给我母亲听到了，跑出来我们都挨了一顿骂，并且有大半天不准玩。我们推论祸首，认定是沈四太太，于是提起她就不用尊称了，给她另外起了一个绰号，叫作"肚子疼"。

衍太太却决不如此。假如她看见我们吃冰，一定和蔼地笑着说，"好，再吃一块。我记着，看谁吃的多。"

但我对于她也有不满足的地方。一回是很早的时候了，我还很小，偶然走进她家去，她正在和她的男人看书。我走近去，她便将书塞在我的眼前道，"你看，你知道这是什么？"我看那书上画着房屋，有两个人光着身子仿佛在打架，但又不很像。正迟疑间，他们便大笑起来了。这使我很不高兴，似乎受了一个极大的侮辱，不到那里去大约有十多天。一回是我已经十多岁了，和几个孩子比赛打旋子，看谁旋得多。她就从旁计着数，说道，"好，八十二个了！再旋一个，八十三！好，八十四！……"但正在旋着的阿祥，忽然跌倒了，阿祥的婶母也恰恰走进来。她便接着说道，"你看，不是跌了么？不听我的话。我叫你不要旋，不要旋……。"

虽然如此，孩子们总还喜欢到她那里去。假如头上碰得肿了一大块的时候，去寻母亲去罢，好的是骂一通，再给擦一点药；坏的是没有药擦,还添几个栗凿和一通骂。衍太太却决不埋怨,立刻给你用烧酒调了水粉,搽在疙瘩上,说这不但止痛,将来还没有瘢痕。

父亲故去之后，我也还常到她家里去，不过已不是和孩子们玩耍了,却是和衍太太或她的男人谈闲天。我其时觉得很有许多东西要买,看的和吃的,只是没有钱。有一天谈到这里,她便说道,“母亲的钱,你拿来用就是了,还不就是你的么?”我说母亲没有钱,她就说可以拿首饰去变卖;我说没有首饰,她却道,“也许你没有留心。到大厨的抽屉里,角角落落去寻去,总可以寻出一点珠子这类东西……。”

这些话我听去似乎很异样,便又不到她那里去了,但有时又真想去打开大厨,细细地寻一寻。大约此后不到一月,就听到一种流言,说我已经偷了家里的东西去变卖了,这实在使我觉得有如掉在冷水里。流言的来源,我是明白的,倘是现在,只要有地方发表,我总要骂出流言家的狐狸尾巴来,但那时太年青,一遇流言,便连自己也仿佛觉得真是犯了罪,怕遇见人们的眼睛,怕受到母亲的爱抚。

好。那么,走罢!

但是,那里去呢?S城人的脸早经看熟,如此而已,连心肝也似乎有些了然。总得寻别一类人们去,去寻为S城人所诟病的人们,无论其为畜生或魔鬼。那时为全城所笑骂的是一个开得不久的学校,叫作中西学堂[③],汉文之外,又教些洋文和算学。然而已经成为众矢之的了;熟读圣贤书的秀才们,还集了“四书”[④]的句子,做一篇八股[⑤]来嘲诮它,这名文便即传遍了全城,人人当作有趣的话柄。我只记得那“起讲”的开头是:

“徐子以告夷子曰:吾闻用夏变夷者,未闻变于夷者也。今也不然: 舌之音,闻其声,皆雅言也。……”

以后可忘却了,大概也和现今的国粹保存大家的议论差不多。但我对于这中西学堂,却也不满足,因为那里面只教汉文,算学,英文和法文。功课较为别致的,还有杭州的求是书院[⑥],然而学费贵。

无须学费的学校在南京,自然只好往南京去。第一个进去的学校[⑦],目下不知道称为什么了,光复[⑧]以后,似乎有一时称为雷电学堂,很像

《封神榜》[9]上“太极阵”“混元阵”一类的名目。总之，一进仪凤门[10]，便可以看见它那二十丈高的桅杆和不知多高的烟通。功课也简单，一星期中，几乎四整天是英文：“Itisacat”“Isitarat？”[11]一整天是读汉文：“君子曰，颍考叔可谓纯孝也已矣，爱其母，施及庄公。”[12]一整天是做汉文：《知己知彼百战百胜论》，《颍考叔论》，《云从龙风从虎论》，《咬得菜根则百事可做论》。

初进去当然只能做三班生，卧室里是一桌一凳一床，床板只有两块。头二班学生就不同了，二桌二凳或三凳一床，床板多至三块。不但上讲堂时挟着一堆厚而且大的洋书，气昂昂地走着，决非只有一本“泼赖妈”[13]和四本《左传》[14]的三班生所敢正视；便是空着手，也一定将肘弯撑开，像一只螃蟹，低一班的在后面总不能走出他之前。这一种螃蟹式的名公巨卿，现在都阔别得很久了，前四五年，竟在教育部的破脚躺椅上，发见了这姿势，然而这位老爷却并非雷电学堂出身的，可见螃蟹态度，在中国也颇普遍。

可爱的是桅杆。但并非如“东邻”的“支那通”[15]所说，因为它“挺然翘然”，又是什么的象征。乃是因为它高，乌鸦喜鹊，都只能停在它的半途的木盘上。人如果爬到顶，便可以近看狮子山，远眺莫愁湖，——但究竟是否真可以眺得那么远，我现在可委实有点记不清楚了。而且不危险，下面张着网，即使跌下来，也不过如一条小鱼落在网子里；况且自从张网以后，听说也还没有人曾经跌下来。

原先还有一个池，给学生学游泳的，这里面却淹死了两个年幼的学生。当我进去时，早填平了，不但填平，上面还造了一所小小的关帝庙。庙旁是一座焚化字纸的砖炉，炉口上方横写着四个大字道：“敬惜字纸”。只可惜那两个淹死鬼失了池子，难讨替代[16]，总在左近徘徊，虽然已有“伏魔大帝关圣帝君”镇压着。办学的人大概是好心肠的，所以每年七月十五，总请一群和尚到雨天操场来放焰口[17]，一个红鼻而胖的大和尚戴上毗卢帽[18]，捏诀[19]，念咒：“回资罗，普弥耶吽！唵耶吽！唵！耶！吽！！！”[20]

我的前辈同学被关圣帝君镇压了一整年，就只在这时候得到一点好处，——虽然我并不深知是怎样的好处。所以当这些时，我每每想：做学生总得自己小心些。

总觉得不大合适，可是无法形容出这不合适来。现在是发见了大致相近的字眼了，“乌烟瘴气”，庶几乎其可也。只得走开。近来是单是走开也就不容易，“正人君子”者流会说你骂人骂到了聘书，或者是发“名士”脾气[21]，给你几句正经的俏皮话。不过那时还不打紧，学生所得的津贴，第一年不过二两银子，最初三个月的试习期内是零用五百文。于是毫无问题，去考矿路学堂[22]去了，也许是矿路学堂，已经有些记不真，文凭又不在手头，更无从查考。试验并不难，录取的。

这回不是Itisacat了，是Der Mann，Das Weib，Das Kind[23]。汉文仍旧是“颍考叔可谓纯孝也已矣”，但外加《小学集注》[24]。论文题目也小有不同，譬如《工欲善其事必先利其器论》，是先前没有做过的。

此外还有所谓格致[25]，地学，金石学，……都非常新鲜。但是还得声明：后两项，就是现在之所谓地质学和矿物学，并非讲舆地和钟鼎碑版[26]的。只是画铁轨横断面图却有些麻烦，平行线尤其讨厌。但第二年的总办是一个新党[27]，他坐在马车上的时候大抵看着《时务报》[28]，考汉文也自己出题目，和教员出的很不同。有一次是《华盛顿[29]论》，汉文教员反而惴惴地来问我们道：“华盛顿是什么东西呀？……”

看新书的风气便流行起来，我也知道了中国有一部书叫《天演论》[30]。星期日跑到城南去买了来，白纸石印的一厚本，价五百文正。翻开一看，是写得很好的字，开首便道：

> “赫胥黎独处一室之中，在英伦之南，背山而面野，槛外诸境，历历如在机下。乃悬想二千年前，当罗马大将恺彻[31]未到时，此间有何景物？计惟有天造草昧……”

哦，原来世界上竟还有一个赫胥黎坐在书房里那么想，而且想得那么新鲜？一口气读下去，“物竞”“天择”也出来了，苏格拉第[32]，柏拉图[33]也出来了，斯多噶[34]也出来了。学堂里又设立了一个阅报处，《时务报》不待言，还有《译学汇编》[35]，那书面上的张廉卿[36]一流的四个字，就蓝得很可爱。

“你这孩子有点不对了，拿这篇文章去看去，抄下来去看去。”一位本家的老辈严肃地对我说，而且递过一张报纸来。接来看时，“臣许应骙[37]跪奏……，”那文章现在是一句也不记得了，总之是参康有为变法[38]的；也不记得可曾抄了没有。

仍然自己不觉得有什么“不对”，一有闲空，就照例地吃侉饼，花生米，辣椒，看《天演论》。

但我们也曾经有过一个很不平安的时期。那是第二年，听说学校就要裁撤了。这也无怪，这学堂的设立，原是因为两江总督[39]（大约是刘坤一[40]罢）听到青龙山的煤矿[41]出息好，所以开手的。待到开学时，煤矿那面却已将原先的技师辞退，换了一个不甚了然的人了。理由是：一、先前的技师薪水太贵；二、他们觉得开煤矿并不难。于是不到一年，就连煤在那里也不甚了然起来，终于是所得的煤，只能供烧那两架抽水机之用，就是抽了水掘煤，掘出煤来抽水，结一笔出入两清的账。既然开矿无利，矿路学堂自然也就无须乎开了，但是不知怎的，却又并不裁撤。到第三年我们下矿洞去看的时候，情形实在颇凄凉，抽水机当然还在转动，矿洞里积水却有半尺深，上面也点滴而下，几个矿工便在这里面鬼一般工作着。

毕业，自然大家都盼望的，但一到毕业，却又有些爽然若失。爬了几次桅，不消说不配做半个水兵；听了几年讲，下了几回矿洞，就能掘出金银铜铁锡来么？实在连自己也茫无把握，没有做《工欲善其事必先利其器论》的那么容易。爬上天空二十丈和钻下地面二十丈，结果还是一无所能，学问是“上穷碧落下黄泉，两处茫茫皆不见”[42]了。所余的还只有一条路：到外国去。

留学的事，官僚也许可了，派定五名到日本去。其中的一个因为祖母哭得死去活来，不去了，只剩了四个。日本是同中国很两样的，我们应该如何准备呢？有一个前辈同学在，比我们早一年毕业，曾经游历过日本，应该知道些情形。跑去请教之后，他郑重地说：

“日本的袜是万不能穿的，要多带些中国袜。我看纸票也不好，你们带去的钱不如都换了他们的现银。”

四个人都说遵命。别人不知其详，我是将钱都在上海换了日本的银元，还带了十双中国袜——白袜。

后来呢？后来，要穿制服和皮鞋，中国袜完全无用；一元的银圆日本早已废置不用了，又赔钱换了半元的银圆和纸票。

十月八日

---

①本篇最初发表于一九二六年十一月二十五日《莽原》半月刊第一卷第二十二期。

②沈四太太　周家的房客。

③中西学堂　全称“绍郡中西学堂”，绍兴徐树兰创办的一所私立学校，一八九七年（清光绪二十三年）建立。一八九九年秋改为绍兴府学堂。

④“四书”　即儒家经典《大学》、《中庸》、《论语》、《孟子》。北宋时程颢、程颐特别推崇《礼记》中的《大学》、《中庸》二篇；南宋朱熹又将这二篇和《论语》、《孟子》合在一起，撰写《四书章句集注》，自此便有了“四书”这个名称。

⑤八股　明、清科举考试时所用的一种文体。它用“四书”、“五经”中文句命题，并规定一定的格式：每篇都必须按次序分为“破题”、“承题”、“起讲”、“入手”、“前股”、“中股”、“后股”、“束股”八个段落；后面四段是正文，每段分两股，两两相对，合共八股。这里所说的“起讲”，就是其中的第三段。

⑥求是书院　当时浙江的一所新式高等学校，创办于一八九七年（清光绪二十三年）。

⑦指江南水师学堂，一九一三年改为海军军官学校，一九一五年又改为海军雷电学校。

⑧光复　指一九一一年的辛亥革命。

⑨《封神榜》　即《封神演义》，神魔小说，明代许仲琳（一说陆西星）编写，共一百回。

⑩仪凤门　当时南京城北的一个城门。

⑪这是初级英语读本上的课文，意思是：“这是一只猫。”“这是一只老鼠吗？”

⑫这段话出自《左传》隐公元年，原文是：“君子曰，颍考叔，纯孝也。爱其母，施及庄公。”

⑬“泼赖妈”　英语Primer的音译，意即初级读本。

⑭《左传》　即《春秋左氏传》，相传为春秋时左丘明所撰。是一部用事实补充、解释《春秋》的书。

⑮“支那通”　支那，古代梵语对中国的译称。近代日本亦称中国为支那。支那通，指研究和通晓中国情况的日本人。这里是讽刺安冈秀夫。他在《从小说看来的支那民族性》一书中，胡诌中国人“耽享乐而淫风炽盛”，连食物也都与性有关，如喜欢吃笋，就“是因为那挺然翘然的姿势，引起想像来”的原故。

⑯讨替代　即找替死鬼。旧时迷信认为横死的人所变的“鬼”，必须设法使别人也以同样方式死亡，这样他才得投生，叫做讨替代。

⑰放焰口　旧俗于夏历七月十五日（中元节）晚上请和尚结盂兰盆会，诵经施食，称为放焰口。盂兰盆，梵语音译，“救倒悬”的意思；焰口，饿鬼名。

⑱毗卢帽　放焰口时，主座大和尚所戴的一种绣有毗卢佛像的帽子。

⑲捏诀　和尚诵念诀语时的一种手势。

⑳这些是《瑜伽焰口施食要集》中咒文的梵语音译。

㉑发“名士”脾气　这是顾颉刚挖苦鲁迅的话，当时他们同在厦门大学教书。参看《两地书·四十八》。

㉒矿路学堂　全称江南陆师学堂附设矿务铁路学堂。创办于一八九八年十月，一九〇二年一月停办。

㉓这是初级德语读本上的课文，意思是：“男人，女人，孩子。”

㉔《小学集注》 宋代朱熹辑，明代陈选注，共六卷。旧时学塾中所常用的一种初级读物，内容系辑录古书中的片段，分类编成四内篇：《立教》、《明伦》、《敬身》、《稽古》；二外篇：《嘉言》、《善行》。

㉕格致 "格物致知"的简称。《礼记·大学》有"致知在格物，物格而后知至"的话。格，推究。清末曾用"格致"统称物理、化学等学科。

㉖舆地 即地，这里指地理学。钟鼎碑版，指古代铜器、石刻；研究这些文物的形制、文字或图画的，叫金石学。

㉗新党 这里指当时矿务铁路学堂总办俞明震。

㉘《时务报》 旬刊，梁启超等主编，当时宣传变法维新的主要期刊之一。一八九六年八月创办于上海，一八九八年七月停刊。

㉙华盛顿(G. Washington，1732—1799) 即乔治·华盛顿，美国政治家。他领导一七七五年至一七八三年美国反对英国殖民统治的独立战争，胜利后任美国第一任总统。

㉚《天演论》 英国赫胥黎(T. Huxley，1825—1895)《进化论与伦理学及其他论文》中的前两篇，严复译述。一八九八年(清光绪二十四年)由湖北沔阳卢氏木刻印行，为"慎始基斋丛书"之一；一九〇一年又由富文书局石印出版。其前半部着重解释自然现象，宣传物竞天择；后半部着重解释社会现象，鼓吹优胜劣败的社会思想。这书对当时我国知识界曾起过很大的影响。

㉛恺彻(G. J. Caesar，公元前100—公元前44) 通译恺撒，古罗马统帅，曾两次渡海侵入不列颠(英国)。

㉜苏格拉第(Sokrates，公元前469—公元前399) 通译苏格拉底，古希腊唯心主义哲学家。

㉝柏拉图(Platon，公元前427—公元前347) 古希腊唯心主义哲学家，苏格拉底的弟子。

㉞斯多噶(Stoikoi) 指斯多噶派，一译画廊派或斯多亚派，约公元前四世纪产生于古希腊，中经传播演变，存在到公元二世纪的一个哲学派别。

㉟《译学汇编》 当为《译书汇编》，月刊，一九〇〇年十二月六日在日本创刊。它是我国留日学生最早出版的一种杂志，分期译载东西各国政治法律名著，如卢骚的《民约论》，孟德斯鸠的《万法精理》等。后改名《政治学报》。

㊱张廉卿(1823—1894) 名裕钊，字廉卿，湖北武昌人，清代古文家、书法家。

㊲许应骙 广东番禺人，清光绪年间曾任礼部尚书，当时反对维新运动的顽固分子之一。这里所说的文章，指一八九八年(清光绪二十四年)五月四日他的《明白回奏并请斥逐工部主事康有为折》，见同年五月二十四日《申报》。

㊳康有为变法 康有为于一八九八年(戊戌)与梁启超、谭嗣同等由光绪帝任用参预政事，试图变法；从同年六月十一日光绪颁布变法维新的诏令，到九月二十一日以慈禧为首的地主阶级顽固派发动政变，变法失败，共历时一百零三日，故又称戊戌变法或百日维新。

㊴两江总督 总督，清代地方最高军政长官。两江总督在清初管辖江南和江西两省。清康熙六年(1667)江南省分为江苏、安徽两省，仍与江西省并归两江总督管辖。

㊵刘坤一(1830—1901) 湖南新宁人。一八七九年至一九〇一年间数任两江总督，是当时官僚中倾向维新的人物之一。

㊶青龙山的煤矿 在今南京官塘煤矿象山矿区。作者等当年所下的矿洞即今象山矿区的古井。

㊷这是唐代白居易《长恨歌》中的两句诗。碧落，指天上；黄泉，指地下。

藤野先生[①]

东京也无非是这样。上野[②]的樱花烂熳的时节,望去确也像绯红的轻云,但花下也缺不了成群结队的“清国留学生”的速成班[③],头顶上盘着大辫子,顶得学生制帽的顶上高高耸起,形成一座富士山[④]。也有解散辫子,盘得平的,除下帽来,油光可鉴,宛如小姑娘的发髻一般,还要将脖子扭几扭。实在标致极了。

中国留学生会馆的门房里有几本书买,有时还值得去一转;倘在上午,里面的几间洋房里倒也还可以坐坐的。但到傍晚,有一间的地板便常不免要咚咚咚地响得震天,兼以满房烟尘斗乱;问问精通时事的人,答道,“那是在学跳舞。”

到别的地方去看看,如何呢?

我就往仙台[⑤]的医学专门学校去。从东京出发,不久便到一处驿站,写道:日暮里。不知怎地,我到现在还记得这名目。其次却只记得水户[⑥]了,这是明的遗民朱舜水[⑦]先生客死的地方。仙台是一个市镇,并不大;冬天冷得利害;还没有中国的学生。

大概是物以希为贵罢。北京的白菜运往浙江,便用红头绳系住菜根,倒挂在水果店头,尊为“胶菜”;福建野生着的芦荟,一到北京就请进温室,且美其名曰“龙舌兰”。我到仙台也颇受了这样的优待,不但学校不收学费,几个职员还为我的食宿操心。我先是住在监狱旁边一个客店里的,初冬已经颇冷,蚊子却还多,后来用被盖了全身,用衣服包了头脸,只留两个鼻孔出气。在这呼吸不息的地方,蚊子竟无从插嘴,居然睡安稳了。饭食也不坏。但一位先生却以为这客店也包办囚人的饭食,我住在那里不相宜,几次三番,几次三番地说。我虽然觉得客店兼办囚人的饭食和我不相干，然而好意难却，也只得别寻相宜的住处了。于是搬到别一家，离监狱也很远，可惜每天总要喝难以下咽的芋梗汤。

从此就看见许多陌生的先生，听到许多新鲜的讲义。解剖学是两个教授分任的。最初是骨学。其时进来的是一个黑瘦的先生，八字须，戴着眼镜，挟着一叠大大小小的书。一将书放在讲台上，便用了缓慢而很有顿挫的声调，向学生介绍自己道：

"我就是叫作藤野严九郎[9]的……。"

后面有几个人笑起来了。他接着便讲述解剖学在日本发达的历史，那些大大小小的书，便是从最初到现今关于这一门学问的著作。起初有几本是线装的；还有翻刻中国译本的，他们的翻译和研究新的医学，并不比中国早。

那坐在后面发笑的是上学年不及格的留级学生，在校已经一年，掌故颇为熟悉的了。他们便给新生讲演每个教授的历史。这藤野先生，据说是穿衣服太模胡了，有时竟会忘记带领结；冬天是一件旧外套，寒颤颤的，有一回上火车去，致使管车的疑心他是扒手，叫车里的客人大家小心些。

他们的话大概是真的，我就亲见他有一次上讲堂没有带领结。

过了一星期，大约是星期六，他使助手来叫我了。到得研究室，见他坐在人骨和许多单独的头骨中间，——他其时正在研究着头骨，后来有一篇论文在本校的杂志上发表出来。

"我的讲义，你能抄下来么？"他问。

"可以抄一点。"

"拿来我看！"

我交出所抄的讲义去，他收下了，第二三天便还我，并且说，此后每一星期要送给他看一回。我拿下来打开看时，很吃了一惊，同时也感到一种不安和感激。原来我的讲义已经从头到末，都用红笔添改过了，不但增加了许多脱漏的地方，连文法的错误，也都一一订正。这样一直继续到教完了他所担任的功课：骨学，血管学，神经学。

可惜我那时太不用功，有时也很任性。还记得有一回藤野先生将我叫到他的研究室里去，翻出我那讲义上的一个图来，是下臂的血管，指着，向我和蔼的说道：

“你看，你将这条血管移了一点位置了。——自然，这样一移，的确比较的好看些，然而解剖图不是美术，实物是那么样的，我们没法改换它。现在我给你改好了，以后你要全照着黑板上那样的画。”

但是我还不服气，口头答应着，心里却想道：

“图还是我画的不错；至于实在的情形，我心里自然记得的。”

学年试验完毕之后，我便到东京玩了一夏天，秋初再回学校，成绩早已发表了，同学一百余人之中，我在中间，不过是没有落第。这回藤野先生所担任的功课，是解剖实习和局部解剖学。

解剖实习了大概一星期，他又叫我去了，很高兴地，仍用了极有抑扬的声调对我说道：

“我因为听说中国人是很敬重鬼的，所以很担心，怕你不肯解剖尸体。现在总算放心了，没有这回事。”

但他也偶有使我很为难的时候。他听说中国的女人是裹脚的，但不知道详细，所以要问我怎么裹法，足骨变成怎样的畸形，还叹息道，“总要看一看才知道。究竟是怎么一回事呢？”

有一天，本级的学生会干事到我寓里来了，要借我的讲义看。我检出来交给他们，却只翻检了一通，并没有带走。但他们一走，邮差就送到一封很厚的信，拆开看时，第一句是：

“你改悔罢！”

这是《新约》[10]上的句子罢，但经托尔斯泰新近引用过的。其时正值日俄战争[11]，托老先生便写了一封给俄国和日本的皇帝的信[12]，开首便是这一句。日本报纸上很斥责他的不逊，爱国青年也愤然，然而暗地里却早受了他的影响了。其次的话，大略是说上年解剖学试验的题目，是藤野先生在讲义上做了记号，我预先知道的，所以能有这样的成绩。末尾是匿名。

我这才回忆到前几天的一件事。因为要开同级会，干事便在黑板上写广告，末一句是“请全数到会勿漏为要”，而且在“漏”字旁边加了一个圈。我当时虽然觉到圈得可笑，但是毫不介意，这回才悟出那字也在讥刺我了，犹言我得了教员漏泄出来的题目。

我便将这事告知了藤野先生；有几个和我熟识的同学也很不平，一同去诘责干事托辞检查的无礼，并且要求他们将检查的结果，发表出来。终于这流言消灭了，干事却又竭力运动，要收回那一封匿名信去。结末是我便将这托尔斯泰式的信退还了他们。

中国是弱国，所以中国人当然是低能儿，分数在六十分以上，便不是自己的能力了：也无怪他们疑惑。但我接着便有参观枪毙中国人的命运了。第二年添教霉菌学，细菌的形状是全用电影[13]来显示的，一段落已完而还没有到下课的时候，便影几片时事的片子，自然都是日本战胜俄国的情形。但偏有中国人夹在里边：给俄国人做侦探，被日本军捕获，要枪毙了，围着看的也是一群中国人；在讲堂里的还有一个我。

“万岁！”他们都拍掌欢呼起来。

这种欢呼，是每看一片都有的，但在我，这一声却特别听得刺耳。此后回到中国来，我看见那些闲看枪毙犯人的人们，他们也何尝不酒醉似的喝采，——呜呼，无法可想！但在那时那地，我的意见却变化了。

到第二学年的终结，我便去寻藤野先生，告诉他我将不学医学，并且离开这仙台。他的脸色仿佛有些悲哀，似乎想说话，但竟没有说。

“我想去学生物学，先生教给我的学问，也还有用的。”其实我并没有决意要学生物学，因为看得他有些凄然，便说了一个慰安他的谎话。

“为医学而教的解剖学之类，怕于生物学也没有什么大帮助。”他叹息说。

将走的前几天，他叫我到他家里去，交给我一张照相，后面写着两个字道：“惜别”，还说希望将我的也送他。但我这时适值没有照相了；他便叮嘱我将来照了寄给他，并且时时通信告诉他此后的状况。

我离开仙台之后，就多年没有照过相，又因为状况也无聊，说起来无非使他失望，便连信也怕敢写了。经过的年月一多，话更无从说起，所以虽然有时想写信，却又难以下笔，这样的一直到现在，竟没有寄过一封信和一张照片。从他那一面看起来，是一去之后，杳无消息了。

但不知怎地，我总还时时记起他，在我所认为我师的之中，他是最使我感激，给我鼓励的一个。有时我常常想：他的对于我的热心的希望，不倦的教诲，小而言之，是为中国，就是希望中国有新的医学；大而言之，是为学术，就是希望新的医学传到中国去。他的性格，在我的眼里和心里是伟大的，虽然他的姓名并不为许多人所知道。

他所改正的讲义，我曾经订成三厚本，收藏着的，将作为永久的纪念。不幸七年前迁居[14]的时候，中途毁坏了一口书箱，失去半箱书，恰巧这讲义也遗失在内了。责成运送局去找寻，寂无回信。只有他的照相至今还挂在我北京寓居的东墙上，书桌对面。每当夜间疲倦，正想偷懒时，仰面在灯光中瞥见他黑瘦的面貌，似乎正要说出抑扬顿挫的话来，便使我忽又良心发现，而且增加勇气了，于是点上一枝烟，再继续写些为"正人君子"之流所深恶痛疾的文字。

十月十二日

---

① 本篇最初发表于一九二六年十二月十日《莽原》半月刊第一卷第二十三期。

② 上野　日本东京的公园，以樱花著名。

③ 速成班　指东京弘文学院速成班；当时初到日本的我国留学生，一般先在这里学习日语等课程。

④ 富士山　日本最高的山峰，著名火山，位于本州岛中南部。

⑤ 仙台　日本本州岛东北部的城市，宫城县首府。一九〇四年至一九〇六年作者曾在这里习医。

⑥ 水户　日本本州岛东部的城市，位于东京与仙台之间，旧为水户藩的都城。

⑦ 朱舜水（1600—1682）　名之瑜，号舜水，浙江余姚人，明末思想家。明亡后曾进行反清复明活动，失败后长住日本讲学，客死水户。

⑧ 芋梗汤　日本人用芋梗等物和酱料做成的汤。

⑨ 藤野严九郎（1874—1945）　日本福井县人。一八九六年在爱知县立医学专门学校毕业后，即在该校任教；一九〇一年转任仙台医学专门学校讲师，一九〇四年升任教授；一九一五年回乡自设诊所，受到当地群众的尊敬。作者逝世后他曾作《谨忆周树人君》一文（载日本《文学指南》一九三七年三月号）。

⑩《新约》　《新约全书》的简称，基督教《圣经》的后一部分。内容主要是记载耶稣及其门徒的言行。

⑪ 日俄战争　指一九〇四年二月至一九〇五年九月，日本帝国主义和沙皇俄国为争夺在我国东北地区和朝鲜的侵略权益而进行的一次帝国主义战争。这次战争主要在我国境内进行，使我国人民遭受巨大的灾难。

⑫ 托尔斯泰写给俄国和日本皇帝的信，登在一九〇四年六月二十七日伦敦《泰晤士报》；两个月后，译载于日本《平民新闻》。

⑬ 电影　这里指幻灯片。

⑭ 七年前迁居　指一九一九年十二月作者从绍兴搬家到北京。

范爱农[1]

在东京的客店里，我们大抵一起来就看报。学生所看的多是《朝日新闻》和《读卖新闻》[2]，专爱打听社会上琐事的就看《二六新闻》。一天早晨，辟头就看见一条从中国来的电报，大概是：

"安徽巡抚[3]恩铭被Jo Shiki Rin刺杀，刺客就擒。"

大家一怔之后，便容光焕发地互相告语，并且研究这刺客是谁，汉字是怎样三个字。但只要是绍兴人，又不专看教科书的，却早已明白了。这是徐锡麟[4]，他留学回国之后，在做安徽候补道[5]，办着巡警事务，正合于刺杀巡抚的地位。

大家接着就预测他将被极刑，家族将被连累。不久，秋瑾[6]姑娘在绍兴被杀的消息也传来了，徐锡麟是被挖了心，给恩铭的亲兵炒食净尽。人心很愤怒。有几个人便秘密地开一个会，筹集川资；这时用得着日本浪人[7]了，撕乌贼鱼下酒，慷慨一通之后，他便登程去接徐伯荪的家属去。

照例还有一个同乡会，吊烈士，骂满洲；此后便有人主张打电报到北京，痛斥满政府的无人道。会众即刻分成两派：一派要发电，一派不要发。我是主张发电的，但当我说出之后，即有一种钝滞的声音跟着起来：

"杀的杀掉了，死的死掉了，还发什么屁电报呢。"

这是一个高大身材，长头发，眼球白多黑少的人，看人总像在渺视。他蹲在席子上，我发言大抵就反对；我早觉得奇怪，注意着他的了，到这时才打听别人：说这话的是谁呢，有那么冷？认识的人告诉我说：他叫范爱农[8]，是徐伯荪的学生。

我非常愤怒了，觉得他简直不是人，自己的先生被杀了，连打一个电报还害怕，于是便坚执地主张要发电，同他争起来。结果是主张发电的居多数，他屈服了。其次要推出人来拟电稿。

"何必推举呢？自然是主张发电的人罗。"他说。

我觉得他的话又在针对我，无理倒也并非无理的。但我便主张这一篇悲壮的文章必须深知烈士生平的人做，因为他比别人关系更密切，心里更悲愤，做出来就一定更动人。于是又争起来。结果是他不做，我也不做，不知谁承认做去了；其次是大家走散，只留下一个拟稿的和一两个干事，等候做好之后去拍发。

从此我总觉得这范爱农离奇，而且很可恶。天下可恶的人，当初以为是满人，这时才知道还在其次；第一倒是范爱农。中国不革命则已，要革命，首先就必须将范爱农除去。

然而这意见后来似乎逐渐淡薄，到底忘却了，我们从此也没有再见面。直到革命的前一年，我在故乡做教员，大概是春末时候罢，忽然在熟人的客座上看见了一个人，互相熟视了不过两三秒钟，我们便同时说：

"哦哦，你是范爱农！"

"哦哦，你是鲁迅！"

不知怎地我们便都笑了起来，是互相的嘲笑和悲哀。他眼睛还是那样，然而奇怪，只这几年，头上却有了白发了，但也许本来就有，我先前没有留心到。他穿着很旧的布马褂，破布鞋，显得很寒素。谈起自己的经历来，他说他后来没有了学费，不能再留学，便回来了。回到故乡之后，又受着轻蔑，排斥，迫害，几乎无地可容。现在是躲在乡下，教着几个小学生糊口。但因为有时觉得很气闷，所以也趁了航船进城来。

他又告诉我现在爱喝酒，于是我们便喝酒。从此他每一进城，必定来访我，非常相熟了。我们醉后常谈些愚不可及的疯话，连母亲偶然听到了也发笑。一天我忽而记起在东京开同乡会时的旧事，便问他：

"那一天你专门反对我，而且故意似的，究竟是什么缘故呢？"

"你还不知道？我一向就讨厌你的，——不但我，我们。"

"你那时之前，早知道我是谁么？"

"怎么不知道。我们到横滨[9]，来接的不就是子英[10]和你么？你看不起我们，摇摇头，你自己还记得么？"

我略略一想，记得的，虽然是七八年前的事。那时是子英来约我的，说到横滨去接新来留学的同乡。汽船一到，看见一大堆，大概一共有十多人，一上岸便将行李放到税关上去候查检，关吏在衣箱中翻来翻去，忽然翻出一双绣花的弓鞋来，便放下公事，拿着子细地看。我很不满，心里想，这些鸟男人，怎么带这东西来呢。自已不注意，那时也许就摇了摇头。检验完毕，在客店小坐之后，即须上火车。不料这一群读书人又在客车上让起坐位来了，甲要乙坐在这位上，乙要丙去坐，揖让未终，火车已开，车身一摇，即刻跌倒了三四个。我那时也很不满，暗地里想：连火车上的坐位，他们也要分出尊卑来……。自已不注意，也许又摇了摇头。然而那群雍容揖让的人物中就有范爱农，却直到这一天才想到。岂但他呢，说起来也惭愧，这一群里，还有后来在安徽战死的陈伯平[11]烈士，被害的马宗汉[12]烈士；被囚在黑狱里，到革命后才见天日而身上永带着匪刑的伤痕的也还有一两人。而我都茫无所知，摇着头将他们一并运上东京了。徐伯荪虽然和他们同船来，却不在这车上，因为他在神户[13]就和他的夫人坐车走了陆路了。

我想我那时摇头大约有两回，他们看见的不知道是那一回。让坐时喧闹，检查时幽静，一定是在税关上的那一回了，试问爱农，果然是的。

"我真不懂你们带这东西做什么？是谁的？"

"还不是我们师母的？"他瞪着他多白的眼。

"到东京就要假装大脚，又何必带这东西呢？"

"谁知道呢？你问她去。"

到冬初，我们的景况更拮据了，然而还喝酒，讲笑话。忽然是武昌起义[14]，接着是绍兴光复[15]。第二天爱农就上城来，戴着农夫常用的毡帽，那笑容是从来没有见过的。

"老迅，我们今天不喝酒了。我要去看看光复的绍兴。我们同去。"我们便到街上去走了一通，满眼是白旗。然而貌虽如此，内骨子是依旧的，因为还是几个旧乡绅所组织的军政府，什么铁路股东是行政司长，钱店掌柜是军械司长……。这军政府也到底不长久，几个少年一嚷，王金发[16]带兵从杭州进来了，但即使不嚷或者也会来。他进来以后，也就被许多闲汉和新进的革命党所包围，大做王都督[17]。在衙门里的人物，穿布衣来的，不上十天也大概换上皮袍子了，天气还并不冷。

我被摆在师范学校校长的饭碗旁边，王都督给了我校款二百元。爱农做监学，还是那件布袍子，但不大喝酒了，也很少有工夫谈闲天。他办事，兼教书，实在勤快得可以。

"情形还是不行，王金发他们。"一个去年听过我的讲义的少年来访问我，慷慨地说，"我们要办一种报[18]来监督他们。不过发起人要借用先生的名字。还有一个是子英先生，一个是德清[19]先生。为社会，我们知道你决不推却的。"

我答应他了。两天后便看见出报的传单，发起人诚然是三个。五天后便见报，开首便骂军政府和那里面的人员；此后是骂都督，都督的亲戚，同乡，姨太太……。

这样地骂了十多天，就有一种消息传到我的家里来，说都督因为你们诈取了他的钱，还骂他，要派人用手枪来打死你们了。

别人倒还不打紧，第一个着急的是我的母亲，叮嘱我不要再出去。但我还是照常走，并且说明，王金发是不来打死我们的，他虽然绿林大学[20]出身，而杀人却不很轻易。况且我拿的是校款，这一点他还能明白的，不过说说罢了。

果然没有来杀。写信去要经费，又取了二百元。但仿佛有些怒意，同时传令道：再来要，没有了！

不过爱农得到了一种新消息，却使我很为难。原来所谓"诈取"者，并非指学校经费而言，是指另有送给报馆的一笔款。报纸上骂了几天之后，王金发便叫人送去了五百元。于是乎我们的少年们便开起会议来，第一个问题是：收不收？决议曰：收。第二个问题是：收了之后骂不骂？决议曰：骂。理由是：收钱之后，他是股东；股东不好，自然要骂。

我即刻到报馆去问这事的真假。都是真的。略说了几句不该收他钱的话，一个名为会计的便不高兴了，质问我道：

"报馆为什么不收股本？"

"这不是股本……。"

"不是股本是什么？"

我就不再说下去了，这一点世故是早已知道的，倘我再说出连累我们的话来，他就会面斥我太爱惜不值钱的生命，不肯为社会牺牲，或者明天在报上就可以看见我怎样怕死发抖的记载。

然而事情很凑巧，季茀[21]写信来催我往南京了。爱农也很赞成，但颇凄凉，说：

"这里又是那样，住不得。你快去罢……。"

我懂得他无声的话，决计往南京。先到都督府去辞职，自然照准，派来了一个拖鼻涕的接收员，我交出账目和余款一角又两铜元，不是校长了。后任是孔教会[22]会长傅力臣。

报馆案[23]是我到南京后两三个星期了结的，被一群兵们捣毁。子英在乡下，没有事；德清适值在城里，大腿上被刺了一尖刀。他大怒了。自然，这是很有些痛的，怪他不得。他大怒之后，脱下衣服，照了一张照片，以显示一寸来宽的刀伤，并且做一篇文章叙述情形，向各处分送，宣传军政府的横暴。我想，这种照片现在是大约未必还有人收藏着了，尺寸太小，刀伤缩小到几乎等于无，如果不加说明，看见的人一定以为是带些疯气的风流人物的裸体照片，倘遇见孙传芳[24]大帅，还怕要被禁止的。

我从南京移到北京的时候，爱农的学监也被孔教会会长的校长设法去掉了。他又成了革命前的爱农。我想为他在北京寻一点小事做，这是他非常希望的，然而没有机会。他后来便到一个熟人的家里去寄食，也时时给我信，景况愈困穷，言辞也愈凄苦。终于又非走出这熟人的家不可，便在各处飘浮。不久，忽然从同乡那里得到一个消息，说他已经掉在水里，淹死了。

我疑心他是自杀。因为他是浮水的好手，不容易淹死的。

夜间独坐在会馆里，十分悲凉，又疑心这消息并不确，但无端又觉得这是极其可靠的，虽然并无证据。一点法子都没有，只做了四首诗[25]，后来曾在一种日报上发表，现在是将要忘记完了。只记得一首里的六句，起首四句是："把酒论天下，先生小酒人。大圜犹酩酊，微醉合沉沦。"中间忘掉两句，末了是"旧朋云散尽，余亦等轻尘。"

后来我回故乡去，才知道一些较为详细的事。爱农先是什么事也没得做，因为大家讨厌他。他很困难，但还喝酒，是朋友请他的。他已经很少和人们来往，常见的只剩下几个后来认识的较为年青的人了，然而他们似乎也不愿意多听他的牢骚，以为不如讲笑话有趣。

"也许明天就收到一个电报，拆开来一看，是鲁迅来叫我的。"他时常这样说。

一天，几个新的朋友约他坐船去看戏，回来已过夜半，又是大风雨，他醉着，却偏要到船舷上去小解。大家劝阻他，也不听，自己说是不会掉下去的。但他掉下去了，虽然能浮水，却从此不起来。

第二天打捞尸体，是在菱荡里找到的，直立着。

我至今不明白他究竟是失足还是自杀㉖。

他死后一无所有，遗下一个幼女和他的夫人。有几个人想集一点钱作他女孩将来的学费的基金，因为一经提议，即有族人来争这笔款的保管权，——其实还没有这笔款，——大家觉得无聊，便无形消散了。

现在不知他唯一的女儿景况如何？倘在上学，中学已该毕业了罢。

十一月十八日

---

① 本篇最初发表于一九二六年十二月二十五日《莽原》半月刊第一卷第二十四期。

② 《朝日新闻》和《读卖新闻》　都是日本资产阶级报纸。下文的《二六新闻》应为《二六新报》，以刊载耸人听闻的新闻报道著称。一九〇七年七月八日和九日的东京《朝日新闻》，都载有报道徐锡麟刺杀恩铭一案的新闻。

③ 巡抚　清代的省级最高官员。

④ 徐锡麟（1873—1907）　字伯荪，浙江绍兴人，清末革命团体光复会的重要成员。一九〇五年，在绍兴创办大通师范学堂，培植反清革命骨干。一九〇六年春，为便于从事革命活动，筹资捐了候补道，同年秋被分发到安徽；一九〇七年与秋瑾准备在浙皖两省同时起义，七月六日（清光绪三十三年五月二十六日），他以安徽巡警处会办兼巡警学堂监督身份为掩护，乘巡警学堂举行毕业典礼之机，刺杀安徽巡抚恩铭，并率少数学生攻占军械局，弹尽被捕，当天即遭杀害。

⑤ 候补道　即候补道员。道员是清代官名，分总管省以下、府州以上一个行政区域职务的道员和专管一省特定职务的道员。据清代官制，通过科举或捐纳等途径都可以取得道员官衔，但不一定有实际职务。一般没有实际职务的道员，由吏部抽签分发到某部或某省，听候差委，称为候补道。

⑥ 秋瑾（1879？—1907）　字璇卿，号竞雄，别署鉴湖女侠，浙江绍兴人。一九〇四年赴日本留学，积极参加留日学生的革命活动，先后加入光复会、同盟会。一九〇六年春回国。一九〇七年在绍兴主持大通师范学堂，组织光复军，和徐锡麟分头准备在安徽、浙江两省起义。徐锡麟起义失败后，秋瑾亦被清政府逮捕，同年七月十五日（清光绪三十三年六月初六）在绍兴轩亭口就义。

⑦ 日本浪人　指日本幕府时代失去禄位、四处流浪的武士。江户时代（1603—1867），随着幕府体制的瓦解，一时浪人激增。他们无固定职业，常受雇于人，从事各种好勇斗狠的活动，日本帝国主义向外侵略时，就常以浪人为先锋。

⑧ 范爱农（1883—1912）　名肇基，字斯年，号爱农，浙江绍兴人。一九一二年七月十日与绍兴《民兴日报》友人游湖时淹死。

⑨ 横滨　日本本州岛中南部港口城市，神奈川县首府。在东京湾西岸。

⑩ 子英　姓陈名濬(1880—1950),浙江绍兴人。

⑪ 陈伯平(1885—1907)　名渊,自号"光复子",浙江绍兴人。他是大通师范学堂的学生,曾两次赴日本学警务和制造炸弹。一九〇七年六月与马宗汉同赴安徽参加徐锡麟的起义活动;起事时在军械局的战斗中阵亡。

⑫ 马宗汉(1884—1907)　字子畦,浙江余姚人。一九〇五年去日本留学,次年回国;一九〇七年六月赴安徽参加徐锡麟的起义活动;起事中据守军械局,弹尽被捕,备受酷刑后于八月二十四日就义。

⑬ 神户　日本本州岛西南部港口城市,兵库县首府。在大阪湾西北岸。

⑭ 武昌起义　即辛亥革命。一九一一年十月十日在武昌由同盟会等领导的推翻清王朝的武装起义。

⑮ 绍兴光复　据《中国革命记》第三册(一九一一年上海自由社编印)记载:辛亥九月十四日(一九一一年十一月四日)"绍兴府闻杭州为民军占领,即日宣布光复"。

⑯ 王金发(1882—1915)　名逸,字季高,浙江嵊县人。原为浙东洪门会党平阳党的首领,后由光复会创始人陶成章介绍加入该会。一九一一年十一月十日,他率领光复军进入绍兴,十一日成立绍兴军政分府,自任都督。"二次革命"失败后,在一九一五年七月十三日被袁世凯的走狗、浙江督军朱瑞杀害于杭州。

⑰ 都督　官名。辛亥革命时为地方最高军政长官。以后改称督军。

⑱ 指《越铎日报》,一九一二年一月三日在绍兴创刊,一九一二年八月一日被捣毁。作者是该报发起人之一,并曾为撰写《〈越铎〉出世辞》(收入《集外集拾遗补编》)。

⑲ 德清　孙德卿(1866—1934),浙江绍兴人。当时的一个开明绅士,曾参加反清革命运动。

⑳ 绿林大学　西汉末年王匡、王凤等率领农民在绿林山(今湖北当阳县东北)起义,号"绿林兵";"绿林"的名称即起源于此,后来用以泛指聚集山林反抗官府或抢劫财物的人们。王金发曾领导浙东洪门会党平阳党,号称万人,故作者在这里戏称他是"绿林大学出身"。

㉑ 季茀　许寿裳(1882—1948),字季黻,浙江绍兴人,教育家。作者留学日本弘文学院时的同学,后又在教育部、北京女子师范大学、广东中山大学等处同事多年。与作者交谊甚笃。著有《我所认识的鲁迅》、《亡友鲁迅印象记》等。抗日战争胜利后,在台湾大学任教。由于他倾向民主和宣传鲁迅,致遭国民党反动派所忌,在一九四八年二月十八日深夜被刺杀于台北。此处所说"写信来催我往南京",是指他受当时教育总长蔡元培之托,邀作者去南京教育部任职。

㉒ 孔教会　一个为袁世凯窃国复辟服务的尊孔派组织,一九一二年十月在上海成立,次年迁北京。当时各地封建势力亦纷纷筹建此类组织。绍兴的孔教会会长傅励臣是前清举人,他同时兼任绍兴教育会会长和绍兴师范学校校长。

㉓ 报馆案　指王金发所部士兵捣毁越铎日报馆一案。时在一九一二年八月一日,作者早已于五月离开南京,随教育部迁到北京。这里说"是我到南京后两三个星期了结的",记忆有误。

㉔ 孙传芳(1885—1935)　山东历城人,北洋直系军阀。一九二六年夏他盘踞江浙等地时,曾以保卫礼教为由,下令禁止上海美术专门学校采用裸体模特儿。

㉕ 作者悼范爱农的诗,实际上是三首。最初发表于一九一二年八月二十一日绍兴《民兴日报》,署名黄棘,后收入《集外集》。下面说的"一首"指第三首,其五六句是"此别成终古,从兹绝绪言"。

㉖ 关于范爱农之死,一九一二年夏历三月二十七日范爱农在给作者信中,曾有"如此世界,实何生为?盖吾辈生成傲骨,未能随波逐流,惟死而已,端无生理"等语。作者怀疑他可能是投湖自杀。

后　记[①]

我在第三篇讲《二十四孝》的开头，说北京恐吓小孩的“马虎子”应作“麻胡子”，是指麻叔谋，而且以他为胡人。现在知道是错了，“胡”应作“祜”，是叔谋之名，见唐人李济翁[②]做的《资暇集》卷下，题云《非麻胡》。原文如次：

“俗怖婴儿曰：麻胡来！不知其源者，以为多髯之神而验刺者，非也。隋将军麻祜，性酷虐，炀帝令开汴河，威棱既盛，至稚童望风而畏，互相恐吓曰：麻祜来！稚童语不正，转祜为胡。只如宪宗朝泾将郝玼[③]，蕃中皆畏惮，其国婴儿啼者，以玼怖之则止。又，武宗朝，闾阎孩孺相胁云：薛尹[④]来！咸类此也。况《魏志》载张文远辽[⑤]来之明证乎？”(原注：麻祜庙在睢阳。鄜方节度李丕即其后。丕为重建碑。

原来我的识见，就正和唐朝的“不知其源者”相同，贻讥于千载之前，真是咎有应得，只好苦笑。但又不知麻祜庙碑或碑文，现今尚在睢阳或存于方志中否？倘在，我们当可以看见和小说《开河记》所载相反的他的功业。

因为想寻几张插画，常维钧[⑥]兄给我在北京搜集了许多材料，有几种是为我所未曾见过的。如光绪己卯(1879)肃州胡文炳作的《二百　孝图》——原书有注云：“　读如习。”我真不解他何以不直称四十，而必须如此麻烦——即其一。我所反对的“郭巨埋儿”，他于我还未出世的前几年，已经删去了。序有云：

……坊间所刻《二十四孝》，善矣。然其中郭巨埋儿一事，揆之天理人情，殊不可以训。……炳窃不自量，妄为编辑。凡矫枉过正而刻意求名者，概从割爱；惟择其事之不诡于正，而人人可为者，类为六门。

这位肃州胡老先生的勇决，委实令我佩服了。但这种意见，恐怕是怀抱者不乏其人，而且由来已久的，不过大抵不敢毅然删改，笔之于书。如同治十一年(1872)刻的《百孝图》[7]，前有纪常郑绩序，就说：

……况迩来世风日下，沿习浇漓，不知孝出天性自然，反以孝作另成一事。且择古人投炉[8]埋儿为忍心害理，指割股抽肠为损亲遗体。殊未审孝只在乎心，不在乎迹。尽孝无定形，行孝无定事。古之孝者非在今所宜，今之孝者难泥古之事。因此时此地不同，而其人其事各异，求其所以尽孝之心则一也。子夏曰：事父母能竭其力。故孔门问孝，所答何尝有同然乎……

则同治年间就有人以埋儿等事为"忍心害理"，灼然可知。至于这一位"纪常郑绩"先生的意思，我却还是不大懂，或者像是说：这些事现在可以不必学，但也不必说他错。

这部《百孝图》的起源有点特别，是因为见了"粤东颜子"的《百美新咏》[9]而作的。人重色而己重孝，卫道之盛心可谓至矣。虽然是"会稽俞葆真兰浦编辑"，与不佞有同乡之谊，——但我还只得老实说：不大高明。例如木兰从军[10]的出典，他注云："隋史"。这样名目的书，现今是没有的；倘是《隋书》[11]，那里面又没有木兰从军的事。

而中华民国九年(1920)，上海的书店却偏偏将它用石印翻印了，书名的前后各添了两个字：《男女百孝图全传》。第一叶上还有一行小字道：家庭教育的好模范。又加了一篇"吴下大错王鼎谨识"的序，开首先发同治年间"纪常郑绩" 先生一流的感慨：

概自欧化东渐，海内承学之士，嚣嚣然侈谈自由平等之说，致道德日就沦胥，人心日益浇漓，寡廉鲜耻，无所不为，侥幸行险，人思幸进，求所谓砥砺廉隅，束身自爱者，世不多睹焉。……起观斯世之忍心害理，几全如陈叔宝[12]之无心肝。长此滔滔，伊何底止？……

其实陈叔宝模胡到好像“全无心肝”，或者有之，若拉他来配“忍心害理”，却未免有些冤枉。这是有几个人以评“郭巨埋儿”和“李娥投炉”的事的。

至于人心，有几点确也似乎正在浇漓起来。自从《男女之秘密》，《男女交合新论》出现后，上海就很有些书名喜欢用“男女”二字冠首。现在是连“以正人心而厚风俗”的《百孝图》上也加上了。这大概为因不满于《百美新咏》而教孝的“会稽俞葆真兰浦”先生所不及料的罢。

从说“百行之先”[13]的孝而忽然拉到“男女”上去，仿佛也近乎不庄重，——浇漓。但我总还想趁便说几句，——自然竭力来减省。

我们中国人即使对于“百行之先”，我敢说，也未必就不想到男女上去的。太平无事，闲人很多，偶有“杀身成仁舍生取义”的，本人也许忙得不暇检点，而活着的旁观者总会加以绵密的研究。曹娥的投江觅父[14]，淹死后抱父尸出，是载在正史[15]，很有许多人知道的。但这一个“抱”字却发生过问题。

我幼小时候，在故乡曾经听到老年人这样讲：

……死了的曹娥，和她父亲的尸体，最初是面对面抱着浮上来的。然而过往行人看见的都发笑了，说：哈哈！这么一个年青姑娘抱着这么一个老头子！于是那两个死尸又沉下去了；停了一刻又浮起来，这回是背对背的负着。

好！在礼义之邦里，连一个年幼——呜呼，“娥年十四”而已——的死孝女要和死父亲一同浮出，也有这么艰难！

我检查《百孝图》和《二百　孝图》，画师都很聪明，所画的是曹娥还未跳入江中，只在江干啼哭。但吴友如[16]画的《女二十四孝图》(1892)却正是两尸一同浮出的这一幕，而且也正画作“背对背”，如第一图的上方。我想，他大约也知道我所听到的那故事的。还有《后二十四孝图说》，也是吴友如画，也有曹娥，则画作正在投江的情状，如第一图下。

第一图

就我现今所见的教孝的图说而言，古今颇有许多遇盗，遇虎，遇火，遇风的孝子，那应付的方法，十之九是“哭”和“拜”。

中国的哭和拜，什么时候才完呢？

至于画法，我以为最简古的倒要算日本的小田海本，这本子早已印入《点石斋丛画》里，变成国货，很容易入手的了。吴友如画的最细巧，也最能引动人。但他于历史画其实是不大相宜的；他久居上海的租界里，耳濡目染，最擅长的倒在作“恶鸨虐妓”，“流氓拆梢[17]”一类的时事画，那真是勃勃有生气，令人在纸上看出上海的洋场来。但影响殊不佳，近来许多小说和儿童读物的插画中，往往将一切女性画成妓女样，一切孩童都画得像一个小流氓，大半就因为太看了他的画本的缘故。

而孝子的事迹也比较地更难画，因为总是惨苦的多。譬如“郭巨埋儿”，无论如何总难以画到引得孩子眉飞色舞，自愿躺到坑里去。还有“尝粪心忧”[18]，也不容易引人入胜。还有老莱子的“戏彩娱亲”，题诗上虽说“喜色满庭帏”，而图画上却绝少有有趣的家庭的气息。

我现在选取了三种不同的标本，合成第二图。上方的是《百孝图》中的一部分，“陈村何云梯”画的，画的是“取水上堂诈跌卧地作婴儿啼”这一段。也带出“ 双亲开口笑”来。中间的一小块是我从“直北李锡彤”画的《二十四孝图诗合刊》上描下来的，画的是“著五色斑斓之衣为婴儿戏于亲侧”这一段；手里捏着“摇咕咚”，就是“婴儿戏”这三个字的点题。但大约李先生觉得一个高大的老头子玩这样的把戏究竟不像样，将他的身子竭力收缩，画成一个有胡子的小孩子了。然而仍然无趣。至于线的错误和缺少，那是不能怪作者的，也不能埋怨我，只能去骂刻工。查这刻工当前清同治十二年（1873）时，是在“山东省布政司街南首路西鸿文堂刻字处”。下方的是“民国壬戌”（1922）慎独山房刻本，无画人姓名，但是双料画法，一面“诈跌卧地”，一面“为婴儿戏”，将两件事合起来，而将“斑斓之衣 ”忘却了。吴友如画的一本，也合两事为一，也忘了斑斓之衣，只是老莱子比较的胖一些，且绾着双丫髻，——不过还是无趣味。

人说，讽刺和冷嘲只隔一张纸，我以为有趣和肉麻也一样。孩子对父母撒娇可以看得有趣，若是成人，便未免有些不顺眼。放达的夫妻在人面前的互相爱怜的态度，有时略一跨出有趣的界线，也容易变为肉麻。老莱子的作态的图，正无怪谁也画不好。像这些图画上似的家庭里，我是一天也住不舒服的，你看这样一位七十岁的老太爷整年假惺惺地玩着一个“摇咕咚”。

汉朝人在宫殿和墓前的石室里，多喜欢绘画或雕刻古来的帝王，孔

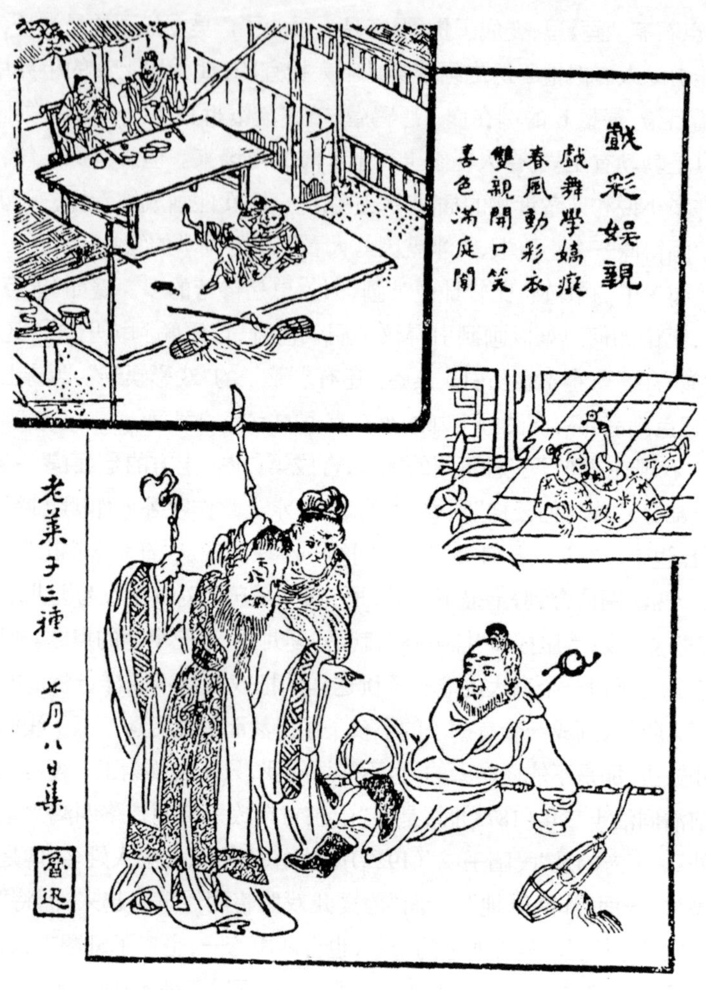

第二图

子弟子，列士，列女，孝子之类的图。宫殿当然一椽不存了；石室却偶然还有，而最完全的是山东嘉祥县的武氏石室[19]。我仿佛记得那上面就刻着老莱子的故事。但现在手头既没有拓本，也没有《金石萃编》[20]，不能查考了；否则，将现时的和约一千八百年前的图画比较起来，也是一种颇有趣味的事。

关于老莱子的，《百孝图》上还有这样的一段：

"……莱子又有弄雏娱亲之事:尝弄雏于双亲之侧,欲亲之喜。"(原注:《高士传》[21]。)

谁做的《高士传》呢?嵇康的,还是皇甫谧的?也还是手头没有书,无从查考。只在新近因为白得了一个月的薪水,这才发狠买来的《太平御览》上查了一通,到底查不着,倘不是我粗心,那就是出于别的唐宋人的类书[22]里的了。但这也没有什么大关系。我所觉得特别的,是文中的那"雏"字。

我想,这"雏"未必一定是小禽鸟。孩子们喜欢弄来玩耍的,用泥和绸或布做成的人形,日本也叫Hina,写作"雏"。他们那里往往存留中国的古语;而老莱子在父母面前弄孩子的玩具,也比弄小禽鸟更自然。所以英语的Doll,即我们现在称为"洋囡囡"或"泥人儿",而文字上只好写作"傀儡"的,说不定古人就称"雏",后来中绝,便只残存于日本了。但这不过是我一时的臆测,此外也并无什么坚实的凭证。

这弄雏的事,似乎也还没有人画过图。

我所搜集的另一批,是内有"无常"的画像的书籍。一曰《玉历钞传警世》(或无下二字),一曰《玉历至宝钞》(或作编)。其实是两种都差不多的。关于搜集的事,我首先仍要感谢常维钧兄,他寄给我北京龙光斋本,又鉴光斋本;天津思过斋本,又石印局本;南京李光明庄本。其次是章矛尘[23]兄,给我杭州玛瑙经房本,绍兴许广记本,最近石印本。又其次是我自己,得到广州宝经阁本,又翰元楼本。

这些《玉历》,有繁简两种,是和我的前言相符的。但我调查了一切无常的画像之后,却恐慌起来了。因为书上的"活无常"是花袍,纱帽,背后插刀;而拿算盘,戴高帽子的却是"死有分"!虽然面貌有凶恶和和善之别,脚下有草鞋和布(?)鞋之殊,也不过画工偶然的随便,而最关紧要的题字,则全体一致,曰:"死有分"。呜呼,这明明是专在和我为难。

然而我还不能心服。一者因为这些书都不是我幼小时候所见的那一部,二者因为我还确信我的记忆并没有错。不过撕下一叶来做插画的企图，却被无声无臭地打得粉碎了。只得选取标本各一——南京本的死有分和广州本的活无常——之外，还自己动手，添画一个我所记得的目连戏或迎神赛会中的“活无常”来塞责，如第三图上方。好在我并非画家，虽然太不高明，读者也许不至于嗔责罢。先前想不到后来，曾经对于吴友如先生辈颇说过几句蹊跷话，不料曾几何时，即须自己出丑了，现在就预先辩解几句在这里存案。但是，如果无效，那也只好直抄徐（印世昌）大总统的哲学：听其自然。㉔

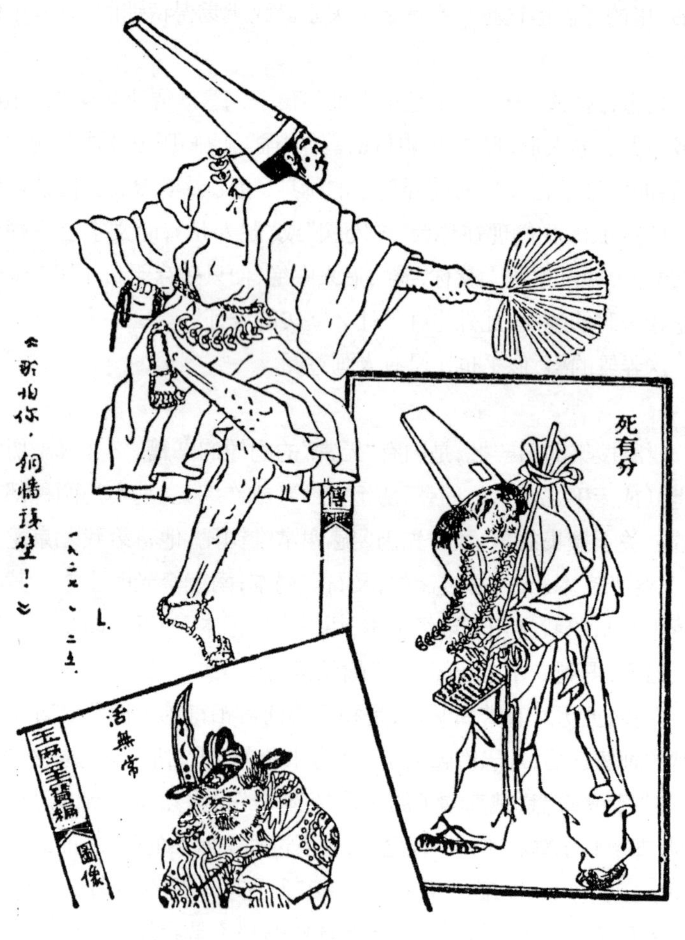

第三图

还有不能心服的事，是我觉得虽是宣传《玉历》的诸公，于阴间的事情其实也不大了然。例如一个人初死时的情状，那图像就分成两派。一派是只来一位手执钢叉的鬼卒，叫作"勾魂使者"，此外什么都没有；一派是一个马面，两个无常——阳无常和阴无常——而并非活无常和死有分。倘说，那两个就是活无常和死有分罢，则和单个的画像又不一致。如第四图版上的A，阳无常何尝是花袍纱帽？只有阴无常却和单画的死有分颇相像的，但也放下算盘拿了扇。这还可以说大约因为其时是夏天，然而怎么又长了那么长的络腮胡子了呢？难道夏天时疫多，他竟忙得连修刮的工夫都没有了么？这图的来源是天津思过斋的本子，合并声明；还有北京和广州本上的，也相差无几。

B是从南京的李光明庄刻本上取来的，图画和A相同，而题字则正相反了：天津本指为阴无常者，它却道是阳无常。但和我的主张是一致的。那么，倘有一个素衣高帽的东西，不问他胡子之有无，北京人，天津人，广州人只管去称为阴无常或死有分，我和南京人则叫他活无常，各随自己的便罢。"名者，实之宾也"[25]，不关什么紧要的。

不过我还要添上一点C图，是绍兴许广记刻本中的一部分，上面并无题字，不知宣传者于意云何。我幼小时常常走过许广记的门前，也闲看他们刻图画，是专爱用弧线和直线，不大肯作曲线的，所以无常先生的真相，在这里也难以判然。只是他身边另有一个小高帽，却还能分明看出，为别的本子上所无。这就是我所说过的在赛会时候出现的阿领。他连办公时间也带着儿子（？）走，我想，大概是在叫他跟随学习，预备长大之后，可以"无改于父之道"[26]的。

除勾摄人魂外，十殿阎罗王中第四殿五官王的案桌旁边，也什九站着一个高帽脚色。如D图，1取自天津的思过斋本，模样颇漂亮；2是南京本，舌头拖出来了，不知何故；3是广州的宝经阁本，扇子破了；4是北京龙光斋本，无扇，下巴之下一条黑，我看不透它是胡子还是舌头；5是天津石印局本，也颇漂亮，然而站到第七殿泰山王的公案桌边去了：这是很特别的。

又，老虎噬人的图上，也一定画有一个高帽的脚色，拿着纸扇子暗地里在指挥。不知道这也就是无常呢，还是所谓"伥鬼"[27]？但我乡戏文上的依鬼都不戴高帽子。

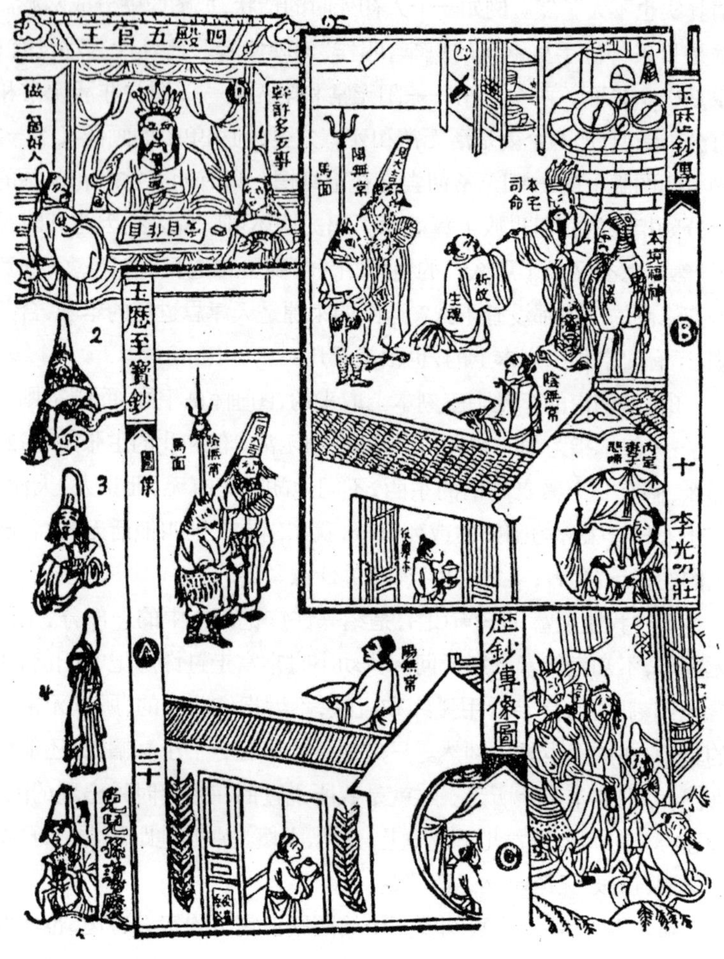

第四图

研究这一类三魂渺渺，七魄茫茫，“死无对证”的学问，是很新颖，也极占便宜的。假使征集材料，开始讨论，将各种往来的信件都编印起来，恐怕也可以出三四本颇厚的书，并且因此升为“学者”。但是，“活无常学者”，名称不大冠冕，我不想干下去了，只在这里下一个武断：

《玉历》式的思想是很粗浅的：“活无常”和“死有分”，合起来是人生的象征。人将死时，本只须死有分来到。因为他一到，这时候，也就可见“活无常”。

但民间又有一种自称“走阴”或“阴差”的，是生人暂时入冥，帮办公事的脚色。因为他帮同勾魂摄魄，大家也就称之为“无常”；又以其本是生魂也，则别之曰“阳”，但从此便和“活无常”隐然相混了。如第四图版之A，题为“阳无常”的，是平常人的普通装束，足见明明是阴差，他的职务只在领鬼卒进门，所以站在阶下。

既有了生魂入冥的“阳无常”，便以“阴无常”来称职务相似而并非生魂的死有分了。

做目连戏和迎神赛会虽说是祷祈，同时也等于娱乐，扮演出来的应该是阴差，而普通状态太无趣，——无所谓扮演，——不如奇特些好，于是就将“那一个无常”的衣装给他穿上了；——自然原也没有知道得很清楚。然而从此也更传讹下去。所以南京人和我之所谓活无常，是阴差而穿着死有分的衣冠，顶着真的活无常的名号，大背经典，荒谬得很的。

不知海内博雅君子，以为何如？

我本来并不准备做什么后记，只想寻几张旧画像来做插图，不料目的不达，便变成一面比较，剪贴，一面乱发议论了。那一点本文或作或辍地几乎做了一年，这一点后记也或作或辍地几乎做了两个月。天热如此，汗流浃背，是亦不可以已乎：爰为结。

一九二七年七月十一日，写完于广州东堤寓楼之西窗下。

---

① 本篇最初发表于一九二七年八月十日《莽原》半月刊第二卷第十五期。

② 李济翁　名匡文，他著的《资暇集》共三卷，是一部考证古物、记述史事的书。

③ 郝　《旧唐书》作郝玼，唐贞元、元和年间，为临泾（今甘肃镇元）镇将（后升为刺史）。据《旧唐书·郝玼传》载，“玼……在边三十年，每战得蕃俘，必刳剔而归其尸，蕃人畏之如神。……蕃中儿啼者，呼玼名以怖之。”蕃，指当时青藏高原的少数民族。

④ 薛尹　指薛元赏，唐武宗会昌年间，曾任京兆尹。据《新唐书·薛元赏传》载：“元赏到府三日，收恶少，杖死三十余辈，陈诸市。”

⑤ 张文远辽　张辽（169—222），字文远，三国雁门马邑（今山西朔县）人。曹操部将，屡建战功。建安二十年（215）孙权攻合肥，他率敢死士八百人大破权军，名震江东。

⑥ 常维钧　名惠，字维钧，河北宛平（今北京丰台区）人。北京大学法文系毕业，曾任北大《歌谣》周刊编辑。

⑦《百孝图》　即《百孝图说》，清代俞葆真编辑，俞泰绘图，共五卷，另附诗一卷。

⑧ 投炉　三国时吴国李娥的故事。《太平御览》卷四一五引《纪闻》说："娥父吴大帝时为铁官冶，以铸军器；一夕炼金，竭炉而金不出。时吴方草创，法令至严，诸耗折官物十万，即坐斩；倍又没入其家，而娥父所损折数过千万。娥年十五，痛伤之，因火烈，遂自投于炉中，赫然烛天。于是金液沸涌，溢于炉口，娥所蹑二履浮出于炉，身则化矣。"

⑨《百美新咏》　清代乾隆时广东颜希源编著的诗画集，内收关于古代美女潘妃、窅娘等百人的诗和画像。分《新咏》、《图传》、《集咏》三部分。《新咏》是颜希源自己的题咏，每人一首；《图传》即画像；《集咏》是收集前人题咏潘妃等的诗篇。

⑩ 木兰从军　木兰代父从军的故事，见北朝时民间产生的《木兰诗》，不见于"正史"。

⑪《隋书》　纪传体隋代史，唐代魏征等编撰，共八十五卷。

⑫ 陈叔宝　南朝时的陈后主。《南史·陈本纪》："(陈叔宝)既见宥，隋文帝给赐甚厚，数得引见，班同三品；每预宴，恐致伤心，为不奏吴音。后监守者奏言：'叔宝云，"既无秩位，每预朝集，愿得一官号。"'隋文帝曰：'叔宝全无心肝。'"

⑬"百行之先"　语出《旧唐书·刘君良附宋兴贵传》所引唐高祖诏："士有百行，孝敬为先。"

⑭ 曹娥的投江觅父　曹娥事见于《后汉书·孝女曹娥传》："孝女曹娥者，会稽上虞人也。父盱，能弦歌，为巫祝。汉安二年五月五日，于县江泝涛婆娑迎神，溺死，不得尸骸。娥年十四，乃沿江号哭，昼夜不绝声，旬有七日，遂投江而死。"在三国魏邯郸淳作的《曹娥碑》文中才有曹娥"经五日抱父尸出"的话。

⑮ 正史　历代封建王朝组织编写或认可的史书。清高宗(乾隆)时规定从《史记》到《明史》共二十四部史书为"正史"。

⑯ 吴友如(？—约1893)　名猷(又作嘉猷)，字友如，江苏元和(今吴县)人，清末画家。他先在苏州画年画，后到上海主绘《点石斋画报》，并为许多小说作绣像，曾汇印有作品集《吴友如画宝》。

⑰ 拆梢　上海方言，指流氓敲诈行为。

⑱"尝粪心忧　梁代庾黔娄的故事。见《梁书·庾黔娄传》，庾黔娄的父亲庾易病重时，"医云：'欲知差(瘥)剧，但尝粪甜苦。'易泄痢，黔娄辄取尝之"。

⑲ 武氏石室　指东汉武氏家族墓葬的四个石室，四壁有石刻画像，其中以武梁祠为最早，故一般称《武梁祠画像》。

⑳《金石萃编》　清代王昶编，共一六〇卷。辑录夏、商、周至宋末的金石文字一千五百余件，《武梁祠画像》也收入在内。

㉑《高士传》　晋代皇甫谧撰，共三卷。记录上古至魏晋高士九十六人。据南宋李石《续博物志》，皇甫原书记述高士七十二人，今本系后人抄录《太平御览》所引嵇康《高士传》、《后汉书》等增益而成。

㉒ 类书　辑录各门类或某一门类的资料，以供寻检、征引的工具书。通常分类编排，也有用分韵、分字等方法编排的。

㉓ 章矛尘　名廷谦，笔名川岛，浙江绍兴人。著有《和鲁迅相处的日子》等。

㉔ 徐世昌(1855—1939)　字菊人，天津人。清宣统时任内阁协理大臣，一九一八年至一九二二年任北洋政府总统。他是一个老于世故的圆滑的官僚，"听其自然"是他常说的处世方法的一句话。

㉕"名者，实之宾也"　语见《庄子·逍遥游》。这里的意思是说，事物的本身是主要的，名称是从属的。

㉖"无改于父之道"　语见《论语·学而》："三年无改于父之道，可谓孝矣。"

㉗"伥鬼"　旧时迷信传说，人被虎吃掉后，其"鬼魂"反助虎吃人，称为"虎伥"或"伥鬼"。成语"为虎作伥"即源于此。

永不消逝的呐喊

嬉笑怒骂的文章却是对社会、历史、人生最严肃的思考。

冷峻深沉的外表却包孕着热情激荡的心灵。

那一声划破天宇的呐喊,并不因时光的流逝而消退,反而因思想的深邃而更加分明。

——编者

我之节烈观[1]

“世道浇漓，人心日下，国将不国”这一类话，本是中国历来的叹声。不过时代不同，则所谓“日下”的事情，也有迁变：从前指的是甲事，现在叹的或是乙事。除了“进呈御览”的东西不敢妄说外，其余的文章议论里，一向就带这口吻。因为如此叹息，不但针砭世人，还可以从“日下”之中，除去自己。所以君子固然相对慨叹，连杀人放火嫖妓骗钱以及一切鬼混的人，也都乘作恶余暇，摇着头说道，“他们人心日下了。”

世风人心这件事，不但鼓吹坏事，可以“日下”；即使未曾鼓吹，只是旁观，只是赏玩，只是叹息，也可以叫他“日下”。所以近一年来，居然也有几个不肯徒托空言的人，叹息一番之后，还要想法子来挽救。第一个是康有为，指手画脚的说“虚君共和”才好，[2]陈独秀便斥他不兴[3]；其次是一班灵学派的人，不知何以起了极古奥的思想，要请“孟圣矣乎”的鬼来画策；陈百年钱玄同刘半农又道他胡说。[4]

这几篇驳论，都是《新青年》[5]里最可寒心的文章。时候已是二十世纪了；人类眼前，早已闪出曙光。假如《新青年》里，有一篇和别人辩地球方圆的文字，读者见了，怕一定要发怔。然而现今所辩，正和说地体不方相差无几。将时代和事实，对照起来，怎能不教人寒心而且害怕？

近来虚君共和是不提了，灵学似乎还在那里捣鬼，此时却又有一群人，不能满足；仍然摇头说道，“人心日下”了。于是又想出一种挽救的方法；他们叫作“表彰节烈”[6]！

这类妙法，自从君政复古时代[7]以来，上上下下，已经提倡多年；此刻不过是竖起旗帜的时候。文章议论里，也照例时常出现，都嚷道“表彰节烈”！要不说这件事，也不能将自己提拔，出于“人心日下”之中。

节烈这两个字，从前也算是男子的美德，所以有过“节士”，“烈士”的名称。然而现在的“表彰节烈”，却是专指女子，并无男子在内。据时下道德家的意见，来定界说，大约节是丈夫死了，决不再嫁，也不私奔，丈夫死得愈早，家里愈穷，他便节得愈好。烈可是有两种：一种是无论已嫁未嫁，只要丈夫死了，他也跟着自尽；一种是有强暴来污辱他的时候，设法自戕，或者抗拒被杀，都无不可。这也是死得愈惨愈苦，他便烈得愈好，倘若不及抵御，竟受了污辱，然后自戕，便免不了议论。万一幸而遇着宽厚的道德家，有时也可以略迹原情，许他一个烈字。可是文人学士，已经不甚愿意替他作传；就令勉强动笔，临了也不免加上几个“惜夫惜夫”了。

总而言之：女子死了丈夫，便守着，或者死掉；遇了强暴，便死掉；将这类人物，称赞一通，世道人心便好，中国便得救了。大意只是如此。

康有为借重皇帝的虚名，灵学家全靠着鬼话。这表彰节烈，却是全权都在人民，大有渐进自力之意了。然而我仍有几个疑问，须得提出。还要据我的意见，给他解答。我又认定这节烈救世说，是多数国民的意思；主张的人，只是喉舌。虽然是他发声，却和四支五官神经内脏，都有关系。所以我这疑问和解答，便是提出于这群多数国民之前。

首先的疑问是：不节烈（中国称不守节作“失节”，不烈却并无成语，所以只能合称他“不节烈”）的女子如何害了国家？照现在的情形，“国将不国”，自不消说：丧尽良心的事故，层出不穷；刀兵盗贼水旱饥荒，又接连而起。但此等现象，只是不讲新道德新学问的缘故，行为思想，全钞旧帐；所以种种黑暗，竟和古代的乱世仿佛，况且政界军界学界商界等等里面，全是男人，并无不节烈的女子夹杂在内。也未必是有权力的男子，因为受了他们蛊惑，这才丧了良心，放手作恶。至于水旱饥荒，便是专拜龙神，迎大王，滥伐森林，不修水利的祸祟，没有新知识的结果；更与女子无关。只有刀兵盗贼，往往造出许多不节烈的妇女。但也是兵盗在先，不节烈在后，并非因为他们不节烈了，才将刀兵盗贼招来。

其次的疑问是：何以救世的责任，全在女子？照着旧派说起来，女子是“阴类”，是主内的，是男子的附属品。然则治世救国，正须责成阳类，全仗外子，偏劳主体。决不能将一个绝大题目，都阁在阴类肩上。倘依新说，则男女平等，义务略同。纵令该担责任，也只得分担。其余的一半男子，都该各尽义务。不特须除去强暴，还应发挥他自己的美德。不能专靠惩劝女子，便算尽了天职。

其次的疑问是：表彰之后，有何效果？据节烈为本，将所有活着的女子，分类起来，大约不外三种：一种是已经守节，应该表彰的人（烈者非死不可，所以除出）；一种是不节烈的人；一种是尚未出嫁，或丈夫还在，又未遇见强暴，节烈与否未可知的人。第一种已经很好，正蒙表彰，不必说了。第二种已经不好，中国从来不许忏悔，女子做事一错，补过无及，只好任其羞杀，也不值得说了。最要紧的，只在第三种，现在一经感化，他们便都打定主意道："倘若将来丈夫死了，决不再嫁；遇着强暴，赶紧自裁！"试问如此立意，与中国男子做主的世道人心，有何关系？这个缘故，已在上文说明。更有附带的疑问是：节烈的人，既经表彰，自是品格最高。但圣贤虽人人可学，此事却有所不能。假如第三种的人，虽然立志极高，万一丈夫长寿，天下太平，他便只好饮恨吞声，做一世次等的人物。

以上是单依旧日的常识，略加研究，便已发见了许多矛盾。若略带二十世纪气息，便又有两层：

一问节烈是否道德？道德这事，必须普遍，人人应做，人人能行，又于自他两利，才有存在的价值。现在所谓节烈，不特除开男子，绝不相干；就是女子，也不能全体都遇着这名誉的机会。所以决不能认为道德，当作法式。上回《新青年》登出的《贞操论》[8]里，已经说过理由。不过贞是丈夫还在，节是男子已死的区别，道理却可类推。只有烈的一件事，尤为奇怪，还须略加研究。

照上文的节烈分类法看来，烈的第一种，其实也只是守节，不过生死不同。因为道德家分类，根据全在死活，所以归入烈类。性质全异的，便是第二种。这类人不过一个弱者（现在的情形，女子还是弱者），突然遇着男性的暴徒，父兄丈夫力不能救，左邻右舍也不帮忙，于是他就死了；或者竟受了辱，仍然死了；或者终于没有死。久而久之，父兄丈夫邻舍，夹着文人学士以及道德家，便渐渐聚集，既不羞自己怯弱无能，也不提暴徒如何惩办，只是七口八嘴，议论他死了没有？受污没有？死了如何好，活着如何不好。于是造出了许多光荣的烈女，和许多被人口诛笔伐的不烈女。只要平心一想，便觉不像人间应有的事情，何况说是道德。

二问多妻主义的男子，有无表彰节烈的资格？替以前的道德家说话，一定是理应表彰。因为凡是男子，便有点与众不同，社会上只配有他的意思。一面又靠着阴阳内外的古典，在女子面前逞能。然而一到现在，人类的眼里，不免见到光明，晓得阴阳内外之说，荒谬绝伦；就令如此，也证不出阳比阴尊贵，外比内崇高的道理。况且社会国家，又非单是男子造成。所以只好相信真理，说是一律平等。既然平等，男女便都有一律应守的契约。男子决不能将自己不守的事，向女子特别要求。若是买卖欺骗贡献的婚姻，则要求生时的贞操，尚且毫无理由。何况多妻主义的男子，来表彰女子的节烈。

以上，疑问和解答都完了。理由如此支离，何以直到现今，居然还能存在？要对付这问题，须先看节烈这事，何以发生，何以通行，何以不生改革的缘故。

古代的社会，女子多当作男人的物品。或杀或吃，都无不可；男人死后，和他喜欢的宝贝，日用的兵器，一同殉葬，更无不可。后来殉葬的风气，渐渐改了，守节便也渐渐发生。但大抵因为寡妇是鬼妻，亡魂跟着，所以无人敢娶，并非要他不事二夫。这样风俗，现在的蛮人社会里还有。中国太古的情形，现在已无从详考。但看周末虽有殉葬，并非专用女人，嫁否也任便，并无什么裁制，便可知道脱离了这宗习俗，为日已久。由汉至唐也并没有鼓吹节烈。直到宋朝，那一班“业儒”的才说出“饿死事小失节事大”[9]的话，看见历史上“重适”[10]两个字，便大惊小怪起来。出于真心，还是故意，现在却无从推测。其时也正是“人心日下，国将不国”的时候，全国士民，多不像样。或者“业儒”的人，想借女人守节的话，来鞭策男子，也不一定。但旁敲侧击，方法本嫌鬼祟，其意也太难分明，后来因此多了几个节妇，虽未可知，然而吏民将卒，却仍然无所感动。于是“开化最早，道德第一”的中国终于归了“长生天气力里大福荫护助里”的什么“薛禅皇帝，完泽笃皇帝，曲律皇帝”[11]了。此后皇帝换过了几家，守节思想倒反发达。皇帝要臣子尽忠，男人便愈要女人守节。到了清朝，儒者真是愈加利害。看见唐人文章里有公主改嫁的话，也不免勃然大怒道，

"这是什么事！你竟不为尊者讳，这还了得！"假使这唐人还活着，一定要斥革功名[12]，"以正人心而端风俗"了。

国民将到被征服的地位，守节盛了；烈女也从此着重。因为女子既是男子所有，自己死了，不该嫁人，自己活着，自然更不许被夺。然而自己是被征服的国民，没有力量保护，没有勇气反抗了，只好别出心裁，鼓吹女人自杀。或者妻女极多的阔人，婢妾成行的富翁，乱离时候，照顾不到，一遇"逆兵"(或是"天兵")，就无法可想。只得救了自己，请别人都做烈女；变成烈女，"逆兵"便不要了。他便待事定以后，慢慢回来，称赞几句。好在男子再娶，又是天经地义，别讨女人，便都完事。因此世上遂有了"双烈合传"，"七姬墓志"[13]，甚而至于钱谦益[14]的集中，也布满了"赵节妇""钱烈女"的传记和歌颂。

只有自己不顾别人的民情，又是女应守节男子却可多妻的社会，造出如此畸形道德，而且日见精密苛酷，本也毫不足怪。但主张的是男子，上当的是女子。女子本身，何以毫无异言呢？原来"妇者服也"[15]，理应服事于人。教育固可不必，连开口也都犯法。他的精神，也同他体质一样，成了畸形。所以对于这畸形道德，实在无甚意见。就令有了异议，也没有发表的机会。做几首"闺中望月""园里看花"的诗，尚且怕男子骂他怀春，何况竟敢破坏这"天地间的正气"？只有说部书上，记载过几个女人，因为境遇上不愿守节，据做书的人说：可是他再嫁以后，便被前夫的鬼捉去，落了地狱；或者世人个个唾骂，做了乞丐，也竟求乞无门，终于惨苦不堪而死了[16]！

如此情形，女子便非"服也"不可。然而男子一面，何以也不主张真理，只是一味敷衍呢？汉朝以后，言论的机关，都被"业儒"的垄断了。宋元以来，尤其利害。我们几乎看不见一部非业儒的书，听不到一句非士人的话。除了和尚道士，奉旨可以说话的以外，其余"异端"的声音，决不能出他卧房一步。况且世人大抵受了"儒者柔也"[17]的影响；不述而作，最为犯忌[18]。即使有人见到，也不肯用性命来换真理。即如失节一事，岂不知道必须男女两性，才能实现。他却专责女性；至于破人节操的男子，以及造成不烈的暴徒，便都含糊过去。男子究竟较女性难惹，惩罚也比表彰为难。其间虽有过几个男人，实觉于心不安，说些室女不应守志殉死的平和话，[19]可是社会不听；再说下去，便要不容，与失节的女人一样看待。他便也只好变了“柔也”，不再开口了。所以节烈这事，到现在不生变革。

此时，我应声明：现在鼓吹节烈派的里面，我颇有知道的人。敢说确有好人在内，居心也好。可是救世的方法是不对，要向西走了北了。但也不能因为他是好人，便竟能从正西直走到北。所以我又愿他回转身来。

其次还有疑问：

节烈难么？答道，很难。男子都知道极难，所以要表彰他。社会的公意，向来以为贞淫与否，全在女性。男子虽然诱惑了女人，却不负责任。譬如甲男引诱乙女，乙女不允，便是贞节，死了，便是烈；甲男并无恶名，社会可算淳古。倘若乙女允了，便是失节；甲男也无恶名，可是世风被乙女败坏了！别的事情，也是如此。所以历史上亡国败家的原因，每每归咎女子。糊糊涂涂的代担全体的罪恶，已经三千多年了。男子既然不负责任，又不能自己反省，自然放心诱惑；文人著作，反将他传为美谈。所以女子身旁，几乎布满了危险。除却他自己的父兄丈夫以外，便都带点诱惑的鬼气。所以我说很难。

节烈苦么？答道，很苦。男子都知道很苦，所以要表彰他。凡人都想活；烈是必死，不必说了。节妇还要活着。精神上的惨苦，也姑且弗论。单是生活一层，已是大宗的痛楚。假使女子生计已能独立，社会也知道互助，一人还可勉强生存。不幸中国情形，却正相反。所以有钱尚可，贫人便只能饿死。直到饿死以后，间或得了旌表，还要写入志书。所以各府各县志书传记类的末尾，也总有几卷“烈女”。一行一人，或是一行两人，赵钱孙李，可是从来无人翻读。就是一生崇拜节烈的道德大家，若问他贵县志书里烈女门的前十名是谁？也怕不能说出。其实他是生前死后，竟与社会漠不相关的。所以我说很苦。

照这样说，不节烈便不苦么？答道，也很苦。社会公意，不节烈的女人，既然是下品；他在这社会里，是容不住的。社会上多数古人模模糊糊传下来的道理，实在无理可讲；能用历史和数目的力量，挤死不合意的人。这一类无主名无意识的杀人团里，古来不晓得死了多少人物；节烈的女子，也就死在这里。不过他死后间有一回表彰，写入志书。不节烈的人，便生前也要受随便什么人的唾骂，无主名的虐待。所以我说也很苦。女子自己愿意节烈么？答道，不愿。人类总有一种理想，一种希望。虽然高下不同，必须有个意义。自他两利固好，至少也得有益本身。节烈很难很苦，既不利人，又不利己。说是本人愿意，实在不合人情。所以假如遇着少年女人，诚心祝赞他将来节烈，一定发怒；或者还要受他父兄丈夫的尊拳。然而仍旧牢不可破，便是被这历史和数目的力量挤着。可是无论何人，都怕这节烈。怕他竟钉到自己和亲骨肉的身上。所以我说不愿。

我依据以上的事实和理由，要断定节烈这事是：极难，极苦，不愿身受，然而不利自他，无益社会国家，于人生将来又毫无意义的行为，现在已经失了存在的生命和价值。

临了还有一层疑问：

节烈这事，现代既然失了存在的生命和价值；节烈的女人，岂非白苦一番么？可以答他说：还有哀悼的价值。他们是可怜人；不幸上了历史和数目的无意识的圈套，做了无主名的牺牲。可以开一个追悼大会。

我们追悼了过去的人，还要发愿：要自己和别人，都纯洁聪明勇猛向上。要除去虚伪的脸谱。要除去世上害己害人的昏迷和强暴。

我们追悼了过去的人，还要发愿：要除去于人生毫无意义的苦痛。要除去制造并赏玩别人苦痛的昏迷和强暴。

我们还要发愿：要人类都受正当的幸福。

一九一八年七月

---

① 本篇最初发表于一九一八年八月北京《新青年》月刊第五卷第二号，署名唐俟。

② 康有为（1858—1927） 字广厦，号长素，广东南海人，清末维新运动领袖，一八九八年戊戌变法领导者之一。变法失败后逃亡外国，组织保皇党，反对孙中山领导的民主革命运动；一九一七年又和北洋军阀张勋扶持清废帝溥仪复辟。一九一八年一月，他在上海《不忍》杂志第九、十两期合刊上发表《共和平议》和《与徐太傅（徐世昌）书》，说中国不宜实行“民主共和”，而应实行“虚君共和”（即君主立宪）。

③ 陈独秀（1880—1942） 字仲甫，安徽怀宁人。原为北京大学教授，《新青年》杂志的创办人，“五四”时期提倡新文化运动的主要人物。中国共产党成立后，任党的总书记。在第一次国内革命战争后期，推行右倾投降主义路线，使革命遭到失败；以后他成了取消主义者，又和托洛茨基分子相勾结，成立反党小组织，于一九二九年十一月被开除出党。一九一八年三月，他在《新青年》第四卷第三号发表《驳康有为共和

平议》一文，驳斥“虚君共和”的论调。

④ 灵学派　一九一七年十月，俞复、陆费逵等人在上海设盛德坛扶乩，组织灵学会，一九一八年一月刊行《灵学丛志》，提倡迷信与复古。在盛德坛成立的当天扶乩中，称“圣贤仙佛同降”，“推定”孟轲“主坛”；“谕示”有“如此主坛者归孟圣矣乎”等语。一九一八年五月《新青年》第四卷第五号曾刊载陈百年的《辟灵学》，钱玄同、刘半农的《斥灵学丛志》等文章，驳斥他们的荒谬。陈百年，名大齐，浙江海盐人，曾任北京大学教授。钱玄同(1887—1939)，名夏，浙江吴兴人，曾任北京大学、北京师范大学教授。刘半农(1891—1934)，名复，江苏江阴人，曾任北京大学教授。后两人都曾积极参加五四新文化运动。

⑤《新青年》　综合性月刊，“五四”时期倡导新文化运动、传播马克思主义的重要刊物。一九一五年九月创刊于上海，由陈独秀主编。第一卷名《青年杂志》，第二卷起改名为《新青年》。一九一六年底迁至北京。从一九一八年一月起，李大钊等参加编辑工作。一九二二年休刊，共出九卷，每卷六期。鲁迅在“五四”时期同该刊有密切联系，是它的重要撰稿人，曾参加该刊编辑会议。

⑥“表彰节烈”　一九一四年三月，袁世凯颁布旨在维护封建礼教的《褒扬条例》，规定“妇女节烈贞操，可以风世者”，给予匾额、题字、褒章等奖励；直到“五四”前后，报刊上还常登有颂扬“节妇”、“烈女”的纪事和诗文。

⑦ 君政复古时代　指袁世凯阴谋称帝时期。当时袁世凯御用的筹安会“六君子”之一刘师培曾在《中国学报》第一、二期(一九一六年一、二月)发表《君政复古论》一文，鼓吹恢复帝制。

⑧《贞操论》　日本女作家与谢野晶子作，译文刊登在《新青年》第四卷第五号(一九一八年五月)。文中列举了在贞操问题上的种种相互矛盾的观点与态度，同时指出了男女在这方面的不平等现象，认为贞操不应该作为一种道德标准。

⑨“饿死事小失节事大”　宋代道学家程颐的话，见《河南程氏遗书》卷二十二：“又问‘或有孤孀贫穷无托者，可再嫁否？’曰：‘只是后世怕寒饿死，故有是说。然饿死事极小，失节事极大！’”“业儒”，以儒为业，指那些崇奉孔孟学说，提倡封建礼教的道学家。

⑩“重适”　即再嫁。

⑪“长生天气力里大福荫护助里”　是元代白话文，当时皇帝在谕旨前必用此语，“上天眷命”的意思；有时只用“长生天气力里”，即“上天”的意思。元朝皇帝都有蒙古语的称号：“薛禅”是元世祖忽必烈的称号，“聪明天纵”的意思；“完泽笃”是元成宗铁穆耳的称号，“有寿”的意思；“曲律”是元武宗海山的称号，“杰出”的意思。

⑫ 斥革功名　科举时代，应试取中称为得功名；有功名者如果犯罪，必先革去功名，才能审判处刑。

⑬“双烈合传”　合叙两个烈女事迹的传记，常见于旧时各省的府县志中。“七姬墓志”，元末明初张士诚的女婿潘元绍被徐达打败，怕他的七个妾被夺，即逼令她们一齐自缢，七人死后合葬于苏州，明代张羽为作墓志，称为《七姬权厝志》。

⑭ 钱谦益(1582—1664)　字受之，号牧斋，常熟(今属江苏)人。明崇祯时任礼部侍郎，南明弘光时又任礼部尚书；清军占领南京，他首先迎降，因此为人所不齿。清乾隆时将他列入《贰臣传》中。著有《初学集》、《有学集》等。

⑮“妇者服也”　语见《说文解字》卷十二：“妇，服也。”

⑯ 这里所说的女人再嫁后遭遇惨苦的故事，在《壶天录》和《右台仙馆笔记》等笔记小说中有类似记载。《壶天录》(清代百一居士作)中说：“苏郡有茶室妇某氏，生长乡村，意复轻荡，前夫故未终七而改醮来者……忽闻后门剥啄声厉甚。启户视之，但觉一阵冷风，侵肌砭骨，灯光若豆，鬼语啾啾，惊栗而入；视妇人则口出呓语，茫迷人事

矣。自称前夫来索命……哀号数日而死。”又《右台仙馆笔记》(清代俞樾作)中有《山东陈媪》一条:“乙客死于外,乙妇挟其资再嫁,而后夫好饮博,不事恒业,不数年罄其所赍。俄后夫亦死,乙妇不能自存,乞食于路……未几以瘐死。”

⑰“儒者柔也” 语见《说文解字》卷八:“儒,柔也。”

⑱《论语·述而》记有孔丘“述而不作,信而好古”的话。根据朱熹的注释,述即传旧,作是创始的意思。这原是孔丘自述的话,说他从事整理《诗》、《书》、《礼》、《乐》、《易》、《春秋》等工作,都只是传旧,自己并未有所创造。后来“述而不作”便成为一种古训,认为只应该遵从传统的道德、思想和制度,不应该立异或有所创造。因此,不述而作,也就是违背古训。

⑲对于室女守志殉死的封建道德,明清间有些较开明的文人曾表示过非议,如明代归有光的《贞女论》、清代汪中《女子许嫁而婿死从死及守志议》,都曾指出它的不合理;后来俞正燮作《贞女说》,更表示了鲜明的反对的态度:“未同衾而同穴,谓之无害,则又何必亲迎,何必庙见,何必为酒食以召乡党僚友,世又何必有男女之别乎?此盖贤者未思之过……呜呼,男儿以忠义自责则可耳,妇女贞烈,岂是男子荣耀也。”室女,即未嫁的女子。

《呐喊》自序[1]

我在年青时候也曾经做过许多梦，后来大半忘却了，但自己也并不以为可惜。所谓回忆者，虽说可以使人欢欣，有时也不免使人寂寞，使精神的丝缕还牵着已逝的寂寞的时光，又有什么意味呢，而我偏苦于不能全忘却，这不能全忘的一部分，到现在便成了《呐喊》的来由。

我有四年多，曾经常常，——几乎是每天，出入于质铺和药店里，年纪可是忘却了，总之是药店的柜台正和我一样高，质铺的是比我高一倍，我从一倍高的柜台外送上衣服或首饰去，在侮蔑里接了钱，再到一样高的柜台上给我久病的父亲去买药。回家之后，又须忙别的事了，因为开方的医生是最有名的，以此所用的药引也奇特：冬天的芦根，经霜三年的甘蔗，蟋蟀要原对的，结子的平地木[2]，……多不是容易办到的东西。然而我的父亲终于日重一日的亡故了。

有谁从小康人家而坠入困顿的么，我以为在这途路中，大概可以看见世人的真面目；我要到N进K学堂[3]去了，仿佛是想走异路，逃异地，去寻求别样的人们。我的母亲没有法，办了八元的川资，说是由我的自便；然而伊[4]哭了，这正是情理中的事，因为那时读书应试是正路，所谓学洋务[5]，社会上便以为是一种走投无路的人，只得将灵魂卖给鬼子，要加倍的奚落而且排斥的，而况伊又看不见自己的儿子了。然而我也顾不得这些事，终于到N去进了K学堂了，在这学堂里，我才知道世上还有所谓格致[6]，算学，地理，历史，绘图和体操。生理学并不教，但我们却看到些木版的《全体新论》和《化学卫生论》[7]之类了。我还记得先前的医生的议论和方药，和现在所知道的比较起来，便渐渐的悟得中医不过是一种有意的或无意的骗子，同时又很起了对于被骗的病人和他的家族的同情；而且从译出的历史上，又知道了日本维新[8]是大半发端于西方医学的事实。

因为这些幼稚的知识，后来便使我的学籍列在日本一个乡间的医学专门学校[9]里了。我的梦很美满，预备卒业回来，救治像我父亲似的被误的病人的疾苦，战争时候便去当军医，一面又促进了国人对于维新的信仰。我已不知道教授微生物学的方法，现在又有了怎样的进步了，总之那时是用了电影，来显示微生物的形状的，因此有时讲义的一段落已完，而时间还没有到，教师便映些风景或时事的画片给学生看，以用去这多余的光阴。其时正当日俄战争[10]的时候，关于战事的画片自然也就比较的多了，我在这一个讲堂中，便须常常随喜我那同学们的拍手和喝采。有一回，我竟在画片上忽然会见我久违的许多中国人了，一个绑在中间，许多站在左右，一样是强壮的体格，而显出麻木的神情。据解说，则绑着的是替俄国做了军事上的侦探，正要被日军砍下头颅来示众，而围着的便是来赏鉴这示众的盛举的人们。

这一学年没有完毕，我已经到了东京了，因为从那一回以后，我便觉得医学并非一件紧要事，凡是愚弱的国民，即使体格如何健全，如何茁壮，也只能做毫无意义的示众的材料和看客，病死多少是不必以为不幸的。所以我们的第一要著，是在改变他们的精神，而善于改变精神的是，我那时以为当然要推文艺，于是想提倡文艺运动了。在东京的留学生很有学法政理化以至警察工业的，但没有人治文学和美术；可是在冷淡的空气中，也幸而寻到几个同志了[11]，此外又邀集了必须的几个人，商量之后，第一步当然是出杂志，名目是取“新的生命”的意思，因为我们那时大抵带些复古的倾向，所以只谓之《新生》。

《新生》的出版之期接近了，但最先就隐去了若干担当文字的人，接着又逃走了资本，结果只剩下不名一钱的三个人。创始时候既已背时，失败时候当然无可告语，而其后却连这三个人也都为各自的运命所驱策，不能在一处纵谈将来的好梦了，这就是我们的并未产生的《新生》的结局。

我感到未尝经验的无聊，是自此以后的事。我当初是不知其所以然的；后来想，凡有一人的主张，得了赞和，是促其前进的，得了反对，是促其奋斗的，独有叫喊于生人中，而生人并无反应，既非赞同，也无反对，如置身毫无边际的荒原，无可措手的了，这是怎样的悲哀呵，我于是以我所感到者为寂寞。

这寂寞又一天一天的长大起来，如大毒蛇，缠住了我的灵魂了。

然而我虽然自有无端的悲哀，却也并不愤懑，因为这经验使我反省，看见自己了：就是我决不是一个振臂一呼应者云集的英雄。

只是我自己的寂寞是不可不驱除的，因为这于我太痛苦。我于是用了种种法，来麻醉自己的灵魂，使我沉入于国民中，使我回到古代去，后来也亲历或旁观过几样更寂寞更悲哀的事，都为我所不愿追怀，甘心使他们和我的脑一同消灭在泥土里的，但我的麻醉法却也似乎已经奏了功，再没有青年时候的慷慨激昂的意思了。

S会馆[12]里有三间屋，相传是往昔曾在院子里的槐树上缢死过一个女人的，现在槐树已经高不可攀了，而这屋还没有人住；许多年，我便寓在这屋里钞古碑[13]。客中少有人来，古碑中也遇不到什么问题和主义，而我的生命却居然暗暗的消去了，这也就是我惟一的愿望。夏夜，蚊子多了，便摇着蒲扇坐在槐树下，从密叶缝里看那一点一点的青天，晚出的槐蚕又每每冰冷的落在头颈上。

那时偶或来谈的是一个老朋友金心异[14]，将手提的大皮夹放在破桌上，脱下长衫，对面坐下了，因为怕狗，似乎心房还在怦怦的跳动。

“你钞了这些有什么用？”有一夜，他翻着我那古碑的钞本，发了研究的质问了。

“没有什么用。”

“那么，你钞他是什么意思呢？”

“没有什么意思。”

“我想，你可以做点文章……”

我懂得他的意思了，他们正办《新青年》[15]，然而那时仿佛不特没有人来赞同，并且也还没有人来反对，我想，他们许是感到寂寞了，但是说：

“假如一间铁屋子，是绝无窗户而万难破毁的，里面有许多熟睡的人们，不久都要闷死了，然而是从昏睡入死灭，并不感到就死的悲哀。现在你大嚷起来，惊起了较为清醒的几个人，使这不幸的少数者来受无可挽救的临终的苦楚，你倒以为对得起他们么？”

“然而几个人既然起来，你不能说决没有毁坏这铁屋的希望。”

是的，我虽然自有我的确信，然而说到希望，却是不能抹杀的，因为希望是在于将来，决不能以我之必无的证明，来折服了他之所谓可有，于是我终于答应他也做文章了，这便是最初的一篇《狂人日记》。从此以后，便一发而不可收，每写些小说模样的文章，以敷衍朋友们的嘱托，积久就有了十余篇。

在我自己，本以为现在是已经并非一个切迫而不能已于言的人了，但或者也还未能忘怀于当日自己的寂寞的悲哀罢，所以有时候仍不免呐喊几声，聊以慰藉那在寂寞里奔驰的猛士，使他不惮于前驱。至于我的喊声是勇猛或是悲哀，是可憎或是可笑，那倒是不暇顾及的；但既然是呐喊，则当然须听将令的了，所以我往往不恤用了曲笔，在《药》的瑜儿的坟上平空添上一个花环，在《明天》里也不叙单四嫂子竟没有做到看见儿子的梦，因为那时的主将是不主张消极的。至于自己，却也并不愿将自以为苦的寂寞，再来传染给也如我那年青时候似的正做着好梦的青年。

这样说来，我的小说和艺术的距离之远，也就可想而知了，然而到今日还能蒙着小说的名，甚而至于且有成集的机会，无论如何总不能不说是一件侥幸的事，但侥幸虽使我不安于心，而悬揣人间暂时还有读者，则究竟也仍然是高兴的。

所以我竟将我的短篇小说结集起来，而且付印了，又因为上面所说的缘由，便称之为《呐喊》。

一九二二年十二月三日

---

① 本篇曾发表于一九二三年八月二十一日北京《晨报·文学旬刊》。

② 平地木　即紫金牛，常绿小灌木，根皮可入药。

③ 到N进K学堂　N指南京，K学堂指江南水师学堂。作者于一八九八年至南京江南水师学堂肄业，次年改入江南陆师学堂附设的矿务铁路学堂，一九〇二年初毕业后，由清政府派赴日本留学。

④ 伊　女性第三人称代名词。当时还未使用“她”字。

⑤ 学洋务　清朝末年，一部分封建官僚如李鸿章、张之洞等人，推行以“自强求富”为标榜的“洋务运动”。他们鼓吹“中学为体，西学为用”，一方面顽固地维护封建制度，宣扬封建伦理道德，另一方面又在帝国主义支持、控制下举办一些军事工业和其他工矿企业，并设立与学这方面的知识有关的学堂。这里说的“学洋务”，是指在这类学堂里学习西方资本主义国家的科学知识和军事技术。

⑥ 格致　格物致知的简称，《礼记·大学》有“致知在格物，物格而后知至”的话。格是推究的意思。清末曾用“格致”统称物理、化学等学科。

⑦《全体新论》　关于生理学的书，英国合信著，清末译成中文，一八五一年出版，广东金利埠惠爱医局石印。《化学卫生论》，关于营养学的书，英国真司腾著，清末译成中文，一八七九年出版，上海广学会刻本。

⑧ 日本维新　指发生于日本明治年间(1868—1912)的维新运动。在此以前，日本一部分学者，曾大量输入和讲授西方医学，宣传西方科学技术，积极主张革新，对日本维新运动的兴起，曾起过一定的影响。

⑨ 医学专门学校　指日本仙台医学专门学校。作者于一九〇四年至一九〇六年曾在这里学习医学。

⑩ 日俄战争　指一九〇四年二月至一九〇五年九月，日本帝国主义同沙皇俄国之间为争夺在我国东北地区和朝鲜的侵略权益而进行的一次帝国主义战争。

⑪ 指许寿裳、袁文薮、周作人等。袁文薮随后转往英国留学，只剩鲁迅、许寿裳、周作人三人。

⑫ S会馆　指设在北京宣武门外南半截胡同的绍兴会馆。原为山阴、会稽两县的会馆，称山会邑馆；一九一二年山阴、会稽合并为绍兴县，改称绍兴会馆。作者于一九一二年五月至一九一九年十一月曾在这里居住。

⑬ 钞古碑　作者寓居绍兴会馆时，在教育部任职，常于公余搜集、研究中国古代的造像和墓志等金石拓本，后来辑有《六朝造像目录》和《六朝墓名目录》两种(后者未完成)。

⑭ 金心异　指钱玄同。一九〇八年他在日本东京和作者同听章太炎讲文字学。“五四”时期参加新文化运动，曾是《新青年》编者之一。一九一九年三月，复古派文人林纾在上海《新申报》上发表题名《荆生》的小说，攻击新文化运动。小说中有一个人物名“金心异”，即影射钱玄同。

⑮《新青年》　“五四”时期倡导新文化运动、传播马克思主义的重要刊物。

娜拉走后怎样[①]

——一九二三年十二月二十六日在北京女子高等师范学校文艺会讲

我今天要讲的是"娜拉走后怎样？"

伊孛生[②]是十九世纪后半的瑙威的一个文人。他的著作，除了几十首诗之外，其余都是剧本。这些剧本里面，有一时期是大抵含有社会问题的，世间也称作"社会剧"，其中有一篇就是《娜拉》。

《娜拉》一名Ein Puppenheim，中国译作《傀儡家庭》。但Puppe不单是牵线的傀儡，孩子抱着玩的人形[③]也是；引申开去，别人怎么指挥，他便怎么做的人也是。娜拉当初是满足地生活在所谓幸福的家庭里的，但是她竟觉悟了：自己是丈夫的傀儡，孩子们又是她的傀儡。她于是走了，只听得关门声，接着就是闭幕。这想来大家都知道，不必细说了。

娜拉要怎样才不走呢？或者说伊孛生自己有解答，就是Die Frau vom Meer，《海的女人》，中国有人译作《海上夫人》的。这女人是已经结婚的了，然而先前有一个爱人在海的彼岸，一日突然寻来，叫她一同去。她便告知她的丈夫，要和那外来人会面。临末，她的丈夫说，"现在放你完全自由。(走与不走)你能够自己选择，并且还要自己负责任。"于是什么事全都改变，她就不走了。这样看来，娜拉倘也得到这样的自由，或者也便可以安住。

但娜拉毕竟是走了的。走了以后怎样？伊孛生并无解答；而且他已经死了。即使不死，他也不负解答的责任。因为伊孛生是在做诗，不是为社会提出问题来而且代为解答。就如黄莺一样，因为他自己要歌唱，所以他歌唱，不是要唱给人们听得有趣，有益。伊孛生是很不通世故的，相传在许多妇女们一同招待他的筵宴上，代表者起来致谢他作了《傀儡家庭》，将女性的自觉，解放这些事，给人心以新的启示的时候，他却答道，

"我写那篇却并不是这意思,我不过是做诗。"

娜拉走后怎样?——别人可是也发表过意见的。一个英国人曾作一篇戏剧,说一个新式的女子走出家庭,再也没有路走,终于堕落,进了妓院了。还有一个中国人,——我称他什么呢?上海的文学家罢,——说他所见的《娜拉》是和现译本不同,娜拉终于回来了。这样的本子可惜没有第二人看见,除非是伊孛生自己寄给他的。但从事理上推想起来,娜拉或者也实在只有两条路:不是堕落,就是回来。因为如果是一匹小鸟,则笼子里固然不自由,而一出笼门,外面便又有鹰,有猫,以及别的什么东西之类;倘使已经关得麻痹了翅子,忘却了飞翔,也诚然是无路可以走。还有一条,就是饿死了,但饿死已经离开了生活,更无所谓问题,所以也不是什么路。

人生最苦痛的是梦醒了无路可以走。做梦的人是幸福的;倘没有看出可走的路,最要紧的是不要去惊醒他。你看,唐朝的诗人李贺[④],不是困顿了一世的么?而他临死的时候,却对他的母亲说,"阿妈,上帝造成了白玉楼,叫我做文章落成去了。"这岂非明明是一个诳,一个梦?然而一个小的和一个老的,一个死的和一个活的,死的高兴地死去,活的放心地活着。说诳和做梦,在这些时候便见得伟大。所以我想,假使寻不出路,我们所要的倒是梦。

但是,万不可做将来的梦。阿尔志跋绥夫[⑤]曾经借了他所做的小说,质问过梦想将来的黄金世界的理想家,因为要造那世界,先唤起许多人们来受苦。他说,"你们将黄金世界预约给他们的子孙了,可是有什么给他们自己呢?"有是有的,就是将来的希望。但代价也太大了,为了这希望,要使人练敏了感觉来更深切地感到自己的苦痛,叫起灵魂来目睹他自己的腐烂的尸骸。惟有说诳和做梦,这些时候便见得伟大。所以我想,假使寻不出路,我们所要的就是梦;但不要将来的梦,只要目前的梦。

然而娜拉既然醒了,是很不容易回到梦境的,因此只得走;可是走了以后,有时却也免不掉堕落或回来。否则,就得问:她除了觉醒的心以外,还带了什么去?倘只有一条像诸君一样的紫红的绒绳的围巾,那可是无论宽到二尺或三尺,也完全是不中用。她还须更富有,提包里有准备,直白地说,就是要有钱。

梦是好的；否则，钱是要紧的。

钱这个字很难听，或者要被高尚的君子们所非笑，但我总觉得人们的议论是不但昨天和今天，即使饭前和饭后，也往往有些差别。凡承认饭需钱买，而以说钱为卑鄙者，倘能按一按他的胃，那里面怕总还有鱼肉没有消化完，须得饿他一天之后，再来听他发议论。

所以为娜拉计，钱，——高雅的说罢，就是经济，是最要紧的了。自由固不是钱所能买到的，但能够为钱而卖掉。人类有一个大缺点，就是常常要饥饿。为补救这缺点起见，为准备不做傀儡起见，在目下的社会里，经济权就见得最要紧了。第一，在家应该先获得男女平均的分配；第二，在社会应该获得男女相等的势力。可惜我不知道这权柄如何取得，单知道仍然要战斗；或者也许比要求参政权更要用剧烈的战斗。

要求经济权固然是很平凡的事，然而也许比要求高尚的参政权以及博大的女子解放之类更烦难。天下事尽有小作为比大作为更烦难的。譬如现在似的冬天，我们只有这一件棉袄，然而必须救助一个将要冻死的苦人，否则便须坐在菩提树下冥想普度一切人类的方法[6]去。普度一切人类和救活一人，大小实在相去太远了，然而倘叫我挑选，我就立刻到菩提树下去坐着，因为免得脱下唯一的棉袄来冻杀自己。所以在家里说要参政权，是不至于大遭反对的，一说到经济的平均分配，或不免面前就遇见敌人，这就当然要有剧烈的战斗。

战斗不算好事情，我们也不能责成人人都是战士，那么，平和的方法也就可贵了，这就是将来利用了亲权来解放自己的子女。中国的亲权是无上的，那时候，就可以将财产平均地分配子女们，使他们平和而没有冲突地都得到相等的经济权，此后或者去读书，或者去生发，或者为自己去享用，或者为社会去做事，或者去花完，都请便，自己负责任。这虽然也是颇远的梦，可是比黄金世界的梦近得不少了。但第一需要记性。记性不佳，是有益于己而有害于子孙的。人们因为能忘却，所以自己能渐渐地脱离了受过的苦痛，也因为能忘却，所以往往照样地再犯前人的错误。被虐待的儿媳做了婆婆，仍然虐待儿媳；嫌恶学生的官吏，每是先前痛骂官吏的学生；现在压迫子女的，有时也就是十年前的家庭革命者。这也许与年龄和地位都有关系罢，但记性不佳也是一个很大的原因。救济法就是各人去买一本note-book[7]来,将自己现在的思想举动都记上,作为将来年龄和地位都改变了之后的参考。假如憎恶孩子要到公园去的时候,取来一翻,看见上面有一条道,“我想到中央公园去”,那就即刻心平气和了。别的事也一样。

世间有一种无赖精神,那要义就是韧性。听说拳匪[8]乱后,天津的青皮,就是所谓无赖者很跋扈,譬如给人搬一件行李,他就要两元,对他说这行李小,他说要两元,对他说道路近,他说要两元,对他说不要搬了,他说也仍然要两元。青皮固然是不足为法的,而那韧性却大可以佩服。要求经济权也一样,有人说这事情太陈腐了,就答道要经济权;说是太卑鄙了,就答道要经济权;说是经济制度就要改变了,用不着再操心,也仍然答道要经济权。

其实,在现在,一个娜拉的出走,或者也许不至于感到困难的,因为这人物很特别,举动也新鲜,能得到若干人们的同情,帮助着生活。生活在人们的同情之下,已经是不自由了,然而倘有一百个娜拉出走,便连同情也减少,有一千一万个出走,就得到厌恶了,断不如自己握着经济权之为可靠。

在经济方面得到自由,就不是傀儡了么?也还是傀儡。无非被人所牵的事可以减少,而自己能牵的傀儡可以增多罢了。因为在现在的社会里,不但女人常作男人的傀儡,就是男人和男人,女人和女人,也相互地作傀儡,男人也常作女人的傀儡,这决不是几个女人取得经济权所能救的。但人不能饿着静候理想世界的到来,至少也得留一点残喘,正如涸辙之鲋[9],急谋升斗之水一样,就要这较为切近的经济权,一面再想别的法。

如果经济制度竟改革了,那上文当然完全是废话。

然而上文,是又将娜拉当作一个普通的人物而说的,假使她很特别,自己情愿闯出去做牺牲,那就又另是一回事。我们无权去劝诱人做牺牲,也无权去阻止人做牺牲。况且世上也尽有乐于牺牲,乐于受苦的人物。欧洲有一个传说,耶稣去钉十字架时,休息在Ahasvar[10]的檐下,Ahasvar不准他,于是被了咒诅,使他永世不得休息,直到末日裁判的时候。Ahasvar从此就歇不下,只是走,现在还在走。走是苦的,安息是乐的,他何以不安息呢？虽说背着咒诅，可是大约总该是觉得走比安息还适意，所以始终狂走的罢。

只是这牺牲的适意是属于自己的，与志士们之所谓为社会者无涉。群众，——尤其是中国的，——永远是戏剧的看客。牺牲上场，如果显得慷慨，他们就看了悲壮剧；如果显得觳觫[11]，他们就看了滑稽剧。北京的羊肉铺前常有几个人张着嘴看剥羊，仿佛颇愉快，人的牺牲能给与他们的益处，也不过如此。而况事后走不几步，他们并这一点愉快也就忘却了。

对于这样的群众没有法，只好使他们无戏可看倒是疗救，正无需乎震骇一时的牺牲，不如深沉的韧性的战斗。

可惜中国太难改变了，即使搬动一张桌子，改装一个火炉，几乎也要血；而且即使有了血，也未必一定能搬动，能改装。不是很大的鞭子打在背上，中国自己是不肯动弹的。我想这鞭子总要来，好坏是别一问题，然而总要打到的。但是从那里来，怎么地来，我也是不能确切地知道。

我这讲演也就此完结了。

---

① 本篇最初发表于一九二四年北京女子高等师范学校《文艺会刊》第六期。同年八月一日上海《妇女杂志》第十卷第八号转载时，篇末有该杂志的编者附记："这篇是鲁迅先生在北京女子高等师范学校的讲演稿，曾经刊载该校出版《文艺会刊》的第六期。新近因为我们向先生讨文章，承他把原文重加订正，给本志发表。"

② 伊孛生　通译易卜生。

③ 人形　日语，即人形的玩具。

④ 李贺(790—816)　字长吉，昌谷(今河南宜阳)人，唐代诗人。一生官职卑微，郁郁不得志。著有《李长吉歌诗》四卷。关于他"玉楼赴召"的故事，唐代诗人李商隐《李贺小传》说："长吉将死时，忽昼见一绯衣人，驾赤虬，持一版，书若太古篆或霹雳石文者，云：'当召长吉。'长吉了不能读，欻下榻叩头言：'阿　老且病，贺不愿去。'绯衣人笑曰：'帝成白玉楼，立召君为记，天上差乐不苦也。'长吉独泣，边人尽见之。少之，长吉气绝。"

⑤ 阿尔志跋绥夫(М. П. Арцыбашев，1878—1927)　俄国小说家。他的作品主要描写精神颓废者的生活，有些也反映了沙皇统治的黑暗。十月革命后逃亡国外，死于华沙。下文所述是他的小说《工人绥惠略夫》中绥惠略夫对亚拉借夫所说的话，见该书第九章。

⑥ 这是借用关于释迦牟尼的传说。相传佛教始祖释迦牟尼(约前565—前486)有感于人生的生老病死等苦恼，在二十九岁时立志出家修行，遍历各地，苦行六年，仍未能悟道，后坐在菩提树下发誓说："若不成正觉，虽骨碎肉腐，亦不起此座。"静思七日，

就克服了各种烦恼，顿成“正觉”。

⑦ Note-book　英语：笔记簿。

⑧ 拳匪　一九〇〇年（庚子）爆发了义和团反对帝国主义的武装斗争，参加这次斗争的有中国北部的农民、手工业者、水陆运输工人、士兵等广大群众。他们采取了落后迷信的组织方式和斗争方式，设立拳会，练习拳棒，因而被称为“拳民”，当时统治阶级和帝国主义者则诬蔑他们为“拳匪”。

⑨ “涸辙之鲋”　战国时庄周的一个寓言，见《庄子·外物》：“庄周家贫，故往贷粟于监河侯。监河侯曰：‘诺，我将得邑金，将贷子三百金，可乎？’庄周忿然作色曰：‘周昨来，有中道而呼者，周顾视车辙中，有鲋鱼焉。周问之曰：“鲋鱼来，子何为者邪？”对曰：“我东海之波臣也，君岂有斗升之水而活我哉！”周曰：“诺，我且南游吴越之王，激西江之水而迎子，可乎？”鲋鱼忿然作色曰：‘吾失我常，与我无所处，吾得斗升之水然活耳，君乃言此，曾不如早索我于枯鱼之肆。”’”

⑩ Ahasvar　阿哈斯瓦尔，欧洲传说中的一个补鞋匠，被称为“流浪的犹太人”。

⑪ 觳觫　通作觳觫，恐惧颤抖的样子。《孟子·梁惠王》：“吾不忍其觳觫。”

论雷峰塔的倒掉[①]

听说，杭州西湖上的雷峰塔倒掉了，听说而已，我没有亲见。但我却见过未倒的雷峰塔，破破烂烂的映掩于湖光山色之间，落山的太阳照着这些四近的地方，就是“雷峰夕照”，西湖十景之一。“雷峰夕照”的真景我也见过，并不见佳，我以为。

然而一切西湖胜迹的名目之中，我知道得最早的却是这雷峰塔。我的祖母曾经常常对我说，白蛇娘娘就被压在这塔底下。有个叫作许仙的人救了两条蛇，一青一白，后来白蛇便化作女人来报恩，嫁给许仙了；青蛇化作丫鬟，也跟着。一个和尚，法海禅师，得道的禅师，看见许仙脸上有妖气，——凡讨妖怪做老婆的人，脸上就有妖气的，但只有非凡的人才看得出，——便将他藏在金山寺的法座后，白蛇娘娘来寻夫，于是就“水满金山”。我的祖母讲起来还要有趣得多，大约是出于一部弹词叫作《义妖传》里的，但我没有看过这部书，所以也不知道“许仙”“法海”究竟是否这样写。总而言之，白蛇娘娘终于中了法海的计策，被装在一个小小的钵盂里了。钵盂埋在地里，上面还造起一座镇压的塔来，这就是雷峰塔。此后似乎事情还很多，如“白状元祭塔”之类，但我现在都忘记了。那时我惟一的希望，就在这雷峰塔的倒掉。后来我长大了，到杭州，看见这破破烂烂的塔，心里就不舒服。后来我看看书，说杭州人又叫这塔作保叔塔 ，其实应该写作“保俶塔”，是钱王的儿子造的。那么，里面当然没有白蛇娘娘了，然而我心里仍然不舒服，仍然希望他倒掉。

现在，他居然倒掉了，则普天之下的人民，其欣喜为何如？

这是有事实可证的。试到吴越的山间海滨，探听民意去。凡有田夫野老，蚕妇村氓，除了几个脑髓里有点贵恙的之外，可有谁不为白娘娘抱不平，不怪法海太多事的？

和尚本应该只管自己念经。白蛇自迷许仙，许仙自娶妖怪，和别人有什么相干呢？他偏要放下经卷，横来招是搬非，大约是怀着嫉妒罢，——那简直是一定的。

听说，后来玉皇大帝也就怪法海多事，以至荼毒生灵，想要拿办他了。他逃来逃去，终于逃在蟹壳里避祸，不敢再出来，到现在还如此。我对于玉皇大帝所做的事，腹诽的非常多，独于这一件却很满意，因为“水满金山”一案，的确应该由法海负责；他实在办得很不错的。只可惜我那时没有打听这话的出处，或者不在《义妖传》中，却是民间的传说罢。

秋高稻熟时节，吴越间所多的是螃蟹，煮到通红之后，无论取那一只，揭开背壳来，里面就有黄，有膏；倘是雌的，就有石榴子一般鲜红的子。先将这些吃完，即一定露出一个圆锥形的薄膜，再用小刀小心地沿着锥底切下，取出，翻转，使里面向外，只要不破，便变成一个罗汉模样的东西，有头脸，身子，是坐着的，我们那里的小孩子都称他“蟹和尚”，就是躲在里面避难的法海。

当初，白蛇娘娘压在塔底下，法海禅师躲在蟹壳里。现在却只有这位老禅师独自静坐了，非到螃蟹断种的那一天为止出不来。莫非他造塔的时候，竟没有想到塔是终究要倒的么？

活该。

一九二四年十月二十八日

---

① 本篇最初发表于一九二四年十一月十七日北京《语丝》周刊第一期。

② 雷峰塔　原在杭州西湖净慈寺前面，宋开宝八年(975)为吴越王钱俶所建，初名西关砖塔，后定名王妃塔；因建在名为雷峰的小山上，通称雷峰塔。一九二四年九月二十五日倒塌。

③《义妖传》　演述关于白蛇娘娘的民间神话故事的弹词，清代陈遇乾著，共四卷五十三回，又《续集》二卷十六回。“水满金山”和“白状元祭塔”，都是白蛇故事中的情节。金山在江苏镇江，山上有金山寺，东晋时所建。白状元是故事中白蛇娘娘和许仙所生的儿子许士林，他后来中了状元回来祭塔，与被法海和尚镇在雷峰塔下的白蛇娘娘相见。

④ 本文最初发表时，篇末有作者的附记说：“这篇东西，是一九二四年十月二十八日做的。今天孙伏园来，我便将草稿给他看。他说，雷峰塔并非就是保俶塔。那么，大约是我记错的了，然而我却确乎早知道雷峰塔下并无白娘娘。现在既经前记者先生指

点，知道这一节并非得于所看之书，则当时何以知之，也就莫名其妙矣。特此声明，并且更正。十一月三日。”保俶塔在西湖宝石山顶，今仍存。一说是吴越王钱俶入宋朝贡时所造。明代朱国桢《涌幢小品》卷十四中有简单记载：“杭州有保俶塔，因俶入朝，恐其被留，作此以保之……今误为保叔。”另一传说是宋咸平（998—1003）时僧永保化缘所筑。明代郎瑛《七修类稿》：“咸平中，僧永保化缘筑塔，人以师叔称之，遂名塔曰保叔。”

秋 夜①

在我的后园，可以看见墙外有两株树，一株是枣树，还有一株也是枣树。

这上面的夜的天空，奇怪而高，我生平没有见过这样的奇怪而高的天空。他仿佛要离开人间而去，使人们仰面不再看见。然而现在却非常之蓝，闪闪地　着几十个星星的眼，冷眼。他的口角上现出微笑，似乎自以为大有深意，而将繁霜洒在我的园里的野花草上。

我不知道那些花草真叫什么名字，人们叫他们什么名字。我记得有一种开过极细小的粉红花，现在还开着，但是更极细小了，她在冷的夜气中，瑟缩地做梦，梦见春的到来，梦见秋的到来，梦见瘦的诗人将眼泪擦在她最末的花瓣上，告诉她秋虽然来，冬虽然来，而此后接着还是春，胡蝶乱飞，蜜蜂都唱起春词来了。她于是一笑，虽然颜色冻得红惨惨地，仍然瑟缩着。

枣树，他们简直落尽了叶子。先前，还有一两个孩子来打他们别人打剩的枣子，现在是一个也不剩了，连叶子也落尽了。他知道小粉红花的梦，秋后要有春；他也知道落叶的梦，春后还是秋。他简直落尽叶子，单剩干子，然而脱了当初满树是果实和叶子时候的弧形，欠伸得很舒服。但是，有几枝还低亚着，护定他从打枣的竿梢所得的皮伤，而最直最长的几枝，却已默默地铁似的直刺着奇怪而高的天空，使天空闪闪地鬼　眼；直刺着天空中圆满的月亮，使月亮窘得发白。

鬼　眼的天空越加非常之蓝，不安了，仿佛想离去人间，避开枣树，只将月亮剩下。然而月亮也暗暗地躲到东边去了。而一无所有的干子，却仍然默默地铁似的直刺着奇怪而高的天空，一意要制他的死命，不管他

各式各样地　着许多蛊惑的眼睛。

哇的一声，夜游的恶鸟飞过了。

我忽而听到夜半的笑声，吃吃地，似乎不愿意惊动睡着的人，然而四围的空气都应和着笑。夜半，没有别的人，我即刻听出这声音就在我嘴里，我也即刻被这笑声所驱逐，回进自己的房。灯火的带子也即刻被我旋高了。

后窗的玻璃上丁丁地响，还有许多小飞虫乱撞。不多久，几个进来了，许是从窗纸的破孔进来的。他们一进来，又在玻璃的灯罩上撞得丁丁地响。一个从上面撞进去了，他于是遇到火，而且我以为这火是真的。两三个却休息在灯的纸罩上喘气。那罩是昨晚新换的罩，雪白的纸，折出波浪纹的叠痕，一角还画出一枝猩红色的栀子[②]。

猩红的栀子开花时，枣树又要做小粉红花的梦，青葱地弯成弧形了……我又听到夜半的笑声；我赶紧砍断我的心绪，看那老在白纸罩上的小青虫，头大尾小，向日葵子似的，只有半粒小麦那么大，遍身的颜色苍翠得可爱，可怜。

我打一个呵欠，点起一支纸烟，喷出烟来，对着灯默默地敬奠这些苍翠精致的英雄们。

一九二四年九月十五日

---

① 本篇最初发表于一九二四年十二月一日《语丝》周刊第三期。

② 猩红色的栀子　栀子，一种常绿灌木，夏日开花，一般为白色或淡黄色；红栀子花是罕见的品种。据《广群芳谱》卷三十八引《万花谷》载："蜀孟昶十月宴芳林园，赏红栀子花；其花六出而红，清香如梅。"

影的告别[①]

人睡到不知道时候的时候，就会有影来告别，说出那些话——

有我所不乐意的在天堂里，我不愿去；有我所不乐意的在地狱里，我不愿去；有我所不乐意的在你们将来的黄金世界里，我不愿去。

然而你就是我所不乐意的。

朋友，我不想跟随你了，我不愿住。

我不愿意！

呜乎呜乎，我不愿意，我不如彷徨于无地。

我不过一个影，要别你而沉没在黑暗里了。然而黑暗又会吞并我，然而光明又会使我消失。

然而我不愿彷徨于明暗之间，我不如在黑暗里沉没。

然而我终于彷徨于明暗之间，我不知道是黄昏还是黎明。我姑且举灰黑的手装作喝干一杯酒，我将在不知道时候的时候独自远行。

呜乎呜乎，倘若黄昏，黑夜自然会来沉没我，否则我要被白天消失，如果现是黎明。

朋友，时候近了。

我将向黑暗里彷徨于无地。

你还想我的赠品。我能献你甚么呢？无已，则仍是黑暗和虚空而已。但是，我愿意只是黑暗，或者会消失于你的白天；我愿意只是虚空，决不占你的心地。

我愿意这样，朋友——

我独自远行，不但没有你，并且再没有别的影在黑暗里。只有我被黑暗沉没，那世界全属于我自己。

一九二四年九月二十四日

---

① 本篇最初发表于一九二四年十二月八日《语丝》周刊第四期。一九二五年三月十八日作者在给许广平的信中曾说："我的作品，太黑暗了，因为我常觉得惟'黑暗与虚无'乃是'实有'，却偏要向这些作绝望的抗战，所以很多着偏激的声音。其实这或者是年龄和经历的关系，也许未必一定的确的，因为我终于不能证实：惟黑暗与虚无乃是实有。"（《两地书·四》）可参看。

希　望[①]

我的心分外地寂寞。

然而我的心很平安：没有爱憎，没有哀乐，也没有颜色和声音。

我大概老了。我的头发已经苍白，不是很明白的事么？我的手颤抖着，不是很明白的事么？那么，我的魂灵的手一定也颤抖着，头发也一定苍白了。

然而这是许多年前的事了。

这以前，我的心也曾充满过血腥的歌声：血和铁，火焰和毒，恢复和报仇。而忽而这些都空虚了，但有时故意地填以没奈何的自欺的希望。希望，希望，用这希望的盾，抗拒那空虚中的暗夜的袭来，虽然盾后面也依然是空虚中的暗夜。然而就是如此，陆续地耗尽了我的青春[②]。

我早先岂不知我的青春已经逝去了？但以为身外的青春固在：星，月光，僵坠的胡蝶，暗中的花，猫头鹰的不祥之言，杜鹃[③]的啼血，笑的渺茫，爱的翔舞……虽然是悲凉漂渺的青春罢，然而究竟是青春。

然而现在何以如此寂寞？难道连身外的青春也都逝去，世上的青年也多衰老了么？

我只得由我来肉薄这空虚中的暗夜了。我放下了希望之盾，我听到Petöfi Sándor（1823—49）[④]的"希望"之歌：

希望是甚么？是娼妓：
她对谁都蛊惑，将一切都献给；
待你牺牲了极多的宝贝——
你的青春——她就弃掉你。

这伟大的抒情诗人，匈牙利的爱国者，为了祖国而死在可萨克[⑤]兵的矛尖上，已经七十五年了。悲哉死也，然而更可悲的是他的诗至今没有死。

但是，可惨的人生！桀骜英勇如Petöfi，也终于对了暗夜止步，回顾着茫茫的东方了。他说：

绝望之为虚妄，正与希望相同。[⑥]

倘使我还得偷生在不明不暗的这"虚妄"中，我就还要寻求那逝去的悲凉漂渺的青春，但不妨在我的身外。因为身外的青春倘一消灭，我身中的迟暮也即凋零了。

然而现在没有星和月光，没有僵坠的胡蝶以至笑的渺茫，爱的翔舞。然而青年们很平安。

我只得由我来肉薄这空虚中的暗夜了，纵使寻不到身外的青春，也总得自己来一掷我身中的迟暮。但暗夜又在那里呢？现在没有星，没有月光以至笑的渺茫和爱的翔舞；青年们很平安，而我的面前又竟至于并且没有真的暗夜。

绝望之为虚妄，正与希望相同！

一九二五年一月一日

---

① 本篇最初发表于一九二五年一月十九日《语丝》周刊第十期。

作者在《〈野草〉英文译本序》中说："因为惊异于青年之消沉，作《希望》。"

② 作者在《南腔北调集·〈自选集〉自序》中说："见过辛亥革命，见过二次革命，见过袁世凯称帝，张勋复辟，看来看去，就看得怀疑起来，于是失望，颓唐得很了。……不过我却又怀疑于自己的失望，因为我所见过的人们，事件，是有限得很的，这想头，就给了我提笔的力量。'绝望之为虚妄，正与希望相同。'"

③ 杜鹃　鸟名，亦名子规、杜宇，初夏时常昼夜啼叫。唐代陈藏器撰的《本草拾遗》说："杜鹃鸟，小似鹞，鸣呼不已，出血声始止。"

④ Petöofi Sándor　裴多菲·山陀尔（1823—1849），匈牙利诗人、革命家。曾参加一八四八年至一八四九年间反抗奥地利的民族革命战争，在作战中英勇牺牲。他的主要作品有《勇敢的约翰》、《民族之歌》等。这里引的《希望》一诗，作于一八四五年。

⑤ 可萨克　通译哥萨克，原为突厥语，意思是"自由的人"或"勇敢的人"。他们原是俄罗斯的一部分农奴和城市贫民，十五世纪后半叶和十六世纪前半叶，因不堪封建压

迫，从俄国中部逃出，定居在俄国南部的库班河和顿河一带，自称为“哥萨克人”。他们善骑战，沙皇时代多入伍当兵。一八四九年沙皇俄国援助奥地利反动派，入侵匈牙利镇压革命，俄军中即有哥萨克部队。

⑥ *绝望之为虚妄，正与希望相同*　这句话出自裴多菲一八四七年七月十七日致友人凯雷尼·弗里杰什的信：“……这个月的十三号，我从拜雷格萨斯起程，乘着那样恶劣的驽马，那是我整个旅程中从未碰见过的。当我一看到那些倒霉的驽马，我吃惊得头发都竖了起来……我内心充满了绝望，坐上了大车，……但是，我的朋友，绝望是那样地骗人，正如同希望一样。这些瘦弱的马驹用这样快的速度带我飞驰到萨特马尔来，甚至连那些靠燕麦和干草饲养的贵族老爷派头的马也要为之赞赏。我对你们说过，不要只凭外表作判断，要是那样，你就不会获得真理。”（译自匈牙利文《裴多菲全集》）

说胡须[①]

今年夏天游了一回长安[②]，一个多月之后，胡里胡涂的回来了。知道的朋友便问我："你以为那边怎样？"我这才栗然地回想长安，记得看见很多的白杨，很大的石榴树，道中喝了不少的黄河水。然而这些又有什么可谈呢？我于是说："没有什么怎样。"他于是废然而去了，我仍旧废然而住，自愧无以对"不耻下问"[③]的朋友们。

今天喝茶之后，便看书，书上沾了一点水，我知道上唇的胡须又长起来了。假如翻一翻《康熙字典》，上唇的，下唇的，颊旁的，下巴上的各种胡须，大约都有特别的名号谥法的罢[④]，然而我没有这样闲情别致。总之是这胡子又长起来了，我又要照例的剪短他，先免得沾汤带水。于是寻出镜子，剪刀，动手就剪，其目的是在使他和上唇的上缘平齐，成一个隶书的一字。

我一面剪，一面却忽而记起长安，记起我的青年时代，发出连绵不断的感慨来。长安的事，已经不很记得清楚了，大约确乎是游历孔庙的时候，其中有一间房子，挂着许多印画，有李二曲[⑤]像，有历代帝王像，其中有一张是宋太祖或是什么宗，我也记不清楚了，总之是穿一件长袍，而胡子向上翘起的。于是一位名士就毅然决然地说："这都是日本人假造的，你看这胡子就是日本式的胡子。"

诚然，他们的胡子确乎如此翘上，他们也未必不假造宋太祖或什么宗的画像，但假造中国皇帝的肖像而必须对了镜子，以自己的胡子为法式，则其手段和思想之离奇，真可谓"出乎意表之外"[⑥]了。清乾隆中，黄易掘出汉武梁祠石刻画像来[⑦]，男子的胡须多翘上；我们现在所见北魏至唐的佛教造像中的信士像[⑧]，凡有胡子的也多翘上，直到元明的画像，则胡子大抵受了地心的吸力作用,向下面拖下去了。日本人何其不惮烦,孳孳汲汲地造了这许多从汉到唐的假古董，来埋在中国的齐鲁燕晋秦陇巴蜀的深山邃谷废墟荒地里?

我以为拖下的胡子倒是蒙古式,是蒙古人带来的,然而我们的聪明的名士却当作国粹了。留学日本的学生因为恨日本,便神往于大元,说道“那时倘非天幸,这岛国早被我们灭掉了！”[9]则认拖下的胡子为国粹亦无不可。然而又何以是黄帝的子孙?又何以说台湾人在福建打中国人[10]是奴隶根性?

我当时就想争辩,但我即刻又不想争辩了。留学德国的爱国者X君,——因为我忘记了他的名字，姑且以X代之,——不是说我的毁谤中国,是因为娶了日本女人,所以替他们宣传本国的坏处么?我先前不过单举几样中国的缺点,尚且要带累“贱内”改了国籍,何况现在是有关日本的问题?好在即使宋太祖或什么宗的胡子蒙些不白之冤,也不至于就有洪水,就有地震,有什么大相干。我于是连连点头,说道:“嗡,嗡,对啦。”因为我实在比先前似乎油滑得多了,——好了。

我剪下自己的胡子的左尖端毕,想,陕西人费心劳力,备饭化钱,用汽车[11]载,用船装,用骡车拉,用自动车装,请到长安去讲演,大约万料不到我是一个虽对于决无杀身之祸的小事情，也不肯直抒自己的意见，只会“嗡,嗡,对啦”的罢。他们简直是受了骗了。

我再向着镜中的自己的脸,看定右嘴角,剪下胡子的右尖端,撒在地上,想起我的青年时代来——

那已经是老话,约有十六七年了罢。

我就从日本回到故乡来，嘴上就留着宋太祖或什么宗似的向上翘起的胡子,坐在小船里,和船夫谈天。

“先生,你的中国话说得真好。”后来,他说。

“我是中国人,而且和你是同乡,怎么会……”

“哈哈哈,你这位先生还会说笑话。”

记得我那时的没奈何,确乎比看见X君的通信要超过十倍。我那时随身并没有带着家谱,确乎不能证明我是中国人。即使带着家谱,而上面只有一个名字,并无画像,也不能证明这名字就是我。即使有画像,日本人会假造从汉到唐的石刻，宋太祖或什么宗的画像，难道偏不会假造一部木版的家谱么？

凡对于以真话为笑话的，以笑话为真话的，以笑话为笑话的，只有一个方法：就是不说话。

于是我从此不说话。

然而，倘使在现在，我大约还要说："嗡，嗡，……今天天气多么好呀？……那边的村子叫什么名字？……"因为我实在比先前似乎油滑得多了，——好了。

现在我想，船夫的改变我的国籍，大概和X君的高见不同。其原因只在于胡子罢，因为我从此常常为胡子受苦。

国度会亡，国粹家是不会少的，而只要国粹家不少，这国度就不算亡。国粹家者，保存国粹者也；而国粹者，我的胡子是也。这虽然不知道是什么"逻辑"法，但当时的实情确是如此的。

"你怎么学日本人的样子，身体既矮小，胡子又这样，……"一位国粹家兼爱国者发过一篇崇论宏议之后，就达到这一个结论。

可惜我那时还是一个不识世故的少年，所以就愤愤地争辩。第一，我的身体是本来只有这样高，并非故意设法用什么洋鬼子的机器压缩，使他变成矮小，希图冒充。第二，我的胡子，诚然和许多日本人的相同，然而我虽然没有研究过他们的胡须样式变迁史，但曾经见过几幅古人的画像，都不向上，只是向外，向下，和我们的国粹差不多。维新以后，可是翘起来了，那大约是学了德国式。你看威廉皇帝的胡须，不是上指眼梢，和鼻梁正作平行么？虽然他后来因为吸烟烧了一边，只好将两边都剪平了。但在日本明治维新[12]的时候，他这一边还没有失火……

这一场辩解大约要两分钟，可是总不能解国粹家之怒，因为德国也是洋鬼子，而况我的身体又矮小乎。而况国粹家很不少，意见又很统一，因此我的辩解也就很频繁，然而总无效，一回，两回，以至十回，十几回，连我自己也觉得无聊而且麻烦起来了。罢了，况且修饰胡须用的胶油在中国也难得，我便从此听其自然了。

听其自然之后，胡子的两端就显出毗心现象[13]来，于是也就和地面成为九十度的直角。国粹家果然也不再说话，或者中国已经得救了罢。

然而接着就招了改革家的反感，这也是应该的。我于是又分疏，一回，两回，以至许多回，连我自己也觉得无聊而且麻烦起来了。

大约在四五年或七八年前罢，我独坐在会馆里，窃悲我的胡须的不幸的境遇，研究他所以得谤的原因，忽而恍然大悟，知道那祸根全在两边的尖端上。于是取出镜子，剪刀，即刻剪成一平，使他既不上翘，也难拖下，如一个隶书的一字。

“阿，你的胡子这样了？”当初也曾有人这样问。

“唔唔，我的胡子这样了。”

他可是没有话。我不知道是否因为寻不着两个尖端，所以失了立论的根据，还是我的胡子“这样”之后，就不负中国存亡的责任了。总之我从此太平无事的一直到现在，所麻烦者，必须时常剪剪而已。

一九二四年十月三十日

---

① 本篇最初发表于一九二四年十二月十五日《语丝》周刊第五期。

② 长安　即西安。一九二四年七月七日，作者应西北大学的邀请，离京前往西安，为该校与陕西省教育厅合办的暑期学校讲《中国小说的历史的变迁》，八月十二日返回北京。

③ “不耻下问”　语见《论语·公冶长》：“敏而好学，不耻下问。”

④《康熙字典》中各种胡须的名称是：上唇的叫“髭”，下唇的叫“　”，颊旁的叫“髯”，下巴的叫“髫”。《康熙字典》，清代康熙年间张玉书等奉诏编纂的一部字典，于康熙五十五年（1716）刊行。共四十二卷，收四万七千零三十五字。

⑤ 李二曲（1629—1705）　名颙，字中孚，号二曲，陕西周至人，清代理学家。著有《四书反身录》等。

⑥ “出乎意表之外”　这是林琴南文章中不通的语句。当时林琴南等人攻击新文学作者所以提倡白话文，是因为自己不懂古文的缘故；因而主张白话文的人常引用他们那些不通的古文句子，加以嘲讽。

⑦ 黄易（1744—1801）　字大易，号小松，浙江仁和（今杭州）人，清代金石收藏家。著有《小蓬莱阁金石文字》等书。汉武梁祠石刻画像，在山东嘉祥县武宅山汉代武氏墓前石室中，四壁刻古人画像和奇禽异兽等物，为汉代石刻艺术代表作品之一。宋代赵明诚《金石录》曾有记载。后来因河道变迁，淤没土中；清乾隆五十一年（1786）秋，黄易曾到那里掘得石室数处，画像二十余石，及《武斑碑》、《武氏石阙铭》等。

⑧ 信士像　我国自三国时起，信仰佛教的人，常出资在寺庙和崖壁间塑造或雕刻佛像；有时也在其间附带塑刻出资者自身的像，叫做信士像。

⑨ 指元兵侵日失败一事。元至元十七年（1280），元世祖忽必烈命范文虎等率军十余万人进犯日本。次年七月，攻入日本平户岛。据《新元史·日本传》所记，当时日本形势很紧张：“日本战船小，不能敌前后来攻者，皆败退，国中人心汹汹，市无粜米。日本主亲至八幡祠祈祷，又宣命于太神宫，乞以身代国难。……八月甲子朔，飓风大作，

(元军)战舰皆破坏覆没。”

⑩ 指福州惨案中发生的事。当时我国台湾还在日本侵占之下,在这次事件中,也有台湾的流氓参加。

⑪ 这里的“汽车”,即火车;下文的“自动车”,即汽车。都是日语名称。

⑫ 明治维新　一八六八年,日本明治天皇掌握了国家政权,结束了德川幕府的统治,实行一些有利于发展资本主义的改革。这一资产阶级性质的革新运动,通称明治维新。

⑬ 毗心　即趋向中心;毗心现象,是说上唇两边的须尖向下拖垂。

雪[①]

暖国[②]的雨,向来没有变过冰冷的坚硬的灿烂的雪花。博识的人们觉得他单调,他自己也以为不幸否耶?江南的雪,可是滋润美艳之至了;那是还在隐约着的青春的消息,是极壮健的处子的皮肤。雪野中有血红的宝珠山茶[③],白中隐青的单瓣梅花,深黄的磬口的蜡梅花[④];雪下面还有冷绿的杂草。胡蝶确乎没有;蜜蜂是否来采山茶花和梅花的蜜,我可记不真切了。但我的眼前仿佛看见冬花开在雪野中,有许多蜜蜂们忙碌地飞着,也听得他们嗡嗡地闹着。

孩子们呵着冻得通红,像紫芽姜一般的小手,七八个一齐来塑雪罗汉。因为不成功,谁的父亲也来帮忙了。罗汉就塑得比孩子们高得多,虽然不过是上小下大的一堆,终于分不清是壶卢还是罗汉;然而很洁白,很明艳,以自身的滋润相粘结,整个地闪闪地生光。孩子们用龙眼核给他做眼珠,又从谁的母亲的脂粉奁中偷得胭脂来涂在嘴唇上。这回确是一个大阿罗汉了。他也就目光灼灼地嘴唇通红地坐在雪地里。

第二天还有几个孩子来访问他;对了他拍手,点头,嘻笑。但他终于独自坐着了。晴天又来消释他的皮肤,寒夜又使他结一层冰,化作不透明的水晶模样;连续的晴天又使他成为不知道算什么,而嘴上的胭脂也褪尽了。

但是,朔方的雪花在纷飞之后,却永远如粉,如沙,他们决不粘连,撒在屋上,地上,枯草上,就是这样。屋上的雪是早已就有消化了的,因为屋里居人的火的温热。别的,在晴天之下,旋风忽来,便蓬勃地奋飞,在日光中灿灿地生光,如包藏火焰的大雾,旋转而且升腾,弥漫太空,使太空旋转而且升腾地闪烁。

在无边的旷野上，在凛冽的天宇下，闪闪地旋转升腾着的是雨的精魂……

是的，那是孤独的雪，是死掉的雨，是雨的精魂。

一九二五年一月十八日

---

①本篇最初发表于一九二五年一月二十六日《语丝》周刊第十一期。

②暖国　指我国南方气候温暖的地区。

③宝珠山茶　据《广群芳谱》卷四十一载："宝珠山茶，千叶含苞，历几月而放，殷红若丹，最可爱。"

④磬口的蜡梅花　据清代陈淏子撰《花镜》卷三载："圆瓣深黄，形似白梅，虽盛开如半含者，名磬口，最为世珍。"

风　筝[1]

北京的冬季，地上还有积雪，灰黑色的秃树枝丫叉于晴朗的天空中，而远处有一二风筝浮动，在我是一种惊异和悲哀。

故乡的风筝时节，是春二月，倘听到沙沙的风轮[2]声，仰头便能看见一个淡墨色的蟹风筝或嫩蓝色的蜈蚣风筝。还有寂寞的瓦片风筝，没有风轮，又放得很低，伶仃地显出憔悴可怜模样。但此时地上的杨柳已经发芽，早的山桃也多吐蕾，和孩子们的天上的点缀相照应，打成一片春日的温和。我现在在那里呢？四面都还是严冬的肃杀，而久经诀别的故乡的久经逝去的春天，却就在这天空中荡漾了。

但我是向来不爱放风筝的，不但不爱，并且嫌恶他，因为我以为这是没出息孩子所做的玩艺。和我相反的是我的小兄弟，他那时大概十岁内外罢，多病，瘦得不堪，然而最喜欢风筝，自己买不起，我又不许放，他只得张着小嘴，呆看着空中出神，有时至于小半日。远处的蟹风筝突然落下来了，他惊呼；两个瓦片风筝的缠绕解开了，他高兴得跳跃。他的这些，在我看来都是笑柄，可鄙的。

有一天，我忽然想起，似乎多日不很看见他了，但记得曾见他在后园拾枯竹。我恍然大悟似的，便跑向少有人去的一间堆积杂物的小屋去，推开门，果然就在尘封的什物堆中发见了他。他向着大方凳，坐在小凳上；便很惊惶地站了起来，失了色瑟缩着。大方凳旁靠着一个胡蝶风筝的竹骨，还没有糊上纸，凳上是一对做眼睛用的小风轮，正用红纸条装饰着，将要完工了。我在破获秘密的满足中，又很愤怒他的瞒了我的眼睛，这样苦心孤诣地来偷做没出息孩子的玩艺。我即刻伸手折断了胡蝶的一支翅骨，又将风轮掷在地下，踏扁了。论长幼，论力气，他是都敌不过我的，我当然得到完全的胜利，于是傲然走出，留他绝望地站在小屋里。后来他怎样，我不知道，也没有留心。

然而我的惩罚终于轮到了，在我们离别得很久之后，我已经是中年。我不幸偶而看了一本外国的讲论儿童的书，才知道游戏是儿童最正当的行为，玩具是儿童的天使。于是二十年来毫不忆及的幼小时候对于精神的虐杀的这一幕，忽地在眼前展开，而我的心也仿佛同时变了铅块，很重很重的堕下去了。

但心又不竟堕下去而至于断绝，他只是很重很重地堕着，堕着。

我也知道补过的方法的：送他风筝，赞成他放，劝他放，我和他一同放。我们嚷着，跑着，笑着。——然而他其时已经和我一样，早已有了胡子了。

我也知道还有一个补过的方法的：去讨他的宽恕，等他说，“我可是毫不怪你呵。”那么，我的心一定就轻松了，这确是一个可行的方法。有一回，我们会面的时候，是脸上都已添刻了许多“生”的辛苦的条纹，而我的心很沉重。我们渐渐谈起儿时的旧事来，我便叙述到这一节，自说少年时代的胡涂。“我可是毫不怪你呵。”我想，他要说了，我即刻便受了宽恕，我的心从此也宽松了罢。

“有过这样的事么？”他惊异地笑着说，就像旁听着别人的故事一样。他什么也不记得了。

全然忘却，毫无怨恨，又有什么宽恕之可言呢？无怨的恕，说谎罢了。

我还能希求什么呢？我的心只得沉重着。

现在，故乡的春天又在这异地的空中了，既给我久经逝去的儿时的回忆，而一并也带着无可把握的悲哀。我倒不如躲到肃杀的严冬中去罢，——但是，四面又明明是严冬，正给我非常的寒威和冷气。

一九二五年一月二十四日

---

① 本篇最初发表于一九二五年二月二日《语丝》周刊第十二期。

② 风轮　风筝上能迎风转动发声的小轮。

再论雷峰塔的倒掉[1]

从崇轩先生的通信[2](二月份《京报副刊》)里,知道他在轮船上听到两个旅客谈话,说是杭州雷峰塔之所以倒掉,是因为乡下人迷信那塔砖放在自己的家中,凡事都必平安,如意,逢凶化吉,于是这个也挖,那个也挖,挖之久久,便倒了。一个旅客并且再三叹息道:西湖十景这可缺了呵!

这消息,可又使我有点畅快了,虽然明知道幸灾乐祸,不像一个绅士,但本来不是绅士的,也没有法子来装潢。

我们中国的许多人,——我在此特别郑重声明:并不包括四万万同胞全部!——大抵患有一种"十景病",至少是"八景病",沉重起来的时候大概在清朝。凡看一部县志,这一县往往有十景或八景,如"远村明月""萧寺清钟""古池好水"之类。而且,"十"字形的病菌,似乎已经侵入血管,流布全身,其势力早不在"!"形惊叹亡国病菌[3]之下了。点心有十样锦,菜有十碗,音乐有十番[4],阎罗有十殿,药有十全大补,猜拳有全福手福手全,连人的劣迹或罪状,宣布起来也大抵是十条,仿佛犯了九条的时候总不肯歇手。现在西湖十景可缺了呵!"凡为天下国家有九经"[5],九经固古已有之,而九景却颇不习见,所以正是对于十景病的一个针砭,至少也可以使患者感到一种不平常,知道自己的可爱的老病,忽而跑掉了十分之一了。

但仍有悲哀在里面。

其实,这一种势所必至的破坏,也还是徒然的。畅快不过是无聊的自欺。雅人和信士和传统大家,定要苦心孤诣巧语花言地再来补足了十景而后已。

无破坏即无新建设,大致是的;但有破坏却未必即有新建设。卢梭,斯谛纳尔,尼采,托尔斯泰,伊孛生等辈,若用勃兰兑斯的话来说,乃是"轨道破坏者”。其实他们不单是破坏,而且是扫除,是大呼猛进,将碍脚的旧轨道不论整条或碎片,一扫而空,并非想挖一块废铁古砖挟回家去,预备卖给旧货店。中国很少这一类人,即使有之,也会被大众的唾沫淹死。孔丘[6]先生确是伟大,生在巫鬼势力如此旺盛的时代,偏不肯随俗谈鬼神;但可惜太聪明了,“祭如在祭神如神在”,只用他修《春秋》的照例手段以两个“如”字略寓“俏皮刻薄”之意,使人一时莫明其妙,看不出他肚皮里的反对来。他肯对子路赌咒,却不肯对鬼神宣战,因为一宣战就不和平,易犯骂人——虽然不过骂鬼——之罪,即不免有《衡论》(见一月份《晨报副镌》)作家TY先生似的好人,会替鬼神来奚落他道:为名乎?骂人不能得名。为利乎?骂人不能得利。想引诱女人乎?又不能将蚩尤的脸子印在文章上[7]。何乐而为之也欤?

孔丘先生是深通世故的老先生,大约除脸子付印问题以外,还有深心,犯不上来做明目张胆的破坏者,所以只是不谈,而决不骂,于是乎俨然成为中国的圣人,道大,无所不包故也。否则,现在供在圣庙里的,也许不姓孔。

不过在戏台上罢了,悲剧将人生的有价值的东西毁灭给人看,喜剧将那无价值的撕破给人看。讥讽又不过是喜剧的变简的一支流。但悲壮滑稽,却都是十景病的仇敌,因为都有破坏性,虽然所破坏的方面各不同。中国如十景病尚存,则不但卢梭他们似的疯子决不产生,并且也决不产生一个悲剧作家或喜剧作家或讽刺诗人。所有的,只是喜剧底人物或非喜剧非悲剧底人物,在互相模造的十景中生存,一面各各带了十景病。

然而十全停滞的生活,世界上是很不多见的事,于是破坏者到了,但并非自己的先觉的破坏者,却是狂暴的强盗,或外来的蛮夷。玁狁[9]早到过中原,五胡来过了,蒙古也来过了;同胞张献忠[10]杀人如草,而满洲兵的一箭,就钻进树丛中死掉了。有人论中国说,倘使没有带着新鲜的血液的野蛮的侵入,真不知自身会腐败到如何!这当然是极刻毒的恶谑,但我们一翻历史,怕不免要有汗流浃背的时候罢。外寇来了,暂一震动,终于请他作主子,在他的刀斧下修补老例;内寇来了,也暂一震动,终于请他做主子,或者别拜一个主子,在自己的瓦砾中修补老例。再来翻县志,就看见每一次兵燹之后,所添上的是许多烈妇烈女的氏名。看近来的兵祸,怕又要大举表扬节烈了罢。许多男人们都那里去了?

凡这一种寇盗式的破坏,结果只能留下一片瓦砾,与建设无关。

但当太平时候,就是正在修补老例,并无寇盗时候,即国中暂时没有破坏么?也不然的,其时有奴才式的破坏作用常川活动着。

雷峰塔砖的挖去,不过是极近的一条小小的例。龙门的石佛[11],大半肢体不全,图书馆中的书籍,插图须谨防撕去,凡公物或无主的东西,倘难于移动,能够完全的即很不多。但其毁坏的原因,则非如革除者的志在扫除,也非如寇盗的志在掠夺或单是破坏,仅因目前极小的自利,也肯对于完整的大物暗暗的加一个创伤。人数既多,创伤自然极大,而倒败之后,却难于知道加害的究竟是谁。正如雷峰塔倒掉以后,我们单知道由于乡下人的迷信。共有的塔失去了,乡下人的所得,却不过一块砖,这砖,将来又将为别一自利者所藏,终究至于灭尽。倘在民康物阜时候,因为十景病的发作,新的雷峰塔也会再造的罢。但将来的运命,不也就可以推想而知么?如果乡下人还是这样的乡下人,老例还是这样的老例。

这一种奴才式的破坏,结果也只能留下一片瓦砾,与建设无关。

岂但乡下人之于雷峰塔,日日偷挖中华民国的柱石的奴才们,现在正不知有多少!

瓦砾场上还不足悲,在瓦砾场上修补老例是可悲的。我们要革新的破坏者,因为他内心有理想的光。我们应该知道他和寇盗奴才的分别;应该留心自己堕入后两种。这区别并不烦难,只要观人,省己,凡言动中,思想中,含有借此据为己有的朕兆者是寇盗,含有借此占些目前的小便宜的朕兆者是奴才,无论在前面打着的是怎样鲜明好看的旗子。

一九二五年二月六日

---

① 本篇最初发表于一九二五年二月二十三日《语丝》周刊第十五期。

② 崇轩的通信　指刊登于一九二五年二月二日《京报副刊》第四十九号上的胡崇轩给编者孙伏园的信《雷峰塔倒掉的原因》。信中有如下一段话:"那雷峰塔不知在何时已倒掉了一半,只剩着下半截,很破烂的,可是我们那里的乡下人差不多都有这样的迷信,说是能够把雷峰塔的砖拿一块放在家里必定平安,如意,无论什么凶事都能够化吉,所以一到雷峰塔去观瞻的乡下人,都要偷偷的把塔砖挖一块带家去,——我的表兄曾这样做过的,——你想,一人一块,久而久之,那雷峰塔里的砖都给人家挖空了,塔岂有不倒掉的道理?现在雷峰塔是已经倒掉了,唉,西湖十景这可缺

了啊！”胡崇轩，即胡也频，当时是《京报》附刊《民众文艺》周刊的编者之一。

③ 亡国病菌　当时的一种奇怪论调。一九二四年四月《心理》杂志第三卷第二号载有张耀翔的《新诗人的情绪》一文，把当时出版的一些新诗集里的惊叹号(！)加以统计，说这种符号“缩小看像许多细菌，放大看像几排弹丸”，认为这是消极、悲观、厌世等情绪的表示，因而说多用惊叹号的白话诗都是“亡国之音”。

④ 十番　又称“十番鼓”、“十番锣鼓”，由若干曲牌与锣鼓段连缀而成的一种套曲，流行于福建、江苏、浙江等地。据清代李斗《扬州画舫录》卷十一记：十番鼓是用笛、管、箫、弦、提琴、云锣、汤锣、木鱼、檀板、大鼓等十种乐器更番合奏。

⑤“凡为天下国家有九经”　语见《中庸》：“凡为天下国家有九经。曰：修身也，尊贤也，亲亲也，敬大臣也，体群臣也，子庶民也，来百工也，柔远人也，怀诸侯也。”意思是治理天下国家有九项应做的事。这里只取“经”“景”两字同音。

⑥ 孔丘(前551–前479)　春秋时鲁国陬邑(今山东曲阜)人，儒家学派的创始人。《论语·述而》有“子不语怪力乱神”的记述。“祭如在祭神如神在”，语见《论语·八佾》。他曾修订过《春秋》，后来的经学家认为他用一字褒贬表示微言大义，称为“春秋笔法”。他对弟子子路赌咒的事，见《论语·雍也》：“子见南子，子路不说(悦)。夫子矢之曰：‘予所否者，天厌之！天厌之！’”按南子是卫灵公的夫人。

⑦《衡论》　发表在一九二五年一月十八日《晨报副刊》第十二号上的一篇文章，作者署名TY。他反对写批评文章，其中有这样一段话：“这种人(按指写批评文章的人)，真不知其心何居。说是想赚钱吧，有时还要赔子儿去出版。说是想引诱女人吧，他那朱元璋的脸子也没有印在文章上。说是想邀名吧，别人看见他那尖刻的文章就够了，谁还敢相信他？”这里是鲁迅对该文的顺笔讽刺。

⑧ 玁狁　我国古代北方民族之一，周代称 狁，秦汉时称匈奴。周成王、宣王时都曾和他们有过战争。

⑨ 五胡　历史上对匈奴、羯、鲜卑、氐、羌五个少数民族的合称。

⑩ 张献忠(1606–1646)　延安柳树涧(今陕西定边东)人，明末农民起义领袖。崇祯三年(1630)起义，转战陕、豫各地；崇祯十七年(1644)入川，在成都建立大西国；清顺治三年(1646)出川，行至川北盐亭界，猝遇清兵，于凤凰坡中箭坠马而死。旧史书(包括野史和杂记)中多有关于他杀人的夸大记载。

⑪ 龙门的石佛　龙门，山名，在河南洛阳南。从北魏至唐代，信仰佛教的人在崖壁间镌石成佛像，约九万余尊。

战士和苍蝇[1]

Schopenhauer[2]说过这样的话：要估定人的伟大，则精神上的大和体格上的大，那法则完全相反。后者距离愈远即愈小，前者却见得愈大。

正因为近则愈小，而且愈看见缺点和创伤，所以他就和我们一样，不是神道，不是妖怪，不是异兽。他仍然是人，不过如此。但也惟其如此，所以他是伟大的人。

战士战死了的时候，苍蝇们所首先发见的是他的缺点和伤痕，嘬着，营营地叫着，以为得意，以为比死了的战士更英雄。但是战士已经战死了，不再来挥去他们。于是乎苍蝇们即更其营营地叫，自以为倒是不朽的声音，因为它们的完全，远在战士之上。

的确的，谁也没有发见过苍蝇们的缺点和创伤。

然而，有缺点的战士终竟是战士，完美的苍蝇也终竟不过是苍蝇。

去罢，苍蝇们！虽然生着翅子，还能营营，总不会超过战士的。你们这些虫豸们！

三月二十一日

---

① 本篇最初发表于一九二五年三月二十四日北京《京报》附刊《民众文艺周刊》第十四号。

作者在同年四月三日《京报副刊》发表的《这是这么一个意思》中对本文曾有说明："所谓战士者，是指中山先生和民国元年前后殉国而反受奴才们讥笑糟蹋的先烈；苍蝇则当然是指奴才们。"

② Schopenhauer　叔本华（1788—1860），德国哲学家，唯意志论者。这里引述的话，见他的《比喻·隐喻和寓言》一文。

夏三虫①

夏天近了，将有三虫：蚤，蚊，蝇。

假如有谁提出一个问题，问我三者之中，最爱什么，而且非爱一个不可，又不准像“青年必读书”那样的缴白卷的。我便只得回答道：跳蚤。

跳蚤的来吮血，虽然可恶，而一声不响地就是一口，何等直截爽快。蚊子便不然了，一针叮进皮肤，自然还可以算得有点彻底的，但当未叮之前，要哼哼地发一篇大议论，却使人觉得讨厌。如果所哼的是在说明人血应该给它充饥的理由，那可更其讨厌了，幸而我不懂。

野雀野鹿，一落在人手中，总时时刻刻想要逃走。其实，在山林间，上有鹰鹯，下有虎狼，何尝比在人手里安全。为什么当初不逃到人类中来，现在却要逃到鹰鹯虎狼间去？或者，鹰鹯虎狼之于它们，正如跳蚤之于我们罢。肚子饿了，抓着就是一口，决不谈道理，弄玄虚。被吃者也无须在被吃之前，先承认自己之理应被吃，心悦诚服，誓死不二。人类，可是也颇擅长于哼哼的了，害中取小，它们的避之惟恐不速，正是绝顶聪明。

苍蝇嗡嗡地闹了大半天，停下来也不过舐一点油汗，倘有伤痕或疮疖，自然更占一些便宜；无论怎么好的，美的，干净的东西，又总喜欢一律拉上一点蝇矢。但因为只舐一点油汗，只添一点腌臜，在麻木的人们还没有切肤之痛，所以也就将它放过了。中国人还不很知道它能够传播病菌，捕蝇运动大概不见得兴盛。它们的运命是长久的；还要更繁殖。但它在好的，美的，干净的东西上拉了蝇矢之后，似乎还不至于欣欣然反过来嘲笑这东西的不洁：总要算还有一点道德的。

古今君子，每以禽兽斥人，殊不知便是昆虫，值得师法的地方也多着哪。

四月四日

① 本篇最初发表于一九二五年四月七日《京报》附刊《民众文艺周刊》第十六号。

杂 感[1]

人们有泪,比动物进化,但即此有泪,也就是不进化,正如已经只有盲肠,比鸟类进化,而究竟还有盲肠,终不能很算进化一样。凡这些,不但是无用的赘物,还要使其人达到无谓的灭亡。

现今的人们还以眼泪赠答,并且以这为最上的赠品,因为他此外一无所有。无泪的人则以血赠答,但又各各拒绝别人的血。

人大抵不愿意爱人下泪。但临死之际, 可能也不愿意爱人为你下泪么?无泪的人无论何时,都不愿意爱人下泪,并且连血也不要:他拒绝一切为他的哭泣和灭亡。

人被杀于万众聚观之中,比被杀在“人不知鬼不觉”的地方快活,因为他可以妄想,博得观众中的或人的眼泪。但是,无泪的人无论被杀在什么所在,于他并无不同。

杀了无泪的人,一定连血也不见。爱人不觉他被杀之惨,仇人也终于得不到杀他之乐:这是他的报恩和复仇。

死于敌手的锋刃,不足悲苦;死于不知何来的暗器,却是悲苦。但最悲苦的是死于慈母或爱人误进的毒药,战友乱发的流弹,病菌的并无恶意的侵入,不是我自己制定的死刑。

仰慕往古的,回往古去罢!想出世的,快出世罢!想上天的,快上天罢!灵魂要离开肉体的,赶快离开罢!现在的地上,应该是执着现在,执着地上的人们居住的。

但厌恶现世的人们还住着。这都是现世的仇仇,他们一日存在,现世即一日不能得救。

先前，也曾有些愿意活在现世而不得的人们，没默过了，呻吟过了，叹息过了，哭泣过了，哀求过了，但仍然愿意活在现世而不得，因为他们忘却了愤怒。

勇者愤怒，抽刃向更强者；怯者愤怒，却抽刃向更弱者。不可救药的民族中，一定有许多英雄，专向孩子们瞪眼。这些孱头们！

孩子们在瞪眼中长大了，又向别的孩子们瞪眼，并且想：他们一生都过在愤怒中。因为愤怒只是如此，所以他们要愤怒一生，——而且还要愤怒二世，三世，四世，以至末世。

无论爱什么，——饭，异性，国，民族，人类等等，——只有纠缠如毒蛇，执着如怨鬼，二六时中[②]，没有已时者有望。但太觉疲劳时，也无妨休息一会罢；但休息之后，就再来一回罢，而且两回，三回……血书，章程，请愿，讲学，哭，电报，开会，挽联，演说，神经衰弱，则一切无用。

血书所能挣来的是什么？不过就是你的一张血书，况且并不好看。至于神经衰弱，其实倒是自己生了病，你不要再当作宝贝了，我的可敬爱而讨厌的朋友呀！

我们听到呻吟，叹息，哭泣，哀求，无须吃惊。见了酷烈的沉默，就应该留心了；见有什么像毒蛇似的在尸林中蜿蜒，怨鬼似的在黑暗中奔驰，就更应该留心了：这在豫告“真的愤怒”将要到来。那时候，仰慕往古的就要回往古去了，想出世的要出世去了，想上天的要上天了，灵魂要离开肉体的就要离开了！……

五月五日

---

① 本篇最初发表于一九二五年五月八日北京《莽原》周刊第三期。
② 二六时中 即十二个时辰，整天整夜的意思。

导　师[1]

近来很通行说青年；开口青年，闭口也是青年。但青年又何能一概而论？有醒着的，有睡着的，有昏着的，有躺着的，有玩着的，此外还多。但是，自然也有要前进的。

要前进的青年们大抵想寻求一个导师。然而我敢说：他们将永远寻不到。寻不到倒是运气；自知的谢不敏，自许的果真识路么？凡自以为识路者，总过了"而立"[2]之年，灰色可掬了，老态可掬了，圆稳而已，自己却误以为识路。假如真识路，自己就早进向他的目标，何至于还在做导师。说佛法的和尚，卖仙药的道士，将来都与白骨是"一丘之貉"，人们现在却向他听生西[3]的大法，求上升[4]的真传，岂不可笑！

但是我并非敢将这些人一切抹杀；和他们随便谈谈，是可以的。说话的也不过能说话，弄笔的也不过能弄笔；别人如果希望他打拳，则是自己错。他如果能打拳，早已打拳了，但那时，别人大概又要希望他翻筋斗。

有些青年似乎也觉悟了，我记得《京报副刊》征求青年必读书时，曾有一位发过牢骚，终于说：只有自己可靠！我现在还想斗胆转一句，虽然有些杀风景，就是：自己也未必可靠的。

我们都不大有记性。这也无怪，人生苦痛的事太多了，尤其是在中国。记性好的，大概都被厚重的苦痛压死了；只有记性坏的，适者生存，还能欣然活着。但我们究竟还有一点记忆，回想起来，怎样的"今是昨非"呵，怎样的"口是心非"呵，怎样的"今日之我与昨日之我战"[5]呵。我们还没有正在饿得要死时于无人处见别人的饭，正在穷得要死时于无人处见别人的钱，正在性欲旺盛时遇见异性，而且很美的。我想，大话不宜讲得太早，否则，倘有记性，将来想到时会脸红。

或者还是知道自己之不甚可靠者，倒较为可靠罢。

青年又何须寻那挂着金字招牌的导师呢？不如寻朋友，联合起来，同向着似乎可以生存的方向走。你们所多的是生力，遇见深林，可以辟成平地的，遇见旷野，可以栽种树木的，遇见沙漠，可以开掘井泉的。问什么荆棘塞途的老路，寻什么乌烟瘴气的鸟导师！

五月十一日

---

① 本篇最初发表于一九二五年五月十五日《莽原》周刊第四期。
初发表时共有四段，总题为《编完写起》。本篇原为第一、二段，下篇《长城》原为第四段；题名都是作者于编集时所加。第三段后编入《集外集》，仍题为《编完写起》。关于本篇，作者在一九二五年六月间与白波的通讯中曾有说明，可参看《集外集·田园思想》。

② "而立" 语见《论语·为政》："三十而立。"原是孔丘说他到了三十岁在学问上有所自立的话，后来"而立"就常被用作三十岁的代词。

③ 生西 佛家语，往生西方、成佛的意思。佛家以西方为"净土"或"极乐"世界。

④ 上升 升天。道教迷信说法，服食仙药能飞升成仙。

⑤ "今日之我与昨日之我战" 语出梁启超《清代学术概论》(一九二一年出版)，他在书中说自己"不惜以今日之我，难昔日之我"。

腊　叶[1]

灯下看《雁门集》[2]，忽然翻出一片压干的枫叶来。

这使我记起去年的深秋。繁霜夜降，木叶多半凋零，庭前的一株小小的枫树也变成红色了。我曾绕树徘徊，细看叶片的颜色，当他青葱的时候是从没有这么注意的。他也并非全树通红，最多的是浅绛，有几片则在绯红地上，还带着几团浓绿。一片独有一点蛀孔，镶着乌黑的花边，在红，黄和绿的斑驳中，明眸似的向人凝视。我自念：这是病叶呵！便将他摘了下来，夹在刚才买到的《雁门集》里。大概是愿使这将坠的被蚀而斑斓的颜色，暂得保存，不即与群叶一同飘散罢。

但今夜他却黄蜡似的躺在我的眼前，那眸子也不复似去年一般灼灼。假使再过几年，旧时的颜色在我记忆中消去，怕连我也不知道他何以夹在书里面的原因了。将坠的病叶的斑斓，似乎也只能在极短时中相对，更何况是葱郁的呢。看看窗外，很能耐寒的树木也早经秃尽了；枫树更何消说得。当深秋时，想来也许有和这去年的模样相似的病叶的罢，但可惜我今年竟没有赏玩秋树的余闲。

一九二五年十二月二十六日

---

① 本篇最初发表于一九二六年一月四日《语丝》周刊第六十期。
作者在《〈野草〉英文译本序》里说：“《腊叶》，是为爱我者的想要保存我而作的。”又，许广平在《因校对〈三十年集〉而引起的话旧》一文里说，“在《野草》中的那篇《腊叶》，那假设被摘下来夹在《雁门集》里的斑驳的枫叶，就是自况的”。

②《雁门集》　诗词集，元代萨都剌著。萨氏世居山西雁门，故名。

题　辞[1]

当我沉默着的时候，我觉得充实；我将开口，同时感到空虚[2]。

过去的生命已经死亡。我对于这死亡有大欢喜[3]，因为我借此知道它曾经存活。死亡的生命已经朽腐。我对于这朽腐有大欢喜，因为我借此知道它还非空虚。

生命的泥委弃在地面上，不生乔木，只生野草，这是我的罪过。

野草，根本不深，花叶不美，然而吸取露，吸取水，吸取陈死人[4]的血和肉，各各夺取它的生存。当生存时，还是将遭践踏，将遭删刈，直至于死亡而朽腐。

但我坦然，欣然。我将大笑，我将歌唱。

我自爱我的野草，但我憎恶这以野草作装饰的地面[5]。

地火在地下运行，奔突；熔岩一旦喷出，将烧尽一切野草，以及乔木，于是并且无可朽腐。

但我坦然，欣然。我将大笑，我将歌唱。

天地有如此静穆，我不能大笑而且歌唱。天地即不如此静穆，我或者也将不能。我以这一丛野草，在明与暗，生与死，过去与未来之际，献于友与仇，人与兽，爱者与不爱者之前作证。

为我自己，为友与仇，人与兽，爱者与不爱者，我希望这野草的死亡与朽腐，火速到来。要不然，我先就未曾生存，这实在比死亡与朽腐更其不幸。

去罢，野草，连着我的题辞！

一九二七年四月二十六日，鲁迅记于广州之白云楼[6]上。

---

① 本篇最初发表于一九二七年七月二日北京《语丝》周刊第一三八期，在本书最初几

次印刷时都曾印入；一九三一年五月上海北新书局印第七版时被国民党书报检查机关抽去，一九四一年上海鲁迅全集出版社出版《鲁迅三十年集》时才重新收入。本篇作于广州，当时正值蒋介石在上海发动“四一二”反革命政变和广州发生“四一五”反革命大屠杀后不久，它反映了作者在险恶环境下的悲愤心情和革命信念。本书所收的二十三篇散文诗，都作于北洋军阀统治下的北京。作者在一九三二年回忆说：“后来《新青年》的团体散掉了，有的高升，有的退隐，有的前进，我又经验了一回同一战阵中的伙伴还是会这么变化，并且落得一个‘作家’的头衔，依然在沙漠中走来走去，不过已经逃不出在散漫的刊物上做文字，叫作随便谈谈。有了小感触，就写些短文，夸大点说，就是散文诗，以后印成一本，谓之《野草》。”（《南腔北调集·〈自选集〉自序》）又在一九三四年十月九日致萧军信中说：“我的那一本《野草》，技术并不算坏，但心情太颓唐了，因为那是我碰了许多钉子之后写出来的。”其中某些篇的文字较隐晦，据作者后来解释：“因为那时难于直说，所以有时措辞就很含糊了。”（《二心集·〈野草〉英文译本序》）

② 一九二七年九月二十三日，作者在广州作的《怎么写》（后收入《三闲集》）一文中，曾描绘过他的这种心情：“我靠了石栏远眺，听得自己的心音，四远还仿佛有无量悲哀，苦恼，零落，死火，都杂入这寂静中，使它变成药酒，加色，加味，加香。这时，我曾经想要写，但是不能写，无从写。这也就是我所谓‘当我沉默着的时候，我觉得充实，我将开口，同时感到空虚’。”

③ **大欢喜**　佛家语，指达到目的而感到极度满足的一种境界。

④ **陈死人**　指死去很久的人。见《古诗十九首·驱车上东门》：“驱车上东门，遥望郭北墓。……下有陈死人，杳杳即长暮。……”

⑤ **地面**　比喻黑暗的旧社会。作者曾说，《野草》中的作品“大半是废弛的地狱边沿的惨白色小花”。（《〈野草〉英文译本序》）

⑥ **白云楼**　在广州东堤白云路。据《鲁迅日记》，一九二七年三月二十九日，作者由中山大学“移居白云路白云楼二十六号二楼”。

略论中国人的脸[1]

大约人们一遇到不大看惯的东西，总不免以为他古怪。我还记得初看见西洋人的时候，就觉得他脸太白，头发太黄，眼珠太淡，鼻梁太高。虽然不能明明白白地说出理由来，但总而言之：相貌不应该如此。至于对于中国人的脸，是毫无异议；即使有好丑之别，然而都不错的。

我们的古人，倒似乎并不放松自己中国人的相貌。周的孟轲就用眸子来判胸中的正不正[2]，汉朝还有《相人》[3]二十四卷。后来闹这玩艺儿的尤其多；分起来，可以说有两派罢：一是从脸上看出他的智愚贤不肖；一是从脸上看出他过去，现在和将来的荣枯。于是天下纷纷，从此多事，许多人就都战战兢兢地研究自己的脸。我想，镜子的发明，恐怕这些人和小姐们是大有功劳的。不过近来前一派已经不大有人讲究，在北京上海这些地方捣鬼的都只是后一派了。

我一向只留心西洋人。留心的结果，又觉得他们的皮肤未免太粗；毫毛有白色的，也不好。皮上常有红点，即因为颜色太白之故，倒不如我们之黄。尤其不好的是红鼻子，有时简直像是将要熔化的蜡烛油，仿佛就要滴下来，使人看得栗栗危惧，也不及黄色人种的较为隐晦，也见得较为安全。总而言之：相貌还是不应该如此的。

后来，我看见西洋人所画的中国人，才知道他们对于我们的相貌也很不敬。那似乎是《天方夜谈》或者《安兑生童话》[4]中的插画，现在不很记得清楚了。头上戴着拖花翎的红缨帽，一条辫子在空中飞扬，朝靴的粉底非常之厚。但这些都是满洲人连累我们的。独有两眼歪斜，张嘴露齿，却是我们自己本来的相貌。不过我那时想，其实并不尽然，外国人特地要奚落我们，所以格外形容得过度了。

但此后对于中国一部分人们的相貌，我也逐渐感到一种不满，就是他们每看见不常见的事件或华丽的女人，听到有些醉心的说话的时候，下巴总要慢慢挂下，将嘴张了开来。这实在不大雅观；仿佛精神上缺少着一样什么机件。据研究人体的学者们说，一头附着在上颚骨上，那一头附着在下颚骨上的“咬筋”，力量是非常之大的。我们幼小时候想吃核桃，必须放在门缝里将它的壳夹碎。但在成人，只要牙齿好，那咬筋一收缩，便能咬碎一个核桃。有着这么大的力量的筋，有时竟不能收住一个并不沉重的自己的下巴，虽然正在看得出神的时候，倒也情有可原，但我总以为究竟不是十分体面的事。

日本的长谷川如是闲是善于做讽刺文字的。去年我见过他的一本随笔集，叫作《猫·狗·人》⑤；其中有一篇就说到中国人的脸。大意是初见中国人，即令人感到较之日本人或西洋人，脸上总欠缺着一点什么。久而久之，看惯了，便觉得这样已经尽够，并不缺少东西；倒是看得西洋人之流的脸上，多余着一点什么。这多余着的东西，他就给它一个不大高妙的名目：兽性。中国人的脸上没有这个，是人，则加上多余的东西，即成了下列的算式：

人+兽性=西洋人

他借了称赞中国人，贬斥西洋人，来讥刺日本人的目的，这样就达到了，自然不必再说这兽性的不见于中国人的脸上，是本来没有的呢，还是现在已经消除。如果是后来消除的，那么，是渐渐净尽而只剩了人性的呢，还是不过渐渐成了驯顺。野牛成为家牛，野猪成为猪，狼成为狗，野性是消失了，但只是使牧人喜欢，于本身并无好处。人不过是人，不再夹杂着别的东西，当然再好没有了。倘不得已，我以为还不如带些兽性，如果合于下列的算式倒是不很有趣的：

人+家畜性=某一种人

中国人的脸上真可有兽性的记号的疑案，暂且中止讨论罢。我只要说近来却在中国人所理想的古今人的脸上，看见了两种多余。一到广州，我觉得比我所从来的厦门丰富得多的，是电影，而且大半是“国片”，有古装的，有时装的。因为电影是“艺术”，所以电影艺术家便将这两种多余加上去了。

古装的电影也可以说是好看，那好看不下于看戏；至少，决不至于有大锣大鼓将人的耳朵震聋。在“银幕”上，则有身穿不知何时何代的衣服的人物，缓慢地动作；脸正如古人一般死，因为要显得活，便只好加上些旧式戏子的昏庸。

时装人物的脸，只要见过清朝光绪年间上海的吴友如的《画报》[6]的，便会觉得神态非常相像。《画报》所画的大抵不是流氓拆梢[7]，便是妓女吃醋，所以脸相都狡猾。这精神似乎至今不变，国产影片中的人物，虽是作者以为善人杰士者，眉宇间也总带些上海洋场式的狡猾。可见不如此，是连善人杰士也做不成的。

听说，国产影片之所以多，是因为华侨欢迎，能够获利，每一新片到，老的便带了孩子去指点给他们看道：“看哪， 我们的祖国的人们是这样的。”在广州似乎也受欢迎，日夜四场，我常见看客坐得满满。

广州现在也如上海一样，正在这样地修养他们的趣味。可惜电影一开演，电灯一定熄灭，我不能看见人们的下巴。

四月六日

---

① 本篇最初发表于一九二七年十一月二十五日北京《莽原》半月刊第二卷第二十一、二十二期合刊。

② 《孟子·离娄》有如下的话：“孟子曰：存乎人者，莫良于眸子，眸子不能掩其恶。胸中正，则眸子瞭焉；胸中不正，则眸子眊焉。听其言也，观其眸子，人焉廋哉。”

③ 《相人》 谈相术的书，见《汉书·艺文志》的《数术》类，著者不详。

④ 《天方夜谈》 原名《一千零一夜》，古代阿拉伯民间故事集。安兑生（H.C.Andersen，1805—1875），通译安徒生，丹麦童话作家。这里所说的插画，见于当时美国霍顿·密夫林公司出版的安徒生《童话集》中的《夜莺》篇。

⑤ 长谷川如是闲（1875—1969） 日本评论家。著有《日本的性格》、《现代社会批判》等。《猫·狗·人》，日本改造社一九二四年五月出版，内有《中国人的脸及其他》一文。

⑥ 吴友如（？—1893） 名猷（又作嘉猷），字友如，江苏元和（今吴县）人，清末画家。以善画人物、世态著名。他主编的《点石斋画报》，旬刊，一八八四年创刊，一八九八年停刊，随上海《申报》发行。

⑦ 拆梢 上海一带方言，指流氓制造事端诈取财物的行为。

文学和出汗[1]

上海的教授对人讲文学，以为文学当描写永远不变的人性，否则便不久长[2]。例如英国，莎士比亚和别的一两个人所写的是永久不变的人性，所以至今流传，其余的不这样，就都消灭了云。

这真是所谓"你不说我倒还明白，你越说我越胡涂"了。英国有许多先前的文章不流传，我想，这是总会有的，但竟没有想到它们的消灭，乃因为不写永久不变的人性。现在既然知道了这一层，却更不解它们既已消灭，现在的教授何从看见，却居然断定它们所写的都不是永久不变的人性了。

只要流传的便是好文学，只要消灭的便是坏文学；抢得天下的便是王，抢不到天下的便是贼。莫非中国式的历史论，也将沟通了中国人的文学论欤？

而且，人性是永久不变的么？

类人猿，类猿人，原人，古人，今人，未来的人，……如果生物真会进化，人性就不能永久不变。不说类猿人，就是原人的脾气，我们大约就很难猜得着的，则我们的脾气，恐怕未来的人也未必会明白。要写永久不变的人性，实在难哪。

譬如出汗罢，我想，似乎于古有之，于今也有，将来一定暂时也还有，该可以算得较为"永久不变的人性"了。然而"弱不禁风"的小姐出的是香汗，"蠢笨如牛"的工人出的是臭汗。不知道倘要做长留世上的文字，要充长留世上的文学家，是描写香汗好呢，还是描写臭汗好？这问题倘不先行解决，则在将来文学史上的位置，委实是"岌岌乎殆哉"[3]。

听说，例如英国，那小说，先前是大抵写给太太小姐们看的，其中自然是香汗多；到十九世纪后半，受了俄国文学的影响，就很有些臭汗气了。那一种的命长，现在似乎还在不可知之数。

在中国，从道士听论道，从批评家听谈文，都令人毛孔痉挛，汗不敢出[④]。然而这也许倒是中国的“永久不变的人性”罢。

一九二七年十二月二十三日

---

① 本篇最初发表于一九二八年一月十四日《语丝》周刊第四卷第五期。

② 指梁实秋。他在一九二六年十月二十七、二十八日《晨报副刊》发表的《文学批评辩》一文中说：“物质的状态是变动的，人生的态度是歧异的；但人性的质素是普遍的，文学的品味是固定的。所以伟大的文学作品能禁得起时代和地域的试验。《依里亚德》在今天尚有人读，莎士比亚的戏剧，到现在还有人演，因为普遍的人性是一切伟大的作品之基础。”这种超阶级的“人性论”，是他在一九二七年前后数年间所写的文艺批评的根本思想。

③ “岌岌乎殆哉” 语出《孟子·万章》：“天下殆哉，岌岌乎！”即危险不安的意思。

④ 汗不敢出 见《世说新语·言语》：“战战栗栗，汗不敢出。”

扁[①]

中国文艺界上可怕的现象，是在尽先输入名词，而并不绍介这名词的函义。

于是各各以意为之。看见作品上多讲自己，便称之为表现主义；多讲别人，是写实主义；见女郎小腿肚作诗，是浪漫主义；见女郎小腿肚不准作诗，是古典主义；天上掉下一颗头，头上站着一头牛，爱呀，海中央的青霹雳呀……是未来主义……等等。

还要由此生出议论来。这个主义好，那个主义坏……等等。

乡间一向有一个笑谈：两位近视眼要比眼力，无可质证，便约定到关帝庙去看这一天新挂的扁额。他们都先从漆匠探得字句。但因为探来的详略不同，只知道大字的那一个便不服，争执起来了，说看见小字的人是说谎的。又无可质证，只好一同探问一个过路的人。那人望了一望，回答道："什么也没有。扁还没有挂哩。"[②]

我想，在文艺批评上要比眼力，也总得先有那块扁额挂起来才行。空空洞洞的争，实在只有两面自己心里明白。

四月十日

---

① 本篇最初发表于一九二八年四月二十三日《语丝》第四卷第十七期"随感录"栏。
② 这个笑话，在清代崔述的《考信录提要》中有记载。

航空救国三愿[①]

现在各色的人们大喊着各种的救国，好像大家突然爱国了似的。其实不然，本来就是这样，在这样地救国的，不过现在喊了出来罢了。

所以银行家说贮蓄救国，卖稿子的说文学救国，画画儿的说艺术救国，爱跳舞的说寓救国于娱乐之中，还有，据烟草公司说，则就是吸吸马占山[②]将军牌香烟，也未始非救国之一道云。

这各种救国，是像先前原已实行过来一样，此后也要实行下去的，决不至于五分钟。

只有航空救国[③]较为别致，是应该刮目相看的，那将来也很难预测，原因是在主张的人们自己大概不是飞行家。

那么，我们不妨预先说出一点愿望来。

看过去年此时的上海报的人们恐怕还记得，苏州不是有一队飞机来打仗的么？后来别的都在中途"迷失"了，只剩下领队的洋烈士[④]的那一架，双拳不敌四手，终于给日本飞机打落，累得他母亲从美洲路远迢迢的跑来，痛哭一场，带几个花圈而去。听说广州也有一队出发的，闺秀们还将诗词绣在小衫上，赠战士以壮行色。然而，可惜得很，好像至今还没有到。

所以我们应该在防空队成立之前，陈明两种愿望——

一，路要认清；

二，飞得快些。

还有更要紧的一层，是我们正由"不抵抗"以至"长期抵抗"而入于"心理抵抗"[⑤]的时候，实际上恐怕一时未必和外国打仗，那时战士技痒了，而又苦于英雄无用武之地，不知道会不会炸弹倒落到手无寸铁的人民头上来的?

所以还得战战兢兢的陈明一种愿望,是——

三,莫杀人民!

二月三日

---

① 本篇最初发表于一九三三年二月五日《申报·自由谈》,署名何家干。

② 马占山(1885—1950) 吉林怀德人,国民党东北军的军官。"九一八"事变后,他任黑龙江省代理主席。日本侵略军由辽宁向黑龙江进犯时,他曾率部抵抗,当时舆论界一度称他为"民族英雄"。上海福昌烟公司曾以他的名字做香烟的牌号,并在报上登广告说:"凡我大中华爱国同胞应一致改吸马占山将军牌香烟。"

③ 航空救国 一九三三年初,国民党政府决定举办航空救国飞机捐,组织中华航空救国会(后更名为中国航空协会),宣称要"集合全国民众力量,辅助政府,努力航空事业",在全国各地发行航空奖券,强行募捐。

④ 洋烈士 一九三二年二月,有替国民党政府航空署试验新购飞机性能的美国飞机员萧特(B.Short),由沪驾机飞南京,途经苏州上空时与日机六架相遇,被击落身死,国民党的通讯社和报纸曾借此进行宣传。萧特的母亲闻讯后,于四月曾来中国。

⑤ "九一八"事变时,蒋介石命令东北军"绝对不抵抗",公开执行卖国投降政策。"一·二八"战争后,国民党四届二中全会宣言中曾声称"中央既定长期抵抗之决心",此外又有"心理抵抗"之类的说法,这些都是为推行投降政策而作的掩饰辞。

夜　颂[1]

爱夜的人，也不但是孤独者，有闲者，不能战斗者，怕光明者。

人的言行，在白天和在深夜，在日下和在灯前，常常显得两样。夜是造化所织的幽玄的天衣，普覆一切人，使他们温暖，安心，不知不觉的自己渐渐脱去人造的面具和衣裳，赤条条地裹在这无边际的黑絮似的大块里。

虽然是夜，但也有明暗。有微明，有昏暗，有伸手不见掌，有漆黑一团糟。爱夜的人要有听夜的耳朵和看夜的眼睛，自在暗中，看一切暗。君子们从电灯下走入暗室中，伸开了他的懒腰；爱侣们从月光下走进树阴里，突变了他的眼色。夜的降临，抹杀了一切文人学士们当光天化日之下，写在耀眼的白纸上的超然，混然，恍然，勃然，粲然的文章，只剩下乞怜，讨好，撒谎，骗人，吹牛，捣鬼的夜气，形成一个灿烂的金色的光圈，像见于佛画上面似的，笼罩在学识不凡的头脑上。

爱夜的人于是领受了夜所给与的光明。

高跟鞋的摩登女郎在马路边的电光灯下，阁阁的走得很起劲，但鼻尖也闪烁着一点油汗，在证明她是初学的时髦，假如长在明晃晃的照耀中，将使她碰着“没落”的命运。一大排关着的店铺的昏暗助她一臂之力，使她放缓开足的马力，吐一口气，这时才觉得沁人心脾的夜里的拂拂的凉风。

爱夜的人和摩登女郎，于是同时领受了夜所给与的恩惠。

一夜已尽，人们又小心翼翼的起来，出来了；便是夫妇们，面目和五六点钟之前也何其两样。从此就是热闹，喧嚣。而高墙后面，大厦中间，深闺里，黑狱里，客室里，秘密机关里，却依然弥漫着惊人的真的大黑暗。

现在的光天化日，熙来攘往，就是这黑暗的装饰，是人肉酱缸上的金盖，是鬼脸上的雪花膏。只有夜还算是诚实的。我爱夜，在夜间作《夜颂》。

六月八日

---

① 本篇最初发表于一九三三年六月十日《申报·自由谈》。

我怎么做起小说来[①]

我怎么做起小说来？——这来由，已经在《呐喊》的序文上，约略说过了。这里还应该补叙一点的，是当我留心文学的时候，情形和现在很不同：在中国，小说不算文学，做小说的也决不能称为文学家，所以并没有人想在这一条道路上出世。我也并没有要将小说抬进"文苑"里的意思，不过想利用他的力量，来改良社会。

但也不是自己想创作，注重的倒是在绍介，在翻译，而尤其注重于短篇，特别是被压迫的民族中的作者的作品。因为那时正盛行着排满论，有些青年，都引那叫喊和反抗的作者为同调的。所以"小说作法"之类，我一部都没有看过，看短篇小说却不少，小半是自己也爱看，大半则因了搜寻绍介的材料。也看文学史和批评，这是因为想知道作者的为人和思想，以便决定应否绍介给中国。和学问之类，是绝不相干的。

因为所求的作品是叫喊和反抗，势必至于倾向了东欧，因此所看的俄国，波兰以及巴尔干诸小国作家的东西就特别多。也曾热心的搜求印度，埃及的作品，但是得不到。记得当时最爱看的作者，是俄国的果戈理(N.Gogol)和波兰的显克微支(H.Sienkiewitz)[②]。日本的，是夏目漱石和森鸥外[③]。

回国以后，就办学校，再没有看小说的工夫了，这样的有五六年。为什么又开手了呢？——这也已经写在《呐喊》的序文里，不必说了。但我的来做小说，也并非自以为有做小说的才能，只因为那时是住在北京的会馆[④]里的，要做论文罢，没有参考书，要翻译罢，没有底本，就只好做一点小说模样的东西塞责，这就是《狂人日记》。大约所仰仗的全在先前看过的百来篇外国作品和一点医学上的知识，此外的准备，一点也没有。

但是《新青年》的编辑者，却一回一回的来催，催几回，我就做一篇，这里我必得记念陈独秀[5]先生，他是催促我做小说最着力的一个。

自然，做起小说来，总不免自己有些主见的。例如，说到"为什么"做小说罢，我仍抱着十多年前的"启蒙主义"，以为必须是"为人生"，而且要改良这人生。我深恶先前的称小说为"闲书"，而且将"为艺术的艺术"，看作不过是"消闲"的新式的别号。所以我的取材，多采自病态社会的不幸的人们中，意思是在揭出病苦，引起疗救的注意。所以我力避行文的唠叨，只要觉得够将意思传给别人了，就宁可什么陪衬拖带也没有。中国旧戏上，没有背景，新年卖给孩子看的花纸上，只有主要的几个人（但现在的花纸却多有背景了），我深信对于我的目的，这方法是适宜的，所以我不去描写风月，对话也决不说到一大篇。

我做完之后，总要看两遍，自己觉得拗口的，就增删几个字，一定要它读得顺口；没有相宜的白话，宁可引古语，希望总有人会懂，只有自己懂得或连自己也不懂的生造出来的字句，是不大用的。这一节，许多批评家之中，只有一个人看出来了，但他称我为Stylist[6]。

所写的事迹，大抵有一点见过或听到过的缘由，但决不全用这事实，只是采取一端，加以改造，或生发开去，到足以几乎完全发表我的意思为止。人物的模特儿也一样，没有专用过一个人，往往嘴在浙江，脸在北京，衣服在山西，是一个拼凑起来的脚色。有人说，我的那一篇是骂谁，某一篇又是骂谁，那是完全胡说的。

不过这样的写法，有一种困难，就是令人难以放下笔。一气写下去，这人物就逐渐活动起来，尽了他的任务。但倘有什么分心的事情来一打岔，放下许久之后再来写，性格也许就变了样，情景也会和先前所豫想的不同起来。例如我做的《不周山》，原意是在描写性的发动和创造，以至衰亡的，而中途去看报章，见了一位道学的批评家攻击情诗[7]的文章，心里很不以为然，于是小说里就有一个小人物跑到女娲的两腿之间来，不但不必有，且将结构的宏大毁坏了。但这些处所，除了自己，大概没有人会觉到的，我们的批评大家成仿吾先生，还说这一篇做得最出色。

我想，如果专用一个人做骨干，就可以没有这弊病的，但自己没有试验过。

忘记是谁说的了，总之是，要极省俭的画出一个人的特点，最好是画他的眼睛[8]。我以为这话是极对的，倘若画了全副的头发，即使细得逼真，也毫无意思。我常在学学这一种方法，可惜学不好。

可省的处所，我决不硬添，做不出的时候，我也决不硬做，但这是因为我那时别有收入，不靠卖文为活的缘故，不能作为通例的。

还有一层，是我每当写作，一律抹杀各种的批评。因为那时中国的创作界固然幼稚，批评界更幼稚，不是举之上天，就是按之入地，倘将这些放在眼里，就要自命不凡，或觉得非自杀不足以谢天下的。批评必须坏处说坏，好处说好，才于作者有益。

但我常看外国的批评文章，因为他于我没有恩怨嫉恨，虽然所评的是别人的作品，却很有可以借镜之处。但自然，我也同时一定留心这批评家的派别。

以上，是十年前的事了，此后并无所作，也没有长进，编辑先生要我做一点这类的文章，怎么能呢。拉杂写来，不过如此而已。

三月五日灯下

---

① 本篇最初印入一九三三年六月上海天马书店出版的《创作的经验》一书。

② 显克微支（1846—1916）　波兰作家。作品主要反映波兰农民的痛苦生活和波兰人民反对异族侵略的斗争。著有历史小说三部曲《火与剑》、《洪流》、《伏洛窦耶夫斯基先生》和中篇小说《炭画》等。

③ 夏目漱石（1867—1916）　日本小说家，著有长篇小说《我是猫》、中篇小说《哥儿》等。森鸥外（1862—1922），日本小说家、文学评论家，著有小说《舞姬》等。

④ 会馆　指北京宣武门外南半截胡同的“绍兴县馆”。一九一二年五月至一九一九年十一月作者曾在此寄住。

⑤ 陈独秀（1880—1942）　字仲甫，安徽怀宁人，原为北京大学教授，《新青年》杂志的创办人，“五四”时期提倡新文化运动的主要人物。中国共产党成立后任党的总书记，第一次国内革命战争后期，推行右倾投降主义路线，致使革命遭到失败；以后他成为取消主义者，并与托洛茨基分子相勾结，成立反党小组织，一九二九年十一月被开除出党。“五四”时期，他在致周作人的函件中，极力敦促鲁迅从事小说写作，如一九二〇年三月十一日信：“我们很盼望豫才先生为《新青年》创作小说，请先生告诉他。”又八月二十二日信：“鲁迅兄做的小说，我实在五体投地的佩服。”

⑥ Stylist　英语：文体家。作者这里所指似为黎锦明。黎在《论体裁描写与中国新文艺》（见《文学周报》第五卷第二期，一九二八年二月合订本）一文中说：“西欧的作家对于体裁，是其第一安到著作的路的门径，还竟有所谓体裁家（Stylist）者。……我们的新文艺，除开鲁迅叶绍钧二三人的作品还可见到有体裁的修养外，其余大都似乎随意的把它挂在笔头上。”

⑦ 一位道学的批评家　指胡梦华。他在一九二二年十月二十四日《时事新报·学灯》上发

表《读了〈蕙的风〉以后》,攻击汪静之作的诗集《蕙的风》,认为其中某些情诗是"堕落轻薄"的作品,有"不道德的嫌疑"。参看《热风·反对"含泪"的批评家》。

⑧ 这是东晋画家顾恺之的话,见南朝宋刘义庆《世说新语·巧艺》:"顾长康(按即顾恺之)画人,或数年不点目睛。人问其故,顾曰:'四体妍蚩,本无关于妙处;传神写照,正在阿堵中。'"阿堵,当时俗语:这个。

二丑艺术[①]

浙东的有一处的戏班中，有一种脚色叫作“二花脸”，译得雅一点，那么，“二丑”就是。他和小丑的不同，是不扮横行无忌的花花公子，也不扮一味仗势的宰相家丁，他所扮演的是保护公子的拳师，或是趋奉公子的清客。总之：身分比小丑高，而性格却比小丑坏。

义仆是老生扮的，先以谏诤，终以殉主；恶仆是小丑扮的，只会作恶，到底灭亡。而二丑的本领却不同，他有点上等人模样，也懂些琴棋书画，也来得行令猜谜，但倚靠的是权门，凌蔑的是百姓，有谁被压迫了，他就来冷笑几声，畅快一下，有谁被陷害了，他又去吓唬一下，吆喝几声。不过他的态度又并不常常如此的，大抵一面又回过脸来，向台下的看客指出他公子的缺点，摇着头装起鬼脸道：你看这家伙，这回可要倒楣哩！

这最末的一手，是二丑的特色。因为他没有义仆的愚笨，也没有恶仆的简单，他是智识阶级。他明知道自己所靠的是冰山，一定不能长久，他将来还要到别家帮闲，所以当受着豢养，分着余炎的时候，也得装着和这贵公子并非一伙。

二丑们编出来的戏本上，当然没有这一种脚色的，他那里肯；小丑，即花花公子们编出来的戏本，也不会有，因为他们只看见一面，想不到的。这二花脸，乃是小百姓看透了这一种人，提出精华来，制定了的脚色。

世间只要有权门，一定有恶势力，有恶势力，就一定有二花脸，而且有二花脸艺术。我们只要取一种刊物，看他一个星期，就会发见他忽而怨恨春天，忽而颂扬战争，忽而译萧伯纳演说，忽而讲婚姻问题；但其间一定有时要慷慨激昂的表示对于国事的不满：这就是用出末一手来了。

这最末的一手，一面也在遮掩他并不是帮闲，然而小百姓是明白的，早已使他的类型在戏台上出现了。

六月十五日

---

① 本篇最初发表于一九三三年六月十八日《申报·自由谈》。

经　验[1]

古人所传授下来的经验，有些实在是极可宝贵的，因为它曾经费去许多牺牲，而留给后人很大的益处。

偶然翻翻《本草纲目》[2]，不禁想起了这一点。这一部书，是很普通的书，但里面却含有丰富的宝藏。自然，捕风捉影的记载，也是在所不免的，然而大部分的药品的功用，却由历久的经验，这才能够知道到这程度，而尤其惊人的是关于毒药的叙述。我们一向喜欢恭维古圣人，以为药物是由一个神农皇帝独自尝出来的，他曾经一天遇到过七十二毒[3]，但都有解法，没有毒死。这种传说，现在不能主宰人心了。人们大抵已经知道一切文物，都是历来的无名氏所逐渐的造成。建筑，烹饪，渔猎，耕种，无不如此；医药也如此。这么一想，这事情可就大起来了：大约古人一有病，最初只好这样尝一点，那样尝一点，吃了毒的就死，吃了不相干的就无效，有的竟吃到了对证的就好起来，于是知道这是对于某一种病痛的药。这样地累积下去，乃有草创的纪录，后来渐成为庞大的书，如《本草纲目》就是。而且这书中的所记，又不独是中国的，还有阿剌伯人的经验，有印度人的经验，则先前所用的牺牲之大，更可想而知了。

然而也有经过许多人经验之后，倒给了后人坏影响的，如俗语说"各人自扫门前雪，莫管他家瓦上霜"的便是其一。救急扶伤，一不小心，向来就很容易被人所诬陷，而还有一种坏经验的结果的歌诀，是"衙门八字开，有理无钱莫进来"，于是人们就只要事不干己，还是远远的站开干净。我想，人们在社会里，当初是并不这样彼此漠不相关的，但因豺狼当道，事实上因此出过许多牺牲，后来就自然的都走到这条道路上去了。所以，在中国，尤其是在都市里，倘使路上有暴病倒地，或翻车摔伤的人，路人围观或甚至于高兴的人尽有，肯伸手来扶助一下的人却是极少的。这便是牺牲所换来的坏处。

总之，经验的所得的结果无论好坏，都要很大的牺牲，虽是小事情，也免不掉要付惊人的代价。例如近来有些看报的人，对于什么宣言，通电，讲演，谈话之类，无论它怎样骈四俪六，崇论宏议，也不去注意了，甚而还至于不但不注意，看了倒不过做做嘻笑的资料。这那里有“始制文字，乃服衣裳”④一样重要呢，然而这一点点结果，却是牺牲了一大片地面，和许多人的生命财产换来的。生命，那当然是别人的生命，倘是自己，就得不着这经验了。所以一切经验，是只有活人才能有的，我的决不上别人讥刺我怕死⑤就去自杀或拚命的当，而必须写出这一点来，就为此。而且这也是小小的经验的结果。

六月十二日

---

① 本篇最初发表于一九三三年七月十五日《申报月刊》第二卷第七号，署名洛文。

②《本草纲目》 明代医药学家李时珍撰写的药物学著作，共五十二卷。这书是他在长期实践和实地调查的基础上，吸取人民群众的智慧和经验，参考大量医药资料和有关文献，费时近三十年才写成的。

③ 神农皇帝 我国传说中的古代帝王。据《淮南子·修务训》：“古者民茹草饮水，采树本之实，食蠃蜕之肉，时多疾病毒伤之害。于是神农乃始教民播种五谷，相土地宜燥湿肥 高下，尝百草之滋味，水泉之甘苦，令民知所避就。当此之时，一日而遇七十毒。”

④“始制文字，乃服衣裳” 语见《千字文》。

⑤ 别人讥刺我怕死 梁实秋在《新月》第二卷第十一期发表的《鲁迅与牛》一文，借一九三〇年四月八日中国自由运动大同盟为声援“四·三”惨案(英国人在南京打死打伤中国工人的惨案)集会时，一工人被巡捕枪杀的事讥笑作者说：“自由运动大同盟即是鲁迅先生领衔发起的，……这事发生之后，颇有人为鲁迅先生担心，因为不晓得流了‘一滩鲜血’的究竟是那一位。……幸亏事实不久大明，死的不是‘参加工农革命底实际行动’的‘左翼作家’，是一位‘勇敢的工人’……鲁迅先生的‘不卖肉主义’是老早言明在先的。”又法鲁在一九三三年六月十一日《大晚报·火炬》发表的《到底要不要自由》中，也有这类含沙射影的话，参看《伪自由书·后记》。

谚 语[1]

粗略的一想，谚语固然好像一时代一国民的意思的结晶，但其实，却不过是一部分的人们的意思。现在就以“各人自扫门前雪，莫管他家瓦上霜”来做例子罢，这乃是被压迫者们的格言，教人要奉公，纳税，输捐，安分，不可怠慢，不可不平，尤其是不要管闲事；而压迫者是不算在内的。

专制者的反面就是奴才，有权时无所不为，失势时即奴性十足。孙皓是特等的暴君，但降晋之后，简直像一个帮闲[2]；宋徽宗在位时，不可一世，而被掳后偏会含垢忍辱[3]。做主子时以一切别人为奴才，则有了主子，一定以奴才自命：这是天经地义，无可动摇的。

所以被压制时，信奉着“各人自扫门前雪，莫管他家瓦上霜”的格言的人物，一旦得势，足以凌人的时候，他的行为就截然不同，变为“各人不扫门前雪，却管他家瓦上霜”了。

二十年来，我们常常看见：武将原是练兵打仗的，且不问他这兵是用以安内或攘外，总之他的“门前雪”是治军，然而他偏来干涉教育，主持道德；教育家原是办学的，无论他成绩如何，总之他的“门前雪”是学务，然而他偏去膜拜“活佛”，绍介国医。小百姓随军充伕，童子军沿门募款。头儿胡行于上，蚁民乱碰于下，结果是各人的门前都不成样，各家的瓦上也一团糟。

女人露出了臂膊和小腿，好像竟打动了贤人们的心，我记得曾有许多人絮絮叨叨，主张禁止过，后来也确有明文禁止了[4]。不料到得今年，却又“衣服蔽体已足，何必前拖后曳，消耗布匹，……顾念时艰，后患何堪设想”起来，四川的营山县长于是就令公安局派队一一剪掉行人的长衣的下截。长衣原是累赘的东西，但以为不穿长衣，或剪去下截[5]，即于“时艰”有补，却是一种特别的经济学。《汉书》上有一句云，“口含天宪”[6]，此之谓也。

某一种人，一定只有这某一种人的思想和眼光，不能越出他本阶级之外。说起来，好像又在提倡什么犯讳的阶级了，然而事实是如此的。谣谚并非全国民的意思，就为了这缘故。古之秀才，自以为无所不晓，于是有“秀才不出门，而知天下事”这自负的漫天大谎，小百姓信以为真，也就渐渐的成了谚语，流行开来。其实是“秀才虽出门，不知天下事”的。秀才只有秀才头脑和秀才眼睛，对于天下事，那里看得分明，想得清楚。清末，因为想“维新”，常派些“人才”出洋去考察，我们现在看看他们的笔记罢，他们最以为奇的是什么馆里的蜡人能够和活人对面下棋[7]。南海圣人康有为，佼佼者也，他周游十一国，一直到得巴尔干，这才悟出外国之所以常有“弑君”之故来了，曰：因为宫墙太矮的缘故。[8]

六月十三日

---

① 本篇最初发表于一九三三年七月十五日《申报月刊》第二卷第七号，署名洛文。

② 孙皓（242—283） 三国时吴国最后的皇帝。据《三国志·吴书·三嗣主传》，他在位时，“粗暴骄盈”，常无故杀戮臣子和宫人；降晋之后，被封为归命侯，甘受戏弄。《世说新语·排调》载：有一次，“晋武帝问孙皓：‘闻南人好作《尔汝歌》，颇能为不？’皓正饮酒，因举觞对帝而言曰：‘昔与汝为邻，今与汝为臣，上汝一杯酒，令汝寿万春！’”

③ 宋徽宗（1082—1135） 即赵佶，北宋皇帝。在位时，横暴凶残，骄奢淫侈；靖康二年（1127）为金兵所俘，被封为“昏德公”，宫眷被“没为宫婢”。他虽备受侮辱，却还不断向“金主”称臣，“具表称谢”（见《靖康稗史·呻吟语》）。

④ 一九三三年五月，广西民政厅曾公布法令，凡女子服装袖不过肘，裙不过膝者，均在取缔之列。

⑤ 当时四川军阀杨森提倡“短衣运动”，他管辖下的营山县县长罗象翥曾发布《禁穿长衫令》。这里所引即见于该项令文，令文中还说：“着自四月十六日起，由公安局派队，随带剪刀，于城厢内外逡巡，遇有玩视禁令，仍着长服者，立即执行剪衣，勿稍瞻徇，倘敢有抗拒者，立即带县罚究，决不姑宽。”

⑥ “口含天宪” 语见《后汉书·朱穆传》：“当今中官近习，窃持国柄，手握王爵，口含天宪，运赏则使饿隶富于季孙，呼噏则伊、颜化为桀、跖。”据清代王先谦《后汉书集解》：“天宪，王法也，谓刑戮出于其口也。”

⑦ 关于蜡人和活人下棋的事，见清朝出使各国考察政治大臣、礼部尚书戴鸿慈的《出使九国日记》（一九〇六年北京第一书局出版）。该书“丙午（1906）正月二十一日”记有参观巴黎蜡人院的情况：“午后往观蜡人院，院中蜡人甚多，或坐或立，神志如生。最妙者：一蜡像前置棋枰，能与人对弈。如对手欺之，故下一子不如式，则像即停子不下，若不豫状。其仍不改，即以手将棋子扫之。巧妙至此，诚可叹也！”

⑧ 康有为（1858—1927） 广东南海人，清末维新运动领袖。后来组织保皇会，反对孙中山领导的民主革命运动。一九〇四年至一九〇八年，他周游意大利、瑞士、奥地利、匈牙利、德意志、法兰西、丹麦、瑞典、比利时、荷兰、英吉利十一国。这里所说的

事，见他的《欧东阿连五国游记·游塞耳维亚京悲罗吉辣》："王宫三层，黄色颇丽，然临街，仅如一富家屋耳。往闻塞耳维亚内乱弑君后，惊其易，今观之，乱民一拥入室，即可行弑，如吾国乡曲行劫富豪，亦何难事。如以中国禁城之森严广大比之，则岂能顷刻成弑乎？"（见《不忍杂志汇编》二集卷四）

帮闲法发隐[1]

吉开迦尔[2]是丹麦的忧郁的人，他的作品，总是带着悲愤。不过其中也有很有趣味的，我看见了这样的几句——

> 戏场里失了火。丑角站在戏台前，来通知了看客。大家以为这是丑角的笑话，喝采了。丑角又通知说是火灾。但大家越加哄笑，喝采了。我想，人世是要完结在当作笑话的开心的人们的大家欢迎之中的罢。

不过我的所以觉得有趣的，并不专在本文，是在由此想到了帮闲们的伎俩。帮闲，在忙的时候就是帮忙，倘若主子忙于行凶作恶，那自然也就是帮凶。但他的帮法，是在血案中而没有血迹，也没有血腥气的。

譬如罢，有一件事，是要紧的，大家原也觉得要紧，他就以丑角身份而出现了，将这件事变为滑稽，或者特别张扬了不关紧要之点，将人们的注意拉开去，这就是所谓"打诨"。如果是杀人，他就来讲当场的情形，侦探的努力；死的是女人呢，那就更好了，名之曰"艳尸"，或介绍她的日记。如果是暗杀，他就来讲死者的生前的故事，恋爱呀，遗闻呀……人们的热情原不是永不弛缓的，但加上些冷水，或者美其名曰清茶，自然就冷得更加迅速了，而这位打诨的脚色，却变成了文学者。

假如有一个人，认真的在告警，于凶手当然是有害的，只要大家还没有僵死。但这时他就又以丑角身份而出现了，仍用打诨，从旁装着鬼脸，使告警者在大家的眼里也化为丑角，使他的警告在大家的耳边都化为笑话。耸肩装穷，以表现对方之阔，卑躬叹气，以暗示对方之傲；使大家心里想：

这告警者原来都是虚伪的。幸而帮闲们还多是男人，否则它简直会说告警者曾经怎样调戏它，当众罗列淫辞，然后作自杀以明耻之状也说不定。周围捣着鬼，无论如何严肃的说法也要减少力量的，而不利于凶手的事情却就在这疑心和笑声中完结了。它呢？这回它倒是道德家。

当没有这样的事件时，那就七日一报，十日一谈，收罗废料，装进读者的脑子里去，看过一年半载，就满脑都是某阔人如何摸牌，某明星如何打嚏的典故。开心是自然也开心的。但是，人世却也要完结在这些欢迎开心的开心的人们之中的罢。

八月二十八日

---

① 本篇最初发表于一九三三年九月五日《申报·自由谈》。

② 吉开迦尔(S.A.Kierkegaard，1813—1855)　通译克尔凯郭尔，丹麦哲学家。下面引文见于他的《非此即彼》一书的《序幕》。原书注解说，一八三六年二月十四日在彼得堡确实发生过这样的事。（按鲁迅这段引文是根据日本宫原晃一郎译克尔凯郭尔《忧愁的哲理》一书。）

小品文的危机[1]

仿佛记得一两月之前，曾在一种日报上见到记载着一个人的死去的文章,说他是收集"小摆设"的名人,临末还有依稀的感喟,以为此人一死,"小摆设"的收集者在中国怕要绝迹了。

但可惜我那时不很留心,竟忘记了那日报和那收集家的名字。

现在的新的青年恐怕也大抵不知道什么是"小摆设"了。但如果他出身旧家,先前曾有玩弄翰墨的人,则只要不很破落,未将觉得没用的东西卖给旧货担,就也许还能在尘封的废物之中,寻出一个小小的镜屏,玲珑剔透的石块,竹根刻成的人像,古玉雕出的动物,锈得发绿的铜铸的三脚癞虾蟆:这就是所谓"小摆设"。先前,它们陈列在书房里的时候,是各有其雅号的,譬如那三脚癞虾蟆,应该称为"蟾蜍砚滴"之类,最末的收集家一定都知道,现在呢,可要和它的光荣一同消失了。

那些物品,自然决不是穷人的东西,但也不是达官富翁家的陈设,他们所要的,是珠玉扎成的盆景,五彩绘画的磁瓶。那只是所谓士大夫的"清玩"。在外,至少必须有几十亩膏腴的田地,在家,必须有几间幽雅的书斋;就是流寓上海,也一定得生活较为安闲,在客栈里有一间长包的房子,书桌一顶,烟榻一张,瘾足心闲,摩挲赏鉴。然而这境地,现在却已经被世界的险恶的潮流冲得七颠八倒,像狂涛中的小船似的了。

然而就是在所谓"太平盛世"罢,这"小摆设"原也不是什么重要的物品。在方寸的象牙版上刻一篇《兰亭序》[2],至今还有"艺术品"之称,但倘将这挂在万里长城的墙头,或供在云冈[3]的丈八佛像的足下,它就渺小得看不见了,即使热心者竭力指点,也不过令观者生一种滑稽之感。何况在风沙扑面,狼虎成群的时候,谁还有这许多闲工夫,来赏玩琥珀扇坠,翡翠戒指呢。他们即使要悦目，所要的也是耸立于风沙中的大建筑，要坚固而伟大，不必怎样精；即使要满意，所要的也是匕首和投枪，要锋利而切实，用不着什么雅。

美术上的“小摆设”的要求，这幻梦是已经破掉了，那日报上的文章的作者，就直觉的地知道。然而对于文学上的“小摆设”——“小品文”的要求，却正在越加旺盛起来，要求者以为可以靠着低诉或微吟，将粗犷的人心，磨得渐渐的平滑。这就是想别人一心看着《六朝文絜》[4]，而忘记了自己是抱在黄河决口之后，淹得仅仅露出水面的树梢头。

但这时却只用得着挣扎和战斗。

而小品文的生存，也只仗着挣扎和战斗的。晋朝的清言[5]，早和它的朝代一同消歇了。唐末诗风衰落，而小品放了光辉。但罗隐[6]的《谗书》，几乎全部是抗争和愤激之谈；皮日休和陆龟蒙[7]自以为隐士，别人也称之为隐士，而看他们在《皮子文薮》和《笠泽丛书》中的小品文，并没有忘记天下，正是一榻胡涂的泥塘里的光彩和锋铓。明末的小品[8]虽然比较的颓放，却并非全是吟风弄月，其中有不平，有讽刺，有攻击，有破坏。这种作风，也触着了满洲君臣的心病，费去许多助虐的武将的刀锋，帮闲的文臣的笔锋，直到乾隆年间，这才压制下去了。以后呢，就来了“小摆设”。

“小摆设”当然不会有大发展。到五四运动的时候，才又来了一个展开，散文小品的成功，几乎在小说戏曲和诗歌之上。这之中，自然含着挣扎和战斗，但因为常常取法于英国的随笔（Essay），所以也带一点幽默和雍容；写法也有漂亮和缜密的，这是为了对于旧文学的示威，在表示旧文学之自以为特长者，白话文学也并非做不到。以后的路，本来明明是更分明的挣扎和战斗，因为这原是萌芽于“文学革命”以至“思想革命”的。但现在的趋势，却在特别提倡那和旧文章相合之点，雍容，漂亮，缜密，就是要它成为“小摆设”，供雅人的摩挲，并且想青年摩挲了这“小摆设”，由粗暴而变为风雅了。

然而现在已经更没有书桌；雅片虽然已经公卖，烟具是禁止的，吸起来还是十分不容易。想在战地或灾区里的人们来鉴赏罢——谁都知道是更奇怪的幻梦。这种小品，上海虽正在盛行，茶话酒谈，遍满小报的摊子上，但其实是正如烟花女子，已经不能在弄堂里拉扯她的生意，只好涂脂抹粉，在夜里躄到马路上来了。

小品文就这样的走到了危机。但我所谓危机，也如医学上的所谓“极期”(Krisis)一般，是生死的分歧，能一直得到死亡，也能由此至于恢复。麻醉性的作品，是将与麻醉者和被麻醉者同归于尽的。生存的小品文，必须是匕首，是投枪，能和读者一同杀出一条生存的血路的东西；但自然，它也能给人愉快和休息，然而这并不是“小摆设”，更不是抚慰和麻痹，它给人的愉快和休息是休养，是劳作和战斗之前的准备。

八月二十七日

---

①本篇最初发表于一九三三年十月一日《现代》第三卷第六期。

②《兰亭序》　即《兰亭集序》，晋代王羲之作，全文三百二十余字。

③云冈　指云冈石窟，在山西大同武周山南麓，创建于北魏中期。现存主要洞窟五十三个，石雕佛像飞天等五万一千多个，其中最高的佛像达十七米。

④《六朝文絜》　六朝骈体文选集，共四卷，清代许梿编选。

⑤清言　三国时魏何晏、夏侯玄、王弼等以老庄思想解释儒家经义，崇尚虚无，摈弃世务，专谈玄理，读书人争相慕效，形成风气，叫作“清言”，也叫“清谈”或“玄言”。到晋代有王衍等人提倡，此风更盛。

⑥罗隐(833—909)　字昭谏，余杭(今属浙江)人，晚唐文学家。著有《甲乙集》十卷、《谗书》五卷等。

⑦皮日休(约834—约883)　字袭美，襄阳(今湖北襄樊市)人，晚唐文学家。早年隐居鹿门山，曾参加黄巢起义军。著有《皮子文薮》十卷。陆龟蒙(？—约881)，字鲁望，姑苏(今江苏苏州)人，晚唐文学家。曾隐居笠泽，著有《笠泽丛书》四卷。

⑧明末的小品　指晚明作家袁宏道、钟惺、张岱等人的小品文。

看变戏法①

我爱看“变戏法”。

他们是走江湖的，所以各处的戏法都一样。为了敛钱，一定有两种必要的东西：一只黑熊，一个小孩子。

黑熊饿得真瘦，几乎连动弹的力气也快没有了。自然，这是不能使它强壮的，因为一强壮，就不能驾驭。现在是半死不活，却还要用铁圈穿了鼻子，再用索子牵着做戏。有时给吃一点东西，是一小块水泡的馒头皮，但还将勺子擎得高高的，要它站起来，伸头张嘴，许多工夫才得落肚，而变戏法的则因此集了一些钱。

这熊的来源，中国没有人提到过。据西洋人的调查，说是从小时候，由山里捉来的；大的不能用，因为一大，就总改不了野性。但虽是小的，也还须“训练”，这“训练”的方法，是“打”和“饿”；而后来，则是因虐待而死亡。我以为这话是的确的，我们看它还在活着做戏的时候，就瘪得连熊气息也没有了，有些地方，竟称之为“狗熊”，其被蔑视至于如此。

孩子在场面上也要吃苦，或者大人踏在他肚子上，或者将他的两手扭过来，他就显出很苦楚，很为难，很吃重的相貌，要看客解救。六个，五个，再四个，三个……而变戏法的就又集了一些钱。

他自然也曾经训练过，这苦痛是装出来的，和大人串通的勾当，不过也无碍于赚钱。

下午敲锣开场，这样的做到夜，收场，看客走散，有化了钱的，有终于不化钱的。

每当收场，我一面走，一面想：两种生财家伙，一种是要被虐待至死的，再寻幼小的来；一种是大了之后，另寻一个小孩子和一只小熊，仍旧来变照样的戏法。

事情真是简单得很，想一下，就好像令人索然无味。然而我还是常常看。此外叫我看什么呢，诸君？

十月一日

---

① 本篇最初发表于一九三三年十月四日《申报·自由谈》。

世故三昧[1]

人世间真是难处的地方，说一个人“不通世故”，固然不是好话，但说他“深于世故”也不是好话。“世故”似乎也像“革命之不可不革，而亦不可太革”一样，不可不通，而亦不可太通的。

然而据我的经验，得到“深于世故”的恶谥者，却还是因为“不通世故”的缘故。

现在我假设以这样的话，来劝导青年人——

“如果你遇见社会上有不平事，万不可挺身而出，讲公道话，否则，事情倒会移到你头上来，甚至于会被指作反动分子的。如果你遇见有人被冤枉，被诬陷的，即使明知道他是好人，也万不可挺身而出，去给他解释或分辩，否则，你就会被人说是他的亲戚，或得了他的贿赂；倘使那是女人，就要被疑为她的情人的；如果他较有名，那便是党羽。例如我自己罢，给一个毫不相干的女士做了一篇信札集的序[2]，人们就说她是我的小姨；绍介一点科学的文艺理论，人们就说得了苏联的卢布。亲戚和金钱，在目下的中国，关系也真是大，事实给与了教训，人们看惯了，以为人人都脱不了这关系，原也无足深怪的。

“然而，有些人其实也并不真相信，只是说着玩玩，有趣有趣的。即使有人为了谣言，弄得凌迟碎剐，像明末的郑鄤[3]那样了，和自己也并不相干，总不如有趣的紧要。这时你如果去辨正，那就是使大家扫兴，结果还是你自己倒楣。我也有一个经验。那是十多年前，我在教育部里做“官僚”[4]，常听得同事说，某女学校的学生，是可以叫出来嫖的[5]，连机关的地址门牌，也说得明明白白。有一回我偶然走过这条街，一个人对于坏事情，是记性好一点的，我记起来了，便留心着那门牌，但这一号，却是一块小空地，有一口大井，一间很破烂的小屋，是几个山东人住着卖水的地方，决计做不了别用。待到他们又在谈着这事的时候，我便说出我的所见来，而不料大家竟笑容尽敛，不欢而散了，此后不和我谈天者两三月。我事后才悟到打断了他们的兴致，是不应该的。

"所以，你最好是莫问是非曲直，一味附和着大家；但更好是不开口；而在更好之上的是连脸上也不显出心里的是非的模样来……"

这是处世法的精义，只要黄河不流到脚下，炸弹不落在身边，可以保管一世没有挫折的。但我恐怕青年人未必以我的话为然；便是中年，老年人，也许要以为我是在教坏了他们的子弟。呜呼，那么，一片苦心，竟是白费了。

然而倘说中国现在正如唐虞盛世，却又未免是"世故"之谈。耳闻目睹的不算，单是看看报章，也就可以知道社会上有多少不平，人们有多少冤抑。但对于这些事，除了有时或有同业，同乡，同族的人们来说几句呼吁的话之外，利害无关的人的义愤的声音，我们是很少听到的。这很分明，是大家不开口；或者以为和自己不相干；或者连"以为和自己不相干"的意思也全没有。"世故"深到不自觉其"深于世故"，这才真是"深于世故"的了。这是中国处世法的精义中的精义。

而且，对于看了我的劝导青年人的话，心以为非的人物，我还有一下反攻在这里。他是以我为狡猾的。但是，我的话里，一面固然显示着我的狡猾，而且无能，但一面也显示着社会的黑暗。他单责个人，正是最稳妥的办法，倘使兼责社会，可就得站出去战斗了。责人的"深于世故"而避开了"世"不谈，这是更"深于世故"的玩艺，倘若自己不觉得，那就更深更深了，离三昧[⑥]境盖不远矣。

不过凡事一说，即落言筌[⑦]，不再能得三昧。说"世故三昧"者，即非"世故三昧"。三昧真谛，在行而不言；我现在一说"行而不言"，却又失了真谛，离三昧境盖益远矣。

一切善知识[⑧]，心知其意可也，唵[⑨]！

十月十三日

---

① 本篇最初发表于一九三三年十一月十五日《申报月刊》第二卷第十一号，署名洛文。

② 毫不相干的女士　指金淑姿。一九三二年程鼎兴为亡妻金淑姿刊行遗信集，托人请鲁迅写序。鲁迅所作的序，后编入《集外集》，题为《〈淑姿的信〉序》。

③ 郑鄤　号峚阳，江苏武进（今常州市）人，明代天启年间进士。崇祯时温体仁诬告他不孝杖母，被凌迟处死。

④ “官僚”　陈西滢攻击作者的话，见一九二六年一月三十日北京《晨报副刊》所载《致志摩》。

⑤ 在一九二五年女师大风潮中，陈西滢诬蔑女师大学生可以“叫局”，一九二六年初，北京《晨报副刊》、《语丝》等不断载有谈论此事的文字。

⑥ 三昧　佛家语，佛家修身方法之一，也泛指事物的诀要或精义。

⑦ 言筌　言语的迹象。《庄子·外物》：“荃（筌）者所以在鱼，得鱼而忘荃；言者所以在意，得意而忘言。”

⑧ 善知识　佛家语，据《法华文句》解释：“闻名为知，见形为识，是人益我菩提（觉悟）之道，名善知识。”

⑨ 唵　梵文om的音译，佛经咒语的发声词。

作文秘诀[①]

现在竟还有人写信来问我作文的秘诀。

我们常常听到:拳师教徒弟是留一手的,怕他学全了就要打死自己,好让他称雄。在实际上,这样的事情也并非全没有,逢蒙杀羿[②]就是一个前例。逢蒙远了,而这种古气是没有消尽的,还加上了后来的"状元瘾",科举虽然久废,至今总还要争"唯一",争"最先"。遇到有"状元瘾"的人们,做教师就危险,拳棒教完,往往免不了被打倒,而这位新拳师来教徒弟时,却以他的先生和自己为前车之鉴,就一定留一手,甚而至于三四手,于是拳术也就"一代不如一代"了。

还有,做医生的有秘方,做厨子的有秘法,开点心铺子的有秘传,为了保全自家的衣食,听说这还只授儿妇,不教女儿,以免流传到别人家里去。"秘"是中国非常普遍的东西,连关于国家大事的会议,也总是"内容非常秘密",大家不知道。但是,作文却好像偏偏并无秘诀,假使有,每个作家一定是传给子孙的了,然而祖传的作家很少见。自然,作家的孩子们,从小看惯书籍纸笔,眼格也许比较的可以大一点罢,不过不见得就会做。目下的刊物上,虽然常见什么"父子作家""夫妇作家"的名称,仿佛真能从遗嘱或情书中,密授一些什么秘诀一样,其实乃是肉麻当有趣,妄将做官的关系,用到作文上去了。

那么,作文真就毫无秘诀么?却也并不。我曾经讲过几句做古文的秘诀[③],是要通篇都有来历,而非古人的成文;也就是通篇是自己做的,而又全非自己所做,个人其实并没有说什么;也就是"事出有因",而又"查无实据"。到这样,便"庶几乎免于大过也矣"了。简而言之,实不过要做得"今天天气,哈哈哈……"而已。

这是说内容。至于修辞，也有一点秘诀：一要蒙胧，二要难懂。那方法，是：缩短句子，多用难字。譬如罢，作文论秦朝事，写一句“秦始皇乃始烧书”，是不算好文章的，必须翻译一下，使它不容易一目了然才好。这时就用得着《尔雅》，《文选》[④]了，其实是只要不给别人知道，查查《康熙字典》[⑤]也不妨的。动手来改，成为“始皇始焚书”，就有些“古”起来，到得改成“政俶燔典”，那就简直有了班马[⑥]气，虽然跟着也令人不大看得懂。但是这样的做成一篇以至一部，是可以被称为“学者”的，我想了半天，只做得一句，所以只配在杂志上投稿。

我们的古之文学大师，就常常玩着这一手。班固先生的“紫色鼃声，余分闰位”[⑦]，就将四句长句，缩成八字的；扬雄先生的“蠢迪检柙”[⑧]，就将“动由规矩”这四个平常字，翻成难字的。《绿野仙踪》记塾师咏“花”[⑨]，有句云：“媳钗俏矣儿书废，哥罐闻焉嫂棒伤。”自说意思，是儿妇折花为钗，虽然俏丽，但恐儿子因而废读；下联较费解，是他的哥哥折了花来，没有花瓶，就插在瓦罐里，以嗅花香，他嫂嫂为防微杜渐起见，竟用棒子连花和罐一起打坏了。这算是对于冬烘先生的嘲笑。然而他的作法，其实是和扬班并无不合的，错只在他不用古典而用新典。这一个所谓“错”，就使《文选》之类在遗老遗少们的心眼里保住了威灵。

做得蒙胧，这便是所谓“好”么？答曰：也不尽然，其实是不过掩了丑。但是，“知耻近乎勇”[⑩]，掩了丑，也就仿佛近乎好了。摩登女郎披下头发，中年妇人罩上面纱，就都是蒙胧术。人类学家解释衣服的起源有三说：一说是因为男女知道了性的羞耻心，用这来遮羞；一说却以为倒是用这来刺激；还有一种是说因为老弱男女，身体衰瘦，露着不好看，盖上一些东西，借此掩掩丑的。从修辞学的立场上看起来，我赞成后一说。现在还常有骈四俪六，典丽堂皇的祭文，挽联，宣言，通电，我们倘去查字典，翻类书，剥去它外面的装饰，翻成白话文，试看那剩下的是怎样的东西呵！？

不懂当然也好的。好在那里呢？即好在“不懂”中。但所虑的是好到令人不能说好丑，所以还不如做得它“难懂”：有一点懂，而下一番苦功之后，所懂的也比较的多起来。我们是向来很有崇拜“难”的脾气的，每餐吃三碗饭，谁也不以为奇，有人每餐要吃十八碗，就郑重其事的写在笔记上；用手穿针没有人看，用脚穿针就可以搭帐篷卖钱；一幅画片，平淡无奇，装在匣子里，挖一个洞，化为西洋镜，人们就张着嘴热心的要看了。况且同是一事，费了苦功而达到的，也比并不费力而达到的可贵。譬如到什么庙里去烧香罢，到山上的，比到平地上的可贵；三步一拜才到庙里的庙，和坐了轿子一径抬到的庙，即使同是这庙，在到达者的心里的可贵的程度是大有高下的。作文之贵乎难懂，就是要使读者三步一拜，这才能够达到一点目的的妙法。

写到这里，成了所讲的不但只是做古文的秘诀，而且是做骗人的古文的秘诀了。但我想，做白话文也没有什么大两样，因为它也可以夹些僻字，加上蒙胧或难懂，来施展那变戏法的障眼的手巾的。倘要反一调，就是“白描”。

“白描”却并没有秘诀。如果要说有，也不过是和障眼法反一调：有真意，去粉饰，少做作，勿卖弄而已。

十一月十日

---

① 本篇最初发表于一九三三年十二月十五日《申报月刊》第二卷第十二号，署名洛文。

② 逢蒙杀羿　见《孟子·离娄》：“逢蒙学射于羿，尽羿之道；思天下惟羿为愈己，于是杀羿。”按逢蒙亦作逄蒙。

③ 指一九三〇年写的《做古文和做好人的秘诀》，后收入《二心集》。

④《尔雅》　我国最早解释词义的书，大概成书于春秋至西汉初年，今本十九篇。《文选》，南朝梁昭明太子萧统编选的从先秦到齐、梁的各体文章的总集，共六十卷。

⑤《康熙字典》　清代康熙年间张玉书等奉旨编撰，共四十二卷，收四万七千余字，一七一六年（康熙五十五年）开始印行。

⑥ 班马　指班固、司马迁。他们都是汉代史学家、文学家。

⑦“紫色鼃声，余分闰位”　语见《汉书·王莽传》，指王莽“篡位”这件事。据唐代颜师古注：“应劭曰：紫，间色；鼃，邪音也。服虔曰：言莽不得正王之命，如岁月之余分为闰也。”

⑧ 扬雄（公元前53—18）　一作杨雄，字子云，成都（今属四川）人，西汉文学家、语言文字学家。他的著作，明人辑有《杨子云集》五卷。“蠢迪检柙”，语见《法言·序》。据东晋李轨注：“蠢，动也；迪，道也；捡押，犹隐括也。言君子举动，则当蹈规矩。”按捡押，当作检柙。

⑨《绿野仙踪》　长篇小说，清代李百川著。这里所说塾师咏“花”的故事，见于该书第六回《评诗赋大失腐儒心》。

⑩“知耻近乎勇”　语见《礼记·中庸》。

捣鬼心传[①]

中国人又很有些喜欢奇形怪状，鬼鬼祟祟的脾气，爱看古树发光比大麦开花的多，其实大麦开花他向来也没有看见过。于是怪胎畸形，就成为报章的好资料，替代了生物学的常识的位置了。最近在广告上所见的，有像所谓两头蛇似的两头四手的胎儿，还有从小肚上生出一只脚来的三脚汉子。固然，人有怪胎，也有畸形，然而造化的本领是有限的，他无论怎么怪，怎么畸，总有一个限制：孪儿可以连背，连腹，连臀，连胁，或竟骈头，却不会将头生在屁股上；形可以骈拇，枝指，缺肢，多乳，却不会两脚之外添出一只脚来，好像“买两送一”的买卖。天实在不及人之能捣鬼。

但是，人的捣鬼，虽胜于天，而实际上本领也有限。因为捣鬼精义，在切忌发挥，亦即必须含蓄。盖一加发挥，能使所捣之鬼分明，同时也生限制，故不如含蓄之深远，而影响却又因而模胡了。“有一利必有一弊”，我之所谓“有限”者以此。

清朝人的笔记里，常说罗两峰的《鬼趣图》[②]，真写得鬼气拂拂；后来那图由文明书局印出来了，却不过一个奇瘦，一个矮胖，一个臃肿的模样，并不见得怎样的出奇，还不如只看笔记有趣。小说上的描摹鬼相，虽然竭力，也都不足以惊人，我觉得最可怕的还是晋人所记的脸无五官，浑沦如鸡蛋的山中厉鬼[③]。因为五官不过是五官，纵使苦心经营，要它凶恶，总也逃不出五官的范围，现在使它浑沦得莫名其妙，读者也就怕得莫名其妙了。然而其“弊”也，是印象的模胡。不过较之写些“青面獠牙”，“口鼻流血”的笨伯，自然聪明得远。

中华民国人的宣布罪状大抵是十条，然而结果大抵是无效。古来尽多坏人，十条不过如此，想引人的注意以至活动是决不会的。骆宾王作

《讨武曌檄》，那“入宫见嫉，蛾眉不肯让人，掩袖工谗，狐媚偏能惑主”这几句，恐怕是很费点心机的了，但相传武后看到这里，不过微微一笑[4]。是的，如此而已，又怎么样呢？声罪致讨的明文，那力量往往远不如交头接耳的密语，因为一是分明，一是莫测的。我想假使当时骆宾王站在大众之前，只是攒眉摇头，连称“坏极坏极”，却不说出其所谓坏的实例，恐怕那效力会在文章之上的罢。“狂飙文豪”高长虹攻击我时，说道劣迹多端，倘一发表，便即身败名裂[5]，而终于并不发表，是深得捣鬼正脉的；但也竟无大效者，则与广泛俱来的“模胡”之弊为之也。

明白了这两例，便知道治国平天下之法，在告诉大家以有法，而不可明白切实的说出何法来。因为一说出，即有言，一有言，便可与行相对照，所以不如示之以不测。不测的威棱使人萎伤，不测的妙法使人希望——饥荒时生病，打仗时做诗，虽若与治国平天下不相干，但在莫明其妙中，却能令人疑为跟着自有治国平天下的妙法在——然而其“弊”也，却还是照例的也能在模胡中疑心到所谓妙法，其实不过是毫无方法而已。

捣鬼有术，也有效，然而有限，所以以此成大事者，古来无有。

十一月二十二日

---

① 本篇最初发表于一九三四年一月十五日《申报月刊》第三卷第一号，署名罗怃。心传，佛教禅宗用语，指不立文字，不依经卷，只凭师徒心心相印来传法授受。

② 罗两峰（1733—1799）　名聘，字夫，江苏甘泉（今江都）人，清代画家。《鬼趣图》，是一幅讽刺世态的画，当时不少文人曾为它题咏。

③ 这里所说的山中厉鬼，见南朝宋人郭季产的《集异记》：“中山刘玄，居越城。日暮，忽见一人著乌袴褶来，取火照之，面首无七孔，面莽傥然。”（据鲁迅《古小说钩沉》）

④ 骆宾王（约640—？）　义乌（今属浙江）人，唐代诗人。曾随徐敬业反对武则天，著有《代徐敬业讨武曌檄》。据《新唐书·骆宾王传》，他“为敬业传檄天下，斥武后罪。后读，但嘻笑”。

⑤ 高长虹在《狂飙》第十七期（一九二七年一月）发表的《我走出了化石的世界》中说：“若夫其他琐事，如狂飙社以直报怨，则鲁迅不特身心交病，且将身败名裂矣！我们是青年，我们有的是同情，所以我们决不为已甚。”

北人与南人[1]

这是看了“京派”与“海派”的议论之后，牵连想到的——

北人的卑视南人，已经是一种传统。这也并非因为风俗习惯的不同，我想，那大原因，是在历来的侵入者多从北方来，先征服中国之北部，又携了北人南征，所以南人在北人的眼中，也是被征服者。

二陆[2]入晋，北方人士在欢欣之中，分明带着轻薄，举证太烦，姑且不谈罢。容易看的是，羊衒之[3]的《洛阳伽蓝记》中，就常诋南人，并不视为同类。至于元，则人民截然分为四等[4]，一蒙古人，二色目人，三汉人即北人，第四等才是南人，因为他是最后投降的一伙。最后投降，从这边说，是矢尽援绝，这才罢战的南方之强[5]，从那边说，却是不识顺逆，久梗王师的贼。孑遗[6]自然还是投降的，然而为奴隶的资格因此就最浅，因为浅，所以班次就最下，谁都不妨加以卑视了。到清朝，又重理了这一篇账，至今还流衍着余波；如果此后的历史是不再回旋的，那真不独是南人的如天之福。

当然，南人是有缺点的。权贵南迁[7]，就带了腐败颓废的风气来，北方倒反而干净。性情也不同，有缺点，也有特长，正如北人的兼具二者一样。据我所见，北人的优点是厚重，南人的优点是机灵。但厚重之弊也愚，机机灵之弊也狡，所以某先生曾经指出缺点道北方人是“饱食终日，无所用心”；南方人是“群居终日，言不及义”。就有闲阶级而言，我以为大体是的确的。

缺点可以改正，优点可以相师。相书上有一条说，北人南相，南人北相者贵。我看这并不是妄语。北人南相者，是厚重而又机灵，南人北相者，不消说是机灵而又能厚重。昔人之所谓“贵”，不过是当时的成功，在现在，那就是做成有益的事业了。这是中国人的一种小小的自新之路。

不过做文章的是南人多，北方却受了影响。北京的报纸上，油嘴滑舌，吞吞吐吐，顾影自怜的文字不是比六七年前多了吗？这倘和北方固有的"贫嘴"一结婚，产生出来的一定是一种不祥的新劣种！

一月三十日

---

① 本篇最初发表于一九三四年二月四日《申报·自由谈》。

② 二陆　指陆机、陆云兄弟。陆机（261—303），字士衡；陆云（262—303），字士龙，吴郡华亭（今上海市松江）人。二人都是西晋文学家。祖父陆逊、父亲陆抗皆三国时吴国名将。晋灭吴后，机、云兄弟同至晋都洛阳，往见西晋大臣张华，《世说新语》南朝梁刘峻注引《晋阳秋》说："司空张华见而说之，曰：'平吴之利，在获二俊。'"又《世说新语·方正》载二陆入晋后，"卢志（按为北方士族）于众坐，问陆士衡：'陆逊陆抗，是君何物？'"《世说新语·简傲》载二陆拜访刘道真的情形说："礼毕，初无他言，唯问：'东吴有长柄壶卢，卿得种来不？'陆兄弟殊失望，乃悔往。"

③ 羊衒之　羊一作杨。北魏北平（今河北满城）人。《洛阳伽蓝记》，五卷，作于东魏武定五年（547），其中时有轻视南人的话，如卷二记中原氏族杨元慎故意说能治陈庆之（南朝梁将领，当时在洛阳）的病时的情景："元慎即含水噀庆之曰：'吴人之鬼，住居建康，小作冠帽，短制衣裳。自呼阿侬，语则阿傍。菰稗为饭，茗饮作浆。呷啜蓴羹，唼嗍蟹黄。手把豆蔻，口嚼槟榔……'庆之伏枕曰：'杨君见辱深矣！'自此后，吴儿更不敢解语。"又卷三记南齐秘书丞王肃投奔北魏后的情形说："（王肃）不食羊肉及酪浆等物，常饭鲫鱼羹，渴饮茗汁。京师士子道肃一饮一斗，号为漏　。……时给事中刘缟慕肃之风，专习茗饮。彭城王谓缟曰：'卿不慕王侯八珍，好苍头水厄。海上有逐臭之夫，里内有学颦之妇，以卿言之，即是也。'其彭城王家有吴奴，以此言戏之。自是朝贵宴会虽设茗饮，皆耻不复食，惟江表残民远来降者好之。"

④ 元代把所统治的人民划分为四等：前三等据元末明初陶宗仪《南村辍耕录·氏族》载为：一、蒙古人。二、色目人，包括钦察、唐兀、回回等族，是蒙古人侵入中原前已征服的西域人。三、汉人，包括契丹、高丽等族及在金人治下北中国的汉族人。又有第四等：南人，据钱大昕《十驾斋养新录》卷九说，"汉人南人之分，以宋金疆域为断，江浙湖广江西三行省为南人，河南省唯江北淮南诸路为南人"。

⑤ 南方之强　语见《中庸》第十章："南方之强也，君子居之。"

⑥ 孑遗　这里指前朝的遗民。语出《诗经·大雅·云汉》："周余黎民，靡有孑遗。"

⑦ 权贵南迁　指汉族统治者不能抵御北方少数民族奴隶主的入侵，把政权转移到南方。如东晋为北方匈奴所迫，迁都建康（今南京）；南宋为北方金人所迫，迁都临安（今杭州）。他们南迁后，仍过着荒淫糜烂的生活。

⑧ 某先生　指明末清初的学者顾炎武。他在《日知录》卷十三《南北学者之病》中说："'饱食终日，无所用心，难矣哉'（按原语见《论语·阳货》），今日北方之学者是也。'群居终日，言不及义，好行小慧，难矣哉'（按原语见《论语·卫灵公》），今日南方之学者是也。"

拿来主义[1]

中国一向是所谓"闭关主义",自己不去,别人也不许来。自从给枪炮打破了大门之后,又碰了一串钉子,到现在,成了什么都是"送去主义"了。别的且不说罢,单是学艺上的东西,近来就先送一批古董到巴黎去展览,但终"不知后事如何";还有几位"大师"们捧着几张古画和新画,在欧洲各国一路的挂过去,叫作"发扬国光"[2]。听说不远还要送梅兰芳博士到苏联去,以催进"象征主义"[3],此后是顺便到欧洲传道。我在这里不想讨论梅博士演艺和象征主义的关系,总之,活人替代了古董,我敢说,也可以算得显出一点进步了。

但我们没有人根据了"礼尚往来"的仪节,说道:拿来!

当然,能够只是送出去,也不算坏事情,一者见得丰富,二者见得大度。尼采[4]就自诩过他是太阳,光热无穷,只是给与,不想取得。然而尼采究竟不是太阳,他发了疯。中国也不是,虽然有人说,掘起地下的煤来,就足够全世界几百年之用。但是,几百年之后呢?几百年之后,我们当然是化为魂灵,或上天堂,或落了地狱,但我们的子孙是在的,所以还应该给他们留下一点礼品。要不然,则当佳节大典之际,他们拿不出东西来,只好磕头贺喜,讨一点残羹冷炙做奖赏。

这种奖赏,不要误解为"抛来"的东西,这是"抛给"的,说得冠冕些,可以称之为"送来",我在这里不想举出实例[5]。

我在这里也并不想对于"送去"再说什么,否则太不"摩登"了。我只想鼓吹我们再吝啬一点,"送去"之外,还得"拿来",是为"拿来主义"。

但我们被"送来"的东西吓怕了。先有英国的鸦片,德国的废枪炮,后有法国的香粉,美国的电影,日本的印着"完全国货"的各种小东西。于是连清醒的青年们，也对于洋货发生了恐怖。其实，这正是因为那是“送来”的，而不是“拿来”的缘故。

所以我们要运用脑髓，放出眼光，自己来拿！

譬如罢，我们之中的一个穷青年，因为祖上的阴功（姑且让我这么说说罢），得了一所大宅子，且不问他是骗来的，抢来的，或合法继承的，或是做了女婿换来的。那么，怎么办呢？我想，首先是不管三七二十一，“拿来”！但是，如果反对这宅子的旧主人，怕给他的东西染污了，徘徊不敢走进门，是孱头；勃然大怒，放一把火烧光，算是保存自己的清白，则是昏蛋。不过因为原是羡慕这宅子的旧主人的，而这回接受一切，欣欣然的蹩进卧室，大吸剩下的鸦片，那当然更是废物。“拿来主义”者是全不这样的。

他占有，挑选。看见鱼翅，并不就抛在路上以显其“平民化”，只要有养料，也和朋友们像萝卜白菜一样的吃掉，只不用它来宴大宾；看见鸦片，也不当众摔在茅厕里，以见其彻底革命，只送到药房里去，以供治病之用，却不弄“出售存膏，售完即止”的玄虚。只有烟枪和烟灯，虽然形式和印度，波斯，阿剌伯的烟具都不同，确可以算是一种国粹，倘使背着周游世界，一定会有人看，但我想，除了送一点进博物馆之外，其余的是大可以毁掉的了。还有一群姨太太，也大以请她们各自走散为是，要不然，“拿来主义”怕未免有些危机。

总之，我们要拿来。我们要或使用，或存放，或毁灭。那么，主人是新主人，宅子也就会成为新宅子。然而首先要这人沉着，勇猛，有辨别，不自私。没有拿来的，人不能自成为新人，没有拿来的，文艺不能自成为新文艺。

六月四日

---

① 本篇最初发表于一九三四年六月七日《中华日报·动向》，署名霍冲。

② “发扬国光”　一九三二年至一九三四年间，美术家徐悲鸿、刘海粟曾分别去欧洲一些国家举办中国美术展览或个人美术作品展览。“发扬国光”是一九三四年五月二十八日《大晚报》报道这些消息时的用语。

③ “象征主义”　一九三四年五月二十八日《大晚报》报道：“苏俄艺术界向分写实与象征两派，现写实主义已渐没落，而象征主义则经朝野一致提倡，引成欣欣向荣之概。自彼邦艺术家见我国之书画作品深合象征派后，即忆及中国戏剧亦必采取象征主义。因拟……邀中国戏曲名家梅兰芳等前往奏艺。”鲁迅曾在《花边文学·谁在没落》一文中批评《大晚报》的这种歪曲报道。

④ 尼采(F. Nietzsche,1844—1900) 德国哲学家,唯意志论和“超人”哲学的鼓吹者。这里所述尼采的话,见于他的《札拉图斯特拉如是说·序言》。

⑤ 一九三三年六月四日,国民党政府和美国在华盛顿签订五千万美元的“棉麦借款”,购买美国的小麦、面粉和棉花。这里指的可能是这一类事。

说“面子”①

“面子”，是我们在谈话里常常听到的，因为好像一听就懂，所以细想的人大约不很多。

但近来从外国人的嘴里，有时也听到这两个音，他们似乎在研究。他们以为这一件事情，很不容易懂，然而是中国精神的纲领，只要抓住这个，就像二十四年前的拔住了辫子一样，全身都跟着走动了。相传前清时候，洋人到总理衙门去要求利益，一通威吓，吓得大官们满口答应，但临走时，却被从边门送出去。不给他走正门，就是他没有面子；他既然没有了面子，自然就是中国有了面子，也就是占了上风了。这是不是事实，我断不定，但这故事，“中外人士”中是颇有些人知道的。

因此，我颇疑心他们想专将“面子”给我们。

但“面子”究竟是怎么一回事呢？不想还好，一想可就觉得胡涂。它像是很有好几种的，每一种身份，就有一种“面子”，也就是所谓“脸”。这“脸”有一条界线，如果落到这线的下面去了，即失了面子，也叫作“丢脸”。不怕“丢脸”，便是“不要脸”。但倘使做了超出这线以上的事，就“有面子”，或曰“露脸”。而“丢脸”之道，则因人而不同，例如车夫坐在路边赤膊捉虱子，并不算什么，富家姑爷坐在路边赤膊捉虱子，才成为“丢脸”。但车夫也并非没有“脸”，不过这时不算“丢”，要给老婆踢了一脚，就躺倒哭起来，这才成为他的“丢脸”。这一条“丢脸”律，是也适用于上等人的。这样看来，“丢脸”的机会，似乎上等人比较的多，但也不一定，例如车夫偷一个钱袋，被人发见，是失了面子的，而上等人大捞一批金珠珍玩，却仿佛也不见得怎样“丢脸”，况且还有“出洋考察”②，是改头换面的良方。

谁都要“面子”，当然也可以说是好事情，但“面子”这东西，却实在有些怪。九月三十日的《申报》就告诉我们一条新闻：沪西有业木匠大包作头之罗立鸿，为其母出殡，邀开“贳器店之王树宝夫妇帮忙，因来宾众多，所备白衣，不敷分配，其时适有名王道才，绰号三喜子，亦到来送殡，争穿白衣不遂，以为有失体面，心中怀恨，……邀集徒党数十人，各执铁棍，据说尚有持手枪者多人，将王树宝家人乱打，一时双方有剧烈之战争，头破血流，多人受有重伤。……”白衣是亲族有服者所穿的，现在必须“争穿”而又“不遂”，足见并非亲族，但竟以为“有失体面”，演成这样的大战了。这时候，好像只要和普通有些不同便是“有面子”，而自己成了什么，却可以完全不管。这类脾气，是“绅商”也不免发露的：袁世凯[3]将要称帝的时候，有人以列名于劝进表中为“有面子”；有一国从青岛撤兵[4]的时候，有人以列名于万民伞上为“有面子”。

所以，要“面子”也可以说并不一定是好事情——但我并非说，人应该“不要脸”。现在说话难，如果主张“非孝”，就有人会说你在煽动打父母，主张男女平等，就有人会说你在提倡乱交——这声明是万不可少的。

况且，“要面子”和“不要脸”实在也可以有很难分辨的时候。不是有一个笑话么？一个绅士有钱有势，我假定他叫四大人罢，人们都以能够和他攀谈为荣。有一个专爱夸耀的小瘪三，一天高兴的告诉别人道：“四大人和我讲过话了！”人问他“说什么呢？”答道：“我站在他门口，四大人出来了，对我说：滚开去！”当然，这是笑话，是形容这人的“不要脸”，但在他本人，是以为“有面子”的，如此的人一多，也就真成为“有面子”了。别的许多人，不是四大人连“滚开去”也不对他说么？

在上海，“吃外国火腿”[5]虽然还不是“有面子”，却也不算怎么“丢脸”了，然而比起被一个本国的下等人所踢来，又仿佛近于“有面子”。

中国人要“面子”，是好的，可惜的是这“面子”是“圆机活法”[6]，善于变化，于是就和“不要脸”混起来了。长谷川如是闲说“盗泉”[7]云：“古之君子，恶其名而不饮，今之君子，改其名而饮之。”也说穿了“今之君子”的“面子”的秘密。

十月四日

---

① 本篇最初发表于一九三四年十月上海《漫画生活》月刊第二期。

② “出洋考察” 旧时的军阀、政客在失势或失意时，常以“出洋考察”作为暂时隐退、伺

机再起的手段。其中也有并不真正“出洋”，只用这句话来保全面子的。

③ 袁世凯（1859—1916） 字慰亭，河南项城人。原是清朝直隶总督兼北洋大臣、内阁总理大臣。辛亥革命后，窃取中华民国大总统职位。一九一六年一月复辟帝制，自称“洪宪皇帝”，同年三月，在全国人民声讨中被迫取消帝制，六月病死。

④ 有一国从青岛撤兵 指一九二二年十二月日本撤走侵占青岛的军队。

⑤“吃外国火腿” 旧时上海俗语，意指被外国人所踢。

⑥“圆机活法” 随机应变的方法。“圆机”，语见《庄子·盗跖》：“若是若非，执而圆机。”据唐代成玄英注：“圆机，犹环中也；执环中之道，以应是非。”

⑦ 长谷川如是闲（1875—1969） 日本评论家。著有《现代社会批判》、《日本的性格》等。不饮盗泉，原是中国的故事，见《尸子》（清代章宗源辑本）卷下：“孔子……过于盗泉，渴矣而不饮，恶其名也。”据《水经注》：盗泉出卞城（今山东泗水县东）东北卞山之阴。

骂杀与捧杀[①]

现在有些不满于文学批评的，总说近几年的所谓批评，不外乎捧与骂。

其实所谓捧与骂者，不过是将称赞与攻击，换了两个不好看的字眼。指英雄为英雄，说娼妇是娼妇，表面上虽像捧与骂，实则说得刚刚合式，不能责备批评家的。批评家的错处，是在乱骂与乱捧，例如说英雄是娼妇，举娼妇为英雄。

批评的失了威力，由于“乱”，甚而至于“乱”到和事实相反，这底细一被大家看出，那效果有时也就相反了。所以现在被骂杀的少，被捧杀的却多。

人古而事近的，就是袁中郎。这一班明末的作家，在文学史上，是自有他们的价值和地位的。而不幸被一群学者们捧了出来，颂扬，标点，印刷，“色借，日月借，烛借，青黄借，眼色无常。声借，钟鼓借，枯竹窍借……”[②]借得他一榻胡涂，正如在中郎脸上，画上花脸，却指给大家看，啧啧赞叹道：“看哪，这多么‘性灵’呀！”对于中郎的本质，自然是并无关系的，但在未经别人将花脸洗清之前，这“中郎”总不免招人好笑，大触其霉头。

人近而事古的，我记起了泰戈尔[③]。他到中国来了，开坛讲演，人给他摆出一张琴，烧上一炉香，左有林长民[④]，右有徐志摩[⑤]，各各头戴印度帽。徐诗人开始绍介了：“唵！叽哩咕噜，白云清风，银磬……当！”说得他好像活神仙一样，于是我们的地上的青年们失望，离开了。神仙和凡人，怎能不离开呢？但我今年看见他论苏联的文章，自己声明道：“我是一个英国治下的印度人。”他自己知道得明明白白。大约他到中国来的时候，决不至于还胡涂，如果我们的诗人诸公不将他制成一个活神仙，青年们对于他是不至于如此隔膜的。现在可是老大的晦气。

以学者或诗人的招牌,来批评或介绍一个作者,开初是很能够蒙混旁人的,但待到旁人看清了这作者的真相的时候,却只剩了他自己的不诚恳,或学识的不够了。然而如果没有旁人来指明真相呢,这作家就从此被捧杀,不知道要多少年后才翻身。

十一月十九日

---

① 本篇最初发表于一九三四年十一月二十三日《中华日报·动向》。

② 当时刘大杰标点、林语堂校阅的《袁中郎全集》断句错误甚多。这里的引文是该书《广庄·齐物论》中的一段;标点应为:"色借日月,借烛,借青黄,借眼;色无常。声借钟鼓,借枯竹窍,借……"曹聚仁曾在一九三四年十一月十三日《中华日报·动向》上发表《标点三不朽》一文,指出刘大杰标点本的这个错误。

③ 泰戈尔(R. Tagore,1861—1941) 印度诗人。著有《新月集》、《园丁集》、《飞鸟集》等。一九二四年到中国旅行。一九三〇年访问苏联,作有《俄罗斯书简》(一九三一年出版),其中说过自己是"英国的臣民"的话。

④ 林长民(1876—1925) 福建闽侯人,政客。

⑤ 徐志摩(1897—1931) 浙江海宁人,诗人,新月社主要成员。著有《志摩的诗》、《猛虎集》等。泰戈尔来华时他担任翻译。

中国人失掉自信力了吗[1]

从公开的文字上看起来：两年以前，我们总自夸着“地大物博”，是事实；不久就不再自夸了，只希望着国联[2]，也是事实；现在是既不夸自己，也不信国联，改为一味求神拜佛[3]，怀古伤今了——却也是事实。

于是有人慨叹曰：中国人失掉自信力了[4]。

如果单据这一点现象而论，自信其实是早就失掉了的。先前信“地”，信“物”，后来信“国联”，都没有相信过“自己”。假使这也算一种“信”，那也只能说中国人曾经有过“他信力”，自从对国联失望之后，便把这他信力都失掉了。

失掉了他信力，就会疑，一个转身，也许能够只相信了自己，倒是一条新生路，但不幸的是逐渐玄虚起来了。信“地”和“物”，还是切实的东西，国联就渺茫，不过这还可以令人不久就省悟到依赖它的不可靠。一到求神拜佛，可就玄虚之至了，有益或是有害，一时就找不出分明的结果来，它可以令人更长久的麻醉着自己。

中国人现在是在发展着“自欺力”。

“自欺”也并非现在的新东西，现在只不过日见其明显，笼罩了一切罢了。然而，在这笼罩之下，我们有并不失掉自信力的中国人在。

我们从古以来，就有埋头苦干的人，有拼命硬干的人，有为民请命的人，有舍身求法的人，……虽是等于为帝王将相作家谱的所谓“正史”[5]，也往往掩不住他们的光耀，这就是中国的脊梁。

这一类的人们，就是现在也何尝少呢？他们有确信，不自欺；他们在前仆后继的战斗，不过一面总在被摧残，被抹杀，消灭于黑暗中，不能为大家所知道罢了。说中国人失掉了自信力，用以指一部分人则可，倘若加于全体，那简直是诬蔑。

要论中国人，必须不被搽在表面的自欺欺人的脂粉所诓骗，却看看他的筋骨和脊梁。自信力的有无，状元宰相的文章是不足为据的，要自己去看地底下。

九月二十五日

---

① 本篇最初发表于一九三四年十月二十日《太白》半月刊第一卷第三期，署名公汗。

② 国联 "国际联盟"的简称，第一次世界大战后于一九二〇年成立的国际政府间组织。它标榜以"促进国际合作，维持国际和平与安全"为宗旨，实际上是英法等帝国主义国家控制并为其侵略政策服务的工具。一九四六年四月正式宣告解散。九一八事变后，蒋介石即在南京发表讲话，声称"暂取逆来顺受态度，以待国联公理之判决"。国民党政府也多次向国联申诉，要求制止日本帝国主义的侵略，但国联采取了袒护日本的立场。它派出的调查团到我国东北调查后，在发表的《国联调查团报告书》中，竟认为日本在中国的东北有特殊地位，说它对中国的侵略是"正当而合法"的。

③ 求神拜佛 当时一些国民党官僚和"社会名流"，以祈祷"解救国难"为名，多次在一些大城市举办"时轮金刚法会""仁王护国法会"。

④ 中国人失掉自信力了 当时舆论界曾有过这类论调，如一九三四年八月二十七日《大公报》社评《孔子诞辰纪念》中说："民族的自尊心与自信力，既已荡焉无存，不待外侮之来，国家固早已濒于精神幻灭之域。"

⑤ "正史" 清高宗（乾隆）诏定从《史记》到《明史》共二十四部纪传体史书为正史，即二十四史。梁启超在《中国史界革命案》中说："二十四史非史也，二十四姓之家谱而已。"

野草

野 草

他在完成一次内心突围，将自我的生命体验融入对现实的思考。他在做一次自我的解剖，每一篇都是最真实的心灵档案。愈孤独愈坚毅，愈悲愤愈执著，走进他内心的方式只有一种，因为他说:“我的哲学都在《野草》里。

——编者

求乞者[1]

我顺着剥落的高墙走路，踏着松的灰土。另外有几个人，各自走路。微风起来，露在墙头的高树的枝条带着还未干枯的叶子在我头上摇动。

微风起来，四面都是灰土。

一个孩子向我求乞，也穿着夹衣，也不见得悲戚，而拦着磕头，追着哀呼。

我厌恶他的声调，态度。我憎恶他并不悲哀，近于儿戏；我烦厌他这追着哀呼。

我走路。另外有几个人各自走路。微风起来，四面都是灰土。

一个孩子向我求乞，也穿着夹衣，也不见得悲戚，但是哑的，摊开手，装着手势。

我就憎恶他这手势。而且，他或者并不哑，这不过是一种求乞的法子。

我不布施，我无布施心，我但居布施者之上，给与烦腻，疑心，憎恶。

我顺着倒败的泥墙走路，断砖叠在墙缺口，墙里面没有什么。微风起来，送秋寒穿透我的夹衣；四面都是灰土。

我想着我将用什么方法求乞：发声，用怎样声调？装哑，用怎样手势？……

另外有几个人各自走路。

我将得不到布施，得不到布施心；我将得到自居于布施之上者的烦腻，疑心，憎恶。

我将用无所为和沉默求乞……我至少将得到虚无。

微风起来，四面都是灰土。另外有几个人各自走路。

灰土，灰土，……

………………

灰土……

一九二四年九月二十四日

① 本篇最初发表于一九二四年十二月八日《语丝》周刊第四期。

我的失恋[1]

——拟古的新打油诗[2]

我的所爱在山腰；
想去寻她山太高，
低头无法泪沾袍。
爱人赠我百蝶巾；
回她什么：猫头鹰。
从此翻脸不理我，
不知何故兮使我心惊。

我的所爱在闹市；
想去寻她人拥挤，
仰头无法泪沾耳。
爱人赠我双燕图；
回她什么：冰糖葫芦[3]。
从此翻脸不理我，
不知何故兮使我糊涂。

我的所爱在河滨；
想去寻她河水深，
歪头无法泪沾襟。
爱人赠我金表索；
回她什么：发汗药。
从此翻脸不理我，

不知何故兮使我神经衰弱。

我的所爱在豪家；
想去寻她兮没有汽车，
摇头无法泪如麻。
爱人赠我玫瑰花；
回她什么：赤练蛇[4]。
从此翻脸不理我。
不知何故兮——由她去吧。

一九二四年十月三日

---

① 本篇最初发表于一九二四年十二月八日《语丝》周刊第四期。
作者在《<野草>英文译本序》中说："因为讽刺当时盛行的失恋诗，作《我的失恋》"在《三闲集.我和<语丝>的始终》一文中谈到本篇时说："不过是三段打油诗，题作《我的失恋》，是看见当时'阿呀阿唷，我要死了'之类的失恋诗盛行，故意做一首用'由她去吧'收场的东西，开开玩笑的。这诗后来又添了一段，登在《语丝》上"。

② 拟古的新打油诗　拟古，这里是模拟东汉文学家、天文学家张衡的《四愁诗》的格式。《四愁诗》共四首，每首都以"我所思兮在--开始，而以"何为怀忧心--"作结，故称"四愁"。最早见于南朝梁昭明太子萧统所编的《文选》第二十九卷。打油诗，传说唐代人张打油所作的诗常用俚语，且故作诙谐，有时暗含嘲讽，被称为打油诗。

③ 冰糖壶卢　用山楂等果品蘸以糖汁制成的一种食品。据清末富察敦崇编著的《燕京岁时记》载："冰糖壶卢，乃用竹签贯以葡萄、山药豆、海棠果、山里红等物，蘸以冰糖，甜脆而凉。"

④ 赤练蛇　一作赤链蛇；生活于山林或草泽地区。头黑色，鳞片边缘暗红色；体背黑褐色，有红色窄横纹。无毒。

复　仇[1]

人的皮肤之厚，大概不到半分，鲜红的热血，就循着那后面，在比密密层层地爬在墙壁上的槐蚕[2]更其密的血管里奔流，散出温热。于是各以这温热互相蛊惑，煽动，牵引，拼命地希求偎倚，接吻，拥抱，以得生命的沉酣的大欢喜。

但倘若用一柄尖锐的利刃，只一击，穿透这桃红色的，菲薄的皮肤，将见那鲜红的热血激箭似的以所有温热直接灌溉杀戮者；其次，则给以冰冷的呼吸，示以淡白的嘴唇，使之人性茫然，得到生命的飞扬的极致的大欢喜；而其自身，则永远沉浸于生命的飞扬的极致的大欢喜中。

这样，所以，有他们俩裸着全身，捏着利刃，对立于广漠的旷野之上。

他们俩将要拥抱，将要杀戮……路人们从四面奔来，密密层层地，如槐蚕爬上墙壁，如马蚁要扛鲞头[3]。衣服都漂亮，手倒空的。然而从四面奔来，而且拚命地伸长颈子，要赏鉴这拥抱或杀戮。他们已经豫觉着事后的自己的舌上的汗或血的鲜味。

然而他们俩对立着，在广漠的旷野之上，裸着全身，捏着利刃，然而也不拥抱，也不杀戮，而且也不见有拥抱或杀戮之意。

他们俩这样地至于永久，圆活的身体，已将干枯，然而毫不见有拥抱或杀戮之意。

路人们于是乎无聊；觉得有无聊钻进他们的毛孔，觉得有无聊从他们自己的心中由毛孔钻出，爬满旷野，又钻进别人的毛孔中。他们于是觉得喉舌干燥，脖子也乏了；终至于面面相觑，慢慢走散；甚而至于居然觉得干枯到失了生趣。

于是只剩下广漠的旷野，而他们俩在其间裸着全身，捏着利刃，干枯地立着；以死人似的眼光，赏鉴这路人们的干枯，无血的大戮，而永远沉浸于生命的飞扬的极致的大欢喜中。

一九二四年十二月二十日

---

① 本篇最初发表于一九二四年十二月二十九日《语丝》周刊第七期。
作者在《〈野草〉英文译本序》中说："因为憎恶社会上旁观者之多，作《复仇》第一篇"。又在一九三四年五月十六日致郑振铎信中说："不动笔诚然最好。我在《野草》中，曾记一男一女，持刀对立旷野中，无聊人竞随而往，以为必有事件，慰其无聊，而二人从此毫无动作，以致无聊人仍然无聊，至于老死，题曰《复仇》，亦是此意。但此亦不过愤激之谈，该二人或相爱，或相杀，还是照所欲而行的为是。"

② 槐蚕　一种生长在槐树上的蛾类的幼虫。

③ 鲞头　即鱼头；江浙等地俗称干鱼、腊鱼为鲞。

复　仇(其二)[2]

因为他自以为神之子,以色列的王[2],所以去钉十字架。

兵丁们给他穿上紫袍,戴上荆冠,庆贺他;又拿一根苇子打他的头,吐他,屈膝拜他;戏弄完了,就给他脱了紫袍,仍穿他自己的衣服。[3]

看哪,他们打他的头,吐他,拜他……

他不肯喝那用没药[4]调和的酒,要分明地玩味以色列人怎样对付他们的神之子,而且较永久地悲悯他们的前途,然而仇恨他们的现在。

四面都是敌意,可悲悯的,可咒诅的。

丁丁地响,钉尖从掌心穿透,他们要钉杀他们的神之子了,可悯的人们呵,使他痛得柔 和。丁丁地响,钉尖从脚背穿透,钉碎了一块骨,痛楚也透到心髓中,然而他们自己钉杀着 他们的神之子了,可咒诅的人们呵,这使他痛得舒服。

十字架竖起来了;他悬在虚空中。

他没有喝那用没药调和的酒,要分明地玩味以色列人怎样对付他们的神之子,而且较永 久地悲悯他们的前途,然而仇恨他们的现在。

路人都辱骂他,祭司长和文士也戏弄他,和他同钉的两个强盗也讥诮他。[5]

看哪,和他同钉的……四面都是敌意,可悲悯的,可咒诅的。

他在手足的痛楚中,玩味着可悯的人们的钉杀神之子的悲哀和可咒诅的人们要钉杀神之 子,而神之子就要被钉杀了的欢喜。突然间,碎骨的大痛楚透到心髓了,他即沉酣于大欢喜 和大悲悯中。

他腹部波动了,悲悯和咒诅的痛楚的波。

遍地都黑暗了。

"以罗伊,以罗伊,拉马撒巴各大尼?!"(翻出来,就是:我的上帝,你为甚么离弃 我?!)[6]

上帝离弃了他,他终于还是一个"人之子";然而以色列人连"人之子"都 钉杀了。

钉杀了"人之子"的人们的身上,比钉杀了"神之子"的尤其血污,血腥。

一九二四年十二月二十日

---

① 本篇最初发表于一九二四年十二月二十九日《语丝》周刊第七期。文中关于耶稣被钉十字架的事,是根据《新约全书》中的记载。

② 以色列的王　即犹太人的王。据《新约全书·马可福音》第十五章载:"他们带耶稣到了各各他地方(各各他翻出来,就是髑髅地),……于是将他钉在十字架上,……在上面有他的罪状,写的是犹太人的王。"

③ 关于耶稣被钉十字架的情况,据《马可福音》第十五章载:"将耶稣鞭打了,交给人钉十字架。……他们给他穿上紫袍,又用荆棘编作冠冕给他戴上,就庆贺他说,恭喜犹太人的王阿。又拿一根苇子,打他的头,吐唾沫在他脸上,屈膝拜他。戏弄完了,就给他脱了紫袍,仍穿上他自己的衣服,带他出去,要钉十字架。

④ 没药(myrrh)　药名,一作末药,梵语音译。由没药树树皮中渗出的脂液凝结而成。有镇静、麻醉等作用。《马可福音》第十五章有兵丁拿没药调和的酒给耶稣,耶稣不受的记载。

⑤ 据《马可福音》第十五章载:"他们又把两个强盗,和他同钉十字架,一个在右边,一个在左边。从那里经过的人辱骂他,摇着头说,咳,你这拆毁圣殿,三日又建造起来的,可以救自己从十字架上下来罢。祭司长和文士也是这样戏弄他,彼此说,他救了别人,不能救自己。以色列的王基督,现在可以从十字架上下来,叫我们看见,就信了。那和他同钉的人也是讥诮他。"祭司长,古犹太教管祭祀的人;文士,宣讲古犹太法律,兼记录和保管官方文件的人。他们同属上层统治阶级。

⑥ 关于耶稣临死前的情况,据《马可福音》第十五章载:"从午正到申初遍地都黑暗了。申初的时候,耶稣大声喊着说:'以罗伊,以罗伊,拉马撒巴各大尼?!'翻出来,就是:我的上帝,我的上帝,为什么离弃我?! ……气就断了。"

好的故事[1]

灯火渐渐地缩小了，在预告石油的已经不多；石油又不是老牌，早熏得灯罩很昏暗。鞭爆的繁响在四近，烟草的烟雾在身边：是昏沉的夜。

我闭了眼睛，向后一仰，靠在椅背上；捏着《初学记》[2]的手搁在膝髁上。

我在朦胧中，看见一个好的故事。

这故事很美丽，幽雅，有趣。许多美的人和美的事，错综起来像一天云锦，而且万颗奔星似的飞动着，同时又展开去，以至于无穷。

我仿佛记得曾坐小船经过山阴道[3]，两岸边的乌桕，新禾，野花，鸡，狗，丛树和枯树，茅屋，塔，伽蓝[4]，农夫和村妇，村女，晒着的衣裳，和尚，蓑笠，天，云，竹，……都倒影在澄碧的小河中，随着每一打桨，各各夹带了闪烁的日光，并水里的萍藻游鱼，一同荡漾。诸影诸物，无不解散，而且摇动，扩大，互相融和；刚一融和，却又退缩，复近于原形。边缘都参差如夏云头，镶着日光，发出水银色焰。凡是我所经过的河，都是如此。

现在我所见的故事也如此。水中的青天的底子，一切事物统在上面交错，织成一篇，永是生动，永是展开，我看不见这一篇的结束。

河边枯柳树下的几株瘦削的一丈红[5]，该是村女种的罢。大红花和斑红花，都在水里面浮动，忽而碎散，拉长了，如缕缕的胭脂水，然而没有晕。茅屋，狗，塔，村女，云，……也都浮动着。大红花一朵朵全被拉长了，这时是泼刺奔进的红锦带。带织入狗中，狗织入白云中，白云入织村女中……在一瞬间，他们又将退缩了。但斑红花影也已碎散，伸长，就要织进塔，村女，狗，茅屋，云里去。

现在我所见的故事清楚起来了，美丽，幽雅，有趣，而且分明。青天上面，有无数美的人和美的事，我一一看见，一一知道。

我就要凝视他们……

我正要凝视他们时，骤然一惊，睁开眼，云锦也已皱蹙，凌乱，仿佛有谁掷一块大石下河水中，水波陡然起立，将整篇的影子撕成片片了。我无意识地赶忙捏住几乎坠地的《初学记》，眼前还剩着几点虹霓色的碎影。

我真爱这一篇好的故事，趁碎影还在，我要追回他，完成他，留下他。我抛了书，欠身伸手去取笔，——何尝有一丝碎影，只见昏暗的灯光，我不在小船里了。

但我总记得见过这一篇好的故事，在昏沉的夜……

一九二五年二月二十四日[⑥]

---

① 本篇最初发表于一九二五年二月九日《语丝》周刊第十三期。

②《初学记》 类书名，唐代徐坚等辑，共三十卷。取材于群经、诸子、历代诗赋及唐初诸家作品。

③ 山阴道 指绍兴县城西南一带风景优美的地方。《世说新语.言语》里说："王子敬云：从山阴道上行，山川自相映发，使人应接不暇。"

④ 伽蓝 梵语"僧伽蓝摩"的略称，意思是僧众所住的园林，后泛指寺庙。

⑤ 一丈红 即蜀葵，茎高六七尺，六月开花，形大，有红、紫、白、黄等颜色。

⑥ 文末所注写作日期迟于发表日期，有误：《鲁迅日记》一九二五年一月二十八日记有"作《野草》一篇，"当指本文。

过　客[1]

时：

或一日的黄昏。

地：

或一处。

人：

老翁——约七十岁，白须发，黑长袍。

女孩——约十岁，紫发，乌眼珠，白地黑方格长衫。

过客——约三四十岁，状态困顿倔强，眼光阴沉，黑须，乱发，黑色短衣裤皆破碎，赤足著破鞋，胁下挂一个口袋，支着等身[2]的竹杖。

东，是几株杂树和瓦砾；西，是荒凉破败的丛葬；其间有一条似路非路的痕迹。一间小土屋向这痕迹开着一扇门；门侧有一段枯树根。（女孩正要将坐在树根上的老翁搀起。）

翁——孩子。喂，孩子！怎么不动了呢？

孩——（向东望着，）有谁走来了，看一看罢。

翁——不用看他。扶我进去罢。太阳要下去了。

孩——我，——看一看。

翁——唉，你这孩子！天天看见天，看见土，看见风，还不够好看么？什么也不比这些好看。你偏是要看谁。太阳下去时候出现的东西，不会给你什么好处的。……还是进去罢。

孩——可是，已经近来了。阿阿，是一个乞丐。

翁——乞丐？不见得罢。

（过客从东面的杂树间跄踉走出，暂时踌躇之后，慢慢地走近老翁去。)

客——老丈,你晚上好?

翁——阿,好!托福。你好?

客——老丈,我实在冒昧,我想在你那里讨一杯水喝。我走得渴极了。这地方又没有一个池塘,一个水洼。

翁——唔,可以可以。你请坐罢。(向女孩)孩子,你拿水来,杯子要洗干净。

(女孩默默地走进土屋去。)

翁——客官,你请坐。你是怎么称呼的。

客——称呼?——我不知道。从我还能记得的时候起,我就只一个人。我不知道我本来叫什么。我一路走,有时人们也随便称呼我,各式各样的,我也记不清楚了,况且相同的称呼也没有听到过第二回。

翁——阿阿。那么,你是从那里来的呢?

客——(略略迟疑,)我不知道。从我还能记得的时候起,我就在这么走。

翁——对了。那么,我可以问你到那里去么?

客——自然可以。——但是,我不知道。从我还能记得的时候起,我就在这么走,要走到一个地方去,这地方就在前面。我单记得走了许多路,现在来到这里了。我接着就要走向那边去,(西指,)前面!

(女孩小心地捧出一个木杯来,递去。)

客——(接杯,)多谢,姑娘。(将水两口喝尽,还杯,)多谢,姑娘。这真是少有的好意。我真不知道应该怎样感激!

翁——不要这么感激。这于你是没有好处的。

客——是的,这于我没有好处。可是我现在很恢复了些力气了。我就要前去。老丈,你大约是久住在这里的,你可知道前面是怎么一个所在么?

翁——前面?前面,是坟[③]。

客——(诧异地,)坟?

孩——不,不,不的。那里有许多许多野百合,野蔷薇,我常常去玩,去看他们的。

客——(西顾,仿佛微笑,)不错。那些地方有许多许多野百合,野蔷薇，我也常常去玩过，去看过的。但是，那是坟。（向老翁，）老丈，走完了那坟地之后呢？

翁——走完之后？那我可不知道。我没有走过。

客——不知道？！

孩——我也不知道。

翁——我单知道南边；北边；东边，你的来路。那是我最熟悉的地方，也许倒是于你们最好的地方。你莫怪我多嘴，据我看来，你已经这么劳顿了，还不如回转去，因为你前去也料不定可能走完。

客——料不定可能走完？……（沉思，忽然惊起，）那不行！我只得走。回到那里去，就没一处没有名目，没一处没有地主，没一处没有驱逐和牢笼，没一处没有皮面的笑容，没一处没有眶外的眼泪。我憎恶他们，我不回转去！

翁——那也不然。你也会遇见心底的眼泪，为你的悲哀。

客——不。我不愿看见他们心底的眼泪，不要他们为我的悲哀！

翁——那么，你，（摇头，）你只得走了。

客——是的，我只得走了。况且还有声音常在前面催促我，叫唤我，使我息不下。可恨的是我的脚早经走破了，有许多伤，流了许多血。（举起一足给老人看，）因此，我的血不够了；我要喝些血。但血在那里呢？可是我也不愿意喝无论谁的血。我只得喝些水，来补充我的血。一路上总有水，我倒也并不感到什么不足。只是我的力气太稀薄了，血里面太多了水的缘故罢。今天连一个小水洼也遇不到，也就是少走了路的缘故罢。

翁——那也未必。太阳下去了，我想，还不如休息一会的好罢，像我似的。

客——但是，那前面的声音叫我走。

翁——我知道。

客——你知道？你知道那声音么？

翁——是的。他似乎曾经也叫过我。

客——那也就是现在叫我的声音么？

翁——那我可不知道。他也就是叫过几声，我不理他，他也就不叫了，我也就记不清楚了。

客——唉唉，不理他……（沉思，忽然吃惊，倾听着，）不行！我还是走的好。我息不下。可恨我的脚早经走破了。（准备走路。）

孩——给你！（递给一片布，）裹上你的伤去。

客——多谢，（接取，）姑娘。这真是……这真是极少有的好意。这能使我可以走更多的路。（就断砖坐下，要将布缠在踝上，）但是，不行！（竭力站起，）姑娘，还了你罢，还是裹不下。况且这太多的好意，我没法感激。

翁——你不要这么感激，这于你没有好处。

客——是的，这于我没有什么好处。但在我，这布施是最上的东西了。你看，我全身上可有这样的。

翁——你不要当真就是。

客——是的。但是我不能。我怕我会这样：倘使我得到了谁的布施，我就要像兀鹰看见死尸一样，在四近徘徊，祝愿她的灭亡，给我亲自看见；或者咒诅她以外的一切全都灭亡，连我自己，因为我就应该得到咒诅。[4]但是我还没有这样的力量；即使有这力量，我也不愿意她有这样的境遇，因为她们大概总不愿意有这样的境遇。我想，这最稳当。（向女孩，）姑娘，你这布片太好，可是太小一点了，还了你罢。孩——（惊惧，退后，）我不要了！你带走！

客——（似笑，）哦哦，……因为我拿过了？

孩——（点头，指口袋，）你装在那里，去玩玩。

客——（颓唐地退后，）但这背在身上，怎么走呢？……翁——你息不下，也就背不动。——休息一会，就没有什么了。

客——对咧，休息……（默想，但忽然惊醒，倾听。）不，我不能！我还是走好。

翁——你总不愿意休息么？

客——我愿意休息。

翁——那么，你就休息一会罢。

客——但是，我不能……

翁——你总还是觉得走好么？

客——是的。还是走好。

翁——那么，你也还是走好罢。

客——（将腰一伸，）好，我告别了。我很感谢你们。（向着女孩，）姑娘，这还你，请你收回去。

（女孩惊惧，敛手，要躲进土屋里去。）

翁——你带去罢。要是太重了，可以随时抛在坟地里面的。

孩——（走向前，）阿阿，那不行！

客——阿阿，那不行的。

翁——那么，你挂在野百合野蔷薇上就是了。

孩——（拍手，）哈哈！好！

客——哦哦……

（极暂时中，沉默。）

翁——那么，再见了。祝你平安。（站起，向女孩，）孩子，扶我进去罢。你看，太阳早已下去了。（转身向门。）客——多谢你们。祝你们平安。（徘徊，沉思，忽然吃惊，）然而我不能！我只得走。我还是走好罢……（即刻昂了头，奋然向西走去。）

（女孩扶老人走进土屋，随即阖了门。过客向野地里跄踉地闯进去，夜色跟在他后面。）

一九二五年三月二日

---

① 本篇最初发表于一九二五年三月九日《语丝》周刊第十七期。

② 等身　和身材一样高。

③ 坟　作者在《写在<坟>后面》中说："我只很确切地知道一个终点，就是：坟。然而这是大家都知道的，无须谁指引。问题是在从此到那的道路。那当然不只一条，我可正不知那一条好，虽然至今有时也还在寻求。"

④ 作者在写本篇后不久给许广平的信中说："同我有关的活着，我倒不放心，死了，我就安心，这意思也在《过客》中说过"。（《两地书·二四》）

死　火[1]

我梦见自己在冰山间奔驰。

这是高大的冰山，上接冰天，天上冻云弥漫，片片如鱼鳞模样。山麓有冰树林，枝叶都如松杉。一切冰冷，一切青白。

但我忽然坠在冰谷中。

上下四旁无不冰冷，青白。而一切青白冰上，却有红影无数，纠结如珊瑚网。我俯看脚下，有火焰在。

这是死火。有炎炎的形，但毫不摇动，全体冰结，像珊瑚枝；尖端还有凝固的黑烟，疑这才从火宅[2]中出，所以枯焦。这样，映在冰的四壁，而且互相反映，化为无量数影，使这冰谷，成红珊瑚色。

哈哈！

当我幼小的时候，本就爱看快艇激起的浪花，洪炉喷出的烈焰。不但爱看，还想看清。可惜他们都息息变幻，永无定形。虽然凝视又凝视，总不留下怎样一定的迹象。

死的火焰，现在先得到了你了！

我拾起死火，正要细看，那冷气已使我的指头焦灼；但是，我还熬着，将他塞入衣袋中间，登时完全青白。我一面思索着走出冰谷的法子。

我的身上喷出一缕黑烟，上升如铁线蛇[3]。冰谷四面，又登时满有红焰流动，如大火聚[4]，将我包围。我低头一看，死火已经燃烧，烧穿了我的衣裳，流在冰地上了。

“唉，朋友！你用了你的温热，将我惊醒了。”他说。

我连忙和他招呼，问他名姓。

“我原先被人遗弃在冰谷中，”他答非所问地说，“遗弃我的早已灭亡，消尽了。我也被冰冻得要死。倘使你不给我温热，使我重行烧起，我不久就须灭亡。”

“你的醒来，使我欢喜。我正在想着走出冰谷的方法；我愿意携带你去，使你永不冰结，永得燃烧。”

“唉唉！那么，我将烧完！”

“你的烧完，使我惋惜。我便将你留下，仍在这里罢。”

“唉唉！那么，我将冻灭了！”

“那么，怎么办呢？”

“但你自己，又怎么办呢？”他反而问。

“我说过了：我要出这冰谷……”

“那我就不如烧完！”

他忽而跃起，如红彗星，并我都出冰谷口外。有大石车突然驰来，我终于碾死在车轮底下，但我还来得及看见那车就坠入冰谷中。

“哈哈！你们是再也遇不着死火了！”我得意地笑着说，仿佛就愿意这样似的。

一九二五年四月二十三日

---

① 本篇最初发表于一九二五年五月四日《语丝》周刊第二十五期。

② 火宅　佛家语，《法华经.譬喻品》中说：“三界(按这里指欲界、色界、无色界，泛指世界)无安，犹如火宅，众苦充满，甚可怖畏，常有生老病死忧患，如是等火，炽然不息。”

③ 铁线蛇　又名盲蛇，无毒，状如蚯蚓，是我国最小的一种蛇。分布于S浙江、福建等地。

④ 火聚　佛家语，猛火聚集的地方。

狗的驳诘[①]

我梦见自己在隘巷中行走，衣履破碎，像乞食者。

一条狗在背后叫起来了。

我傲慢地回顾，叱咤说：

“呔！住口！你这势利的狗！”

“嘻嘻！”他笑了，还接着说，“不敢，愧不如人呢。”

“什么！？”我气愤了，觉得这是一个极端的侮辱。

“我惭愧：我终于还不知道分别铜和银[②]；还不知道分别布和绸；还不知道分别官和民；还不知道分别主和奴；还不知道……”

我逃走了。“且慢！我们再谈谈……”他在后面大声挽留。

我一径逃走，尽力地走，直到逃出梦境，躺在自己的床上。

一九二五年四月二十三日

---

① 本篇最初发表于一九二五年五月四日《语丝》周刊第二十五期。

② 铜和银　这里指钱币。我国旧时曾通用铜币和银币。

失掉的好地狱[①]

我梦见自己躺在床上，在荒寒的野外，地狱的旁边。一切鬼魂们的叫唤无不低微，然有秩序，与火焰的怒吼，油的沸腾，钢叉的震颤相和鸣，造成醉心的大乐[②]，布告三界[③]：地下太平。

有一伟大的男子站在我面前，美丽，慈悲，遍身有大光辉，然而我知道他是魔鬼。

"一切都已完结，一切都已完结！可怜的鬼魂们将那好的地狱失掉了！"他悲愤地说，于是坐下，讲给我一个他所知道的故事——

"天地作蜂蜜色的时候，就是魔鬼战胜天神，掌握了主宰一切的大威权的时候。他收得天国，收得人间，也收得地狱。他于是亲临地狱，坐在中央，遍身发大光辉，照见一切鬼众。"地狱原已废弛得很久了：剑树[④]消却光芒；沸油的边际早不腾涌；大火聚有时不过冒些青烟，远处还萌生曼陀罗花[⑤]，花极细小，惨白可怜。——那是不足为奇的，因为地上曾经大被焚烧，自然失了他的肥沃。

"鬼魂们在冷油温火里醒来，从魔鬼的光辉中看见地狱小花，惨白可怜，被大蛊惑，倏忽间记起人世，默想至不知几多年，遂同时向着人间，发一声反狱的绝叫。

"人类便应声而起，仗义执言，与魔鬼战斗。战声遍满三界，远过雷霆。终于运大谋略，布大网罗，使魔鬼并且不得不从地狱出走。最后的胜利，是地狱门上也竖了人类的旌旗！

"当鬼魂们一齐欢呼时，人类的整饬地狱使者已临地狱，坐在中央，用了人类的威严，叱咤一切鬼众。

"当鬼魂们又发一声反狱的绝叫时，即已成为人类的叛徒，得到永劫沉沦的罚，迁入剑树林的中央。

"人类于是完全掌握了主宰地狱的大威权，那威棱且在魔鬼以上。人类于是整顿废弛，先给牛首阿旁[6]以最高的俸草；而且，添薪加火，磨砺刀山，使地狱全体改观，一洗先前颓废的气象。

"曼陀罗花立即焦枯了。油一样沸；刀一样𨱖；火一样热；鬼众一样呻吟，一样宛转，至于都不暇记起失掉的好地狱。"这是人类的成功，是鬼魂的不幸……

"朋友，你在猜疑我了。是的，你是人！我且去寻野兽和恶鬼……"

一九二五年六月十六日

---

① 本篇最初发表于一九二五年六月二十二日《语丝》周刊第三十二期。
作者在《〈野草〉英文译本序》里曾说："但这地狱也必须失掉。这是由几个有雄辩和辣手，而那时还未得志的英雄们的脸色和语气所告诉我的。我于是作《失掉的好地狱》。"写作本篇一个多月前，作者在概括辛亥革命后军阀混战给广大人民带来的深重灾难时，也曾指出："称为神的和称为魔的战斗了，并非争夺天国，而在要得地狱的统治权。所以无论谁胜，地狱至今也还是照样的地狱。"（《集外集·杂语》）

② 醉心的大乐　使人沉醉的音乐。这里的"大"和下文的"大威权"、"大火聚"等词语中的"大"，都是模仿古代汉译佛经的语气。

③ 三界　这里指天国、人间、地狱。

④ 剑树　佛教宣扬的地狱酷刑。《太平广记》卷三八二引《冥报拾遗》："至第三重门，入见镬汤及刀山剑树。"

⑤ 曼陀罗花　曼陀罗，亦称"风茄儿"，茄科，一年生有毒草本。佛经说，曼陀罗花白色而有妙香，花大，见之者能适意，故也译作适意花。

⑥ 牛首阿旁　佛教传说中地狱里牛头人身的鬼卒。东晋昙无兰译《五苦章句经》中说："狱卒名阿傍，牛头人手，两脚牛蹄，力壮排山，持钢铁叉。"

墓碣文[①]

我梦见自己正和墓碣[2]对立，读着上面的刻辞。那墓碣似是沙石所制，剥落很多，又有苔藓丛生，仅存有限的文句——

……于浩歌狂热之际中寒；于天上看见深渊。于一切眼中看见无所有；于无所希望中得救。……

……有一游魂，化为长蛇，口有毒牙。不以啮人，自啮其身，终以殒颠[3]。……

……离开！……

我绕到碣后，才见孤坟，上无草木，且已颓坏。即从大阙口中，窥见死尸，胸腹俱破，中无心肝。而脸上却绝不显哀乐之状，但蒙蒙如烟然。

我在疑惧中不及回身，然而已看见墓碣阴面的残存的文句——

……抉心自食，欲知本味。创痛酷烈，本味何能知？……

……痛定之后，徐徐食之。然其心已陈旧，本味又何由知？……

……答我。否则，离开！……

我就要离开。而死尸已在坟中坐起，口唇不动，然而说——

"待我成尘时，你将见我的微笑！"

我疾走，不敢反顾，生怕看见他的追随。

一九二五年六月十七日

---

① 本篇最初发表于一九二五年六月二十二日《语丝》周刊第三十二期。

② 墓碣　圆顶的墓碑。

③ 殒颠　死亡。

颓败线的颤动[①]

我梦见自己在做梦。自身不知所在，眼前却有一间在深夜中禁闭的小屋的内部，但也看见屋上瓦松[2]的茂密的森林。

板桌上的灯罩是新拭的，照得屋子里分外明亮。在光明中，在破榻上，在初不相识的披毛的强悍的肉块底下，有瘦弱渺小的身躯，为饥饿，苦痛，惊异，羞辱，欢欣而颤动。弛缓，然而尚且丰腴的皮肤光润了；青白的两颊泛出轻红，如铅上涂了胭脂水。

灯火也因惊惧而缩小了，东方已经发白。

然而空中还弥漫地摇动着饥饿，苦痛，惊异，羞辱，欢欣的波涛……

"妈！"约略两岁的女孩被门的开阖声惊醒，在草席围着的屋角的地上叫起来了。

"还早哩，再睡一会罢！"她惊惶地说。

"妈！我饿，肚子痛。我们今天能有什么吃的？"

"我们今天有吃的了。等一会有卖烧饼的来，妈就买给你。"她欣慰地更加紧捏着掌中的小银片，低微的声音悲凉地发抖，走近屋角去一看她的女儿，移开草席，抱起来放在破榻上。

"还早哩，再睡一会罢。"她说着，同时抬起眼睛，无可告诉地一看破旧的屋顶以上的天空。

空中突然另起了一个很大的波涛，和先前的相撞击，回旋而成旋涡，将一切并我尽行淹没，口鼻都不能呼吸。

我呻吟着醒来，窗外满是如银的月色，离天明还很辽远似的。

我自身不知所在，眼前却有一间在深夜中禁闭的小屋的内部，我自己知道是在续着残梦。可是梦的年代隔了许多年了。屋的内外已经这样整齐;里面是青年的夫妻,一群小孩子,都怨恨鄙夷地对着一个垂老的女人。

“我们没有脸见人,就只因为你,”男人气忿地说。“你还以为养大了她,其实正是害苦了她,倒不如小时候饿死的好!”

“使我委屈一世的就是你!”女的说。

“还要带累了我!”男的说。

“还要带累他们哩!”女的说,指着孩子们。

最小的一个正玩着一片干芦叶,这时便向空中一挥,仿佛一柄钢刀,大声说道:

“杀!”

那垂老的女人口角正在痉挛,登时一怔,接着便都平静,不多时候,她冷静地,骨立的石像似的站起来了。她开开板门,迈步在深夜中走出,遗弃了背后一切的冷骂和毒笑。

她在深夜中尽走,一直走到无边的荒野;四面都是荒野,头上只有高天,并无一个虫鸟飞过。她赤身露体地,石像似的站在荒野的中央,于一刹那间照见过往的一切:饥饿,苦痛,惊异,羞辱,欢欣,于是发抖;害苦,委屈,带累,于是痉挛;杀,于是平静。……又于一刹那间将一切并合:眷念与决绝,爱抚与复仇,养育与歼除,祝福与咒诅……她于是举两手尽量向天,口唇间漏出人与兽的,非人间所有,所以无词的言语。

当她说出无词的言语时,她那伟大如石像,然而已经荒废的,颓败的身躯的全面都颤动了。这颤动点点如鱼鳞,每一鳞都起伏如沸水在烈火上;空中也即刻一同振颤,仿佛暴风雨中的荒海的波涛。

她于是抬起眼睛向着天空,并无词的言语也沉默尽绝,惟有颤动,辐射若太阳光,使空中的波涛立刻回旋,如遭飓风,汹涌奔腾于无边的荒野。

我梦魇了,自己却知道是因为将手搁在胸脯上了的缘故;我梦中还用尽平生之力,要将这十分沉重的手移开。

一九二五年六月二十九日

---

① 本篇最初发表于一九二五年七月十三日《语丝》周刊第三十五期。

② 瓦松 又名“向天草”或“昨叶荷草”。丛生在瓦缝中,叶针状,初生时密集短茎上,远望如松树,故名。

立　论[1]

我梦见自己正在小学校的讲堂上预备作文，向老师请教立论的方法。

“难！”老师从眼镜圈外斜射出眼光来，看着我，说。“我告诉你一件事——

“一家人家生了一个男孩，合家高兴透顶了。满月的时候，抱出来给客人看，大概自然是想得一点好兆头。

“一个说：‘这孩子将来要发财的。’他于是得到一番感谢。

“一个说：‘这孩子将来是要死的。’他于是得到一顿大家合力的痛打。

“说要死的必然，说富贵的许谎。但说谎的得好报，说必然的遭打。你……”

“我愿意既不说谎，也不遭打。那么，老师，我得怎么说呢？”

“那么，你得说：‘啊呀！这孩子呵！您瞧！多么……阿唷！哈哈！哈哈！哈，哈哈哈哈！Hehe！he，hehehehe’[2]”

一九二五年七月八日

---

① 本篇最初发表于一九二五年七月十三日《语丝》周刊第三十五期。

② Hehe！he，hehehehe！　象声词，即嘿嘿！嘿，嘿嘿嘿嘿！

死　后①

我梦见自己死 在道路上。

这是那里，我怎么到这里来，怎么死的，这些事我全不明白。总之，待到我自己知道已经死掉的时候，就已经死在那里了。

听到几声喜鹊叫，接着是一阵乌老鸦。空气很清爽，——虽然也带些土气息，——大约正当黎明时候罢。我想睁开眼睛来，他却丝毫也不动，简直不像是我的眼睛；于是想抬手，也一样。

恐怖的利镞忽然穿透我的心了。在我生存时，曾经玩笑地设想：假使一个人的死亡，只是运动神经的废灭，而知觉还在，那就比全死了更可怕。谁知道我的预想竟的中②了，我自己就在证实这预想。

听到脚步声，走路的罢。一辆独轮车从我的头边推过，大约是重载的，轧轧地叫得人心烦，还有些牙龤 很觉得满眼绯红，一定是太阳上来厂。那么，我的脸是朝东的。但那都没有什么关系。切切嚓嚓的人声，看热闹的。他们踹起黄土来，飞 进我的鼻孔，使我想打喷嚏了，但终于没有打，仅有想打的心。

陆陆续续地又是脚步声，都到近旁就停下，还有更多的低语声：看的人多起来了。我忽然很想听听他们的议论。但同时想，我生存时说的什么批评不值一笑的话，大概是违心之论罢：才死，就露了破绽了。然而还是听；然而毕竟得不到结论，归纳起来不过是这样——

“死了？……”

“嗡。——这……”

“哼！……”

“啧。……唉！……”

我十分高兴，因为始终没有听到一个熟识的声音。否则，或者害得他们伤心;或则要使他们快意;或则要使他们加添些饭后闲谈的材料,多破费宝贵的工夫;这都会使我很抱歉。现在谁也看不见,就是谁也不受影响。好了,总算对得起人了!

但是,大约是一个马蚁,在我的脊梁上爬着,痒痒的。我一点也不能动,已经没有除去他的能力了;倘在平时,只将身子一扭,就能使他退避。而且,大腿上又爬着一个哩! 你们是做什么的? 虫豸!?

事情可更坏了:嗡的一声,就有一个青蝇停在我的颧骨上。走了几步,又一飞,开口便舐我的鼻尖。我懊恼地想:足下,我不是什么伟人,你无须到我身一卜来寻做论的材料……。

但是不能说出来。他却从鼻尖跑下,又用冷舌头来舐我的嘴唇了,不知道可是表示亲爱。还有JL-ï"则聚在眉毛上,跨一步,我的毛根就一摇。实在使我烦厌得不堪,——不堪之至。

忽然,一阵风,一片东西从上面盖下来,他们就一同飞开了,临走时还说——

“惜哉! ……”

我愤怒得几乎昏厥过去。

木材摔在地上的钝重的声音同着地面的震动,使我忽然

清醒,前额上感着芦席的条纹。但那芦席就被掀去了,又立刻感到了日光的灼热。还听得有人说——

“怎么要死在这里? ……”

这声音离我很近,他正弯着腰罢。但人应该死在那里呢?

我先前以为人在地上虽没有任意生存的权利,却总有任意死掉的权利的。现在才知道并不然,也很难适合人们的公意。可惜我久没了纸笔;即有也不能写,而且即使写了也没有地方发表了。只好就这样地抛开。

有人来抬我,也不知道是谁。听到刀鞘声,还有巡警在这里罢,在我所不应该“死在这里”的这里。我被翻了几个转身,便觉得向上一举,又往下一沉;又听得盖了盖,钉着钉。但是,奇怪,只钉了两个。难道这里的棺材钉,是只钉两个的么?

我想:这回是六面碰壁,外加钉子。真是完全失败,呜呼哀哉了! ……

“气闷! ……”我又想。

然而我其实却比先前已经宁静得多，虽然知不清埋了没有。在手背上触到草席的条纹，觉得这尸衾倒也不恶。只不知道是谁给我化钱的，可惜！但是，可恶，收敛的小子们！我背后的小衫的角皱起来了，他们并不给我拉平，现在抵得很难受。你们以为死人无知，做事就这样地草率么？哈哈！

我的身体似乎比活的时候要重得多，所以压着衣皱便格外的不舒服。但我想，不久就可以习惯的；或者就要腐烂，不至于再有什么大麻烦。此刻还不如静静地静着想。

"您好？您死了么？"

是一个颇为耳熟的声音。睁眼看时，却是勃古斋旧书铺的跑外的小伙计。不见约有二十多年了，倒还是那一副老样了。我又看看六面的壁，委实太毛糙，简直毫没有加过一点修刮，锯绒还是毛毵毵的。

"那不碍事，那不要紧。"他说，一面打开暗蓝色布的包裹来。"这是明版《公羊传》[3]，嘉靖黑口本[4]，给您送来了。您留下他罢。这是……

"你！"我诧异地看定他的眼睛，说，"你莫非真正胡涂了？你看我这模样，还要看什么明板？……"

"那可以看，那不碍事。"

我即刻闭上眼睛，因为对他很烦厌。停了一会，没有声息，他大约走了。但是似乎一个马蚁又在脖子上爬起来，终于爬到脸上，只绕着眼眶转圈子。

万不料人的思想，是死掉之后也还会变化的。忽而，有一种力将我的心的平安冲破；同时，许多梦电都做在眼前了。几个朋友祝我安乐，几个仇敌祝我灭亡。我却总是既不安乐，也不灭亡地不上不下地生活下来，都不能副任何一面的期望。现在义影一般死掉了，连仇敌也不使知道，不肯赠给他们一点惠而不费的欢欣。……

我觉得在快意中要哭出来。这大概是我死后第一次的哭。

然而终于也没有眼泪流下；只看见眼前仿佛有火花一闪，我于是坐了起来。

一九二五年七月十二日

---

① 本篇最初发表于1925年7月20日《语丝》周刊第三十六期。

② 的中　射中靶子。

③ 明板《公羊传》 即《春秋公羊传》(又作《公羊春秋》)的明代刻本。《公羊传》是一部阐释《春秋》的书,相传为周末齐国人公羊高所作。

④ 嘉靖黑口本 我国线装书籍,书页中间折叠的直缝叫做“口”。“口”有“黑口”“白口”的分别:折缝上下端有黑线的叫做“黑口”,没有黑线的叫做“白口”。嘉靖(1522-1566),明世宗的年号。

这样的战士[①]

要有这样的一种战士——

已不是蒙昧如非洲土人而背着雪亮的毛瑟枪的；也并不疲惫如中国绿营兵而却佩着盒子炮[②]。他毫无乞灵于牛皮和废铁的甲胄；他只有自己，但拿着蛮人所用的，脱手一掷的投枪。

他走进无物之阵，所遇见的都对他一式点头。他知道这点头就是敌人的武器，是杀人不见血的武器，许多战士都在此灭亡，正如炮弹一般，使猛士无所用其力。

那些头上有各种旗帜，绣出各样好名称：慈善家，学者，文士，长者，青年，雅人，君子……头下有各样外套，绣出各式好花样：学问，道德，国粹，民意，逻辑，公义，东方文明[③]……

但他举起了投枪。

他们都同声立了誓来讲说，他们的心都在胸膛的中央，和别的偏心的人类两样。他们都在胸前放着护心镜[④]，就为自己也深信心在胸膛中央的事作证。

但他举起了投枪。

他微笑，偏侧一掷，却正中了他们的心窝。

一切都颓然倒地；——然而只有一件外套，其中无物。无物之物已经脱走，得了胜利，因为他这时成了戕害慈善家等类的罪人。

但他举起了投枪。

他在无物之阵中大踏步走，再见一式的点头，各种的旗帜，各样的外套……

但他举起了投枪。

他终于在无物之阵中老衰,寿终。他终于不是战士,但无物之物则是胜者。

在这样的境地里,谁也不闻战叫:太平。

太平……

但他举起了投枪!

一九二五年十二月十四日

---

① 本篇最初发表于一九二五年十二月二十一日《语丝》周刊第五十八期。
作者在《〈野草〉英文译本序》里说:"《这样的战士》,是有感于文人学士们帮助军阀而作。"

② 毛瑟枪　指德国机械师毛瑟弟兄在十九世纪七十年代设计制造的一种单发步枪,是当时比较先进的武器。绿营兵,一作绿旗兵。清朝兵制:除正黄、正白、正红、正蓝、镶黄、镶白、镶红、镶蓝等"八旗兵"(以满族人为主)外,又另募汉人编成军队,旗帜采用绿色,叫做绿旗兵。清代中叶以后,绿营兵渐趋衰败,终被裁废。盒子炮,即驳壳枪,手枪的一种,外有特制的木盒,故名。

③ 护心镜　古代战衣胸前部位镶嵌的金属圆片,用以保护胸膛。

聪明人和傻子和奴才[1]

奴才总不过是寻人诉苦。只要这样，也只能这样。有一日，他遇到一个聪明人。

“先生！”他悲哀地说，眼泪联成一线，就从眼角上直流下来。“你知道的。我所过的简直不是人的生活。吃的是一天未必有一餐，这一餐又不过是高粱皮，连猪狗都不要吃的，尚且只有一小碗……”

“这实在令人同情。”聪明人也惨然说。

“可不是么！”他高兴了。“可是做工是昼夜无休息：清早担水晚烧饭，上午跑街夜磨面，晴洗衣裳雨张伞，冬烧汽炉夏打扇。半夜要煨银耳，侍候主人耍钱；头钱[2]从来没分，有时还挨皮鞭……”

“唉唉……”聪明人叹息着，眼圈有些发红，似乎要下泪。

“先生！我这样是敷衍不下去的。我总得另外想法子。可是什么法子呢？……”

“我想，你总会好起来……”

“是么？但愿如此。可是我对先生诉了冤苦，又得你的同情和慰安，已经舒坦得不少了。可见天理没有灭绝……”

但是，不几日，他又不平起来了，仍然寻人去诉苦。

“先生！”他流着眼泪说，“你知道的。我住的简直比猪窠还不如。主人并不将我当人；他对他的叭儿狗还要好到几万倍……”

“混帐！”那人大叫起来，使他吃惊了。那人是一个傻子。

“先生，我住的只是一间破小屋，又湿，又阴，满是臭虫，睡下去就咬得真可以。秽气冲着鼻子，四面又没有一个窗子……”

“你不会要你的主人开一个窗的么？”

“这怎么行？……”

“那么，你带我去看去！”

傻子跟奴才到他屋外，动手就砸那泥墙。

“先生！你干什么？”他大惊地说。

“我给你打开一个窗洞来。”

“这不行！主人要骂的！”

“管他呢！”他仍然砸。

“人来呀！强盗在毁咱们的屋子了！快来呀！迟一点可要打出窟窿来了！……”他哭嚷着，在地上团团地打滚。

一群奴才都出来，将傻子赶走。

听到了喊声，慢慢地最后出来的是主人。

“有强盗要来毁咱们的屋子，我首先叫喊起来，大家一同把他赶走了。”他恭敬而得胜地说。

“你不错。”主人这样夸奖他。

这一天就来了许多慰问的人，聪明人也在内。

“先生。这回因为我有功，主人夸奖了我了。你先前说我总会好起来，实在是有先见之明……”他大有希望似的高兴地说。

“可不是么……”聪明人也代为高兴似的回答他。

一九二五年十二月二十六日

---

① 本篇最初发表于一九二六年一月四日《语丝》周刊第六十期。

② 头钱　旧社会里提供赌博场所的人向参与赌博者抽取一定数额的钱，叫做头钱，也称“抽头”。侍候赌博的人，有时也可从中分得若干。

淡淡的血痕中[1]

目前的造物主，还是一个怯弱者。

他暗暗地使天变地异，却不敢毁灭一个这地球；暗暗地使生物衰亡，却不敢长存一切尸体；暗暗地使人类流血，却不敢使血色永迟鲜浓；暗暗地使人类受苦，却不敢使人类永远记得。

他专为他的同类——人类中的怯弱者——设想，用废墟荒坟来衬托华屋，用时光来冲淡苦痛和血痕；日日斟出一杯微甘的苦酒，不太少，不太多，以能微醉为度，递给人间，使饮者可以哭，可以歌，也如醒，也如醉，若有知，若无知，也欲死，也欲生。他必须使一切也欲生；他还没有灭尽人类的勇气。

几片废墟和几个荒坟散在地上，映以淡淡的血痕，人们都在其间咀嚼着人我的渺茫的悲苦。但是不肯吐弃，以为究竟胜于空虚，各各自称为"天之僇民"[2]，以作咀嚼着人我的渺茫的悲苦的辩解，而且悚息着静待新的悲苦的到来。新的，这就使他们恐惧，而又渴欲相遇。

这都是造物主的良民。他就需要这样。

叛逆的猛士出于人间；他屹立着，洞见一切已改和现有的废墟和荒坟，记得一切深广和久远的苦痛，正视一切重叠淤积的凝血，深知一切已死，方生，将生和未生。他看透了造化的把戏；他将要起来使人类苏生，或者使人类灭尽，这些造物主的良民们。

造物主，怯弱者，羞惭了，于是伏藏。天地在猛士的眼中于是变色。

一九二六年四月八日

---

① 本篇最初发表于一九二六年四月十九日《语丝》周刊第七十五期。
作者在《〈野草〉英文译本序》中说："段祺瑞政府枪击徒手民众后，作《淡淡的血痕中》"。

② "天之僇民"　语出《庄子·大宗师》。僇，原作戮，僇风，受刑戮的人、罪人。

一　觉[1]

飞机负了掷下炸弹的使命，像学校的上课似的，每日上午在北京城上飞行。[2]每听得机件搏击空气的声音，我常觉到一种轻微的紧张，宛然目睹了“死”的袭来，但同时也深切地感着“生”的存在。

隐约听到一二爆发声以后，飞机嗡嗡地叫着，冉冉地飞去了。也许有人死伤了罢，然而天下却似乎更显得太平。窗外的白杨的嫩叶，在日光下发乌金光；榆叶梅也比昨日开得更烂漫。收拾了散乱满床的日报，拂去昨夜聚在书桌上的苍白的微尘，我的四方的小书斋，今日也依然是所谓“窗明几净”。

因为或一种原因，我开手编校那历来积压在我这里的青年作者的文稿了；我要全都给一个清理。我照作品的年月看下去，这些不肯涂脂抹粉的青年们的魂灵便依次屹立在我眼前。他们是绰约的，是纯真的，——阿，然而他们苦恼了，呻吟了，愤怒，而且终于粗暴了，我的可爱的青年们！

魂灵被风沙打击得粗暴，因为这是人的魂灵，我爱这样的魂灵；我愿意在无形无色的鲜血淋漓的粗暴上接吻。漂渺的名园中，奇花盛开着，红颜的静女正在超然无事地逍遥，鹤唳一声，白云郁然而起……这自然使人神往的罢，然而我总记得我活在人间。

我忽然记起一件事：两三年前，我在北京大学的教员预备室里，看见进来了一个并不熟识的青年[3]，默默地给我一包书，便出去了，打开看时，是一本《浅草》[4]。就在这默默中，使我懂得了许多话。阿，这赠品是多么丰饶呵！可惜那《浅草》不再出版了，似乎只成了《沉钟》[5]的前身。那《沉钟》就在这风沙肮洞中，深深地在人海的底里寂寞地鸣动。

野蓟经了几乎致命的摧折，还要开一朵小花，我记得托尔斯泰[6]曾受了很大的感动，因此写出一篇小说来。但是，草木在旱干的沙漠中间，拚命伸长他的根，吸取深地中的水泉，来造成碧绿的林莽，自然是为了自己的“生”的，然而使疲劳枯渴的旅人，一见就怡然觉得遇到了暂时息肩之所，这是如何的可以感激，而且可以悲哀的事！？

《沉钟》的《无题》⑦——代启事——说：“有人说：我们的社会是一片沙漠。——如果当真是一片沙漠，这虽然荒漠一点也还静肃；虽然寂寞一点也还会使你感觉苍茫。何至于像这样的混沌，这样的阴沉，而且这样的离奇变幻！”

是的，青年的魂灵屹立在我眼前，他们已经粗暴了，或者将要粗暴了，然而我爱这些流血和隐痛的魂灵，因为他使我觉得是在人间，是在人间活着。

在编校中夕阳居然西下，灯火给我接续的光。各样的青春在眼前一一驰去了，身外但有昏黄环绕。我疲劳着，捏着纸烟，在无名的思想中静静地合了眼睛，看见很长的梦。忽而惊觉，身外也还是环绕着昏黄；烟篆⑧在不动的空气中上升，如几片小小夏云，徐徐幻出难以指名的形象。

一九二六年四月十日

---

① 本篇最初发表于一九二六年四月十九日《语丝》周刊第七十五期。
作者在《〈野草〉英文译本序》中说：“奉天派和直隶派军阀战争的时候，作《一觉》”。

② 一九二六年四月，冯玉祥的国民军和奉系军阀张作霖、李景林所部作战期间，国民军驻守北京，奉军飞机曾多次飞临轰炸。

③ 当指冯至(1905-1993)，河北涿县人，诗人。当时是北京大学国文系学生。《鲁迅日记》一九二五年四月三日载：“午后往北大讲。浅草社员赠《浅草》一卷之四期一本。”

④《浅草》 文艺季刊，浅草社编。一九二三年三月创刊，在上海印刷出版。共出四期，一九二五年二月停刊。主要作者有林如稷、冯至、陈炜谟、陈翔鹤等。

⑤《沉钟》 文艺刊物，沉钟社编。一九二五年十月十日在北京创刊。初为周刊，出十期。一九二六年八月改为半月刊，次年一月出至第十二期休刊；一九三二年十月复刊，一九三四年二月出至第三十四期停刊。主要作者除浅草社同人外尚有杨晦等。

⑥ 托尔斯泰(N.H.ToOcoH，1828—1910) 俄国作家。有长篇小说《战争与和平》、《安娜·卡列尼娜》、《复活》等。这里说的“一篇小说”，指中篇小说《哈泽·穆拉特》。野蓟，即牛蒡花，菊科，草本植物。在《哈泽·穆拉特》序曲开始处，作者描写了有着顽强生命力的牛蒡花，以象征小说主人公哈泽·穆拉特。

⑦《无题》 载于《沉钟》周刊第十期(一九二五年十二月)。

⑧ 烟篆 燃着的纸烟的烟缕，弯曲上升，好似笔划圆曲的篆字(我国古代的一种字体)。

众人皆醉我独醒

他是一个不愿意当看客的人，他是一个面对麻木的庸众而绝对清醒的人。他的言语之间，总有一种我们无法拒绝的深刻，也许透着辛辣，但是他挖出了我们身上的积弊，千年的劣根，穿透肌肤，深入骨髓。

——编者

我们现在怎样做父亲[①]

我作这一篇文的本意，其实是想研究怎样改革家庭；又因为中国亲权重，父权更重，所以尤想对于从来认为神圣不可侵犯的父子问题，发表一点意见。总而言之：只是革命要革到老子身上罢了。但何以大模大样，用了这九个字的题目呢？这有两个理由：

第一，中国的"圣人之徒"[②]，最恨人动摇他的两样东西。一样不必说，也与我辈决不相干；一样便是他的伦常，我辈却不免偶然发几句议论，所以株连牵扯，很得了许多"铲伦常[③]""禽兽行"之类的恶名。他们以为父对于子，有绝对的权力和威严；若是老子说话，当然无所不可，儿子有话，却在未说之前早已错了。但祖父子孙，本来各各都只是生命的桥梁的一级，决不是固定不易的。现在的子，便是将来的父，也便是将来的祖。我知道我辈和读者，若不是现任之父，也一定是候补之父，而且也都有做祖宗的希望，所差只在一个时间。为想省却许多麻烦起见，我们便该无须客气，尽可先行占住了上风，摆出父亲的尊严，谈谈我们和我们子女的事；不但将来着手实行，可以减少困难，在中国也顺理成章，免得"圣人之徒"听了害怕，总算是一举两得之至的事了。所以说，"我们怎样做父亲。"

第二，对于家庭问题，我在《新青年》的《随感录》[④]（二五，四十，四九）中，曾经略略说及，总括大意，便只是从我们起，解放了后来的人。论到解放子女，本是极平常的事，当然不必有什么讨论。但中国的老年，中了旧习惯旧思想的毒太深了，决定悟不过来。譬如早晨听到乌鸦叫，少年毫不介意，迷信的老人，却总须颓唐半天。虽然很可怜，然而也无法可救。没有法，便只能先从觉醒的人开手，各自解放了自己的孩子。自己背着因袭的重担，肩住了黑暗的闸门，放他们到宽阔光明的地方去；此后幸福的度日，合理的做人。

还有，我曾经说，自己并非创作者，便在上海报纸的《新教训》里，挨了一顿骂[5]。但我辈评论事情，总须先评论了自己，不要冒充，才能像一篇说话，对得起自己和别人。我自己知道，不特并非创作者，并且也不是真理的发见者。凡有所说所写，只是就平日见闻的事理里面，取了一点心以为然的道理；至于终极究竟的事，却不能知。便是对于数年以后的学说的进步和变迁，也说不出会到如何地步，单相信比现在总该还有进步还有变迁罢了。所以说，“我们现在怎样做父亲。”

我现在心以为然的道理，极其简单。便是依据生物界的现象，一，要保存生命；二，要延续这生命；三，要发展这生命（就是进化）。生物都这样做，父亲也就是这样做。

生命的价值和生命价值的高下，现在可以不论。单照常识判断，便知道既是生物，第一要紧的自然是生命。因为生物之所以为生物，全在有这生命，否则失了生物的意义。生物为保存生命起见，具有种种本能，最显著的是食欲。因有食欲才摄取食物，因有食物才发生温热，保存了生命。但生物的个体，总免不了老衰和死亡，为继续生命起见，又有一种本能，便是性欲。因性欲才有性交，因有性交才发生苗裔，继续了生命。所以食欲是保存自己，保存现在生命的事；性欲是保存后裔，保存永久生命的事。饮食并非罪恶，并非不净；性交也就并非罪恶，并非不净。饮食的结果，养活了自己，对于自己没有恩；性交的结果，生出子女，对于子女当然也算不了恩。——前前后后，都向生命的长途走去，仅有先后的不同，分不出谁受谁的恩典。

可惜的是中国的旧见解，竟与这道理完全相反。夫妇是“人伦之中”，却说是“人伦之始[6]”；性交是常事，却以为不净；生育也是常事，却以为天大的大功。人人对于婚姻，大抵先夹带着不净的思想。亲戚朋友有许多戏谑，自己也有许多羞涩，直到生了孩子，还是躲躲闪闪，怕敢声明；独有对于孩子，却威严十足，这种行径，简直可以说是和偷了钱发迹的财主，不相上下了。我并不是说，——如他们攻击者所意想的，——人类的性交也应如别种动物，随便举行；或如无耻流氓，专做些下流举动，自鸣得意。是说，此后觉醒的人，应该先洗净了东方固有的不净思想，再纯洁明白一些，了解夫妇是伴侣，是共同劳动者，又是新生命创造者的意义。所生的子女，固然是受领新生命的人，但他也不永久占领，将来还要交付子女，像他们的父母一般。只是前前后后，都做一个过付的经手人罢了。

生命何以必需继续呢？就是因为要发展，要进化。个体既然免不了死亡，进化又毫无止境，所以只能延续着，在这进化的路上走。走这路须有一种内的努力，有如单细胞动物有内的努力，积久才会繁复，无脊椎动物有内的努力，积久才会发生脊椎。所以后起的生命，总比以前的更有意义，更近完全，因此也更有价值，更可宝贵；前者的生命，应该牺牲于他。

但可惜的是中国的旧见解，又恰恰与这道理完全相反。本位应在幼者，却反在长者；置重应在将来，却反在过去。前者做了更前者的牺牲，自己无力生存，却苛责后者又来专做他的牺牲，毁灭了一切发展本身的能力。我也不是说，——如他们攻击者所意想的，——孙子理应终日痛打他的祖父，女儿必须时时咒骂他的亲娘。是说，此后觉醒的人，应该先洗净了东方古传的谬误思想，对于子女，义务思想须加多，而权力思想却大可切实核减，以准备改作幼者本位的道德。况且幼者受了权力，也并非永久占有，将来还要对于他们的幼者，仍尽义务，只是前前后后，都做一切过付的经手人罢了。

“父子间没有什么恩”这一个断语，实是招致“圣人之徒”面红耳赤的一大原因。他们的误点，便在长者本位与利己思想，权力思想很重，义务思想和责任心却很轻。以为父子关系，只须“父兮生我[7]”一件事，幼者的全部，便应为长者所有。尤其堕落的，是因此责望报偿，以为幼者的全部，理该做长者的牺牲。殊不知自然界的安排，却件件与这要求反对，我们从古以来，逆天行事，于是人的能力，十分萎缩，社会的进步，也就跟着停顿。我们虽不能说停顿便要灭亡，但较之进步，总是停顿与灭亡的路相近。

自然界的安排，虽不免也有缺点，但结合长幼的方法，却并无错误。他并不用“恩”，却给予生物以一种天性，我们称他为“爱”。动物界中除了生子数目太多——爱不周到的如鱼类之外，总是挚爱他的幼子，不但绝无利益心情，甚或至于牺牲了自己，让他的将来的生命，去上那发展的长途。

人类也不外此，欧美家庭，大抵以幼者弱者为本位，便是最合于这生物学的真理的办法。便在中国，只要心思纯白，未曾经过“圣人之徒”作践的人，也都自然而然的能发现这一种天性。例如一个村妇哺乳婴儿的时候，决不想到自己正在施恩；一个农夫取妻的时候，也决不以为将要放债。只是有了子女，即天然相爱，愿他生存；更进一步的，便还要愿他比自己更好，就是进化。这离绝了交换关系利害关系的爱，便是人伦的索子，便是所谓"纲"。倘如旧说，抹杀了"爱"，一味说"恩"，又因此责望报偿，那便不但败坏了父子间的道德，而且也大反于做父母的实际的真情，播下乖刺的种子。有人做了乐府，说是"劝孝"，大意是什么"儿子上学堂，母亲在家磨杏仁，预备回来给他喝，你还不孝么[8]"之类，自以为"拼命卫道"。殊不知富翁的杏酪和穷人的豆浆，在爱情上价值同等，而其价值却正在父母当时并无求报的心思；否则变成买卖行为，虽然喝了杏酪，也不异"人乳喂猪[9]"，无非要猪肉肥美，在人伦道德上，丝毫没有价值了。

所以我现在心以为然的，便只是"爱"。

无论何国何人，大都承认"爱己"是一件应当的事。这便是保存生命的要义，也就是继续生命的根基。因为将来的运命，早在现在决定，故父母的缺点，便是子孙灭亡的伏线，生命的危机。易卜生做的《群鬼》（有潘家洵君译本，载在《新朝》一卷五号）虽然重在男女问题，但我们也可以看出遗传的可怕。欧士华本是要生活，能创作的人，因为父亲的不检，先天得了病毒，中途不能做人了。他又很爱母亲，不忍劳他服侍，便藏着吗啡，想待发作时候，由使女瑞琴帮他吃下，毒杀了自己；可是瑞琴走了。他于是只好托他母亲了。

欧"母亲，现在应该你帮我的忙了。"

阿夫人"我吗？"

欧"谁能及得上你。"

阿夫人"我！你的母亲！"

欧"正为那个。"

阿夫人"我，生你的人！"

欧"我不曾教你生我。并且给我的是一种什么日子？我不要他！你拿回去罢！"

这一段描写，实在是我们做父亲的人应该震惊戒惧佩服的；决不能昧了良心，说儿子理应受罪。这种事情，中国也很多，只要在医院做事，便能时时看见先天梅毒性病儿的惨状；而且傲然的送来的，又大抵是他的父母。但可怕的遗传，并不只是梅毒，另外许多精神上体质上的缺点，也可以传之子孙，而且久而久之，连社会都蒙着影响。我们且不高谈人群，单为子女说，便可以说凡是不爱己的人，实在欠缺做父亲的资格。就令硬做了父亲，也不过如古代的草寇称王一般，万万算不了正统。将来学问发达，社会改造时，他们侥幸留下的苗裔，恐怕总不免要受善种学（Eugenics）[10]者的处置。

倘若现在父母并没有将什么精神上体质上的缺点交给子女，又不遇意外的事，子女便当然健康，总算已经达到了继续生命的目的。但父母的责任还没有完，因为生命虽然继续了，却是停顿不得，所以还须教这新生命去发展。凡动物较高等的，对于幼雏，除了养育保护以外，往往还教他们生存上必需的本领。例如飞禽便教飞翔，鸷兽便教搏击。人类更高几等，便也有愿意子孙更进一层的天性。这也是爱。上文所说的是对于现在，这是对于将来。只要思想未遭锢蔽的人，谁也喜欢子女比自己更强，更健康，更聪明高尚，——更幸福；就是超越了自己，超越了过去。超越便须改变，所以子孙对于祖先的事，应该改变，“三年无改于父之道可谓孝矣[11]”，当然是曲说，是退婴的病根。假使古代的单细胞动物，也遵着这教训，那便永远不敢分裂繁复，世界上再也不会有人类了。

幸而这一类教训，虽然害过许多人，却还未能完全扫尽了一切人的天性。没有读过“圣贤书”的人，还能将这天性在名教的斧钺底下，时时流露，时时萌蘖；这便是中国人虽然凋落萎缩，却未灭绝的原因。

所以觉醒的人，此后应将这天性的爱，更加扩张，更加醇化；用无我的爱，自己牺牲于后起新人。开宗第一，便是理解。往昔的欧人对于孩子的误解，是以为成人的预备；中国人的误解是以为缩小的成人。直到近来，经过许多学者的研究，才知道孩子的世界，与成人截然不同；倘不先行理解，一味蛮做，便大碍于孩子的发达。所以一切设施，都应该以孩子为本位，日本近来，觉悟的也很不少；对于儿童的设施，研究儿童的事业，都非常兴盛了。第二，便是指导。时势既有改变，生活也必须进化；所以后起的人物，一定尤异于前，决不能用同一模型，无理嵌定。长者须是指导者协商者，却不该是命令者。不但不该责幼者供奉自己；而且还须用全副精神，专为他们自己，养成他们有耐劳作的体力，纯洁高尚的道德，广博自由能容纳新潮流的精神，也就是能在世界新潮流中游泳，不被淹末的力量。第三，便是解放。子女是即我非我的人，但既已分立，也便是人类中的人，因为即我，所以更应该尽教育的义务，交给他们自立的能力；因为非我，所以也应同时解放，全部为他们自己所有，成一个独立的人。

这样，便是父母对于子女，应该健全的产生，尽力的教育，完全的解放。

但有人会怕，仿佛父母从此以后，一无所有，无聊之极了。这种空虚的恐怖和无聊的感想，也即从谬误的旧思想发生；倘明白了生物学的真理，自然便会消灭。但要做解放子女的父母，也应预备一种能力。便是自己虽然已经带着过去的色采，却不失独立的本领和精神，有广博的趣味，高尚的娱乐。要幸福么？连你的将来的生命都幸福了。要"返老还童"，要"老复丁[12]"么？子女便是"复丁"，都已独立而且更好了。这才是完了长者的任务，得了人生的慰安。倘若思想本领，样样照旧，专以"勃[奚谷][13]"为业，行辈自豪，那便自然免不了空虚无聊的苦痛。

或者又怕，解放之后，父子间要疏隔了。欧美的家庭，专制不及中国，早已大家知道；往者虽有人比之禽兽，现在却连"卫道"的圣徒，也曾替他们辩护，说并无"逆子叛弟[14]"了。因此可知：惟其解放，所以相亲；惟其没有"拘挛"子弟的父兄，所以也没有反抗"拘挛"的"逆子叛弟"。若威逼利诱，便无论如何，决不能有"万年有道之长[15]"。例便如我中国，汉有举孝，唐有孝悌力田科，清末也还有孝廉方正[16]，都能换到官做。父恩谕之于先，皇恩施之于后，然而割股[17]的人物，究属寥寥。足可证明中国的旧学说旧手段，实在从古以来，并无良效，无非使坏人增长些虚伪，好人无端的多受些人我都无利益的苦痛罢了。

都有"爱"是真的。路粹引孔融说，"父之于子，当有何亲？论其本意，实为情欲发耳。子之于母，亦复奚为，譬如寄物瓶中，出则离矣。"（汉末的孔府上，很出过几个有特色的奇人，不像现在这般冷落，这话也许确是北海先生所说；只是攻击他的偏是路粹和曹操，教人发笑罢了。[18]）虽然也是一种对于旧说的打击，但实于事理不合。因为父母生了子女，同时又有天性的爱，这爱又很深广很长久，不会即离。现在世界没有大同，相爱还有差等，子女对于父母，也便最爱，最关切，不会即离。所以疏隔一层，不劳多虑。至于一种例外的人，或者非爱所能钩连。但若爱力尚且不能钩连，那便任凭什么“恩威，名份，天经，地义”之类，更是钩连不住。

或者又怕，解放之后，长者要吃苦了。这事可分两层：第一，中国的社会，虽说“道德好”，实际却太缺乏相爱相助的心思。便是“孝”“烈”这类道德，也都是旁人毫不负责，一味收拾幼者弱者的方法。在这样社会中，不独老者难于生活，既解放的幼者，也难于生活。第二，中国的男女，大抵未老先衰，甚至不到二十岁，早已老态可掬，待到真实衰老，便更须别人扶持。所以我说，解放子女的父母，应该先有一番预备；而对于如此社会，尤应该改造，使他能适于合理的生活。许多人预备着，改造着，久而久之，自然可望实现了。单就别国的往时而言，斯宾塞[19]未曾结婚，不闻他侘傺无聊；瓦特早没有了子女，也居然“寿终正寝”，何况在将来，更何况有儿女的人呢？

或者又怕，解放之后，子女要吃苦了。这事也有两层，全如上文所说，不过一是因为老而无能，一是因为少不更事罢了。因此觉醒的人，愈觉有改造社会的任务。中国相传的成法，谬误很多：一种是锢闭，以为可以与社会隔离，不受影响，一种是教给他恶本领，以为如此才能在社会中生活。用这类方法的长者，虽然也含有继续生命的好意，但比照事理，却决定谬误。此外还有一种，是传授些周旋发法，教他们顺应社会。这与数年前讲“实用主义[20]”的人，因为市上有假洋钱，便要在学校里遍教学生看洋钱的法子之类，同一错误。社会虽然不能不偶然顺应，但决不是正当办法。因为社会不良，恶现象便很多，势不能一一顺应；倘都顺应了，又违反了合理的生活，倒走了进化的路。所以根本方法，只有改良社会。

就实际上说，中国旧理想的家族关系父子关系之类，其实早已崩溃。这也非“于今为烈”，正是“在昔已然”。历来都竭力表彰“五世同堂”，便足见实际上同居的为难；拼命的劝孝，也足见事实上孝子的缺少。而其原因，便全在一意提倡虚伪道德，蔑视了真的人情。我们试一翻大族的家谱，便知道始迁祖宗，大抵是单身迁居，成家立业；一到聚族而居，家谱出版，却已在零落的中途了。况在将来，迷信破了，便没有哭竹，卧冰；医学发达了，也不必尝秽[21]，割骨。又因为经济关系，结婚不得不迟，生育因此也迟，或者子女才能自存，父母已经衰老，不及依赖他们供养，事实上也就是父母反尽了义务。世界潮流逼拶着，这样做的可以生存，不然的便都衰落；无非觉醒者多，加些人力，便危机可望较少就是了。

但既如上言，中国家庭，实际久已崩溃，并不如“圣人之徒”纸上的空谈，则何以至今依然如故，一无进步呢？这事很容易解答。第一，崩溃者自崩溃，纠缠者自纠缠，设立者又自设立；毫无戒心，也不想到改革，所以如故。第二，以前的家庭中间，本来常有勃[奚谷]，到了新名词流行之后，便都改称“革命”，然而其实也仍是嫖钱至于相骂，要赌本至于相打之类，与觉醒者的改革，截然两途。这一类自称“革命”的勃奚谷子弟，纯属旧式，待到自己有了子女，也决不解放；或者毫不管理，或者反要寻出《孝经》[22]，勒令诵读，想他们“学于古训[23]”，都做牺牲。这只能全归旧道德旧习惯旧方法负责，生物学的真理决不能妄任其咎。

既如上言，生物为要进化，应该继续生命，那便“不孝有三无后为大[24]”，三妻四妾，也极合理了。这事也很容易解答。人类因为无后，绝了将来的生命，虽然不幸，但若用不正当的方法手段，苟延生命而害及人群，便该比一人无后，尤其“不孝”。因为现在的社会，一夫一妻制最为合理，而多妻主义，实能使人群堕落。堕落近于退化，与继续生命的目的，恰恰完全相反。无后只是灭绝了自己，退化状态的有后，便会毁到他人。人类总有些为他人牺牲自己的精神，而况生物自发生以来，交互关联，一人的血统，大抵总与他人有多少关系，不会完全灭绝。所以生物学的真理，决非多妻主义的护符。

总而言之，觉醒的父母，完全应该是义务的，利他的，牺牲的，很不易做；而在中国尤不易做。中国觉醒的人，为想随顺长者解放幼者，便须一面清结旧账，一面开辟新路。就是开首所说的“自己背着因袭的重担，肩住了黑暗的闸门，放他们到宽阔光明的地方去；此后幸福的度日，合理的做人。”这是一件极伟大的要紧的事，也是一件极困苦艰难的事。

但世间又有一类长者，不但不肯解放子女，并且不准子女解放他们自己的子女；就是并要孙子曾孙都做无谓的牺牲。这也是一个问题；而我是愿意平和的人，所以对于这问题，现在不能解答。

一九一九年十月

---

① 本篇最初发表于一九一九年十一月《新青年》月刊第六卷第六号，署名唐俟。

②“圣人之徒” 这里指当时竭力维护旧道德和旧文学的林琴南等人。林琴南在一九一

九年三月给北京大学校长蔡元培的信中，曾以“必覆孔孟、铲伦常为快”、“拾李卓吾之余唾”、“卓吾有禽兽行”等语，攻击新文化运动的参加者。按李卓吾（1527-1602），即李贽，明代具有进步倾向的思想家。他反对当时的道学派，主张男女婚姻自主，曾被人诬蔑有“狎妓女白昼同浴，勾引士人妻女”等“禽兽行”。

③ 伦常　封建社会的伦理道德。当时以君臣、父子、夫妇、兄弟、朋友为五伦，认为制约他们各自之间关系的道德准则是不可改变的常道，因此称为伦常。

④《随感录》《新青年》从一九一八年四月第四卷第四号起发表的关于社会和文化短评的总题。

⑤ 指《时事新报》对作者的谩骂。作者曾在《新青年》第六卷第一、二、三号（一九一九年一月、二月、三月），发表《随感录》四十三、四十六、五十三，批判了上海《时事新报》副刊《泼克》所载讽刺画的恶劣形象和错误倾向，并对新的美术创作表示了自己的意见，在《随感录四十六》中有“我辈即使才能不及，不能创作，也该当学习”的话；一九一九年四月二十七日《时事新报》就发表了署名“记者”的《新教训》一文，骂鲁迅“轻佻”、“狂妄”、“头脑未免不清楚，可怜！”等等。

⑥“人伦之始”　语见《南史·阮孝绪传》。

⑦“父兮生我”　语见《诗经·小雅·蓼莪》。

⑧ 这里说的“劝孝”的乐府，指一九一九年三月二十四日《公言报》所载林琴南作《劝世白话新乐府》的《母送儿》篇，其中说：“母送儿，儿往学堂母心悲。……娘亲方自磨杏仁，儿来儿来来尝新。娇儿含泪将娘近，儿近退学娘休嗔。……儿言往就教，那想教师不教孝。……再读《孝经》一卷终，不去学堂倒罢了。”

⑨“人乳喂猪”《世说新语·汰侈》载：“武帝（司马炎）尝降王武子（济）家，武子供馔，……烝㹠肥美，异于常味。帝怪而问之，答曰：以人乳饮㹠。”

⑩ 善种学　即优生学，是英国高尔顿在一八八三年提出的“改良人种”的学说。它认为人或人种在生理和智力上的差别是由遗传决定的，只有发展所谓“优等人”，淘汰“劣等人”，社会问题才能解决。鲁迅以后对这种把生物学照搬到社会生活上来的学说采取了否定态度，参看《二心集·“硬译”与“文学的阶级性”》。

⑪“三年无改于父之道可谓孝矣”　语见《论语·学而》。

⑫“老复丁”　从老年回复壮年。语出汉代史游《急就篇》：“长乐无极老复丁”。

⑬“勃谿”　指婆媳争吵。语出《庄子·外物》：“室无空虚，则妇姑勃谿。”

⑭ 欧美家庭并无“逆子叛弟”之说，见于林琴南所译小说《孝友镜》（比利时恩海贡斯翁士著）的《译余小识》：“此书为西人辨诬也。中国人之习西学者恒曰：‘男子二十而外必自立，父母之力不能莞约而拘挛之；兄弟各立门户，不相恤也。是名社会主义，国因以强。’然近年所见，家庭革命，逆子叛弟，接踵而起，国胡不强？是果真奉西人之圭臬？抑凶顽之气中于腑焦，用以自便其所为，与西俗胡涉？此书……父以友传，女以孝传，足为人伦之鉴矣。命曰《孝友镜》，亦以醒吾中国人勿诬人而打妄语也。”

⑮“万年有道之长”　久远的意思。这是封建臣子颂扬朝廷的一句成语。

⑯ 举孝　是汉代选拔官吏的办法之一，由各地推荐“善事父母”的孝子到朝中去作官。孝悌力田，是汉唐科举名目之一，由地方官向朝廷推荐所谓有“孝悌”德行和努力耕作的人，中选者分别任用或给予赏赐。孝廉方正，是清代特设的科举名目，由地方官荐举所谓孝、廉、方正的人，经礼部考试，授以知县等官。

⑰ 割股　即所谓“割股疗亲”，割取自己的股肉煎药，以医治父母的重病。《宋史·选举志一》：“上以孝取人，则勇者割股，怯者庐墓。”

⑱ 路粹引孔融的话，见《后汉书·孔融传》。路粹，字文蔚，陈留（今河南开封东南）人，曹操的军谋祭酒。他承曹操的意旨控告孔融，说孔融对祢衡讲过这几句话，曹操便用“不孝”的罪名杀掉孔融。但曹操在《求贤令》中又说只要有才能，“不仁不孝”的人也可任

用，在这件事上自相矛盾，因此鲁迅说“教人发笑”。孔融（153–208），字文举，鲁国（今山东曲阜）人，汉献帝时曾为北海相，因而有“北海先生”之称。

⑲ 斯宾塞（H.Spencer，1820–1903） 英国哲学家。他是终身不娶的学者。主要著作有《综合哲学体系》等。

⑳ “实用主义” 即实验主义，现代资产阶级主观唯心主义哲学流派。产生于十九世纪末二十世纪初，主要代表有美国的皮尔斯、杜威等。其基本观点是否认真理的客观性，主张有用即真理。

㉑ 哭竹 三国时吴国孟宗的故事。唐代白居易编的《白氏六帖》说：“孟宗后母好笋，令宗冬月求之，宗入竹林恸哭，笋为之出。”卧冰，晋代王祥的故事。《晋书·王祥传》说，他的后母“常欲生鱼，时天寒冰冻，祥解衣将剖冰求之，冰忽自解，双鲤跃出，持之而归。”尝秽，南朝梁庾黔娄的故事。《梁书·庾黔娄传》说，他的父亲庾易“疾始二日，医云：‘欲知差剧，但尝粪甜苦。’易泄痢，黔娄辄取尝之。”这三个故事都收在《二十四孝》中。

㉒《孝经》 儒家经典之一，共十八章，孔门后学所述。汉代列入“七经”之一，后来又列入“十三经”。

㉓ “学于古训” 语见《尚书·说命》。

㉔ “不孝有三无后为大” 语见《孟子·离娄》。据汉代赵岐注：“于礼有不孝者三事，谓阿意曲从，陷亲不义，一不孝也；家穷亲老，不为禄仕，二不孝也；不娶无子，绝先祖祀，三不孝也。三者之中，无后为大。”

我们怎样教育儿童的？[①]

看见了讲到“孔乙己”[②]，就想起中国一向怎样教育儿童来。

现在自然是各式各样的教科书，但在村塾里也还有《三字经》和《百家姓》[③]。清朝末年，有些人读的是“天子重英豪，文章教尔曹，万般皆下品，惟有读书高”的《神童诗》[④]，夸着“读书人”的光荣；有些人读的是“混沌初开，乾坤始奠，轻清者上浮而为天，重浊者下凝而为地”的《幼学琼林》[⑤]，教着做古文的滥调。再上去我可不知道了，但听说，唐末宋初用过《太公家教》[⑥]，久已失传，后来才从敦煌石窟中发现，而在汉朝，是读《急就篇》[⑦]之类的。

就是所谓“教科书”，在近三十年中，真不知变化了多少。忽而这么说，忽而那么说，今天是这样的宗旨，明天又是那样的主张，不加“教育”则已，一加“教育”，就从学校里造成了许多矛盾冲突的人，而且因为旧的社会关系，一面也还是“混沌 初开，乾坤始奠”的老古董。

中国要作家，要“文豪”，但也要真正的学究。倘有人作一部历史，将中国历来教育儿童的方法，用书，作一个明确的记录，给人明白我们的古人以至我们，是怎样的被熏陶下来的，则其功德，当不在禹（虽然他也许不过是一条虫）下[⑧]。

《自由谈》的投稿者，常有博古通今的人，我以为对于这工作，是很有胜任者在的。不知亦有有意于此者乎？现在提出这问题，盖亦知易行难，遂只得空口说白话，而望垦辟于健者也。

八月十四日

---

① 本篇最初发表于一九三三年八月十八日《申报·自由谈》。

② 指陈子展所作《再谈孔乙己》一文，内容是关于旧时书塾中教学生习字用的描红语诀

“上大人，丘(孔)乙己……”的考证和解释，载一九三三年八月十四日《申报·自由谈》。

③《三字经》 相传为南宋王应麟(一说宋末元初人区适子)作。《百家姓》，相传为宋代初年人作。都是旧时书塾中所用的识字课本。

④《神童诗》 旧时书塾中初级读物的一种，相传为北宋汪洙作。这里所引的是该书开头几句。

⑤《幼学琼林》 旧时学童初级读物，清代程允升等编著。内容系杂集关于天文、人伦、器用、技艺……的多种成语典故而成，全都是骈文。这里所引的第三四句，原文作：“气之轻清，上浮者为天；气之重浊，下凝者为地。”

⑥《太公家教》 旧时学童初级读物，作者不详。太公即曾祖或高祖。此书在唐宋时颇流行，后失传，清光绪末年在敦煌鸣沙山石室中发现写本一卷，有罗振玉《鸣沙石室古佚书》影印本。

⑦《急就篇》 一名《急就章》，旧时学意识字读物，西汉史游撰。有唐代颜师古及王应麟注。内容大抵按姓名、衣服、饮食、器用等分类编成韵语，多数为七字一句。

⑧ 其功德，当不在禹下 是唐代韩愈在《与孟尚书书》中称赞孟轲的话：“然向无孟氏，则皆服左衽而言侏离矣。故愈尝推尊孟氏，以为功不在禹下者为此也。”禹是一条虫，是顾颉刚在一九二三年讨论古史的文章中提出的看法，他在对禹作考证时，曾以《说文解字》训“禹”为“虫”作根据，提出禹是“蜥蜴之类”的“虫”的推断。

家庭为中国之基本[1]

中国的自己能酿酒，比自己来种鸦片早，但我们现在只听说许多人躺着吞云吐雾，却很少见有人像外国水兵似的满街发酒疯。唐宋的踢球，久已失传，一般的娱乐是躲在家里彻夜叉麻雀。从这两点看起来，我们在从露天下渐渐的躲进家里去，是无疑的。古之上海文人，已尝慨乎言之，曾出一联，索人属对，道："三鸟害人鸦雀鸽"，"鸽"是彩票，雅号奖券，那时却称为"白鸽票"的。但我不知道后来有人对出了没有。

不过我们也并非满足于现状，是身处斗室之中，神驰宇宙之外，抽鸦片者享乐着幻境，叉麻雀者心仪于好牌。檐下放起爆竹，是在将月亮从天狗嘴里救出；剑仙坐在书斋里，哼的一声，一道白光，千万里外的敌人可被杀掉了，不过飞剑还是回家，钻进原先的鼻孔去，因为下次还要用。这叫做千变万化，不离其宗。所以学校是从家庭里拉出子弟来，教成社会人才的地方，而一闹到不可开交的时候，还是"交家长严加管束"云。

"骨肉归于土，命也；若夫魂气，则无不之也，无不之也！"[2]一个人变了鬼，该可以随便一点了罢，而活人仍要烧一所纸房子，请他住进去，阔气的还有打牌桌，鸦片盘。成仙，这变化是很大的，但是刘太太偏舍不得老家，定要运动到"拔宅飞升"[3]，连鸡犬都带了上去而后已，好依然的管家务，饲狗，喂鸡。

我们的古今人；对于现状，实在也愿意有变化，承认其变化的。变鬼无法，成仙更佳，然而对于老家，却总是死也不肯放。我想，火药只做爆竹，指南针只看坟山，恐怕那原因就在此。

现在是火药蜕化为轰炸弹，烧夷弹，装在飞机上面了，我们却只能坐在家里等他落下来。自然，坐飞机的人是颇有了的，但他那里是远征呢，他为的是可以快点回到家里去。家是我们的生处,也是我们的死所。

十二月十六日

---

① 本篇最初发表于一九三四年一月十五日《申报月刊》第三卷第一号,署名罗怃。

② 这段话见《礼记·檀弓》:“骨肉归复于上,命也;若魄气则无不之也,无不之也!”

③ “拔宅飞升” 据《全后汉文》中的《仙人唐公房碑》记载,相传唐公房认识一个仙人,能获得“神药”。有一次,他触怒了太守,太守想逮捕他和他的妻子,“公房乃先归于谷口,呼其师告以危急。其师与之归,以药饮公房妻子曰:‘可去矣。’妻子恋家不忍去。又曰:‘岂欲得家俱去乎?’妻子曰:‘固所愿也。’于是乃以药涂屋柱,饮牛马六畜。须臾有大风玄云来迎,公房妻子,屋宅六畜,翛然与之俱去。”又东晋葛洪《神仙传》也载有关于汉代淮南王刘安的类似传说,东晋葛洪《神仙传》卷四记载:汉代淮南王刘安吃了仙药成仙,“临去时,余药器置在中庭,鸡犬舐啄之,尽得升天。”

大观园的人才[①]

早些年，大观园里的压轴戏是刘老老骂山门。[②]那是要老旦出场的，老气横秋地大"放"一通，[③]直到裤子后穿而后止。当时指着手无寸铁或者已被缴械的人大喊"杀，杀，杀！"[④]那呼声是多么雄壮。所以它——男角扮的老婆子，也可以算得一个人才。

而今时世大不同了，手里象刀，而嘴里却需要"自由，自由，自由"，"开放××"[⑤]云云。压轴戏要换了。

于是人才辈出，各有巧妙不同，出场的不是老旦，却是花旦了，而且这不是平常的花旦，而是海派戏广告上所说的"玩笑旦"。这是一种特殊的人物，他（她）要会媚笑，又要会撒泼，要会打情骂俏，又要会油腔滑调。总之，这是花旦而兼小丑的角色。不知道是时世造英雄（说"美人"要妥当些），还是美人儿多年阅历的结果？

美人儿而说"多年"，自然是阅人多矣的徐娘[⑥]了，她早已从窑姐儿升任了老鸨婆；然而她丰韵犹存，虽在卖人，还兼自卖。自卖容易，而卖人就难些。现在不但有手无寸铁的人，而且有了……况且又遇见了太露骨的强奸。要会应付这种非常之变，就非有非常之才不可。你想想：现在的压轴戏是要似战似和，又战又和，不降不守，亦降亦守！[⑦]这是多么难做的戏。没有半推半就假作娇痴的手段是做不好的。孟夫子说，"以天下与人易。"[⑧]其实，能够简单地双手捧着"天下"去"与人"，倒也不为难了。问题就在于不能如此。所以要一把眼泪一把鼻涕，哭哭啼啼，而又刁声浪气的诉苦说：我不入火坑[⑨]，谁入火坑。

然而娼妓说她自己落在火坑里，还是想人家去救她出来；而老鸨婆哭火坑，却未必有人相信她，何况她已经申明：她是敞开了怀抱，准备把一切人都拖进火坑的。虽然，这新鲜压轴戏的玩笑却开得不差，不是非常之才，就是挖空了心思也想不出的。

老旦进场，玩笑旦出场，大观园的人才着实不少！

四月二十四日

---

① 本篇最初发表于一九三三年四月二十六日《申报·自由谈》，署名干。

② 大观园 《红楼梦》中贾府的花园，这里比喻国民党政府。

刘老老是《红楼梦》中的人物，这里指国民党中以"元老"自居的反动政客吴稚晖（他曾被人称作"吴老老"）。吴稚晖（1865–1953），名敬恒，汇苏武进人，国民党政客。早年留学日本，英国。一九〇五年参加同盟会，是资产阶级民主革命中邹容。一九二四年后，历任国民党中央监察委员等职。

③ 大"放"一通 吴稚晖的反动言论中，常出现"放屁"一类字眼，如他在《弱者之结语》中说："总而言之，统而言之，止能提提案，放放屁，……我今天再放这一次，把肚子泻空了，就告完结。""裤子后穿"，是章太炎在《再复吴敬恒书》中痛斥吴稚晖的话："善箝而口，勿令舐痈；善补而裤，勿令后穿。"（载一九〇八年《民报》二十二号）

④ 指一九二七年四月蒋介石背叛革命时，吴稚晖充当帮凶，叫嚣"打倒"、"严办"共产党人和革命群众。

⑤ "开放××" 指当时一些国民党政客鼓吹的"开放政权"。

⑥ 徐娘 《南史·后妃传》有关于梁元帝妃徐昭佩的记载："徐娘虽老，犹尚多情。"后来因有"徐娘半老，风韵犹存"的成语。这里是指汪精卫。

⑦ "似战似和"等语，是讽刺汪精卫等人既想降日又要掩饰投降面目的丑态。如一九三三年四月十四日汪精卫在上海答记者问时曾说："国难如此严重，言战则有丧师失地之虞，言和则有丧权辱国之虞，言不和不战则两俱可虞。"

⑧ "以天下与人易" 语见《孟子·滕文公》："以天下与人易，为天下得人难。"

⑨ 入火坑 汪精卫一九三三年四月十四日在上海答记者问时曾说："现时置身南京政府中人，其中心焦灼，无异投身火坑一样。我们抱着共赴国难的决心，涌身跳入火坑，同时……，竭诚招邀同志们一齐跳入火坑。"

论“他妈的！”[①]

无论是谁，只要在中国过活，便总得常听到“他妈的”或其相类的口头禅。我想：这话的分布，大概就跟着中国人足迹之所至罢；使用的遍数，怕也未必比客气的“您好呀”会更少。假使依或人所说，牡丹是中国的“国花”，那么，这就可以算是中国的“国骂”了。

我生长于浙江之东，就是西滢先生之所谓“某籍”[②]。那地方通行的“国骂”却颇简单：专一以“妈”为限，决不牵涉余人。后来稍游各地，才始惊异于国骂之博大而精微：上溯祖宗，旁连姊妹，下递子孙，普及同性，真是“犹河汉而无极也”[③]。而且，不特用于人，也以施之兽。前年，曾见一辆煤车的只轮陷入很深的辙迹里，车夫便愤然跳下，出死力打那拉车的骡子道：“你姊姊的！你姊姊的！”

别的国度里怎样，我不知道。单知道诺威人Hamsun[④]有一本小说叫《饥饿》，粗野的口吻是很多的，但我并不见这一类话。Gorky[⑤]所写的小说中多无赖汉，就我所看过的而言，也没有这骂法。惟独Artzybashev[⑥]在《工人绥惠略夫》里，却使无抵抗主义者亚拉借夫骂了一句“你妈的”。但其时他已经决计为爱而牺牲了，使我们也失却笑他自相矛盾的勇气。这骂的翻译，在中国原极容易的，别国却似乎为难，德文译本作“我使用过你的妈”，日文译本作“你的妈是我的母狗”。这实在太费解，——由我的眼光看起来。

那么，俄国也有这类骂法的了，但因为究竟没有中国似的精博，所以光荣还得归到这边来。好在这究竟又并非什么大光荣，所以他们大约未必抗议；也不如“赤化”之可怕，中国的阔人，名人，高人，也不至于骇死的。但是，虽在中国，说的也独有所谓“下等人”，例如“车夫”之类，至于有身分的上等人，例如“士大夫”之类，则决不出之于口，更何况笔之于书。“予生也晚”，赶不上周朝，未为大夫，也没有做士，本可以放笔直干的，然而终于改头换面，从“国骂”上削去一个动词和一个名词，又改对称为第三人称者，恐怕还因为到底未曾拉车，因而也就不免“有点贵族气味”之故。那用途，既然只限于一部分，似乎又有些不能算作“国骂”了；但也不然，阔人所赏识的牡丹，下等人又何尝以为“花之富贵者也”[⑦]？

这“他妈的”的由来以及始于何代，我也不明白。经史上所见骂人的话，无非是“役夫”，“奴”，“死公”[⑧]；较厉害的，有“老狗”，“貉子”[⑨]；更厉害，涉及先代的，也不外乎“而母婢也”，“赘阉遗丑”[⑩]罢了！还没见过什么“妈的”怎样，虽然也许是士大夫讳而不录。但《广弘明集》[⑪]（七）记北魏邢子才“以为妇人不可保。谓元景曰，‘卿何必姓王？’元景变色。子才曰，‘我亦何必姓邢；能保五世耶？’”则颇有可以推见消息的地方。

晋朝已经是大重门第，重到过度了；华胄世业，子弟便易于得官；即使是一个酒囊饭袋，也还是不失为清品。北方疆土虽失于拓跋氏[⑫]，士人却更其发狂似的讲究阀阅，区别等第，守护极严。庶民中纵有俊才，也不能和大姓比并。至于大姓，实不过承祖宗余荫，以旧业骄人，空腹高心，当然使人不耐。但士流既然用祖宗做护符，被压迫的庶民自然也就将他们的祖宗当作仇敌。邢子才的话虽然说不定是否出于愤激，但对于躲在门第下的男女，却确是一个致命的重伤。势位声气，本来仅靠了“祖宗”这惟一的护符而存，“祖宗”倘一被毁，便什么都倒败了。这是倚赖“余荫”的必得的果报。

同一的意思，但没有邢子才的文才，而直出于“下等人”之口的，就是：“他妈的！”

要攻击高门大族的坚固的旧堡垒，却去瞄准他的血统，在战略上，真可谓奇谲的了。最先发明这一句“他妈的”的人物，确要算一个天才，——然而是一个卑劣的天才。

唐以后，自夸族望的风气渐渐消除；到了金元，已奉夷狄为帝王，自不妨拜屠沽作卿士，“等”的上下本该从此有些难定了，但偏还有人想辛辛苦苦地爬进“上等”去。刘时中[⑬]的曲子里说：“堪笑这没见识街市匹夫，好打那好顽劣。江湖伴侣，旋将表德官名相体呼，声音多厮称，字样不寻俗。听我一个个细数：粜米的唤子良；卖肉的呼仲甫……开张卖饭的呼君宝；磨面登罗底叫德夫:何足云乎?!”(《乐府新编阳春白雪》三)这就是那时的暴发户的丑态。

“下等人”还未暴发之先,自然大抵有许多“他妈的”在嘴上,但一遇机会,偶窃一位,略识几字,便即文雅起来:雅号也有了;身分也高了;家谱也修了,还要寻一个始祖,不是名儒便是名臣。从此化为“上等人”,也如上等前辈一样,言行都很温文尔雅。然而愚民究竟也有聪明的,早已看穿了这鬼把戏,所以又有俗谚,说:“口上仁义礼智,心里男盗女娼!”他们是很明白的。

于是他们反抗了,曰:“他妈的!”

但人们不能蔑弃扫荡人我的余泽和旧荫,而硬要去做别人的祖宗,无论如何,总是卑劣的事。有时,也或加暴力于所谓“他妈的”的生命上,但大概是乘机,而不是造运会,所以无论如何,也还是卑劣的事。

中国人至今还有无数“等”,还是依赖门第,还是倚仗祖宗。倘不改造,即永远有无声的或有声的“国骂”。就是“他妈的”,围绕在上下和四旁,而且这还须在太平的时候。

但偶尔也有例外的用法:或表惊异,或表感服。我曾在家乡看见乡农父子一同午饭,儿子指一碗菜向他父亲说:“这不坏,妈的你尝尝看!”那父亲回答道:“我不要吃。妈的你吃去罢!”则简直已经醇化为现在时行的“我的亲爱的”的意思了。

一九二五年七月十九日

---

① 本篇最初发表于一九二五年七月二十七日《语丝》周刊第三十七期。

② 西滢先生之所谓“某籍” 在一九二五年北京女子师范大学学生反对校长杨荫榆事件中,鲁迅等七名教员曾在五月二十七日的《京报》上发表宣言,对学生表示支持。陈西滢在《现代评论》第一卷第二十五期(一九二五年五月三十日)发表的《闲话》中攻击鲁迅等人说:“以前我们常常听说女师大的风潮,有在北京教育界占最大势力的某籍某系的人在暗中鼓动,可是我们总不敢相信。……但是这篇宣言一出,免不了流言更加传布得利害了。”某籍,指鲁迅的籍贯浙江。陈西滢(1896—1970),即陈源,字通伯,现代评论派重要成员。

③ “犹河汉而无极也” 语见《庄子·逍遥游》:“吾惊怖其言,犹河汉而无极也。”河汉,即银河。

④ Hamsun 哈姆生(1859—1952),挪威小说家。《饥饿》是他在一八九○年发表的长篇小说。

⑤ Gorky 高尔基(1868-1936),苏联无产阶级作家。著有长篇小说《福玛·高尔杰耶夫》、

《母亲》和自传体三部曲《童年》、《在人间》、《我的大学》等。

⑥ Artzybashev 阿尔志跋绥夫(1878-1927),俄国小说家。他的作品主要描写精神颓废者的生活,有些也反映了沙皇统治的黑暗。十月革命逃之国外,死于华少。

⑦ “花之富贵者也” 语见宋代周敦颐《爱莲说》:“牡丹,花之富贵者也。”

⑧ “役夫” 见《左传》 文公元年,楚成王妹江骂成王子商臣(即楚穆王)的话:“呼,役夫!宜君王之欲杀女(汝)而立职也。”晋代杜预注:“役夫,贱者称。”按职是商臣的庶弟。“奴”,《南史·宋本纪》:“帝(前废帝刘子业)自以为昔在东宫,不为孝武所爱,及即位,将掘景宁陵,太史言于帝不利而止;乃纵粪于陵,肆骂孝武帝奴。,鼻上的红疱,俗称“酒糟鼻子”。“死公”,《后汉书·文苑列传》称衡骂黄祖的话:“死公!云等道?”唐代李贤注:“死公,骂言也;等道,犹今言何勿语也。”

⑨ “老狗” 汉代班固《汉孝武故事》:栗姬骂景帝“老狗,上心衔之未发也”。衔,怀恨在心。“貉子”,南朝宋刘义庆《世说新语·惑溺》:“孙秀降晋,晋武帝厚存宠之,妻以姨妹蒯氏,室家甚笃;妻尝妒,乃骂秀为貉子,秀大不平,遂不复入。”

⑩ “而母婢也” 《战国策·赵策》:“周烈王崩,诸侯皆吊。齐后往,周怒,赴于齐曰:‘天崩地坼,天子下席,东藩之臣田婴齐后至则[昔斤]之。’(齐)威王勃然怒曰:‘叱嗟,而(尔)母碑也!’”“赘阉遗丑”,陈琳《为袁绍檄豫州(刘备)文》:“操赘阉遗丑,本无懿德。”赘阉,指曹操的父亲曹嵩过继给宦官曹腾做儿子。

⑪《广弘明集》 唐代和尚道宣编,三十卷。内容系辑录自晋至唐阐明佛法的文章。邢子才(496—?),名邵,河间(今属河北)人,北魏无神论者。东魏武定末任太常卿。元景(?—559),即王昕,字元景,北海剧(今山东东昌)人,东魏武定末任太子詹事,是邢子才的好友。

⑫ 拓跋氏 古代鲜卑族的一支。公元三八六年拓跋[王圭]自立为魏王,后日益强大,占有黄河以北的土地;公元三九八年建都平城(今大同),称帝改元,史称北魏。

⑬ 刘时中 名致,字时中,号逋斋,石州宁乡(今山西离石)人,元代词曲家。这里所引见于他的套曲《上高监司·端正好》。曲子中的“好顽劣”,意即很无知。“表德”,即正式名字外的“字”和“号”。“声音多厮称”,即声音相同。子良取音于“粮”。仲甫取音于“脯”。君宝取音于“饱”。德夫取音于“脯”。

流氓的变迁[①]

孔墨都不满于现状，要加以改革，但那第一步，是在说动人主，而那用以压服人主的家伙，则都是“天”[②]。

孔子之徒为儒，墨子之徒为侠[③]。“儒者，柔也”[④]，当然不会危险的。惟侠老实，所以墨者的末流，至于以“死”[⑤]为终极的目的。到后来，真老实的逐渐死完，止留下取巧的侠，汉的大侠，就已和公侯权贵相馈赠，[⑥]以备危急时来作护符之用了。

司马迁说：“儒以文乱法，而侠以武犯禁”[⑦]，“乱”之和“犯”，决不是“叛”，不过闹点小乱子而已，而况有权贵如“五侯”[⑧]者在。

“侠”字渐消，强盗起了，但也是侠之流，他们的旗帜是“替天行道”。他们所反对的是奸臣，不是天子，他们所打劫的是平民，不是将相。李逵劫法场[⑨]时，抡起板斧来排头砍去，而所砍的是看客。一部《水浒》，说得很分明：因为不反对天子，所以大军一到，便受招安，替国家打别的强盗——不“替天行道”[⑩]的强盗去了。终于是奴才。

满洲入关，中国渐被压服了，连有“侠气”的人，也不敢再起盗心，不敢指斥奸臣，不敢直接为天子效力，于是跟一个好官员或钦差大臣，给他保镳，替他捕盗，一部《施公案》[⑪]，也说得很分明，还有《彭公案》[⑫]，《七侠五义》[⑬]之流，至今没有穷尽。他们出身清白，连先前也并无坏处，虽在钦差之下，究居平民之上，对一方面固然必须听命，对别方面还是大可逞雄，安全之度增多了，奴性也跟着加足。

然而为盗要被官兵所打，捕盗也要被强盗所打，要十分安全的侠客，是觉得都不妥当的，于是有流氓。和尚喝酒他来打，男女通奸他来捉，私娼私贩他来凌辱，为的是维持风化；乡下人不懂租界章程他来欺侮，为的是看不起无知；剪发女人他来嘲骂，社会改革者他来憎恶，为的是宝爱秩序。但后面是传统的靠山，对手又都非浩荡的强敌，他就在其间横行过去。现在的小说，还没有写出这一种典型的书，惟《九尾龟》[14]中的章秋谷，以为他给妓女吃苦，是因为她要敲人们竹杠，所以给以惩罚之类的叙述，约略近之。

由现状再降下去，大概这一流人将成为文艺书中的主角了，我在等候“革命文学家”张资平[15]“氏”的近作。

---

① 本篇最初发表于一九三〇年一月一日上海《萌芽月刊》第一卷第一期。

② “天” 指儒、墨两家著作中的所谓“天命”、“天意”。如《论语·季氏》：“君子有三畏：畏天命，畏大人，畏圣人之言。”《墨子·天志》：“顺天意者兼相爱，交相利，必得赏。反天意者别相恶，交相贼，必得罚。”

③ 墨子（约前468—前376） 名翟，春秋战国之际鲁国人，墨家学派的创始者。他的言行，经他的弟子及后学辑入《墨子》一书。墨子之徒多尚武。他死后，他的学派起分化，以宋钘，许行等为代表的正统派，到秦汉时演化成为游侠。

④ “儒者，柔也”见许慎《说文解字》：“儒者，柔也，术士之称。”

⑤ “死” 指游侠中流行的所谓“其言必信，其行必果，已诺必诚，不爱其躯”（见《史记·游侠列传》）的一种侠义精神。这些游侠往往为某些权贵所豢养。“士为知己者死”，就是他们的道德观念。

⑥ 汉代的大侠多和权贵交往勾结，如《汉书·游侠传》载，陈遵“居长安中，列侯近臣贵戚皆贵重之。牧守当之官，及郡国豪杰至京师者，莫不相因到遵门。”

⑦ “儒以文乱法，而侠以武犯禁” 语见《韩非子·五蠹》。司马迁在《史记·游侠列传》中也曾引用此语。

⑧ “五侯” 汉成帝（刘骜）河平二年（前27），外戚王谭、王逢时、王根、王立、王商兄弟五人同日封侯，当时称为“五侯”。据《汉书·游侠传》载，“五侯”豢养许多儒侠之士，其中大侠楼护（君卿）最受信用，是“五侯上客”。

⑨ 李逵劫法场 见一百二十回本《水浒传》第四十回。

⑩ 《水浒》 即《水浒传》，元末明初施耐庵作，是一部以北宋宋江领导的农民起义为题材的长篇小说。书中有宋江受朝廷招安后又去镇压方腊等农民起义军的情节。“替天行道” 是宋江一贯打着的旗号。

⑪ 《施公案》 清代公案小说，作者不详，共九十七回。写康熙年间施仕纶官江都知县至漕运总督时，黄天霸为他办案的故事，一八三八年印行。

⑫ 《彭公案》 清代公案小说，署贪梦道人作，共一百回。写康熙年间一帮江湖侠客为三河知县彭鹏办案的故事，一八九一年印行。

⑬ 《七侠五义》 原名《三侠五义》，清代侠义小说，署石玉昆述，入迷道人编订，共一百二十回。一八七九年印行，后经俞樾修订，一八八九年重印，改名《七侠五义》。前半部主要写包拯审案的故事，后半部主要写江湖侠客的活动。

⑭ 《九尾龟》 张春帆作，描写妓女生活的小说，一九一〇年出版。

⑮ 张资平 （1893-1959）广东梅县人，创造社早期成员，抗日战争时期堕落为汉奸。他写过大量三角恋爱小说，在革命文学论争中，自称“转换方向”。他在自己主编的《乐群》

月刊第二卷第十二期(一九二九年十二月)的《编后》中,攻击《拓荒者》,《萌芽月刊》等刊物,其中说:“有人还自谦‘拓荒’‘萌芽’,或许觉得那样的探求嫌过早,但你们不要因为自己脚小便叫别人在路上停下来等你,我们要勉力跑快一点了,不要‘收获’回到‘拓荒’,回到‘萌芽’,甚而至于回到‘下种’呀!不要自己跟不上,便厌人家太早太快,望着人家走去。”

由中国女人的脚，推定中国人之非中庸，又由此推定孔夫子有胃病①

——“学匪”派考古学之一

古之儒者不作兴谈女人，……古之儒者不作兴谈女人，但有时总喜欢谈到女人。例如“缠足”罢，从明朝到清朝的带些考据气息的著作中，往往有一篇关于这事起源的迟早的文章。为什么要考究这样下等事呢，现在不说他也罢，总而言之，是可以分为两大派的，一派说起源早，一派说起源迟。说早的一派，看他的语气，是赞成缠足的，事情愈古愈好，所以他一定要考出连孟子的母亲，也是小脚妇人的证据来。说迟的一派却相反，他不大恭维缠足，据说，至早，亦不过起于宋朝的末年。

其实，宋末，也可以算得古的了。不过不缠之足，样子却还要古，学者应该“贵古而贱今”，斥缠足者，爱古也。但也有先怀了反对缠足的成见，假造证据的，例如前明才子杨升庵先生，他甚至于替汉朝人做《杂事秘辛》，来证明那时的脚是“底平趾敛”。

于是又有人将这用作缠足起源之古的材料，说既然“趾敛”，可见是缠的了。但这是自甘于低能之谈，这里不加评论。

照我的意见来说，则以上两大派的话，是都错，也都对的。现在是古董出现的多了，我们不但能看见汉唐的图画，也可以看到晋唐古坟里发掘出来的泥人儿。那些东西上所表现的女人的脚上，有圆头履，有方头履，可见是不缠足的。古人比今人聪明，她决不至于缠小脚而穿大鞋子，里面塞些棉花，使自己走得一步一拐。

但是，汉朝就确已有一种“利屣”，头是尖尖的，平常大约未必穿罢，舞的时候，却非此不可。不但走着爽利，“潭腿”似的踢开去之际，也不至于为裙子所碍，甚至于踢下裙子来。那时太太们固然也未始不舞，但舞的究以倡女为多，所以倡伎就大抵穿着“利屣”，穿得久了，也免不了要“趾敛”的。然而伎女的装束，是闺秀们的大成至圣先师，这在现在还是如此，常穿利屣，即等于现在之穿高跟皮鞋，可以俨然居炎汉“摩登女郎”之列，于是乎虽是名门淑女，脚尖也就不免尖了起来。先是倡伎尖，后是摩登女郎尖，再后是大家闺秀尖，最后才是“小家碧玉”一齐尖。待到这些“碧玉”们成了祖母时，就入于利屣制度统一脚坛的时代了。

当民国初年，“不佞”观光北京的时候，听人说，北京女人看男人是否漂亮（自按：盖即今之所谓“摩登”也）的时候，是从脚起，上看到头的。所以男人的鞋袜，也得留心，脚样更不消说，当然要弄得齐齐整整，这就是天下之所以有“包脚布”的原因。仓颉造字，我们是知道的，谁造这布的呢，却还没有研究出。但至少是“古已有之”，唐朝张鹭作的《朝野佥载》罢，他说武后朝有一位某男士，将脚裹得窄窄的，人们见了都发笑。可见盛唐之世，就已有了这一种玩意儿，不过还不是很极端，或者还没有很普及。然而好像终于普及了。由宋至清，绵绵不绝，民元革命以后，革了与否，我不知道，因为我是专攻考“古”学的。

然而奇怪得很，不知道怎的（自按：此处似略失学者态度），女士们之对于脚，尖还不够，并且勒令它“小”起来了，最高模范，还竟至于以三寸为度。这么一来，可以不必兼买利屣和方头履两种，从经济的观点来看，是不算坏的，可是从卫生的观点来看，却未免有些“过火”，换一句话，就是“走了极端”了。

我中华民族虽然常常的自命为爱“中庸”，行“中庸”的人民，其实是颇不免于过激的。譬如对于敌人罢，有时是压服不够，还要“除恶务尽”杀掉不够，还要“食肉寝皮”。但有时候，却又谦虚到“侵略者要进来，让他们进来。也许他们会杀了十万中国人。不要紧，中国人有的是，我们再有人上去”。这真教人会猜不出是真痴还是假呆。而女人的脚尤其是一个铁证，不小则已，小则必求其三寸，宁可走不成路，摆摆摇摇。慨自辫子肃清以后，缠足本已一同解放的了，老新党的母亲们，鉴于自己在皮鞋里塞棉花之麻烦，一时也确给她的女儿留了天足。然而我们中华民族是究竟有些“极端”的，不多久，老病复发，有些女士们已在别想花样，用一枝细黑柱子将脚跟支起，叫它离开地球。她到底非要她的脚变把戏不可。由过去以测将来，则四朝(假如仍旧有朝代的话)之后,全国女人的脚趾都和小腿成一直线,是可以有八九成把握的。

然则圣人为什么大呼"中庸"呢?曰:这正因为大家并不中庸的缘故。人必有所缺,这才想起他所需。穷教员养不活老婆了,于是觉到女子自食其力说之合理,并且附带地向男女平权论点头;富翁胖到要发哮喘病了,才去打高而富球,从此主张运动的紧要。我们平时,是决不记得自己有一个头,或一个肚子,应该加以优待的,然而一旦头痛肚泻,这才记起了他们,并且大有休息要紧,饮食小心的议论。倘有谁听了这些议论之后,便贸贸然决定这议论者为卫生家,可就失之十丈,差以亿里了。

倒相反,他是不卫生家,议论卫生,正是他向来的不卫生的结果的表现。孔子曰:"不得中行而与之,必也狂狷乎,狂者进取,狷者有所不为也!"以孔子交游之广,事实上没法子只好寻狂狷相与,这便是他在理想上之所以哼着"中庸,中庸"的原因。

以上的推定假使没有错,那么,我们就可以进而推定孔子晚年,是生了胃病的了。"割不正不食",这是他老先生的古板规矩,但"食不厌精,脍不厌细"的条令却有些稀奇。他并非百万富翁或能收许多版税的文学家,想不至于这么奢侈的,除了只为卫生,意在容易消化之外,别无解法。况且"不撤姜食",又简直是省不掉暖胃病了。何必如此独厚于胃,念念不忘呢?曰,以其有胃病之故也。

倘说:坐在家里,不大走动的人们很容易生胃病,孔子周游列国,运动王公,该可以不生病证的了。那就是犯了知今而不知古的错误。盖当时花旗白面,尚未输入,土磨麦粉,多含灰沙,所以分量较今面为重;国道尚未修成,泥路甚多凹凸,孔子如果肯走,那是不大要紧的,而不幸他偏有一车两马。胃里袋着沉重的面食,坐在车子里走着七高八低的道路,一颠一顿,一掀一坠,胃就被坠得大起来,消化力随之减少,时时作痛;每餐非吃"生姜"不可了。所以那病的名目,该是"胃扩张";那时候,则是"晚年",约在周敬王十年以后。

以上的推定,虽然简略,却都是"读书得间"的成功。但若急于近功,妄加猜测,即很容易陷于"多疑"的谬误。例如罢,二月十四日《申报》载南京专电云:"中执委会令各级党部及人民团体制'忠孝仁爱信义和平'匾额,悬挂礼堂中央，以资启迪。”看了之后，切不可便推定为各要人讥大家为“忘八”；三月一日《大晚报》载新闻云：“孙总理夫人宋庆龄女士自归国寓沪后，关于政治方面，不闻不问，惟对社会团体之组织非常热心。据本报记者所得报告，前日有人由邮政局致宋女士之索诈信□（自按：原缺）件，业经本市当局派驻邮局检查处检查员查获，当将索诈信截留，转辗呈报市府。”看了之后，也切不可便推定虽为总理夫人宋女士的信件，也常在邮局被当局派员所检查。

盖虽“学匪派考古学”，亦当不离于“学”，而以“考古”为限的。

三月四日夜

---

① 本篇最初发表于一九三三年三月十六日《论语》第十三期，署名何干。

② 《杂事秘辛》 笔记小说，一卷，旧题无名氏撰，伪托为东汉佚书，实为明代杨慎（号升庵）作。写东汉桓帝（刘志）选梁莹为妃的故事。其中有一段描写梁莹的脚：“足长八寸，跗丰研，底平指敛，约缣迫袜，收束微如禁中。”杨慎在该书跋语中说：“予尝搜考弓足原始，不得。及见‘约缣迫袜，收束微如禁中’语，则缠足后汉已自有之。”按杨慎是持缠足起源较早一说的。

③ “利屣” 一种舞鞋。《史记·货殖列传》：“今夫赵女郑姬，设形容，"a鸣琴，揄长袂，蹑利屣，目挑心招。”

④ “潭腿” 拳术的一种，相传由清代山东龙潭寺的和尚创立，故称。

⑤ 炎汉 即汉代。过去阴阳家用金木水火土五行（也称五德）相生相克的循环变化来说明王朝更替；他们认为汉朝属火，故称“炎汉”。

⑥ “小家碧玉” 语出南朝乐府《碧玉歌》：“碧玉小家女，不敢攀贵德”。碧玉原系人名，旧时常以“小家碧玉”称小康人家的少女。

⑦ 《朝野佥载》唐代张族鸟作，内容系记载唐代的故事和琐闻。按该书没有鲁迅所引一事的记载。

⑧ “除恶务尽” 语出《尚书·泰誓》：“树德欲滋，除恶务本。”“食肉寝皮”，语出《左传》襄公二十一年：“然二子者，譬如禽兽，臣食其肉而寝处其皮矣。”

⑨ 语见《论语·子路》。据宋代朱熹注：“行，道也。狂者，志极高而行不掩。狷者，知未及而守有余。”

⑩ “割不正不食”、“食不厌精，脍不厌细”、“不撤姜食”等语，都见《论语·乡党》。

⑪ 孔子周游列国 孔丘于鲁定公十二年至鲁哀公十一年（前498—前484）离开鲁国，周游宋、卫、陈、蔡、齐、楚等国，游说诸侯，终不见用。

⑫ 花旗白面 由美国进口的面粉。

⑬ “忠孝仁爱信义和平” 当时国民党政客戴季陶等宣扬的所谓“八德”。国民党当局为了加强其封建法西斯统治，强令机关团体将它制匾悬挂于礼堂，国民党教育部又于一九三三年二月二十日宣布以此为“小学公民训练标准”。

⑭ “忘八” 封建时代流行的俗语，指忘记了概括封建道德要义的“孝、悌、忠、信、礼、义、廉、耻”八个字的最后一个“耻”字，也即“无耻”的意思。

⑮ 《大晚报》 一九三二年二月十二日在上海创刊，张竹平创办，后为国民党财阀孔祥熙收买，一九四九年五月二十五日停刊。

豪语的折扣[①]

豪语的折扣其实也就是文学上的折扣，凡作者的自述，往往须打一个扣头，连自白其可怜和无用[②]也还是并非“不二价”的，更何况豪语。

仙才李太白[③]的善作豪语，可以不必说了；连留长了指甲，骨瘦如柴的鬼才李长吉[④]，也说“见买若耶溪水剑，明朝归去事猿公”起来，简直是毫不自量，想学刺客了。这应该折成零，证据是他到底并没有去。南宋时候，国步艰难，陆放翁[⑤]自然也是慷慨党中的一个，他有一回说：“老子犹堪绝大漠，诸君何至泣新亭。”他其实是去不得的，也应该折成零。——但我手头无书，引诗或有错误，也先打一个折扣在这里。

其实，这故作豪语的脾气，正不独文人为然，常人或市侩，也非常发达。市上甲乙打架，输的大抵说：“我认得你的！”

这是说，他将如伍子胥[⑥]一般，誓必复仇的意思。不过总是不来的居多，倘是智识分子呢，也许另用一些阴谋，但在粗人，往往这就是斗争的结局，说的是有口无心，听的也不以为意，久成为打架收场的一种仪式了。

旧小说家也早已看穿了这局面，他写暗娼和别人相争，照例攻击过别人的偷汉之后，就自序道：“老娘是指头上站得人，臂膊上跑得马……”[⑦]底下怎样呢？他任别人去打折扣。他知道别人是决不那么胡涂，会十足相信的，但仍得这么说，恰如卖假药的，包纸上一定印着“存心欺世，雷殛火焚”一样，成为一种仪式了。

但因时势的不同，也有立刻自打折扣的。例如在广告上，我们有时会看见自说“我是坐不改名，行不改姓的人”[⑧]，真要蓦地发生一种好像见了《七侠五义》[⑨]中人物一般的敬意，但接着就是“纵令有时用其他笔名，但所发表文章，均自负责”，却身子一扭，土行孙[⑩]似的不见了。予岂好“用其他笔名”哉？予不得已也。上海原是中国的一部分，当然受着孔子的教化的。便是商家，柜内的“不二价”的金字招牌也时时和屋外“大廉价”的大旗互相辉映，不过他总有一个缘故：

不是提倡国货，就是纪念开张。

所以，自打折扣，也还是没有打足的，凡“老上海”，必须再打它一下。

八月四日

---

① 本篇最初发表于一九三三年八月八日《申报·自由谈》。

② 自白其可怜和无用　指曾今可。

③ 李太白(701—762)　名白，字太白，祖籍陇西成纪(今甘肃秦安)，后迁居绵州昌隆(今四川江油)，唐代诗人。他的诗豪放飘逸，有“诗仙”之称。后代文人曾将他与下文提到的李长吉并论，如北宋宋祁等人就有“太白仙才，长吉鬼才”的说法(见《文献通考·经籍六十九》)。

④ 李长吉(790—816)　名贺，字长吉，昌谷(今河南宜阳)人，唐代诗人。《新唐书·文艺传》说他“为人纤瘦，通眉，长指爪”。他的诗想像丰富，诡异新奇。这里引用的两句，见他的《南园》十三首中的第七首，意思是说他要去学剑术。“猿公”典出《吴越春秋》卷九：越有处女，善剑术，应聘往见勾践，途中遇一老翁，自称袁公，要求和她比剑，结果两力相敌，老翁飞上树枝，化为白猿而去。

⑤ 陆放翁(1125—1210)　名游，字务观，自号放翁，山阴(今浙江绍兴)人，南宋诗人。他生活在外族入侵、国势衰微的时代，诗词慷慨激昂。这里所引两句，见他的《夜泊水村》一诗，意思是说他虽然年老，但也还可以到边塞去驱逐敌人，并鼓励他人对国事不要悲观。“新亭”典出《世说新语·言语》：东晋初年，由北方逃到建康(今南京)的一批士大夫，有一天在新亭(在今南京市南)宴会，周　(晋元帝时的尚书左仆射)想起西晋的首都洛阳，叹息说：“风景不殊，正自有河山之异！”于是大家“皆相视流泪”。

⑥ 伍子胥(？—前484)　名员，春秋时楚国人。楚平王杀了他的父亲伍奢、哥哥伍尚，他出奔吴国，力谋复仇；后佐吴王阖庐(一作阖闾)伐楚，攻破楚国首都郢(在今湖北江陵)，掘平王墓，鞭尸三百。

⑦ 这两句是小说《水浒》中人物潘金莲所说的话，见该书第二十四回。原作“拳头上立得人，胳膊上走得马”。

⑧ 此句与下文“纵令有时用其他笔名……”句，都是张资平在一九三三年七月六日上海《时事新报》刊登的启事中的话，参看《伪自由书·后记》。

⑨《七侠五义》　原名《三侠五义》，清代侠义小说，共一二〇回，署“石玉昆述”，一八七九年出版。十年后经俞樾改撰第一回并对全书作了修订，改名为《七侠五义》。书中所叙人物，口头常说“坐不改名，行不改姓”这一句话。

⑩ 土行孙　明代神魔小说《封神演义》中的人物，小说写他善“地行之术”——“身子一扭，即时不见”。

辱骂和恐吓决不是战斗[①]

——致《文学月报》编辑的一封信

起应[②]兄：

前天收到《文学月报》第四期，看了一下。我所觉得不足的，并非因为它不及别种杂志的五花八门，乃是总还不能比先前充实。但这回提出了几位新的作家来，是极好的，作品的好坏我且不论，最近几年的刊物上，倘不是姓名曾经排印过了的作家，就很有不能登载的趋势，这么下去，新的作者要没有发表作品的机会了。现在打破了这局面，虽然不过是一种月刊的一期，但究竟也扫去一些沉闷，所以我以为是一种好事情。但是，我对于芸生先生的一篇诗[③]，却非常失望。

这诗，一目了然，是看了前一期的别德纳衣的讽刺诗[④]而作的。然而我们来比一比罢，别德纳衣的诗虽然自认为“恶毒”，但其中最甚的也不过是笑骂。这诗怎么样？有辱骂，有恐吓，还有无聊的攻击：其实是大可以不必作的。

例如罢，开首就是对于姓的开玩笑[⑤]。一个作者自取的别名，自然可以窥见他的思想，譬如“铁血”，“病鹃”之类，固不妨由此开一点小玩笑。但姓氏籍贯，却不能决定本人的功罪，因为这是从上代传下来的，不能由他自主。我说这话还在四年之前，当时曾有人评我为“封建余孽”，其实是捧住了这样的题材，欣欣然自以为得计者，倒是十分“封建的”的。不过这种风气，近几年颇少见了，不料现在竟又复活起来，这确不能不说是一个退步。

尤其不堪的是结末的辱骂。现在有些作品，往往并非必要而偏在对话里写上许多骂语去，好像以为非此便不是无产者作品，骂詈愈多，就愈是无产者作品似的。其实好的工农之中，并不随口骂人的多得很，作者不应该将上海流氓的行为，涂在他们身上的。即使有喜欢骂人的无产者，也只是一种坏脾气，作者应该由文艺加以纠正，万不可再来展开，使将来的无阶级社会中，一言不合，便祖宗三代的闹得不可开交。况且即是笔战，就也如别的兵战或拳斗一样，不妨伺隙乘虚，以一击制敌人的死命，如果一味鼓噪，已是《三国志演义》式战法，至于骂一句爹娘，扬长而去，还自以为胜利，那简直是"阿Q"式的战法了。

接着又是什么"剖西瓜"[6]之类的恐吓，这也是极不对的，我想。无产者的革命，乃是为了自己的解放和消灭阶级，并非因为要杀人，即使是正面的敌人，倘不死于战场，就有大众的裁判，决不是一个诗人所能提笔判定生死的。现在虽然很有什么"杀人放火"的传闻，但这只是一种诬陷。中国的报纸上看不出实话，然而只要一看别国的例子也就可以恍然，德国的无产阶级革命[7]（虽然没有成功），并没有乱杀人；俄国不是连皇帝的宫殿都没有烧掉么？而我们的作者，却将革命的工农用笔涂成一个吓人的鬼脸，由我看来，真是卤莽之极了。

自然，中国历来的文坛上，常见的是诬陷，造谣，恐吓，辱骂，翻一翻大部的历史，就往往可以遇见这样的文章，直到现在，还在应用，而且更加厉害。但我想，这一份遗产，还是都让给叭儿狗文艺家去承受罢，我们的作者倘不竭力的抛弃了它，是会和他们成为"一丘之貉"的。

不过我并非主张要对敌人陪笑脸，三鞠躬。我只是说，战斗的作者应该注重于"论争"；倘在诗人，则因为情不可遏而愤怒，而笑骂，自然也无不可。但必须止于嘲笑，止于热骂，而且要"喜笑怒骂，皆成文章"[8]，使敌人因此受伤或致死，而自己并无卑劣的行为，观者也不以为污秽，这才是战斗的作者的本领。

刚才想到了以上的一些，便写出寄上，也许于编辑上可供参考。总之，我是极希望此后的《文学月报》上不再有那样的作品的。

专此布达，并问

好。

鲁迅。十二月十日

---

① 本篇最初发表于一九三二年十二月十五日《文学月报》第一卷第五、六号合刊。

② 起应　即周扬，湖南益阳人，文艺理论家，"左联"领导成员之一。当时主编《文学月报》。

③ 芸生　原名邱九如,浙江宁波人。他的诗《汉奸的供状》,载《文学月报》第一卷第四期(一九三二年十一月),意在讽刺自称"自由人"的胡秋原的反动言论,但是其中有鲁迅在本文中所指出的严重缺点和错误。

④ 别德纳衣的讽刺诗　指讽刺托洛茨基的长诗《没工夫唾骂》(瞿秋白译,载一九三二年十月《文学月报》第一卷第三期)。

⑤ 对于姓的开玩笑　原诗开头是:"现在我来写汉奸的供状。据说他也姓胡,可不叫立夫"。按胡立夫是一九三二年"一二八"日军侵占上海闸北时的著名汉奸。

⑥ "剖西瓜"　原诗中有这样的话:"当心,你的脑袋一下就要变做剖开的西瓜!"

⑦ 德国的无产阶级革命　即德国十一月革命。一九一八年至一九一九年德国无产阶级、农民和人民大众在一定程度上用无产阶级革命的手段和形式进行的资产阶级民主革命。它推翻了霍亨索伦王朝,宣布建立社会主义共和国。随后,在社会民主党政府的血腥镇压下失败。

⑧ "喜笑怒骂,皆成文章"　语见宋代黄庭坚《东坡先生真赞》。喜,原作嬉。

“人话”[1]

记得荷兰的作家望蔼覃(F.Van Eeden)[2]——可惜他去年死掉了——所做的童话《小约翰》里,记着小约翰听两种菌类相争论,从旁批评了一句“你们俩都是有毒的”,菌们便惊喊道:“你是人么?这是人话呵!”

从菌类的立场看起来,的确应该惊喊的。人类因为要吃它们,才首先注意于有毒或无毒,但在菌们自己,这却完全没有关系,完全不成问题。

虽是意在给人科学知识的书籍或文章,为要讲得有趣,也往往太说些“人话”。这毛病,是连法布耳(J.H.Fabre)[3]做的大名鼎鼎的《昆虫记》(Souvenirs Entomologiques),也是在所不免的。随手抄撮的东西不必说了。近来在杂志上偶然看见一篇教青年以生物学上的知识的文章[4],内有这样的叙述——

> “鸟粪蜘蛛……形体既似鸟粪,又能伏着不动,自己假做鸟粪的样子。”
>
> “动物界中,要残食自己亲丈夫的很多,但最有名的,要算前面所说的蜘蛛和现今要说的螳螂了。……”

这也未免太说了“人话”。鸟粪蜘蛛只是形体原像鸟粪,性又不大走动罢了,并非它故意装作鸟粪模样,意在欺骗小虫豸。螳螂界中也尚无五伦[5]之说,它在交尾中吃掉雄的,只是肚子饿了,在吃东西,何尝知道这东西就是自己的家主公。

但经用“人话”一写,一个就成了阴谋害命的凶犯,一个是谋死亲夫的毒妇了。实则都是冤枉的。

“人话”之中,又有各种的“人话”:有英人话,有华人话。华人话中又有各种:有“高等华人话”,有“下等华人话”。浙西有一个讥笑乡下女人之无知的笑话——“是大热天的正午，一个农妇做事做得正苦，忽而叹道：‘皇后娘娘真不知道多么快活。这时还不是在床上睡午觉，醒过来的时候，就叫道：太监，拿个柿饼来！’”

然而这并不是“下等华人话”，倒是高等华人意中的“下等华人话”，所以其实是“高等华人话”。在下等华人自己，那时也许未必这么说，即使这么说，也并不以为笑话的。

再说下去，就要引起阶级文学的麻烦来了，“带住”。

现在很有些人做书，格式是写给青年或少年的信。自然，说的一定是“人话”了。但不知道是那一种“人话”？为什么不写给年龄更大的人们？年龄大了就不屑教诲么？还是青年和少年比较的纯厚，容易诓骗呢？

三月二十一日

---

① 本篇最初发表于一九三三年三月一十八日《申报·自由谈》，署名何家干。

② 望·蔼覃（1860—1932） 荷兰作家、医生。《小约翰》发表于一八八五年，一九二七年曾由鲁迅译成中文，一九二八年北平未名社出版。菌类的争论见于该书第五章。

③ 法布耳（1823—1915） 法国昆虫学家。他的《昆虫记》共十卷，第一卷于一八七九年出版，第十卷于一九一〇年出版，是一部介绍昆虫生活情态的书。

④ 指一九三三年三月号《中学生》刊载的王历农《动物的本能》一文。

⑤ 五伦 我国封建社会称君臣、父子、夫妇、兄弟、朋友五种关系为“五伦”，《孟子·滕文公》中说这五种关系的准则是“父子有亲，君臣有义，夫妇有别，长幼有序，朋友有信”。

女人未必多说谎[①]

侍桁[②]先生在《谈说谎》里，以为说谎的原因之一是由于弱，那举证的事实，是："因此为什么女人讲谎话要比男人来得多。"

那并不一定是谎话，可是也不一定是事实。我们确也常常从男人们的嘴里，听说是女人讲谎话要比男人多，不过却也并无实证，也没有统计。叔本华[③]先生痛骂女人，他死后，从他的书籍里发见了医梅毒的药方；还有一位奥国的青年学者[④]，我忘记了他的姓氏，做了一大本书，说女人和谎话是分不开的，然而他后来自杀了。我恐怕他自己正有神经病。

我想，与其说"女人讲谎话要比男人来得多"，不如说"女人被人指为'讲谎话要比男人来得多'的时候来得多"，但是，数目字的统计自然也没有。

譬如罢，关于杨妃[⑤]，禄山之乱以后的文人就都撒着大谎，玄宗逍遥事外，倒说是许多坏事情都由她，敢说"不闻夏殷衰，中自诛褒妲"[⑥]的有几个。就是妲己，褒姒，也还不是一样的事？女人的替自己和男人伏罪，真是太长远了。今年是"妇女国货年"[⑦]，振兴国货，也从妇女始。不久，是就要挨骂的，因为国货也未必因此有起色，然而一提倡，一责骂，男人们的责任也尽了。

记得某男士有为某女士鸣不平的诗道："君王城上竖降旗，妾在深宫那得知？二十万人齐解甲，更无一个是男儿！"[⑧]快哉快哉！

一月八日

---

① 本篇最初发表于一九三四年一月十二日《申报·自由谈》。

② 侍桁　即韩侍桁。他的《谈说谎》一文发表于一九三四年一月八日《申报·自由谈》，其中说："不管为自己的地位的坚固而说谎也吧，或为了拯救旁人的困难而说谎也吧，都是含着有弱者的欲望与现实的不合的原因在。虽是一个弱者，他也会想如果能这样，

那就多么好,可是一信嘴说出来,那就成了大谎了。但也有非说谎便不能越过某种难关的场合,而这场合也是弱者遇到的时候较多,大概也就是因此为什么女人讲谎话要比男人来得多。”

③ 叔本华(A.Schopenhauer,1788—1860) 德国哲学家,唯意志论者。他一生反对妇女解放,在所著的《妇女论》中诬蔑妇女虚伪、愚昧、无是非之心。

④ 一位奥国的青年学者 指华宁该尔(O.Weininger,1880—1903),奥地利人,仇视女性主义者。他在一九〇三年出版的《性和性格》一书中,说女性“能说谎”,“往往是虚伪的”,并力图证明妇女的地位应该低于男子。

⑤ 杨妃 即唐玄宗的妃子杨玉环(719—756),蒲州永乐(今山西永济)人。她的堂兄杨国忠因她得宠而骄奢跋扈,败坏朝政。天宝十四年(755),安禄山以诛国忠为名于范阳起兵反唐,进逼长安,唐玄宗仓皇南逃四川,至马嵬驿,将士归罪杨家,杀国忠,唐玄宗为安定军心,令杨妃缢死。

⑥ “不闻夏殷衰,中自诛褒妲” 语见唐代杜甫《北征》诗。旧史传说夏桀宠幸妃子妺喜,殷纣宠幸妃子妲己,周幽王宠幸妃子褒姒,招致了三朝的灭亡。杜甫在此处合用了这些传说。

⑦ “妇女国货年” 一九三三年十二月上海市商会等团体邀各界开会,决定一九三四年为“妇女国货年”,要求妇女增强“爱国救国之观念”,购买国货。

⑧ “君王城上竖降旗”一诗,相传是五代后蜀主孟昶的妃子花蕊夫人所作。北宋陈师道《后山诗话》说:“费氏,蜀之青城人。以才色入蜀宫,后主嬖之,号花蕊夫人,效王建作《宫词》百首。国亡,入备后宫,太祖闻之,召使陈诗,诵其《国亡诗》云:‘君王城上竖降旗,妾在深宫那得知?十四万人齐解甲,更无一个是男儿。’太祖悦,盖蜀兵十四万,而王师数万尔。”又据后蜀何光远《鉴戒录》卷五说,前蜀后主王衍亡于后唐时,有后唐兴圣太子随军王承旨作过一首类似的诗,嘲讽因耽于酒色嬉戏而亡国的王衍:“蜀朝昏主出降时,衔璧牵羊倒系旗,二十万军齐拱手,更无一个是男儿。”

男人的进化[①]

说禽兽交合是恋爱未免有点亵渎。但是,禽兽也有性生活,那是不能否认的。它们在春情发动期,雌的和雄的碰在一起,难免“卿卿我我”的来一阵。固然,雌的有时候也会装腔做势,逃几步又回头看,还要叫几声,直到实行“同居之爱”为止。禽兽的种类虽然多,它们的“恋爱”方式虽然复杂,可是有一件事是没有疑问的:就是雄的不见得有什么特权。

人为万物之灵,首先就是男人的本领大。最初原是马马虎虎的,可是因为“知有母不知有父”[②]的缘故,娘儿们曾经“统治”过一个时期,那时的祖老太太大概比后来的族长还要威风。后来不知怎的,女人就倒了霉:项颈上,手上,脚上,全都锁上了链条,扣上了圈儿,环儿,——虽则过了几千年这些圈儿环儿大都已经变成了金的银的,镶上了珍珠宝钻,然而这些项圈,镯子,戒指等等,到现在还是女奴的象征。既然女人成了奴隶,那就男人不必征求她的同意再去“爱”她了。古代部落之间的战争,结果俘虏会变成奴隶,女俘虏就会被强奸。那时候,大概春情发动期早就“取消”了,随时随地男主人都可以强奸女俘虏,女奴隶。现代强盗恶棍之流的不把女人当人,其实是大有酋长式武士道的遗风的。

但是,强奸的本领虽然已经是人比禽兽“进化”的一步,究竟还只是半开化。你想,女的哭哭啼啼,扭手扭脚,能有多大兴趣?自从金钱这宝贝出现之后,男人的进化就真的了不得了。天下的一切都可以买卖,性欲自然并非例外。男人化几个臭钱,就可以得到他在女人身上所要得到的东西。而且他可以给她说:我并非强奸你,这是你自愿的,你愿意拿几个钱,你就得如此这般,百依百顺,咱们是公平交易!蹂躏了她,还要她说一声“谢谢你,大少”。这是禽兽干得来的么?所以嫖妓是男人进化的颇高的阶段了。

同时,父母之命媒妁之言的旧式婚姻,却要比嫖妓更高明。这制度之下,男人得到永久的终身的活财产。当新妇被人放到新郎的床上的时候,她只有义务,她连讲价钱的自由也没有,何况恋爱。不管你爱不爱,在周公[3]孔圣人的名义之下,你得从一而终,你得守贞操。男人可以随时使用她,而她却要遵守圣贤的礼教,即使“只在心里动了恶念,也要算犯奸淫”[4]的。如果雄狗对雌狗用起这样巧妙而严厉的手段来,雌的一定要急得“跳墙”。然而人却只会跳井,当节妇,贞女,烈女去。礼教婚姻的进化意义,也就可想而知了。

至于男人会用“最科学的”学说,使得女人虽无礼教,也能心甘情愿地从一而终,而且深信性欲是“兽欲”,不应当作为恋爱的基本条件,因此发明“科学的贞操”,——那当然是文明进化的顶点了。

呜呼,人——男人——之所以异于禽兽者!

自注:这篇文章是卫道的文章。

九月三日

---

① 本篇最初发表于一九三三年九月十六日《申报·自由谈》,署名旅隼。

② “知有母不知有父” 指原始共产社会杂婚制下的现象。《吕氏春秋·恃君览》中有关于这种现象的记载:“昔太古尝无君矣,其民聚生群处,知母不知父。”

③ 周公 姓姬,名旦,周武王之弟。他曾助武王灭商,并辅成王执政,对周代典章制度的建立起了很大作用。旧传“六经”中的《礼经》(《仪礼》)为周公所作,或说是孔丘所定;其中关于婚礼的详细规定,长期影响着封建社会的婚姻制度。

④ “只在心里动了恶念,也要算犯奸淫” 语出基督教的《新约全书·马太福音》第五章:“凡看见妇女就动淫念的,这人心里已经与他犯奸淫了。”

言论自由的界限[1]

看《红楼梦》[2],觉得贾府上是言论颇不自由的地方。焦大以奴才的身分,仗着酒醉,从主子骂起,直到别的一切奴才,说只有两个石狮子干净。结果怎样呢?结果是主子深恶,奴才痛嫉,给他塞了一嘴马粪。

其实是,焦大的骂;并非要打倒贾府,倒是要贾府好,不过说主奴如此,贾府就要弄不下去罢了。然而得到的报酬是马粪。所以这焦大,实在是贾府的屈原[3],假使他能做文章,我想,恐怕也会有一篇《离骚》之类。

三年前的新月社[4]诸君子,不幸和焦大有了相类的境遇。他们引经据典,对于党国有了一点微词,虽然引的大抵是英国经典,但何尝有丝毫不利于党国的恶意,不过说:"老爷,人家的衣服多么干净,您老人家的可有些儿脏,应该洗它一洗"罢了。不料"荃不察余之中情兮"[5],来了一嘴的马粪:国报同声致讨,连《新月》杂志也遭殃。但新月社究竟是文人学士的团体,这时就也来了一大堆引据三民主义,辨明心迹的"离骚经"。现在好了,吐出马粪,换塞甜头,有的顾问,有的教授,有的秘书,有的大学院长,言论自由,《新月》也满是所谓"为文艺的文艺"了。

这就是文人学士究竟比不识字的奴才聪明,党国究竟比贾府高明,现在究竟比乾隆时候光明:三明主义。

然而竟还有人在嚷着要求言论自由。世界上没有这许多甜头,我想,该是明白的罢,这误解,大约是在没有悟到现在的言论自由,只以能够表示主人的宽宏大度的说些"老爷,你的衣服……"为限,而还想说开去。

这是断乎不行的。前一种,是和《新月》受难时代不同,现在好像已有的了,这《自由谈》也就是一个证据,虽然有时还有几位拿着马粪,前来探头探脑的英雄。至于想说开去,那就足以破坏言论自由的保障。要知道现在虽比先前光明，但也比先前利害，一说开去，是连性命都要送掉的。即使有了言论自由的明令，也千万大意不得。这我是亲眼见过好几回的，非“卖老”也，不自觉其做奴才之君子，幸想一想而垂鉴焉。

四月十七日

---

① 本篇最初发表于一九三三年四月二十二日《申报·自由谈》，署名何家干。

②《红楼梦》 长篇小说。清代曹雪芹著。通行本为一二〇回，后四十回一般认为是高鹗续作。焦大是小说中贾家的一个忠实的老仆，他酒醉骂人被塞马粪事见该书第七回。只有两个石狮子干净的话，见第六十六回，系另一人物柳湘莲所说。

③ 屈原（约前340—约前278） 名平，字原，又字灵均，战国后期楚国诗人。楚怀王时官至左徒，由于他的政治主张不见容于贵族集团而屡遭迫害，后被顷襄王放逐到沅、湘流域，愤而作长诗《离骚》，以抒发其愤激心情和追求理想的决心。

④ 新月社 以一些资产阶级知识分子为核心的文学和政治团体，约于一九二三年在北京成立，主要成员有胡适、徐志摩、陈源、梁实秋、罗隆基等。该社曾以诗社名义于一九二六年夏在北京《晨报副刊》出过《诗刊》（周刊）。一九二七年在上海创办新月书店，一九二八年三月出版综合性的《新月》月刊。一九二九年他们曾在《新月》上发表谈人权等问题的文章，引证英、美各国法规，提出解决中国政治问题的意见，意在向蒋介石献策邀宠。但文章发表后，国民党报刊纷纷著文攻击，说他们“言论实属反动”，国民党中央议决由教育部对胡适加以“警诫”，《新月》月刊曾遭扣留。他们继而变换手段，研读“国民党的经典”，著文引据“党义”以辨明心迹，终于得到蒋介石的赏识。

⑤ “荃不察余之中情兮” 语见屈原《离骚》：“荃不察余之中情兮，反信谗而怒。”

考场三丑[①]

古时候，考试八股的时候，有三样卷子，考生是很失面子的，后来改考策论[②]了，恐怕也还是这样子。第一样是“缴白卷”，只写上题目，做不出文章，或者简直连题目也不写。然而这最干净，因为别的再没有什么枝节了。第二样是“钞刊文”[③]，他先已有了侥幸之心，读熟或带进些刊本的八股去，倘或题目相合，便即照钞，想瞒过考官的眼。品行当然比“缴白卷”的差了，但文章大抵是好的，所以也没有什么另外的枝节。第三样，最坏的是瞎写，不及格不必说，还要从瞎写的文章里，给人寻出许多笑话来。人们在茶余酒后作为谈资的，大概是这一种。

“不通”还不在其内，因为即使不通，他究竟是在看题目做文章了；况且做文章做到不通的境地也就不容易，我们对于中国古今文学家，敢保证谁决没有一句不通的文章呢？有些人自以为“通”，那是因为他连“通”“不通”都不了然的缘故。

今年的考官之流，颇在讲些中学生的考卷的笑柄。其实这病源就在于瞎写。那些题目，是只要能够钞刊文[④]，就都及格的。例如问“十三经”是什么，文天祥是那朝人，全用不着自己来挖空心思做，一做，倒糟糕。于是使文人学士大叹国学之衰落，青年之不行，好像惟有他们是文林中的硕果似的，像煞有介事了。

但是，钞刊文可也不容易。假使将那些考官们锁在考场里，骤然问他几条较为陌生的古典，大约即使不瞎写，也未必不缴白卷的。我说这话，意思并不在轻议已成的文人学士，只以为古典多，记不清不足奇，都记得倒古怪。古书不是很有些曾经后人加过注解的么？那都是坐在自己的书斋里，查群籍，翻类书，穷年累月，这才脱稿的，然而仍然有“未详”，有错误。

现在的青年当然竭无力指摘它了,但作证的却有别人的什么"补正"在;而且补而又补,正而又正者,也时或有之。

由此看来,如果能钞刊文,而又敷衍得过去,这人便是现在的大人物;青年学生有一些错,不过是常人的本分而已,但竟为世诟病,我很诧异他们竟没有人呼冤。

九月二十五日

---

① 本篇最初发表于一九三四年十月二十日《太白》半月刊第一卷第三期。

② 策论　封建时代考试的一种文体。即用有关政事、经义的问题为题,命应试者书面各陈己见。清光绪末年,曾两次下令废除八股,改用策论。

③ "钞刊文"　科举时代,刊印中试前列者的八股文章,以供应试人作揣摩之用,如《三场闱墨》之类,称为刊文。"钞刊文"就是在考试时直接钞袭刊文上的文章。

④ 这里所说的刊文,指当时《会考升学指导》一类投机书籍。

我观北大[①]

因为北大学生会的紧急征发，我于是总得对于本校的二十七周年纪念来说几句话。

据一位教授[②]的名论，则"教一两点钟的讲师"是不配与闻校事的，而我正是教一点钟的讲师。但这些名论，只好请恕我置之不理；——如其不恕，那么，也就算了，人那里顾得这些事。

我向来也不专以北大教员自居，因为另外还与几个学校有关系。然而不知怎的，——也许是含有神妙的用意的罢，今年忽而颇有些人指我为北大派。我虽然不知道北大可真有特别的派，但也就以此自居了。北大派么？就是北大派！怎么样呢？

但是，有些流言家幸勿误会我的意思，以为谣我怎样，我便怎样的。我的办法也并不一律。譬如前次的游行，报上谣我被打落了两个门牙，我可决不肯具呈警厅，吁请补派军警，来将我的门牙从新打落。我之照着谣言做去，是以专检自己所愿意者为限的。

我觉得北大也并不坏。如果真有所谓派，那么，被派进这派里去，也还是也就算了。理由在下面：

既然是二十七周年，则本校的萌芽，自然是发于前清的，但我并民国初年的情形也不知道。惟据近七八年的事实看来，第一，北大是常为新的，改进的运动的先锋，要使中国向着好的，往上的道路走。虽然很中了许多暗箭，背了许多谣言；教授和学生也都逐年地有些改换了，而那向上的精神还是始终一贯，不见得弛懈。自然，偶尔也免不了有些很想勒转马头的，可是这也无伤大体，"万众一心"，原不过是书本子上的冠冕话。

第二，北大是常与黑暗势力抗战的，即使只有自己。自从章士钊提了

"整顿学风"③的招牌来"作之师"[④],并且分送金款[⑤]以来,北大却还是给他一个依照彭允彝[⑥]的待遇。现在章士钊虽然还伏在暗地里做总长[⑦],本相却已显露了;而北大的校格也就愈明白。那时固然也曾显出一角灰色,但其无伤大体,也和第一条所说相同。

我不是公论家,有上帝一般决算功过的能力。仅据我所感得的说,则北大究竟还是活的,而且还在生长的。凡活的而且在生长者,总有着希望的前途。

今天所想到的就是这一点。但如果北大到二十八周年而仍不为章士钊者流所谋害[⑧],又要出纪念刊,我却要预先声明:不来多话了。一则,命题作文,实在苦不过;二则,说起来大约还是这些话。

十二月十三日

---

① 本篇最初发表于一九二五年十二月十七日《北大学生会周刊》创刊号。

② 指高仁山,江苏江阴人,当时任北京大学教授。

③ "整顿学风" 一九二五年八月章士钊起草所谓"整顿学风"的命令,由段祺瑞发布。

④ "作之师" 语见《尚书·泰誓》:"天佑下民,作之君,作之师。"

⑤ 金款 第一次世界大战后,法国因法郎贬值,坚持中国对法国的庚子赔款要以金法郎支付。一九二五年春,段祺瑞政府不顾当时全国人民的坚决反对,同意了法方的无理要求,从作为赔款抵押的中国盐税中付给债款后,收回余额一千多万元,这笔款被称为"金款"。它们除大部充作北洋政府的军政开支外,从中拨出一百五十万元作为教育经费,当时一些私立大学曾提出分享这笔钱,章士钊则坚持用于清理国立八校的积欠,"分送金款"即指此事。

⑥ 彭允彝 字静仁,湖南湘潭人。一九二三年他任北洋政府教育总长时,北京大学为了反对他,曾一度与教育部脱离关系。一九二五年八月,北京大学又因章士钊"思想陈腐,行为卑鄙",也宣言反对他担任教育总长,与教育部脱离关系。所以这里说"还是给他一个依照彭允彝的待遇"。

⑦ 暗地里做总长 一九二五年十一月二十八日,北京市群众为要求关税自主,举行示威游行,提出"驱逐段祺瑞"、"打死朱深、章士钊"等口号。章士钊即潜逃天津,并在《甲寅》周刊第一卷第二十一号(一九二五年十二月五日)上宣称:"幸天相我。局势顿移。所谓鸟官也者。已付之自然淘汰。"其实那时段祺瑞并未下台,章士钊也仍在暗中管理部务。

⑧ 章士钊当时一再压迫北京大学,如北大宣布脱离教育部后,《甲寅》周刊即散布解放北大的谣言,进行威胁;一九二五年九月五日,段祺瑞政府内阁会议决定,停发北大经费。

青年与老子[①]

听说，“概自欧风东渐以来”[②]，中国的道德就变坏了，尤其是近时的青年，往往看不起老子。这恐怕真是一个大错误，因为我看了几个例子，觉得老子的对于青年，有时确也很有用处，很有益处，不仅足为“文学修养”之助的。

有一篇旧文章——我忘记了出于什么书里的了——告诉我们，曾有一个道士，有长生不老之术，自说已经百余岁了，看去却“美如冠玉”，像二十左右一样。有一天，这位活神仙正在大宴阔客，突然来了一个须发都白的老头子，向他要钱用，他把他骂出去了。大家正惊疑间，那活神仙慨然的说道，“那是我的小儿，他不听我的话，不肯修道，现在你们看，不到六十，就老得那么不成样子了。”大家自然是很感动的，但到后来，终于知道了那人其实倒是道士的老子。[③]

还有一篇新文章——·杨·某·的·自·白[④]——却告诉我们，他是一个有志之士，学说是很正确的，不但讲空话，而且去实行，但待到看见有些地方的老头儿苦得不像样，就想起自己的老子来，即使他的理想实现了，也不能使他的父亲做老太爷，仍旧要吃苦。于是得到了更正确的学说，抛去原有的理想，改做孝子了。假使父母早死，学说那有这么圆满而堂皇呢？这不也就是老子对于青年的益处么？

那么，早已死了老子的青年不是就没有法子么？我以为不然，也有法子想。这还是要查旧书。另有一篇文章——我也忘了出在什么书里的了——告诉我们，一个老女人在讨饭，忽然来了一位大阔人，说她是自己的久经失散了的母亲，她也将错就错，做了老太太。后来她的儿子要嫁女儿，和老太太同到首饰店去买金器，将老太太已经看中意的东西自己带去给太太看一看，一面请老太太还在拣，——可是，他从此就不见了。[⑤]

不过，这还是学那道士似的，必须实物时候的办法，如果单是做做自白之类，那是实在有无老子，倒并没有什么大关系的。先前有人提倡过“虚君共和”[⑥]，现在又何妨有“没亲孝子”？张宗昌[⑦]很尊孔，恐怕他府上也未必有“四书”“五经”罢。

十一月七日

---

① 本篇最初发表于一九三三年十一月十七日《申报·自由谈》。

② “慨自欧风东渐以来” 这是清末许多人笔下常常出现的滥调；“欧风东渐”指西方文化传入中国。

③ 关于道士长生不老的故事，见《太平广记》卷二八九引五代汉王仁裕《玉堂闲话》：“长安完盛之时，有一道术人，称得丹砂之妙，颜如弱冠，自言三百余岁，京都人甚慕之，至于输货求丹，横经请益者，门如市肆。时有朝上数人造其第，饮啜方酣，有阍者报曰：‘郎君从庄上来，欲参觐。’道士作色叱之。坐客闻之，或曰：‘贤郎远来，何妨一见。’道士颦蹙移时，乃曰：‘但令入来。’俄见一老叟，鬓发如银，昏耄伛偻，趋前而拜，拜讫，叱入中门，徐谓坐客曰：‘小儿愚马矣，不肯服食丹砂，以至于是，都未及百岁，枯槁如斯，常已斥于村墅间耳。’坐客愈更神之。后有人私诘道者亲知，乃云伛偻者即其父也。好道术者，受其诳惑，如欺婴孩矣。”

④ 杨某的自白 指杨邨人在《读书杂志》第三卷第一期（一九三三年二月）发表的《离开政党生活的战壕》一文。

⑤ 宋代陈世崇《随隐漫录》卷五“钱塘游手”条有与这里所述大致相同的故事。《鲁迅日记》一九二七年《西牖书钞》引录过该书。

⑥ “虚君共和” 辛亥革命后，康有为曾在上海《不忍》杂志第九、十两期合刊（一九一八年一月）发表《共和平议》、《与徐太傅（徐世昌）书》，说中国不宜实行“民主共和”，而应实行“虚君共和”（即君主立宪）。

⑦ 张宗昌（1881—1932） 山东掖县人，北洋奉系军阀。一九二五年他任山东督军时，曾提倡尊孔读经。

查旧帐[①]

这几天，听涛社出了一本《肉食者言》②，是现在的在朝者，先前还是在野时候的言论，给大家“听其言而观其行”③，知道先后有怎样的不同。那同社出版的周刊《涛声》④里，也常有同一意思的文字。

这是查旧帐，翻开帐簿，打起算盘，给一个结算，问一问前后不符，是怎么的，确也是一种切实分明，最令人腾挪不得的办法。然而这办法之在现在，可未免太“古道”了。

古人是怕查这种旧帐的，蜀的韦庄[⑤]穷困时，做过一篇慷慨激昂，文字较为通俗的《秦妇吟》，真弄得大家传诵，待到他显达之后，却不但不肯编入集中，连人家的钞本也想设法消灭了。当时不知道成绩如何，但看清朝末年，又从敦煌的山洞中掘出了这诗的钞本，就可见是白用心机了的，然而那苦心却也还可以想见。

不过这是古之名人。常人就不同了，他要抹杀旧帐，必须砍下脑袋，再行投胎。斩犯绑赴法场的时候，大叫道，“过了二十年，又是一条好汉！”为了另起炉灶，从新做人，非经过二十年不可，真是麻烦得很。

不过这是古今之常人。今之名人就又不同了，他要抹杀旧帐，从新做人，比起常人的方法来，迟速真有邮信和电报之别。不怕迂缓一点的，就出一回洋，造一个寺，生一场病，游几天山；要快，则开一次会，念一卷经，演说一通，宣言一下，或者睡一夜觉，做一首诗也可以；要更快，那就自打两个嘴巴，淌几滴眼泪，也照样能够另变一人，和“以前之我”绝无关系。净坛将军[⑥]摇身一变，化为鲫鱼，在女妖们的大腿间钻来钻去，作者或自以为写得出神入化，但从现在看起来，是连新奇气息也没有的。

如果这样变法，还觉得麻烦，那就白一白眼，反问道：“这是我的帐？”

如果还嫌麻烦，那就眼也不白，问也不问，而现在所流行的却大抵是后一法。

“古道”怎么能再行于今之世呢？竟还有人主张读经，真不知是什么意思？然而过了一夜，说不定会主张大家去当兵的，所以我现在经也没有买，恐怕明天兵也未必当。

七月二十五日

---

① 本篇最初发表于一九三三年七月二十九日《申报·自由谈》。

②《肉食者言》 原书作《食肉者言》，马成章编，一九三三年七月上海听涛社出版。内收吴稚晖和现代评论派唐有壬、高一涵、周鲠生等人数年前所写的攻击北洋政府的文章十数篇。这书出版的用意，是在显示吴稚晖等当时的行为和以前的言论完全不符，因为当时吴稚晖已成为蒋介石的帮凶，唐有壬等也大都出任国民党政府的高级官吏。“肉食者”，指居高位，享厚禄的人，语见《左传》庄公十年：“肉食者鄙，未能远谋。”

③“听其言而观其行” 语见《论语·公冶长》：“子曰：‘始吾于人也，听其言而信其行；今吾于人也，听其言而观其行。’”

④《涛声》 文艺性周刊，曹聚仁编辑。一九三一年八月在上海创刊，一九三三年十一月停刊。

⑤ 韦庄（约836—910） 字端己，京兆杜陵（今陕西西安市）人，晚唐五代时的诗人与词人，五代前蜀主王建的宰相。唐僖宗广明元年（880）黄巢领导的农民起义军攻长安时，韦庄因应试正留在城中，三年后（中和三年，883）他将当时耳闻目见的种种乱离情形，写成长篇叙事诗《秦妇吟》。这首诗在当时很流行，许多人家都将诗句刺在幛子上，又称他为“《秦妇吟》秀才”。诗中写了黄巢入长安时一般公卿的狼狈以及官军骚扰人民的情状，因王建当时是官军杨复光部的将领之一，所以后来韦庄讳言此诗，竭力设法想使它消灭，在《家诫》内特别嘱咐家人“不许垂《秦妇吟》幛子”（见宋代孙光宪《北梦琐言》）。后来他的弟弟韦蔼为他编辑《浣花集》时也未将此诗收入。直到清光绪末年，英人斯坦因、法人伯希和先后在我国甘肃敦煌县千佛洞盗取古物，才发现了这诗的残抄本。一九二四年王国维据巴黎图书馆所藏天复五年（905）张龟写本和伦敦博物馆所藏贞明五年（919）安友盛写本，加以校订，恢复了原诗的完整面貌。

⑥ 净坛将军 即小说《西游记》中的猪八戒（原作净坛使者），关于他化为鲫鱼（原作鲇鱼）在女妖们的大腿间钻来钻去的故事，见该书第七十二回。

从讽刺到幽默①

讽刺家,是危险的。

假使他所讽刺的是不识字者,被杀戮者,被囚禁者,被压迫者罢,那很好,正可给读他文章的所谓有教育的智识者嘻嘻一笑,更觉得自己的勇敢和高明。然而现今的讽刺家之所以为讽刺家,却正在讽刺这一流所谓有教育的智识者社会。

因为所讽刺的是这一流社会,其中的各分子便各各觉得好像刺着了自己,就一个个的暗暗的迎出来,又用了他们的讽刺,想来刺死这讽刺者。

最先是说他冷嘲,渐渐的又七嘴八舌的说他谩骂,俏皮话,刻毒,可恶,学匪,绍兴师爷,等等,等等。然而讽刺社会的讽刺,却往往仍然会"悠久得惊人"的,即使捧出了做过和尚的洋人②或专办了小报来打击,也还是没有效,这怎不气死人也么哥③呢!

枢纽是在这里:他所讽刺的是社会,社会不变,这讽刺就跟着存在,而你所刺的是他个人,他的讽刺倘存在,你的讽刺就落空了。

所以,要打倒这样的可恶的讽刺家,只好来改变社会。

然而社会讽刺家究竟是危险的,尤其是在有些"文学家"明明暗暗的成了"王之爪牙"④的时代。人们谁高兴做"文字狱"中的主角呢,但倘不死绝,肚子里总还有半口闷气,要借着笑的幌子,哈哈的吐他出来。笑笑既不至于得罪别人,现在的法律上也尚无国民必须哭丧着脸的规定,并非"非法",盖可断言的。

我想:这便是去年以来,文字上流行了"幽默"的原因,但其中单是"为笑笑而笑笑"的自然也不少。

然而这情形恐怕是过不长久的,"幽默"既非国产,中国人也不是长于

“幽默”的人民，而现在又实在是难以幽默的时候。于是虽幽默也就免不了改变样子了，非倾于对社会的讽刺，即堕入传统的“说笑话”和“讨便宜”。

三月二日

---

① 本篇最初发表于一九三三年三月七日《申报·自由谈》，署名何家干。

② 做过和尚的洋人　可能指国际间谍特莱比歇·林肯(TLincoln，1879—1943)，生于匈牙利的犹太人。他当时曾在上海活动，以和尚面目出现，法名照空。

③ 也么哥　元曲中常用的衬词，无字义可解；也有写作也波哥、也末哥的。

④ “王之爪牙”　语出《诗经·小雅·祈父》：“予王之爪牙。”这里指反动派的帮凶。

从幽默到正经[1]

“幽默”一倾于讽刺，失了它的本领且不说，最可怕的是有些人又要来“讽刺”，来陷害了，倘若堕于“说笑话”，则寿命是可以较为长远，流年也大致顺利的，但愈堕愈近于国货，终将成为洋式徐文长[2]。当提倡国货声中，广告上已有中国的“自造舶来品”，便是一个证据。

而况我实在恐怕法律上不久也就要有规定国民必须哭丧着脸的明文了。笑笑，原也不能算“非法”的。但不幸东省沦陷，举国骚然，爱国之士竭力搜索失地的原因，结果发见了其一是在青年的爱玩乐，学跳舞。当北海上正在嘻嘻哈哈的溜冰的时候，一个大炸弹抛下来[3]，虽然没有伤人，冰却已经炸了一个大窟窿，不能溜之大吉了。

又不幸而榆关失守，热河吃紧了，有名的文人学士，也就更加吃紧起来，做挽歌的也有，做战歌的也有，讲文德[4]的也有，骂人固然可恶，俏皮也不文明，要大家做正经文章，装正经脸孔，以补“不抵抗主义”之不足。

但人类究竟不能这么沉静，当大敌压境之际，手无寸铁，杀不得敌人，而心里却总是愤怒的，于是他就不免寻求敌人的替代。这时候，笑嘻嘻的可就遭殃了，因为他这时便被叫作：“陈叔宝全无心肝”[5]。所以知机的人，必须也和大家一样哭丧着脸，以免于难。“聪明人不吃眼前亏”，亦古贤之遗教也，然而这时也就“幽默”归天，“正经”统一了剩下的全中国。

明白这一节，我们就知道先前为什么无论贞女与淫女，见人时都得不笑不言；现在为什么送葬的女人，无论悲哀与否，在路上定要放声大叫。

这就是“正经”。说出来么，那就是“刻毒”。

三月二日

---

① 本篇最初发表于一九三三年三月八日《申报·自由谈》，署名何家干。

② 徐文长(1521—1593) 名渭，号青藤道士，浙江山阴(今绍兴)人，明末文学家、书画家。著有《徐文长初集》、《徐文长三集》及戏曲《四声猿》等。浙东一带流传许多关于他的故事，有的把他描写成诙谐、尖刻的人物。这些故事大部分是民间的创造，同徐文长本人无关。

③ 一个大炸弹抛下来 一九三三年元旦，当北平学生在中南海公园举行化装溜冰大会时，有人当场掷炸弹一枚。在此之前，曾有人以"锄奸救国团"名义，警告男女学生不要只顾玩乐，忘记国难。

④ 讲文德 国民党政客戴季陶曾在南京《新亚细亚月刊》第五卷第一、二期合刊(一九三三年一月)发表《文德与文品》一文，其中说："开口骂人说俏皮话……都非文明人之所应有。"

⑤ "陈叔宝全无心肝" 陈叔宝即南朝陈后主。《南史·陈本纪》："(陈叔宝)既见宥，隋文帝给赐甚厚，数得引见，班同三品；每预宴，恐致伤心，为不奏吴音。后监守者奏言：'叔宝云，既无秩位，每预朝集，愿得一官号。'隋文帝曰：'叔宝全无心肝。'"

大小骗[1]

“文坛”上的丑事，这两年来真也揭发得不少了：剪贴，瞎抄，贩卖，假冒。不过不可究诘的事情还有，只因为我们看惯了，不再留心它。

名人的题签，虽然字不见得一定写的好，但只在表示这书的作者或出版者认识名人，和内容并无关系，是算不得骗人的。可疑的是“校阅”。校阅的脚色，自然是名人，学者，教授。然而这些先生们自己却并无关于这一门学问的著作。所以真的校阅了没有是一个问题；即使真的校阅了，那校阅是否真的可靠又是一个问题。但再加校阅，给以批评的文章，我们却很少见。

还有一种是“编辑”。这编辑者，也大抵是名人，因这名，就使读者觉得那书的可靠。但这是也很可疑的。如果那书上有些序跋，我们还可以由那文章，思想，断定它是否真是这人所编辑，但市上所陈列的书，常有翻开便是目录，叫你一点也摸不着头脑的。这怎么靠得住？至于大部的各门类的刊物的所谓“主编”，那是这位名人竟上至天空，下至地底，无不通晓了，“无为而无不为”[2]，倒使我们无须再加以揣测。

还有一种是“特约撰稿”。刊物初出，广告上往往开列一大批特约撰稿的名人，有时还用凸版印出作者亲笔的签名，以显示其真实。这并不可疑。然而过了一年半载，可就渐有破绽了，许多所谓特约撰稿者的东西一个字也不见。是并没有约，还是约而不来呢，我们无从知道；但可见那些所谓亲笔签名，也许是从别处剪来，或者简直是假造的了。要是从投稿上取下来的，为什么见签名却不见稿呢？

这些名人在卖着他们的“名”，不知道可是领着“干薪”的？倘使领的，自然是同意的自卖，否则，可以说是被“盗卖”。“欺世盗名”者有之，盗卖名以欺世者又有之，世事也真是五花八门。然而受损失的却只有读者。

三月七日

---

① 本篇最初发表于一九三四年三月二十八日《申报·自由谈》。
② “无为而无不为” 语见《老子》第四十八章。

谩 骂①

还有一种不满于批评家的批评，是说所谓批评家好“漫骂”②，所以他的文字并不是批评。

这“漫骂”，有人写作“嫚骂”，也有人写作“谩骂”，我不知道是否是一样的函义。但这姑且不管它也好。现在要问的是怎样的是“漫骂”。

假如指着一个人，说道：这是婊子！如果她是良家，那就是漫骂；倘使她实在是做卖笑生涯的，就并不是漫骂，倒是说了真实。诗人没有捐班，富翁只会计较，因为事实是这样的，所以这是真话，即使称之为漫骂，诗人也还是捐不来，这是幻想碰在现实上的小钉子。

有钱不能就有文才，比“儿女成行”并不一定明白儿童的性质更明白。“儿女成行”只能证明他两口子的善于生，还会养，却并无妄谈儿童的权利。要谈，只不过不识羞。这好像是漫骂，然而并不是。倘说是的；就得承认世界上的儿童心理学家，都是最会生孩子的父母。

说儿童为了一点食物就会打起来，是冤枉儿童的，其实是漫骂。儿童的行为，出于天性，也因环境而改变，所以孔融③会让梨。打起来的，是家庭的影响，便是成人，不也有争家私，夺遗产的吗？孩子学了样了。

漫骂固然冤屈了许多好人，但含含胡胡的扑灭“漫骂”，却包庇了一切坏种。

一月十七日

---

① 本篇最初发表于一九三四年一月二十二日《申报·自由谈》。

② 批评家好“漫骂” 一九三三年十二月二十六日《申报·自由谈》载侍桁《关于批评》一文说：“看过去批评的论争，我们不能不说愈是那属于无味的谩骂式的，而愈是有人喜

欢来参加”,这种“谩骂的批评”,“我们不认为是批评”。

③ 孔融(153—208) 东汉鲁国(今山东曲阜)人,文学家。关于他让梨的故事,见《世说新语》南朝梁刘峻注引《融别传》:“融四岁与兄食梨,辄引小者。人问其故,答曰:‘小儿法当取小者。’”

推背图[①]

我这里所用的“推背”的意思，是说：从反面来推测未来的情形。

上月的《自由谈》里，就有一篇《正面文章反看法》[②]，这是令人毛骨悚然的文字。因为得到这一个结论的时候，先前一定经过许多苦楚的经验，见过许多可怜的牺牲。本草家[③]提起笔来，写道：砒霜，大毒。字不过四个，但他却确切知道了这东西曾经毒死过若干性命的了。

里巷间有一个笑话：某甲将银子三十两埋在地里面，怕人知道，就在上面竖一块木板，写道：“此地无银三十两。”隔壁的阿二因此却将这掘去了，也怕人发觉，就在木板的那一面添上一句道，“隔壁阿二勿曾偷。”这就是在教人“正面文章反看法”。

但我们日日所见的文章，却不能这么简单。有明说要做，其实不做的；有明说不做，其实要做的；有明说做这样，其实做那样的；有其实自己要这么做，倒说别人要这么做的；有一声不响，而其实倒做了的。然而也有说这样，竟这样的。难就在这地方。

例如近几天报章上记载着的要闻罢：

一，××军在××血战，杀敌××××人。

二，××谈话：决不与日本直接交涉，仍然不改初衷，抵抗到底。

三，芳泽来华[④]，据云系私人事件。

四，共党联日，该伪中央已派干部××赴日接洽。[⑤]

五，××××……

倘使都当反面文章看，可就太骇人了。但报上也有“莫干山路草棚船百余只大火”，“××××廉价只有四天了”等大概无须“推背”的记载，于是乎我们就又胡涂起来。听说，《推背图》[⑥]本是灵验的，某朝某帝怕他淆惑人心，就添了些假造的在里面，因此弄得不能豫知了，必待事实证明之后，人们这才恍然大悟。

我们也只好等着看事实，幸而大概是不很久的，总出不了今年。

四月二日

---

① 本篇最初发表于一九三三年四月六日《申报·自由谈》，署名何家干。

②《正面文章反看法》 陈子展作，发表于一九三三年三月十三日《申报·自由谈》。其中大意说当时的喊“航空救国”，其实是不敢炸日本军而只是炸“匪”（红军）；“长期抵抗”等于长期不抵抗；“收回失地”等于不收回失地，等等。

③ 本草家 指中药药物学家。汉代有托名神农作的药物学书《本草》，载药三百六十五味，后即以本草为中药的统称。

④ 芳泽来华 一九三三年三月三十一日，曾经做过日本驻华公使、外务大臣的芳泽谦吉(1874—1965)从日本到上海；对外宣称是私人旅行，以掩饰其来华活动的目的。

⑤ 这是国民党反动派造的谣言，载于一九三三年四月二日《申报》“国内电讯”。

⑥《推背图》 一种妄诞迷信的图册。《宋史·艺文志》列为五行家的著作，不题撰人，南宋岳珂《桯史》以为唐代李淳风撰。现存传本一卷共六十图，前五十九图预测以后历代兴亡变乱，第六十图画的是唐代袁天纲要李淳风停止继续预测而推李的背脊的动作，故后来又被认作李袁二人同撰。《桯史》卷一《艺祖禁谶书》说：“唐李淳风作《推背图》。五季之乱，王侯崛起，人有幸心，故其学益炽，闭口张弓之谶，吴越至以遍名其子，……宋兴，受命之符尤为著明。艺祖（按历代称太祖或高祖为“艺祖”，此处指宋太祖）即位，始诏禁谶书，惧其惑民志，以繁刑辟。然图传已数百年，民间多有藏本，不复可收拾，有司患之。一日，赵韩王以开封具狱奏，因言‘犯者至众，不可胜诛’。上曰：‘不必多禁，正当混之耳。乃命取旧本，自已验之外，皆紊其次而杂书之，凡为百本，使与存者并行。于是传者懵其先后，莫知甚孰讹；间有存者，不复验，亦弃弗藏矣。”

中国人的生命圈[①]

“蝼蚁尚知贪生”，中国百姓向来自称“蚁民”，我为暂时保全自己的生命计，时常留心着比较安全的处所，除英雄豪杰之外，想必不至于讥笑我的罢。

不过，我对于正面的记载，是不大相信的，往往用一种另外的看法。例如罢，报上说，北平正在设备防空，我见了并不觉得可靠；但一看见载着古物的南运[②]，却立刻感到古城的危机，并且由这古物的行踪，推测中国乐土的所在。

现在，一批一批的古物，都集中到上海来了，可见最安全的地方，到底也还是上海的租界上。

然而，房租是一定要贵起来的了。

这在“蚁民”，也是一个大打击，所以还得想想另外的地方。

想来想去，想到了一个“生命圈”。这就是说，既非“腹地”，也非“边疆”[③]，是介乎两者之间，正如一个环子，一个圈子的所在，在这里倒或者也可以“苟延性命于×世”[④]的。

“边疆”上是飞机抛炸弹。据日本报，说是在剿灭“兵匪”；据中国报，说是屠戮了人民，村落市廛，一片瓦砾。

“腹地”里也是飞机抛炸弹。据上海报，说是在剿灭“共匪”，他们被炸得一塌胡涂；“共匪”的报上怎么说呢，我们可不知道。但总而言之，边疆上是炸，炸，炸；腹地里也是炸，炸，炸。虽然一面是别人炸，一面是自己炸，炸手不同，而被炸则一。只有在这两者之间的，只要炸弹不要误行落下来，倒还有可免“血肉横飞”的希望，所以我名之曰“中国人的生命圈”。

再从外面炸进来，这“生命圈”便收缩而为“生命线”；再炸进来，大家便都逃进那炸好了的“腹地”里面去，这“生命圈”便完结而为“生命〇”[⑤]。

其实，这预感是大家都有的，只要看这一年来，文章上不大见有“我中国地大物博，人口众多”的套话了，便是一个证据。而有一位先生，还在演说上自己说中国人是“弱小民族”哩。

但这一番话，阔人们是不以为然的，因为他们不但有飞机，还有他们的“外国”！

四月十日

---

① 本篇最初发表于一九三三年四月十四日《申报·自由谈》，署名何家干。

② 古物的南运　据一九三三年二月至四月间报载，国民党政府已将北平故宫博物院、历史语言研究所等所存古物近二万箱，分批南运到上海，存放于租界的仓库中。

③ “腹地”　指江西等地区工农红军根据地。一九三三年二月至四月，蒋介石在第四次反革命“围剿”的后期，调集五十万兵力进攻中央革命根据地，并出动飞机滥肆轰炸。“边疆”，指当时热河一带。一九三三年三月日军占领承德后，又向冷口、古北口、喜峰口等地进迫，出动飞机狂炸，人民死伤惨重。

④ “苟延性命于×世”　语出诸葛亮《前出师表》：“苟全性命于乱世，不求闻达于诸侯。”

⑤ “生命〇”　即“生命零”，意思是存身之处完全没有了。

各种捐班[1]

清朝的中叶，要做官可以捐，叫做“捐班”的便是这一伙。财主少爷吃得油头光脸，忽而忙了几天，头上就有一粒水晶顶，有时还加上一枝蓝翎[2]满口官话，说是“今天天气好”了。

到得民国，官总算说是没有了捐班，然而捐班之途，实际上倒是开展了起来，连“学士文人”也可以由此弄得到顶戴。开宗明义第一章，自然是要有钱。只要有钱，就什么都容易办了。譬如，要捐学者罢，那就收买一批古董，结识几个清客，并且雇几个工人，拓出古董上面的花纹和文字，用玻璃板印成一部书，名之曰“什么集古录”或“什么考古录”。李富孙[3]做过一部《金石学录》，是专载研究金石[4]的人们的，然而这倒成了“作俑”[5]，使清客们可以一续再续，并且推而广之，连收藏古董，贩卖古董的少爷和商人，也都一榻括子[6]的收进去了，这就叫作“金石家”。

捐做“文学家”也用不着什么新花样。只要开一只书店，拉几个作家，雇一些帮闲，出一种小报，“今天天气好”是也须会说的，就写了出来，印了上去，交给报贩，不消一年半载，包管成功。但是，古董的花纹和文字的拓片是不能用的了，应该代以电影明星和摩登女子的照片，因为这才是新时代的美术。“爱美”的人物在中国还多得很，而“文学家”或“艺术家”也就这样的起来了。

捐官可以希望刮地皮，但捐学者文人也不会折本。印刷品固然可以卖现钱，古董将来也会有洋鬼子肯出大价的。

这又叫作“名利双收”。不过先要能“投资”，所以平常人做不到，要不然，文人学士也就不大值钱了。

而现在还值钱，所以也还会有人忙着做人名辞典，造文艺史，出作家论，编自传。我想，倘作历史的著作，是应该像将文人分为罗曼派，古典派一样，另外分出一种“捐班”派来的，历史要“真”，招些忌恨也只好硬挺，是不是？

八月二十四日

---

① 本篇最初发表于一九三三年八月二十六日《申报·自由谈》。

② 水晶顶、蓝翎　都是清代用以区别官员等级的帽饰。五品官礼帽上用亮白色水晶顶。帽后又分别垂戴孔雀翎（五品以上）或鹖羽蓝翎（六品以下）。富家子弟也可以因捐官而得到这种“顶戴”。

③ 李富孙（1764—1843）　字芗沚，清代嘉兴人。著有《金石学录》、《汉魏六朝墓铭纂例》等书。

④ 金石　这里金指铜器，石指石碑等，古代常在这些东西上面铸字或刻字以记事，故称这类历史文物为金石。

⑤ “作俑”　《孟子·梁惠王》：“仲尼曰：‘始作俑者，其无后乎！’”后来即称开头做坏事为“作俑”。俑，古代殉葬用的木偶或泥人。

⑥ 一榻括子　上海话，统统、全盘的意思。

中国的奇想[①]

外国人不知道中国，常说中国人是专重实际的。其实并不，我们中国人是最有奇想的人民。

无论古今，谁都知道，一个男人有许多女人，一味纵欲，后来是不但天天喝三鞭酒[②]也无效，简直非"寿(？)终正寝"不可的。可是我们古人有一个大奇想，是靠了"御女"，反可以成仙，例子是彭祖[③]有多少女人而活到几百岁。这方法和炼金术一同流行过，古代书目上还剩着各种的书名。不过实际上大约还是到底不行罢，现在似乎再没有什么人们相信了，这对于喜欢渔色的英雄，真是不幸得很。

然而还有一种小奇想。那就是哼的一声，鼻孔里放出一道白光，无论路的远近，将仇人或敌人杀掉。白光可又回来了，摸不着是谁杀的，既然杀了人，又没有麻烦，多么舒适自在。这种本领，前年还有人想上武当山[④]去寻求，直到去年，这才用大刀队来替代了这奇想的位置。现在是连大刀队的名声也寂寞了。对于爱国的英雄，也是十分不幸的。

然而我们新近又有了一个大奇想。那是一面救国，一面又可以发财，虽然各种彩票[⑤]，近似赌博，而发财也不过是"希望"。不过这两种已经关联起来了却是真的。固然，世界上也有靠聚赌抽头来维持的摩那科王国[⑥]，但就常理说，则赌博大概是小则败家，大则亡国；救国呢，却总不免有一点牺牲，至少，和发财之路总是相差很远的。然而发见了一致之点的是我们现在的中国，虽然还在试验的途中。

然而又还有一种小奇想。这回不用一道白光了，要用几回启事，几封匿名的信件，几篇化名的文章，使仇头落地，而血点一些也不会溅着自己的洋房和洋服[⑦]。并且映带之下，使自己成名获利。这也还在试验的途中，不知道结果怎么样，但翻翻现成的文艺史，看不见半个这样的人物，那恐怕也还是枉用心机的。

狂赌救国，纵欲成仙，袖手杀敌，造谣买田，倘有人要编续《龙文鞭影》[8]的，我以为不妨添上这四句。

八月四日

---

① 本篇最初发表于一九三三年八月六日《申报·自由谈》。

② 三鞭酒　用三种动物的雄性生殖器泡制的强身药酒。

③ 彭祖　传说中人物。晋代葛洪《神仙传》卷一："彭祖者，姓篯讳铿，帝颛顼之玄孙也。殷末已七百六十七岁，而不衰老。"传内记彭祖曾说过这样的话："男女相成，犹天地相生也。……天地昼分而夜合，一岁三百六十交而精气和合，故能生产万物而不穷；人能则之，可以长存。"

④ 武当山　在湖北均县北，山上有紫霄宫、玉虚宫等宫观，为我国著名的道教胜地。《太平御览》卷四十三引南朝宋郭仲产《南雍州记》说："武当山广三四百里，……学道者常百数，相继不绝。"在旧小说中常把武当山描写为剑侠修炼的神奇的地方。

⑤ 彩票　又称奖券。这里指国民党政府同一九三三年起发行的"航空公路建设奖券"，当时报纸宣传购买奖券是"既爱国，又获奖"。

⑥ 摩那科王国(The principality of Monaco)　通译摩纳哥公国，法国东南地中海滨的一个君主立宪国，境内蒙的卡罗(Monte Carlo)城有世界著名的大赌场，赌场收入为该国政府主要财政来源之一。

⑦ 指当时《社会新闻》、《微言》一类刊物上发表的文章和张资平、曾今可等人的启事，参看《伪自由书·后记》。

⑧《龙文鞭影》　明代萧良友编著，内容都是从古书中摘取来的一些故事，四字一句，每两句自成一联，按韵谱列为长编。旧时书塾常采用为儿童课本。

我谈"堕民"[①]

六月二十九日的《自由谈》里，唐晴[②]先生曾经讲到浙东的堕民，并且据《堕民猥谈》[③]之说，以为是宋将焦光瓒的部属，因为降金，为时人所不齿，至明太祖[④]，乃榜其门曰"丐户"，此后他们遂在悲苦和被人轻蔑的环境下过着日子。

我生于绍兴，堕民是幼小时候所常见的人，也从父老的口头，听到过同样的他们所以成为堕民的缘起。但后来我怀疑了。因为我想，明太祖对于元朝，尚且不肯放肆[⑤]，他是决不会来管隔一朝代的降金的宋将的；况且看他们的职业，分明还有"教坊"或"乐户"[⑥]的余痕，所以他们的祖先，倒是明初的反抗洪武和永乐皇帝的忠臣义士[⑦]也说不定。还有一层，是好人的子孙会吃苦，卖国者的子孙却未必变成堕民的，举出最近便的例子来，则岳飞[⑧]的后裔还在杭州看守岳王坟，可是过着很穷苦悲惨的生活，然而秦桧，严嵩[⑨]……的后人呢？……

不过我现在并不想翻这样的陈年账。我只要说，在绍兴的堕民，是一种已经解放了的奴才，这解放就在雍正年间罢[⑩]，也说不定。所以他们是已经都有别的职业的了，自然是贱业。男人们是收旧货，卖鸡毛，捉青蛙，做戏；女的则每逢过年过节，到她所认为主人的家里去道喜，有庆吊事情就帮忙，在这里还留着奴才的皮毛，但事毕便走，而且有颇多的犒赏，就可见是曾经解放过的了。

每一家堕民所走的主人家是有一定的，不能随便走；婆婆死了，就使儿媳妇去，传给后代，恰如遗产的一般；必须非常贫穷，将走动的权利卖给了别人，这才和旧主人断绝了关系。假使你无端叫她不要来了，那就是等于给与她重大的侮辱。我还记得民国革命之后，我的母亲曾对一个堕民的女人说，“以后我们都一样了，你们可以不要来了。”不料她却勃然变色，愤愤的回答道：“你说的是什么话？……我们是千年万代，要走下去的！”

就是为了一点点犒赏，不但安于做奴才，而且还要做更广泛的奴才，还得出钱去买做奴才的权利，这是堕民以外的自由人所万想不到的罢。

七月三日

---

① 本篇最初发表于一九三三年七月六日《申报·自由谈》。

② 唐皛　浙江镇海人，作家。著有杂文集《推背集》、《短长书》等。他曾在一九三三年六月二十九日《申报·自由谈》发表《堕民》一文，其中有“辱国者的子孙作堕民，卖国的汉奸如果有子孙的话，至少也将是一种堕民”的话。

③《堕民猥谈》　应作《堕民猥编》，作者不详。清代钱大昕编纂的《鄞县志》中，曾引录该书关于堕民的记载：“堕民，谓之丐户，……相传为宋罪俘之遗，故摈之。丐自言则云宋将焦光赞部落，以叛宋投金故被斥。……元人名为怯怜户，明太祖定户籍，扁其门曰丐。……男子则捕蛙，卖饧……立冬打鬼，胡花帽鬼脸，钟鼓戏剧，种种沿门需索。其妇人则为人家拗发髻，剃妇面毛，习媒妁，伴良家新娶妇，梳发为髢也。”（卷一《风俗》）

④ 明太祖　即朱元璋（1328—1398），濠州钟离（今安徽凤阳）人，元末农民起义领袖之一。一三六八年推翻元朝统治，建立明王朝，改元洪武，庙号太祖。

⑤ 明太祖对于元朝，尚且不肯放肆　明初对待元代残余努力实行剿抚兼施政策，据《明史·太祖本纪》载：洪武三年（1370）五月，武将李文忠攻克应昌（今内蒙自治区克什克腾旗），生擒元帝之子买的里八剌。六月，买的里八剌至京师，群臣请“献俘”，明太祖不许，并封买的里八剌为崇礼侯。同时又因为李文忠的捷报过于夸耀，对宰相说：“元主中国百年，朕与卿等父母，皆赖其生养，奈何为此浮薄之言，亟改之。”洪武七年九月，又把买的里八剌放回；十一年四月，元主爱猷识理达腊死，明太祖于六月遣使致祭。鲁迅所说明太祖对元朝“不肯放肆”，大概指的这类事情。

⑥“教坊”　唐代开始设立的掌管教练女乐的机构。“乐户”，封建时代罪人妻女被编入乐籍者，其名称最早见于《魏书·刑罚志》。两者实际都是官妓，相沿到清代雍正年间才废止。

⑦ 反抗永乐皇帝的忠臣义士，有景清、铁弦、方孝孺等人。朱元璋死后，由皇太孙朱允炆继位，即建文帝；不久，他的叔父燕王朱棣起兵夺取帝位，即永乐帝。当时景清等人效忠建文反抗永乐，他们的妻子儿女及族人多同遭杀戮或被贬为奴（但未见到贬为堕民的明确记载）。反抗洪武（明太祖）的忠臣义士，未知何指。

⑧ 岳飞（1103—1142）　字鹏举，相州汤阴（今属河南）人，南宋名将。因坚持抗击金兵而被投降派宋高宗、秦桧杀害。岳飞被害后，初被偷偷草葬于杭州钱塘门外荒冢中，宋孝宗时改葬于杭州西湖西北岸。

⑨ 秦桧（1090—1155）　字会之，江宁（今南京）人，宋高宗时曾任宰相，是主张降金的内奸，杀害岳飞的主谋。严嵩（1480—1567），字惟中，江西分宜人。明世宗时官至太子太师，是祸国殃民的权奸。

⑩ 据清代蒋良骐《东华录》载：雍正元年（1723）九月“除浙江绍兴府堕民丐籍”。

我要骗人[①]

疲劳到没有法子的时候，也偶然佩服了超出现世的作家，要模仿一下来试试。然而不成功。超然的心，是得像贝类一样，外面非有壳不可的。而且还得有清水。浅间山[②]边，倘是客店，那一定是有的罢，但我想，却未必有去造“象牙之塔”的人的。

为了希求心的暂时的平安，作为穷余的一策，我近来发明了别样的方法了，这就是骗人。

去年的秋天或是冬天，日本的一个水兵，在闸北被暗杀了。[③]忽然有了许多搬家的人，汽车租钱之类，都贵了好几倍。搬家的自然是中国人，外国人是很有趣似的站在马路旁边看。我也常常去看的。一到夜里，非常之冷静，再没有卖食物的小商人了，只听得有时从远处传来着犬吠。然而过了两三天，搬家好像被禁止了。警察拚死命的在殴打那些拉着行李的大车夫和洋车夫，日本的报章[④]，中国的报章，都异口同声的对于搬了家的人们给了一个“愚民”的徽号。这意思就是说，其实是天下太平的，只因为有这样的“愚民”，所以把颇好的天下，弄得乱七八糟了。

我自始至终没有动，并未加入“愚民”这一伙里。但这并非为了聪明，却只因为懒惰。也曾陷在五年前的正月的上海战争[⑤]——日本那一面，好像是喜欢称为“事变”似的——的火线下，而且自由早被剥夺[⑥]，夺了我的自由的权力者，又拿着这飞上空中了，所以无论跑到那里去，都是一个样。中国的人民是多疑的。无论那一国人，都指这为可笑的缺点。然而怀疑并不是缺点。总是疑，而并不下断语，这才是缺点。我是中国人，所以深知道这秘密。其实，是在下着断语的，而这断语，乃是：到底还是不可信。但后来的事实，却大抵证明了这断语的的确。中国人不疑自己的多疑。所以我的没有搬家，也并不是因为怀着天下太平的确信，说到底，仍不过为了无论那里都一样的危险的缘故。五年以前翻阅报章，看见过所记的孩子的死尸的数目之多，和从不见有记着交换俘虏的事，至今想起来，也还是非常悲痛的。

虐待搬家人，殴打车夫，还是极小的事情。中国的人民，是常用自己的血，去洗权力者的手，使他又变成洁净的人物的，现在单是这模样就完事，总算好得很。

但当大家正在搬家的时候，我也没有整天站在路旁看热闹，或者坐在家里读世界文学史之类的心思。走远一点，到电影院里散闷去。一到那里，可真是天下太平了。这就是大家搬家去住的处所[7]。我刚要跨进大门，被一个十二三岁的女孩子捉住了。是小学生，在募集水灾的捐款，因为冷，连鼻子尖也冻得通红。我说没有零钱，她就用眼睛表示了非常的失望。我觉得对不起人，就带她进了电影院，买过门票之后，付给她一块钱。她这回是非常高兴了，称赞我道，“你是好人”，还写给我一张收条。只要拿着这收条，就无论到那里，都没有再出捐款的必要。于是我，就是所谓“好人”，也轻松的走进里面了。

看了什么电影呢？现在已经丝毫也记不起。总之，大约不外乎一个英国人，为着祖国，征服了印度的残酷的酋长，或者一个美国人，到亚非利加去，发了大财，和绝世的美人结婚之类罢。这样的消遣了一些时光，傍晚回家，又走进了静悄悄的环境。听到远地里的犬吠声。女孩子的满足的表情的相貌，又在眼前出现，自己觉得做了好事情了，但心情又立刻不舒服起来，好像嚼了肥皂或者什么一样。

诚然，两三年前，是有过非常的水灾的，这大水和日本的不同，几个月或半年都不退。但我又知道，中国有着叫作“水利局”的机关，每年从人民收着税钱，在办事。但反而出了这样的大水了。我又知道，有一个团体演了戏来筹钱，因为后来只有二十几元，衙门就发怒不肯要。连被水灾所害的难民成群的跑到安全之处来，说是有害治安，就用机关枪去扫射的话也都听到过。恐怕早已统统死掉了罢。然而孩子们不知道，还在拚命的替死人募集生活费，募不到，就失望，募到手，就喜欢。而其实，一块来钱，是连给水利局的老爷买一天的烟卷也不够的。我明明知道着，却好像也相信款子真会到灾民的手里似的，付了一块钱。实则不过买了这天真烂漫的孩子的欢喜罢了。我不爱看人们的失望的样子。

倘使我那八十岁的母亲,问我天国是否真有,我大约是会毫不踌躕,答道真有的罢。

然而这一天的后来的心情却不舒服。好像是又以为孩子和老人不同,骗她是不应该似的,想写一封公开信,说明自己的本心,去消释误解,但又想到横竖没有发表之处,于是中止了,时候已是夜里十二点钟。到门外去看了一下。

已经连人影子也看不见。只在一家的檐下,有一个卖馄饨的,在和两个警察谈闲天。这是一个平时不大看见的特别穷苦的肩贩,存着的材料多得很,可见他并无生意。用两角钱买了两碗,和我的女人两个人分吃了。算是给他赚一点钱。庄子曾经说过:“干下去的(曾经积水的)车辙里的鲋鱼,彼此用唾沫相湿,用湿气相嘘,”——然而他又说,“倒不如在江湖里,大家互相忘却的好。”[8]可悲的是我们不能互相忘却。而我,却愈加恣意的骗起人来了。如果这骗人的学问不毕业,或者不中止,恐怕是写不出圆满的文章来的。

但不幸而在既未卒业,又未中止之际,遇到山本社长[9]了。因为要我写一点什么,就在礼仪上,答道“可以的”。因为说过“可以”,就应该写出来,不要使他失望,然而,到底也还是写了骗人的文章。

写着这样的文章,也不是怎么舒服的心地。要说的话多得很,但得等候“中日亲善”更加增进的时光。不久之后,恐怕那“亲善”的程度,竟会到在我们中国,认为排日即国贼——因为说是共产党利用了排日的口号,使中国灭亡的缘故——而到处的断头台上,都闪烁着太阳的圆圈[10]的罢,但即使到了这样子,也还不是披沥真实的心的时光。

单是自己一个人的过虑也说不定:要彼此看见和了解真实的心,倘能用了笔,舌,或者如宗教家之所谓眼泪洗明了眼睛那样的便当的方法,那固然是非常之好的,然而这样便宜事,恐怕世界上也很少有。这是可以悲哀的。一面写着漫无条理的文章,一面又觉得对不起热心的读者了。

临末,用血写添几句个人的豫感,算是一个答礼罢。

二月二十三日

---

① 本篇最初发表于一九三六年四月号日本《改造》月刊。原稿为日文,后由作者译成中文,发表于一九三六年六月上海《文学丛报》月刊第三期。

在《改造》发表时，第四段中“上海”、“死尸”、“俘虏”等词及第十五段中“太阳的圆圈”一语，都被删去。《文学丛报》发表时经作者补入，该刊编者在《编后》中曾有说明。

② 浅间山　日本的火山，过去常有人去投火山口自杀；它也是游览地区，山下设有旅馆等。

③ 指一九三五年十一月九日晚日本水兵中山秀雄在上海窦乐安路被暗杀。当时日本侵略者曾借此进行威胁要挟。

④ 日本的报章　指当时在上海发行的日文报纸。

⑤ 上海战争　指一九三二年的“一二八”战争。当时作者的住所临近战区。

⑥ 自由早被剥夺　指作者被通缉的事。一九三〇年二月作者参加发起中国自由运动大同盟，国民党浙江省党部即呈请国民党中央通缉“堕落文人鲁迅”。

⑦ 指当时上海的“租界”地区。

⑧ 庄子(约前369—前286)　名周，战国时宋国人，道家学派代表人物之一。他的著作流传至今的有后人所编的《庄子》三十三篇，其中《大宗师》和《天运》篇中都有这样的话：“泉涸，鱼相与处于陆，相呴以湿，相濡以沫，不如(《天运》篇作“不若”)相忘于江湖。”“涸辙之鲋”，另见《庄子·外物》篇。

⑨ 山本社长　山本实彦(1885—1952)，当时日本《改造》杂志社社长。

⑩ 太阳的圆圈　指日本的国旗。

“小童挡驾”①

近五六年来的外国电影，是先给我们看了一通洋侠客的勇敢，于是而野蛮人的陋劣，又于是而洋小姐的曲线美。但是，眼界是要大起来的，终于几条腿不够了，于是一大丛；又不够了，于是赤条条。这就是“裸体运动大写真”②，虽然是正正堂堂的“人体美与健康美的表现”，然而又是“小童挡驾”的，他们不配看这些“美”。

为什么呢？宣传上有这样的文字——

“一个绝顶聪明的孩子说：她们怎不回过身子儿来呢？”

“一位十足严正的爸爸说：怪不得戏院对孩子们要挡驾了！”

这当然只是文学家虚拟的妙文，因为这影片是一开始就标榜着“小童挡驾”的，他们无从看见。但假使真给他们去看了，他们就会这样的质问吗？我想，也许会的。然而这质问的意思，恐怕和张生③唱的“哈，怎不回过脸儿来”完全两样，其实倒在电影中人的态度的不自然，使他觉得奇怪。中国的儿童也许比较的早熟，也许性感比较的敏，但总不至于比成年的他的“爸爸”，心地更不干净的。倘其如此，二十年后的中国社会，那可真真可怕了。但事实上大概决不至于此，所以那答话还不如改一下：

“因为要使我过不了瘾，可恶极了！”

不过肯这样说的“爸爸”恐怕也未必有。他总要“以己之心，度人之心”④，度了之后，便将这心硬塞在别人的腔子里，装作不是自己的，而说别人的心没有他的干净。裸体女人的都“不回过身子儿来”，其实是专为对付这一类人物的。她们难道是白痴，连“爸爸”的眼色，比他孩子的更不规矩都不知道吗？

但是，中国社会还是“爸爸”类的社会，所以做起戏来，是“妈妈”类献身，“儿子”类受谤。即使到了紧要关头，也还是什么“木兰从军”，“汪踦卫国”，[5]要推出“女子与小人”[6]去搪塞的。“吾国民其何以善其后欤？”

四月五日

---

① 本篇最初发表于一九三四年四月七日《申报·自由谈》。

② “裸体运动大写真” 一九三四年三月，上海的上海大戏院放映一部德、法、美等国裸体运动记录片《回到自然》。影院曾为此大肆宣传，此语及下面引文都是广告中的话。

③ 张生 即张珙（君瑞），元代王实甫《西厢记》中的人物。这里引用的唱词见第四本《草桥店梦莺莺》第一折：“哈，怎不肯回过脸儿来？”

④ “以己之心，度人之心” 语见《中庸》十三章朱熹注。

⑤ “木兰从军” 见南北朝时北朝叙事长诗《木兰诗》，诗中说木兰女扮男装，代父从军，出征十二年，立功还乡。“汪踦卫国”，汪踦是春秋时鲁国的一个儿童，《礼记·檀弓》：“（鲁与齐师）战于郎，公叔禺人……与其邻重（童）汪踦往，皆死焉。”

⑥ “女子与小人”语见《论语·阳货》：“子曰：‘惟女子与小人为难养也，迈之则不孙（逊），远之则怨。’”

批评家的批评家[①]

情势也转变得真快，去年以前，是批评家和非批评家都批评文学，自然，不满的居多，但说好的也有。去年以来，却变了文学家和非文学家都翻了一个身，转过来来批评批评家了。

这一回可是不大有人说好，最彻底的是不承认近来有真的批评家。即使承认，也大大的笑他们胡涂。为什么呢？因为他们往往用一个一定的圈子向作品上面套[②]，合就好，不合就坏。

但是，我们曾经在文艺批评史上见过没有一定圈子的批评家吗？都有的，或者是美的圈，或者是真实的圈，或者是前进的圈。没有一定的圈子的批评家，那才是怪汉子呢。办杂志可以号称没有一定的圈子，而其实这正是圈子，是便于遮眼的变戏法的手巾。譬如一个编辑者是唯美主义者罢，他尽可以自说并无定见，单在书籍评论上，就足够玩把戏。倘是一种所谓"为艺术的艺术"的作品，合于自己的私意的，他就选登一篇赞成这种主义的批评，或读后感，捧着它上天；要不然，就用一篇假急进的好像非常革命的批评家的文章，捺它到地里去。读者这就被迷了眼。但在个人，如果还有一点记性，却不能这么两端的，他须有一定的圈子。我们不能责备他有圈子，我们只能批评他这圈子对不对。

然而批评家的批评家会引出张献忠考秀才的古典来：先在两柱之间横系一条绳子，叫应考的走过去，太高的杀，太矮的也杀，于是杀光了蜀中的英才。[③]这么一比，有定见的批评家即等于张献忠，真可以使读者发生满心的憎恨。但是，评文的圈，就是量人的绳吗？

论文的合不合，就是量人的长短吗？引出这例子来的，是诬陷，更不是什么批评。

一月十七日

---

① 本篇最初发表于一九三四年一月二十一日《申报·自由谈》。

② 用一个一定的圈子向作品上面套等论调，曾见于当时《现代》月刊所载的文章。如第四卷第三期（一九三四年一月）载刘莹姿《我所希望于新文坛上之批评家者》一文，说批评家“拿一套外国或本国的时髦圈子来套量作品的高低大小”，“这是充分地表明了我国新文坛尚无真挚伟大的批评家。”又第四卷第一期（一九三三年十一月）载苏汶《新的公式主义》一文中说：“友人张天翼君在他的短篇集《蜜蜂》的‘自题’里，对于近来的一些批评家，曾经说了几句很有趣的话，他说：‘他（指一位批评者——汶注）是不知从什么地方拿来了一个圈子，就拿这去套一切的文章。小了不合适，大了套不进：不行。恰恰套住：行。’”

③ 关于张献忠考秀才的说法，见清代彭遵泗的《蜀碧》一书：“贼诡称试士，于贡院前左右，设长绳离地四尺，按名序立，凡身过绳者，悉驱至西门外青羊宫杀之，前后近万人，笔砚委积如山。”

野兽训练法[1]

最近还有极有益的讲演，是海京伯马戏团的经理施威德在中华学艺社的三楼上给我们讲“如何训练动物?”②可惜我没福参加旁听，只在报上看见一点笔记。但在那里面，就已经够多着警辟的话了——

“有人以为野兽可以用武力拳头去对付它，压迫它，那便错了，因为这是从前野蛮人对付野兽的办法，现在训练的方法，便不是这样。”

“现在我们所用的方法，是用爱的力量，获取它们对于人的信任，用爱的力量，温和的心情去感动它们。……”

这一些话，虽然出自日耳曼人之口，但和我们圣贤的古训，也是十分相合的。用武力拳头去对付，就是所谓“霸道”。然而“以力服人者，非心服也”[3]，所以文明人就得用“王道”，以取得“信任”：“民无信不立”[4]。

但是，有了“信任”以后，野兽可要变把戏了——

“教练者在取得它们的信任以后，然后可以从事教练它们了：第一步，可以使它们认清坐的，站的位置；再可以使它们跳浜，站起来……”

训兽之法，通于牧民，所以我们的古之人，也称治民的大人物曰“牧”[5]。然而所“牧”者，牛羊也，比野兽怯弱，因此也就无须乎专靠“信任”，不妨兼用着拳头，这就是冠冕堂皇的“威信”。

由“威信”治成的动物，“跳浜，站起来”是不够的，结果非贡献毛角血肉不可，至少是天天挤出奶汁来，——如牛奶，羊奶之流。

然而这是古法，我不觉得也可以包括现代。

施威德讲演之后，听说还有余兴，如“东方大乐”及“踢毽子”[6]等，报上语焉不详，无从知道底细了，否则，我想，恐怕也很有意义。

十月二十七日

---

① 本篇最初发表于一九三三年十月三十日《申报·自由谈》。

② 施威德（R.Sawade，1869—1947） 德国驯兽家。据一九三三年十月二十七日《申报》报道：十月二十六日下午在中华学艺社讲演者为海京伯马戏团中的惠格纳，施因年老未讲。中华学艺社，一些中国留日学生组织的学术团体。一九一六年成立于日本东京，原名丙辰学社，后迁上海，改名“中华学艺社”。曾发行《学艺》杂志。

③ “以力服人者，非心服也” 孟轲的话，见《孟子·公孙丑》。

④ “民无信不立” 孔丘的话，见《论语·颜渊》。

⑤ 治民的大人物曰“牧” 《礼记·曲礼》：“九州之长，人天子之国曰牧。”古代称“九州”的各州之长为牧。汉代起，有些朝代曾设置牧的官职。

⑥ 东方大乐”及“踢毽子” 据一九三三年十月二十七日《申报》报道：在惠格纳讲演后，放映电影助兴，其中有《东方大乐》及《褚民谊踢毽子》等短片。

安贫乐道法[①]

孩子是要别人教的，毛病是要别人医的，即使自己是教员或医生。但做人处世的法子，却恐怕要自己斟酌，许多别人开来的良方，往往不过是废纸。

劝人安贫乐道是古今治国平天下的大经络，开过的方子也很多，但都没有十全大补的功效。因此新方子也开不完，新近就看见了两种，但我想：恐怕都不大妥当。

一种是教人对于职业要发生兴趣，一有兴趣，就无论什么事，都乐此不倦了。当然，言之成理的，但到底须是轻松一点的职业。且不说掘煤，挑粪那些事，就是上海工厂里做工至少每天十点的工人，到晚快边就一定筋疲力倦，受伤的事情是大抵出在那时候的。“健全的精神，宿于健全的身体之中”[②]，连自己的身体也顾不转了，怎么还会有兴趣？——除非他爱兴趣比性命还利害。倘若问他们自己罢，我想，一定说是减少工作的时间，做梦也想不到发生兴趣法的。

还有一种是极其彻底的：说是大热天气，阔人还忙于应酬，汗流浃背，穷人却挟了一条破席，铺在路上，脱衣服，浴凉风，其乐无穷，这叫作“席卷天下”。这也是一张少见的富有诗趣的药方，不过也有煞风景在后面。快要秋凉了，一早到马路上去走走，看见手捧肚子，口吐黄水的就是那些“席卷天下”的前任活神仙。大约眼前有福，偏不去享的大愚人，世上究竟是不多的，如果精穷真是这么有趣，现在的阔人一定首先躺在马路上，而现在的穷人的席子也没有地方铺开来了。

上海中学会考的优良成绩发表了，有《衣取蔽寒食取充腹论》[③]，其中有一段——

“……若德业已立，则虽饔飧不继，捉襟肘见，而其名德足传于后，精神生活，将充分发展，又何患物质生活之不足耶？人生真谛，固在彼而不在此也。……”（由《新语林》第三期转录）

这比题旨更进了一步，说是连不能“充腹”也不要紧的。但中学生所开的良方，对于大学生就不适用，同时还是出现了要求职业的一大群。

事实是毫无情面的东西，它能将空言打得粉碎。有这么的彰明较著，其实，据我的愚见，是大可以不必再玩“之乎者也”了——横竖永远是没有用的。

八月十三日

---

① 本篇最初发表于一九三四年八月十六日《申报·自由谈》。

② “健全的精神，宿于健全的身体之中” 西洋古格言，见罗马讽刺诗人朱味那尔的《讽刺诗》第十篇。

③《衣取蔽寒食取充腹论》 是一九三四年上海中学会考的作文试题。《新语林》第三期（一九三四年八月五日）载埜容《拥护会考》一文中，曾根据《上海中学会考特刊》引录了试卷中的这段文字。《新语林》，文艺半月刊，原徐懋庸主编，第五期起改为“新语林社”编辑，一九三四年七月在上海创刊，同年十月停刊。

玩　具[1]

今年是儿童年[2]。我记得的，所以时常看看造给儿童的玩具。

马路旁边的洋货店里挂着零星小物件，纸上标明，是从法国运来的，但我在日本的玩具店看见一样的货色，只是价钱更便宜。在担子上，在小摊上，都卖着渐吹渐大的橡皮泡，上面打着一个印子道："完全国货"，可见是中国自己制造的了。然而日本孩子玩着的橡皮泡上，也有同样的印子，那却应该是他们自己制造的。

大公司里则有武器的玩具：指挥刀，机关枪，坦克车……。然而，虽是有钱人家的小孩，拿着玩的也少见。公园里面，外国孩子聚沙成为圆堆，横插上两条短树二F，这明明是在创造铁甲炮车了，而中国孩子是青白的，瘦瘦的脸，躲在大人的背后，羞怯的，惊异的看着，身上穿着一件斯文之极的长衫。

我们中国是大人用的玩具多：姨太太，雅片枪，麻雀牌，《毛毛雨》，科学灵乩，金刚法会，还有别的，忙个不了，没有工夫想到孩子身上去了。虽是儿童年，虽是前年身历了战祸，也没有因此给儿童创出一种纪念的小玩意，一切都是照样抄。然则明年不是儿童年了，那情形就可想。

但是，江北人却是制造玩具的天才。他们用两个长短不同的竹筒，染成红绿，连作一排，筒内藏一个弹簧，旁边有一个把手，摇起来就格格的响。这就是机关枪！也是我所见的惟一的创作。我在租界边上买了一个，和孩子摇着在路上走，文明的西洋人和胜利的日本人看见了，大抵投给我们一个鄙夷或悲悯的苦笑。

然而我们摇着在路上走，毫不愧恧，因为这是创作。前年以来，很有些人骂着江北人[3]，好像非此不足以自显其高洁，现在沉默了，那高洁也就渺渺然，茫茫然。而江北人却创造了粗笨的机枪玩具，以坚强的自信和质朴的才能与文明的玩具争。他们，我以为是比从外国买了极新式的武器回来的人物，更其值得赞颂的，虽然也许又有人会因此给我一个鄙夷或悲悯的冷笑。

六月十一日

---

① 本篇最初发表于一九三四年六月十四日《申报·自由谈》。

② 儿童年　一九三三年十月，中华慈幼协会曾根据上海儿童幸福委员会的提议，呈请国民党政府定一九三四年为儿童年。后来国民党政府于一九三四年三月发出“训令”，改定一九三五年为儿童年。但上海市儿童幸福委员会经上海市政府批准，仍单独定一九三四年为儿童年。

③ 江北人　这里的江北指江苏境内长江以北，淮河以南一带。一九三二年一二八战争后，日军占领闸北，利用汉奸组织了“上海北市地方人民维持会”，为非作歹。该会头目胡立夫等多为江北人，凶此引起当时一般群众对江北人的恶感。

观　斗[1]

我们中国人总喜欢说自己爱和平，但其实，是爱斗争的，爱看别的东西斗争，也爱看自己们斗争。

最普通的是斗鸡，斗蟋蟀，南方有斗黄头鸟，斗画眉鸟，北方有斗鹌鹑，一群闲人们围着呆看，还因此赌输赢。古时候有斗鱼，现在变把戏的会使跳蚤打架。看今年的《东方杂志》[2]，才知道金华又有斗牛，不过和西班牙却两样的，西班牙是人和牛斗，我们是使牛和牛斗。

任他们斗争着，自己不与斗，只是看。

军阀们只管自己斗争着，人民不与闻，只是看。

然而军阀们也不是自己亲身在斗争，是使兵士们相斗争，所以频年恶战，而头儿个个终于是好好的，忽而误会消释了，忽而杯酒言欢了，忽而共同御侮了，忽而立誓报国了，忽而……。不消说，忽而自然不免又打起来了。

然而人民一任他们玩把戏，只是看。

但我们的斗士，只有对于外敌却是两样的：近的，是"不抵抗"，远的，是"负弩前驱"[3]云。

"不抵抗"在字面上已经说得明明白白。"负弩前驱"呢，弩机的制度早已失传了，必须待考古学家研究出来，制造起来，然后能够负，然后能够前驱。

还是留着国产的兵士和现买的军火，自己斗争下去罢。中国的人口多得很，暂时总有一些孑遗在看着的。但自然，倘要这样，则对于外敌，就一定非"爱和平"[4]不可。

一月二十四日

---

① 本篇最初发表于一九三三年一月三十一日上海《申报.自由谈》，署名何家干。

②《东方杂志》 综合性刊物，一九〇四年三月在上海创刊，一九四八年十二月停刊，商务印书馆出版。一九三三年一月十六日该刊第三十卷第二号，曾刊载浙江婺州斗牛照片数帧，题为《中国之斗牛》。

③“负弩前驱” 语见《逸周书》：“武王伐纣，散宜生、闳天负弩前驱。”当时国民党政府对日本侵略采取不抵抗政策，每当日军进攻，中国驻守军队大都奉命后退，如一九三三年一月三日军进攻山海关时，当地驻军在四小时后即放弃要塞，不战而退。但远离前线的大小军阀却常故作姿态，扬言“抗日”，如山海关沦陷后，在四川参加军阀混战和“剿匪”反共的田颂尧于一月二十日发通电说：“准备为国效命，俟中央明令，即负弩前驱。”

④“爱和平” 当时国民党当局经常以“爱和平”这类论调掩盖其投降卖国政策，如一九三一年九一八事变后，蒋介石九月二十二日在南京市国民党党员大会上演讲时就说：“此刻必须上下一致，先以公理对强权，以和平对野蛮，忍痛含愤，暂取逆来顺受态度，以待国际公理之判断。”

上海的儿童[①]

上海越界筑路[②]的北四川路一带，因为打仗，去年冷落了大半年，今年依然热闹了，店铺从法租界搬回，电影院早经开始，公园左近也常见携手同行的爱侣，这是去年夏天所没有的。

倘若走进住家的弄堂里去，就看见便溺器，吃食担，苍蝇成群的在飞，孩子成队的在闹，有剧烈的捣乱，有发达的骂詈，真是一个乱烘烘的小世界。但一到大路上，映进眼帘来的却只是轩昂活泼地玩着走着的外国孩子，中国的儿童几乎看不见了。但也并非没有，只因为衣裤郎当，精神萎靡，被别人压得像影子一样，不能醒目了。

中国中流的家庭，教孩子大抵只有两种法。其一，是任其跋扈，一点也不管，骂人固可，打人亦无不可，在门内或门前是暴主，是霸王，但到外面，便如失了网的蜘蛛一般，立刻毫无能力。其二，是终日给以冷遇或呵斥，甚而至于打扑，使他畏葸退缩，仿佛一个奴才，一个傀儡，然而父母却美其名曰"听话"，自以为是教育的成功，待到放他到外面来，则如暂出樊笼的小禽，他决不会飞鸣，也不会跳跃。

现在总算中国也有印给儿童看的画本了，其中的主角自然是儿童，然而画中人物，大抵倘不是带着横暴冥顽的气味，甚而至于流氓模样的，过度的恶作剧的顽童，就是钩头耸背，低眉顺眼，一副死板板的脸相的所谓"好孩子"。这虽然由于画家本领的欠缺，但也是取儿童为范本的，而从此又以作供给儿童仿效的范本。我们试一看别国的儿童画罢，英国沉着，德国粗豪，俄国雄厚，法国漂亮，日本聪明，都没有一点中国似的衰惫的气象。观民风是不但可以由诗文，也可以由图画，而且可以由不为人们所重的儿童画的。

顽劣，钝滞，都足以使人没落，灭亡。童年的情形，便是将来的命运。我们的新人物，讲恋爱，讲小家庭，讲自立，讲享乐了，但很少有人为儿女提出家庭教育的问题，学校教育的问题，社会改革的问题。先前的人，只知道“为儿孙作马牛”，固然是错误的，但只顾现在，不想将来，“任儿孙作马牛”，却不能不说是一个更大的错误。

八月十二日

---

① 本篇最初发表于一九三三年九月十五日《申报月刊》第二卷第九号，署名洛文。
② 越界筑路　指当时上海租界当局越出租界范围以外修筑马路的区域。

文学上的折扣[①]

有一种无聊小报，以登载诬蔑一部分人的小说自鸣得意，连姓名也都给以影射的，忽然对于投稿，说是“如含攻讦个人或团体性质者恕不揭载”[②]了，便不禁想到了一些事——

凡我所遇见的研究中国文学的外国人中，往往不满于中国文章之夸大。这真是虽然研究中国文学，恐怕到死也还不会懂得中国文学的外国人。倘是我们中国人，则只要看过几百篇文章，见过十来个所谓“文学家”的行径，又不是刚刚“从民间来”的老实青年，就决不会上当。因为我们惯熟了，恰如钱店伙计的看见钞票一般，知道什么是通行的，什么是该打折扣的，什么是废票，简直要不得。

譬如说罢，称赞贵相是“两耳垂肩”[③]，这时我们便至少将他打一个对折，觉得比通常也许大一点，可是决不相信他的耳朵像猪猡一样。说愁是“白发三千丈”[④]，这时我们便至少将他打一个二万扣，以为也许有七八尺，但决不相信它会盘在顶上像一个大草囤。这种尺寸，虽然有些模胡，不过总不至于相差太远。反之，我们也能将少的增多，无的化有，例如戏台上走出四个拿刀的瘦伶仃的小戏子，我们就知道这是十万精兵；刊物上登载一篇俨乎其然的像煞有介事的文章，我们就知道字里行间还有看不见的鬼把戏。

又反之，我们并且能将有的化无，例如什么“枕戈待旦”呀，“卧薪尝胆”呀，“尽忠报国”呀，[⑤]我们也就即刻会看成白纸，恰如还未定影的照片，遇到了日光一般。

但这些文章，我们有时也还看。苏东坡贬黄州时，无聊之至，有客来，便要他谈鬼。客说没有。东坡道：“你姑且胡说一通罢。”[⑥]我们的看，也不过这意思。但又可知道社会上有这样的东西，是费去了多少无聊的眼力。人们往往以为打牌，跳舞有害，实则这种文章的害还要大，因为一不小心，就会给它教成后天的低能儿的。

《颂》诗[7]早已拍马，《春秋》[8]已经隐瞒，战国时谈士蜂起，不是以危言耸听，就是以美词动听，于是夸大，装腔，撒谎，层出不穷。现在的文人虽然改著了洋服，而骨髓里却还埋着老祖宗，所以必须取消或折扣，这才显出几分真实。

"文学家"倘不用事实来证明他已经改变了他的夸大，装腔，撒谎……的老脾气，则即使对天立誓，说是从此要十分正经，否则天诛地灭，也还是徒劳的。因为我们也早已看惯了许多家都钉着"假冒王麻子[9]灭门三代"的金漆牌子的了，又何况他连小尾巴也还在摇摇摇呢。

三月十二日

---

① 本篇最初发表于一九三三月三月十五日《申报·自由谈》，署名何家干。

② 见一九三三年三月《大晚报》副刊《辣椒与橄榄》的征稿启事。《大晚报》连载的张若谷的"儒林新史"《婆汉迷》，是一部恶意编造的影射文化界人士的长篇小说，如以"罗无心"影射鲁迅，"郭得富"影射郁达夫等。

③ "两耳垂肩" 语见长篇小说《三国演义》第一回："（刘备）生得身长八尺，两耳垂肩，双手过膝"。

④ "白发三千丈" 语见唐代李白《秋浦歌》第十五首："白发三千丈，缘愁似箇长。"

⑤ "枕戈待旦" 晋代刘琨的故事，见《晋书·刘琨传》："（琨）与亲故书曰：'吾枕戈待旦，志枭逆虏，常恐祖生先吾著鞭。'""卧薪尝胆"，"尝胆"是春秋时越王勾践的故事，见《史记·越王勾践世家》："（勾践）苦身焦思，置胆于坐，坐卧即仰胆，饮食亦尝胆也"；"卧薪"见宋代苏轼的《拟孙权答曹操书》："仆受遗以来，卧薪尝胆。"后来讲到越王勾践故事时，习惯用"卧薪尝胆"一语。"尽忠报国"，宋代岳飞的故事，见《宋史·岳飞传》："飞裂裳以背示，铸有'尽忠报国'四大字，深入肤理。"当时国民党军政"要人"在谈话或通电中常引用这三句话。

⑥ 苏东坡要客谈鬼的故事，见宋代叶梦得《石林避暑录话》卷一："子瞻（苏东坡）在黄州及岭表，每旦起，不招客相与语，则必出而访客。所与游者亦不尽择，各随其人高下，谈谐放荡，不复为畛畦。有不能谈者，则强之使说鬼，或辞无有，则曰'姑妄言之'，于是闻者无不绝倒，皆尽欢而去。"

⑦《颂》诗 指《诗经》中的《周颂》、《鲁颂》、《商颂》，它们多是统治阶级祭祖酬神用的作品。

⑧《春秋》 相传为孔丘根据鲁国史官记事而编纂的一部鲁国史书。据《春秋穀梁传》成公九年：孔丘编《春秋》时，"为尊者讳耻，为贤者讳过，为亲者讳疾。"

⑨ 王麻子 是北京有长久历史的著名刀剪铺，旧时冒它的牌号的铺子很多；有的冒牌者还在招牌上注明"假冒王麻子灭门三代"字样。

礼[①]

看报，是有益的，虽然有时也沉闷。例如罢，中国是世界上国耻纪念最多的国家，到这一天，报上照例得有几块记载，几篇文章。但这事真也闹得太重叠，太长久了，就很容易千篇一律，这一回可用，下一回也可用，去年用过了，明年也许还可用，只要没有新事情。即使有了，成文恐怕也仍然可以用，因为反正总只能说这几句话。所以倘不是健忘的人，就会觉再沉闷，看不出新的启示来。

然而我还是看。今天偶然看见北京追悼抗日英雄邓文[②]的记事，首先是报告，其次是演讲，最末，是“礼成，奏乐散会”。

我于是得了新的启示：凡纪念，“礼”而已矣。

中国原是“礼义之邦”，关于礼的书，就有三大部[③]，连在外国也译出了，我真特别佩服《仪礼》的翻译者。事君，现在可以不谈了；事亲，当然要尽孝，但殁后的办法，则已归入祭礼中，各有仪，就是现在的拜忌日，做阴寿之类。新的忌日添出来，旧的忌日就淡一点，“新鬼大，故鬼小”[④]也。我们的纪念日也是对于旧的几个比较的不起劲，而新的几个之归于淡漠，则只好以俟将来，和人家的拜忌辰是一样的。有人说，中国的国家以家族为基础，真是有识见。

中国又原是“礼让为国”[⑤]的，既有礼，就必能让，而愈能让，礼也就愈繁了。总之，这一节不说也罢。

古时候，或以黄老治天下，或以孝治天下[⑥]。现在呢，恐怕是入于以礼治天下的时期了，明乎此，就知道责备民众的对于纪念日的淡漠是错的，《礼》曰：“礼不下庶人”[⑦]；舍不得物质上的什么东西也是错的，孔子不云乎：“赐也尔爱其羊，我爱其礼！”[⑧]“非礼勿视，非礼勿听，非礼勿言，非礼勿动”[9]，静静的等着别人的“多行不义，必自毙”[10]，礼也。

九月二十日

---

① 本篇最初发表于一九三三年九月二十二日《申报·自由谈》。

② 邓文　当时东北军马占山部的骑兵师长，一九三三年七月三十一日在张家口被暗杀。一九三三年九月二十日报纸曾载“京各界昨日追悼邓文”的消息。京，指南京。

③ 三部关于礼的书，指《周礼》、《仪礼》、《礼记》。《仪礼》有英国斯蒂尔（J.Steel）的英译本，一九一七年伦敦出版。

④ “新鬼大，故鬼小”　见《左传》文公二年：春秋时鲁闵公死后，由他的异母兄僖公继立；僖公死，他的儿子文公继立，依照世序，在宗庙里的位次，应该是闵先僖后；但文公二年八月祭太庙时，将他的父亲僖公置于闵公之前，说是“新鬼大，故鬼小”。意思是说死去不久的僖公是哥哥，死时年纪又大；而死了多年的闵公是弟弟，死时年纪又小，所以要“先大后小”。

⑤ “礼让为国”　语出《论语·里仁》：“子曰：‘能以礼让为国乎，何有？不能以礼让为国，如礼何？’”

⑥ 以黄老治天下　指以导源于道家而大成于法家的刑名法术治理国家。黄老，指道家奉为宗祖的黄帝和老聃。以孝治天下，指用儒家的“君君，臣臣，父父，子子”的伦理思想治理国家。

⑦ “礼不下庶人”　语见《礼记·曲礼》：“礼不下庶人，刑不上大夫”。

⑧ “赐也尔爱其羊，我爱其礼！”　语见《论语·八佾》：“子贡欲去告朔之饩羊。子曰：‘赐也，尔爱其羊，我爱其礼！’”据宋代朱熹注：饩羊，即活羊。诸侯每月朔日（初一）告庙听政，叫做告朔。子贡（端木赐）因见当时鲁国的国君已废去告朔之礼，想把为行礼而准备的羊也一并去掉；但孔丘以为有羊还可以在形式上保留一点礼的虚文，所以这样说。

⑨ “非礼勿视，非礼勿听，非礼勿言，非礼勿动”　孔丘的话，语见《论语·颜渊》。

⑩ “多行不义，必自毙”　语见《左传》隐公元年，原语为春秋时郑庄公说他弟弟共叔段的话。

读书忌[1]

记得中国的医书中，常常记载着“食忌”，就是说，某两种食物同食，是于人有害，或者足以杀人的，例如葱与蜜，蟹与柿子，落花生与王瓜之类。但是否真实，却无从知道，因为我从未听见有人实验过。

读书也有“忌”，不过与“食忌”稍不同。这就是某一类书决不能和某一类书同看，否则两者中之一必被克杀，或者至少使读者反而发生愤怒。例如现在正在盛行提倡的明人小品，有些篇的确是空灵的。枕边厕上，车里舟中，这真是一种极好的消遣品。然而先要读者的心里空空洞洞，混混茫茫。假如曾经看过《明季稗史》，《痛史》[2]，或者明末遗民的著作，那结果可就不同了，这两者一定要打起仗来，非打杀其一不止。我自以为因此很了解了那些憎恶明人小品的论者的心情。这几天偶然看见一部屈大均[3]的《翁山文外》，其中有一篇戊申（即清康熙七年）八月做的《自代北[4]入京记》。他的文笔，岂在中郎之下呢？可是很有些地方是极有重量的，抄几句在这里——

“……沿河行，或渡或否。往往见西夷毡帐，高低不一，所谓穹庐连属，如冈如阜者。男妇皆蒙古语；有卖干湿酪者，羊马者，牦皮者，卧两骆驼中者，坐奚车者，不鞍而骑者，三两而行，被戒衣，或红或黄，持小铁轮，念《金刚秽咒》者。其首顶一柳筐，以盛马粪及木炭者，则皆中华女子。皆盘头跣足，垢面，反被毛袄。人与牛羊相枕藉，腥膻之气，百余里不绝。……”

我想，如果看过这样的文章，想像过这样的情景，又没有完全忘记，那么，虽是中郎的《广庄》或《瓶史》[5]，也断不能洗清积愤的，而且还要增加愤怒。因为这实在比中郎时代的他们互相标榜还要坏，他们还没有经历过扬州十日，嘉定三屠！

明人小品，好的；语录体也不坏，但我看《明季稗史》之类和明末遗民的作品却实在还要好，现在也正到了标点，翻印的时候了：给大家来清醒一下。

十一月二十五日

---

① 本篇最初发表于一九三四年十一月二十九日《中华日报·动向》。

②《明季稗史》 即《明季稗史汇编》，清代留云居士辑，共二十七卷，汇刊稗史十六种，所记都是明末遗事，如顾炎武《圣安皇帝本纪》，记福王弘光朝事；黄宗羲《赐姓始末》，记郑成功收复台湾事；王秀楚《扬州十日记》、朱子素《嘉定屠城记略》，记清兵杀戮的残酷。《痛史》，乐天居士编，共三集，汇印明末清初野史二十余种，总题为《痛史》。民国初年上海商务印书馆出版。

③ 屈大均（1630—1696） 字翁山，广东番禺人，文学家。清兵入广州前后，曾参加抗清活动，失败后剃发为僧，名今种。后又回俗，北游关中、山西。著有《翁山文外》、《翁山诗外》、《广东新语》等。清雍正、乾隆间，他的著作都遭禁毁，直至一九一〇年（宣统二年），上海国学扶轮社才翻印《翁山文外》十六卷、《翁山诗外》十九卷。

④ 代北 古地区名，指现在的山西省北部、河北省西北部一带。

⑤《广庄》 袁中郎模仿《庄子》文体谈道家思想的著作，共七篇。《瓶史》，袁中郎研究花瓶与插花的小品，共十二章。这两种都收入《袁中郎全集》。

阿　金[1]

近几时我最讨厌阿金。她是一个女仆，上海叫娘姨，外国人叫阿妈，她的主人也正是外国人。

她有许多女朋友，天一晚，就陆续到她窗下来，“阿金！阿金！”的大声的叫，这样的一直到半夜。她又好像颇有几个姘头；她曾在后门口宣布她的主张：弗轧姘头，到上海来做啥呢？……

不过这和我不相干。不幸的是她的主人家的后门，斜对着我的前门，所以“阿金，阿金！”的叫起来，我总受些影响，有时是文章做不下去了，有时竟会在稿子上写一个“金”字。更不幸的是我的进出，必须从她家的晒台下走过，而她大约是不喜欢走楼梯的，竹竿，木板，还有别的什么，常常从晒台上直摔下来，使我走过的时候，必须十分小心，先看一看这位阿金可在晒台上面，倘在，就得绕远些。自然，这是大半为了我的胆子小，看得自己的性命太值钱；但我们也得想一想她的主子是外国人，被打得头破血出，固然不成问题，即使死了，开同乡会，打电报也都没有用的，况且我想，我也未必能够弄到开起同乡会。

半夜以后，是别一种世界，还剩着白天脾气是不行的。有一夜，已经三点半钟了，我在译一篇东西，还没有睡觉。忽然听得路上有人低声的在叫谁，虽然听不清楚，却并不是叫阿金，当然也不是叫我。我想：这么迟了，还有谁来叫谁呢？同时也站起来，推开楼窗去看去了，却看见一个男人，望着阿金的绣阁的窗，站着。他没有看见我。我自悔我的莽撞，正想关窗退回的时候，斜对面的小窗开处，已经现出阿金的上半身来，并且立刻看见了我，向那男人说了一句不知道什么说，用手向我一指，又一挥，那男人便开大步跑掉了。我很不舒服，好像是自己做了甚么错事似的，书译不下去了，心里想：以后总要少管闲事，要炼到泰山崩于前而色不变，炸弹落于侧而身不移！……

但在阿金，却似乎毫不受什么影响，因为她仍然嘻嘻哈哈。不过这是晚快边才得到的结论，所以我真是负疚了小半夜和一整天。这时我很感激阿金的大度，但同时又讨厌了她的大声会议，嘻嘻哈哈了。自有阿金以来，四周的空气也变得扰动了，她就有这么大的力量。这种扰动，我的警告是毫无效验的，她们连看也不对我看一看。有一回，邻近的洋人说了几句洋话，她们也不理；但那洋人就奔出来了，用脚向各人乱踢，她们这才逃散，会议也收了场。这踢的效力，大约保存了五六夜。

此后是照常的嚷嚷；而且扰动又廓张了开去，阿金和马路对面一家烟纸店里的老女人开始奋斗了，还有男人相帮。她的声音原是响亮的，这回就更加响亮，我觉得一定可以使二十间门面以外的人们听见。不一会，就聚集了一大批人。论战的将近结束的时候当然要提到"偷汉"之类，那老女人的话我没有听清楚，阿金的答复是：

"你这老×没有人要！我可有人要呀！"

这恐怕是实情，看客似乎大抵对她表同情，"没有人要"的老×战败了。这时踱来了一位洋巡捕，反背着两手，看了一会，就来把看客们赶开；阿金赶紧迎上去，对他讲了一连串的洋话。洋巡捕注意的听完之后，微笑的说道：

"我看你也不弱呀！"

他并不去捉老×，又反背着手，慢慢的踱过去了。这一场巷战就算这样的结束。但是，人间世的纠纷又并不能解决得这么干脆，那老×大约是也有一点势力的。第二天早晨，那离阿金家不远的也是外国人家的西崽忽然向阿金家逃来。后面追着三个彪形大汉。西崽的小衫已被撕破，大约他被他们诱出外面，又给人堵住后门，退不回去，所以只好逃到他爱人这里来了。爱人的肘腋之下，原是可以安身立命的，伊孛生（H.Ibsen）戏剧里的彼尔·干德②就是失败之后，终于躲在爱人的裙边，听唱催眠歌的大人物。但我看阿金似乎比不上瑙威女子，她无情，也没有魄力。独有感觉是灵的，那男人刚要跑到的时候，她已经赶紧把后门关上了。那男人于是进了绝路，只得站住。这好像也颇出于彪大汉们的意料之外，显得有些踌躇；但终于一同举起拳头，两个是在他背脊和胸脯上一共给了三拳，仿佛也并不怎么重，一个在他脸上打了一拳，却使它立刻红起来。这一场巷战很神速，又在早晨，所以观战者也不多，胜败两军，各自走散，世界又从此暂时和平了。然而我仍然不放心，因为我曾经听人说过：所谓“和平”，不过是两次战争之间的时日。

但是，过了几天，阿金就不再看见了。我猜想是被她自己的主人所回复。补了她的缺的是一个胖胖的，脸上很有些福相和雅气娘姨，已经二十多天，还很安静，只叫了卖唱的两个穷人唱过一回“奇葛隆冬强”的《十八摸》[3]之类，那是她用“自食其力”的余闲，享点清福，谁也没有话说的。只可惜那时又招集了一群男男女女，连阿金的爱人也在内，保不定什么时候又会发生巷战。但我却也叨光听到了男嗓子的上低音(barytone)的歌声，觉得很自然，比绞死猫儿似的《毛毛雨》[4]要好得天差地远。

阿金的相貌是极其平凡的。所谓平凡，就是很普通，很难记住，不到一个月，我就说不出她究竟是怎么一副模样来了。但是我还讨厌她，想到“阿金”这两个字就讨厌：在邻近闹嚷一下当然不会成什么深仇重怨，我的讨厌她是因为不消几日，她就摇动了我三十年来的信念和主张。

我一向不相信昭君出塞[5]会安汉，木兰从军[6]就可以保隋；也不信妲己亡殷[7]，西施沼吴[8]，杨妃乱唐[9]的那些古老话。我以为在男权社会里，女人是决不会有这种大力量的，兴亡的责任，都应该男的负。但向来的男性的作者，大抵将败亡的大罪，推在女性身上，这真是一钱不值的没有出息的男人。殊不料现在阿金却以一个貌不出众，才不惊人的娘姨，不用一个月，就在我眼前搅乱了四分之一里，假使她是一个女王，或者是皇后，皇太后，那么，其影响也就可以推见了：足够闹出大大的乱子来。

昔者孔子“五十而知天命”[10]，我却为了区区一个阿金，连对于人事也从新疑惑起来了，虽然圣人和凡人不能相比，但也可见阿金的伟力，和我的满不行。我不想将我的文章的退步，归罪于阿金的嚷嚷，而且以上的一通议论，也很近于迂怒，但是，近几时我最讨厌阿金，仿佛她塞住了我的一条路，却是的确的。

愿阿金也不能算是中国女性的标本。

十二月二十一日

---

① 本篇写成时未能发表(参看本书《附记》)，后发表于一九三六年二月二十日上海《海

燕》月刊第二期。

② 彼尔·干德　挪威易卜生的诗剧《彼尔·干德》的主角，是一个想像丰富、意志薄弱的人物，最后在他爱人给他唱催眠曲时死去。

③《十八摸》　旧时流行的一种猥亵小调。

④《毛毛雨》　黎锦晖作的歌曲，曾流行于一九三〇年前后。

⑤ 昭君出塞　昭君，即王昭君，名嫱，汉元帝宫女。竟宁元年(前33)被遣出塞“和亲”，嫁与匈奴呼韩邪单于(见《汉书·匈奴传》)。

⑥ 木兰从军　北朝民间叙事诗《木兰诗》中的故事，写木兰女扮男装，代父从军(见《乐府诗集·鼓角横吹曲》)。

⑦ 妲己亡殷　妲己，殷纣王的妃子，周武王灭殷时被杀。《史记·殷本纪》：“帝纣……好酒淫乐，嬖于妇人，爱妲己，妲己之言是从。”武王伐殷时，在《太誓》中有“今殷王纣乃用其妇人之言，自绝于天”等语，后来一些文人就把殷亡的责任归罪于妲己。

⑧ 西施沼吴　西施，春秋时越国的美女。越王勾践为吴所败，把她献给吴王夫差。后来吴王昏乱失政，破灭于越(见《吴越春秋》)。“沼吴”，语出《左传》哀公元年，当勾践战败向吴求和时，伍员谏夫差拒和，不听，伍员“退而告人曰：越十年生聚，而十年教训，二十年之外，吴其为沼乎！”

⑨ 杨妃乱唐　杨妃，即唐玄宗的妃子杨玉环。她的堂兄杨国忠因她得宠而骄奢跋扈，败坏朝政。天宝十四年(755)安禄山以诛国忠为名，起兵反唐，玄宗奔蜀，至马嵬驿，将士杀国忠，玄宗令将杨妃缢死。

⑩“五十而知天命”　孔丘的话，见《论语·为政》。据朱熹《集注》：“天命，即天道之流行而赋于物者，乃事物所以当然之故也。”